눌리타스

2

눌리타스 *nullitas*

・・◆◆ 절반의 백작 영애 ◆◆・・

2

Jezz 장편소설

위즈덤하우스

차례

사냥터에는 사냥꾼만이 있었다

　로마그놀로 백작은 올해 쉰 살이 되었다. 신비로운 은발과 세월을 비껴간 얼굴은 거의 완벽에 가까울 정도였다.

　"오, 레오니. 내 생일 기념으로 목소리를 한 번 내어보지 않으련?"

　초라한 방에는 옷을 제대로 차려입지 않은 백작과 몸집이 작은 여인이 그 아래 나신으로 짓눌려 있었다.

　"끝까지 이럴 거구나. 너는 정말 나를 미치게 하는구나."

　백작은 등에 온통 땀방울이 맺힌 채로 신음 한 자락 내지 않는 계집을 계속 밀어붙이고 있었다.

　레오니는 눈을 감고 현실을 떠나 디아나에게 기도를 드리고 있었다. 마른 몸이 힘없이 침대 머리맡으로 계속 요동쳤지만, 그녀의 기도는 무척이나 진실된 것이라 지옥 같은 시간을 잊는 데 충분했다.

'이것이 비천한 제가 치러야 할 형벌이라면 부디 딸아이의 것까지 모두 제게 주소서.'

"망할 년. 이 요사스러운 년."

백작은 입에 담지도 못할 온갖 상스러운 말을 내뱉으며 그 혼자 절정으로 치닫고 있었다. 그는 자신의 욕망을 배출해버린 후 쓸모가 없어진 여린 몸에서 내려와 침대를 벗어났다. 그리고 언제 이런 곳에서 달뜬 눈을 했냐는 듯 재빨리 문을 열고 사라져버렸다.

문소리가 세게 나자 침대 한편에 밀려 있던 여인이 기침을 하며 몸을 일으켰다. 기침이 세차게 비집고 나와 손바닥으로 얼른 입을 틀어막아 보았다. 떼어낸 손에는 온통 붉은 기운이 스며들어 있었다.

"아, 제발 조금만 더……."

눌리타스가 백작의 사생아인 것이 밝혀질 무렵부터 레오니의 건강이 급격히 나빠졌다. 게다가 잊을 만하면 찾아오는 백작 때문에 살아도 사는 것이 아니었다.

백작은 그녀의 인생을 뜨거운 불가마로 밀어 넣었다. 하지만 역설적이게도 미련 없을 이 삶의 끈을 놓지 못하는 것은 백작과의 사이에서 태어난 아이 때문이었다.

"네가 내 말을 고분고분하게 잘 따른다면, 사생아 계집은 공작부인으로 무탈하게 지낼 수 있을 게다."

백작은 눌리타스와 공작과의 혼인식 참석 후 돌아온 날, 저항하려는 그녀에게 저런 협박을 했다.

레오니가 마지막으로 아이를 보았을 때 백작이 이름을 주었다고, 그래서 공작가로 가게 되었다며 말하던 그 얼굴을 그려 보았다. 그때 아이의 입매가 떨리고 있었던가. 눈에 맺힌 것이 빗물이 아니라 눈물이었을까.

'그래, 말이 되지 않는 이야기였지.'

레오니는 눌리타스가 등 떠밀려 백작가를 떠나고서야 일의 전말을 알 수 있었다. 무지하고 죄가 많은 어미는 아이를 태운 마차가 사라진 길을 한참이나 바라보았다. 마지막 가는 모습조차 배웅하지 못한 아쉬움에 사무치듯 눈물이 흘렀다.

결국 어미는 아이를 지키지 못했고, 그녀는 여전히 백작의 노리개에 불과했다. 게다가 공작에 대한 흉흉한 소문을 듣고 난 그때부터 레오니는 밤잠을 이룰 수도, 식사를 제대로 할 수도 없었다.

한편으로는 이곳에서 아이가 도련님께 맞아 죽거나 그곳에서 미친 귀족 나리의 손에 죽는 게 어떤 차이가 있나 싶어 허망한 웃음을 지었다.

이불을 당겨 입을 막으며 또다시 오장육부가 끊길 것 같은 기침을 했다.

그녀의 아이만은 기필코 지키고 싶었다. 그녀와는 다른 삶을 살게 하고 싶었다. 귀족들의 천한 노리개로 이용당하다 피를 흘리고 쓰러지는 것은 그녀 하나로 족했다. 그래서 실낱같은 희망을 가지고 끊임없이 기도를 드렸다.

'디아나 여신이여. 제발 그 불쌍한 것만은 저를 사랑해주는 사내와 그저 무탈하게 살게 해주십시오.'

레오니는 옷도 미처 걸치지 못한 채 피가 흐르는 손을 모아 신에게 간절히 빌었다. 그 순간만큼은 이제껏 신이 그들의 목소리를 들어준 적이 단 한 번도 없다는 사실을 잊은 듯했다. 결국 레오니는 손을 모은 자세로 침대에 푹 하고 쓰러지고 말았다.

눌리타스와 루셔스는 공작가의 문장인 하늘을 비상하는 독수리가 그려져 있는 검은 마차에서 내렸다. 루셔스가 먼저 내려 눌리타스의 약하게 떨고 있는 손을 꼭 잡아주었다.

로마그놀로 가의 정원에는 먼저 온 손님들이 서로 담소를 나누며 음식을 들고 있었다. 과시하는 것을 좋아하는 로마그놀로 백작이었으나, 이번 생일은 그답지 않게 소수의 지인들만을 초대를 했는지 그리 시끌벅적한 느낌이 들지는 않았다.

눌리타스는 다시 그곳에 발을 딛는 순간부터 그녀의 심장이 제 박자를 잊고 폭주하는 것 같았다. 긴장감으로 온몸에 식은땀이 흘렀다. 그녀는 무의식중에 공작의 손을 생명줄이라도 된 듯 부여잡았다.

"이런. 제가 먼저 나와 있어야 했는데, 결례를 범했습니다. 모르시아니 공작님."

"아닙니다. 로마그놀로 백작."

사람 좋은 웃음을 지으며 백작이 공작을 향해 인사를 건넸다. 그리고 공작의 옆에 서 있는 사생아에게 눈길을 보냈다.

"오, 아가. 아니지, 공작부인, 그간 무고하셨습니까?"

눌리타스를 바라보는 백작의 눈빛은 진정으로 보고 싶던 딸을 대하는 아비의 그것과 닮아 있었다. 그것을 마주한 눌리타스는 속에서 무언가 쓴 물이 올라오는 것 같았다. 하지만 간신히 그것을 참아내며 백작에게 답을 하였다.

"네, 백작님. 덕분입니다."

"자자, 여기서 이럴 게 아니라 얼른 안으로 들죠. 제가 공작님을 위해 거위를 50마리나 잡았답니다."

로마그놀로 백작은 은근슬쩍 거위의 수를 강조했다. 보통의 귀족들은 생일에 오리를 몇 마리 대접하는 것이 통상적이었다.

그러자 공작이 매력적인 웃음을 지으며 의기양양한 낯을 한 백작의 귀에 낮게 속삭였다.

"전쟁이 끝난 직후라 아직 왕국이 어수선한데 거위를 대접하는 것이 혹 세간에 오르내릴까 염려가 되는군요."

모르시아니 가문 못지않은 재력을 과시해보려던 백작은 단박에 기분이 상해 얼굴빛이 어두워졌다. 하지만 공작은 연이어 그의 속을 뒤집는 발언을 서슴지 않고 했다.

"물론 우리 두 가문이 가족이나 마찬가지라 허심탄회하게 드린 말씀이었는데, 설마 기분이 상하지는 않으셨겠죠."

"…그럼요. 자, 어서 드시죠."

로마그놀로 백작은 당장에 능구렁이 같은 공작의 목을 졸라버리고 싶은 욕구를 참았다.

'어찌 되었든 승자는 나 아닌가. 반쪽짜리 사생아 따위를 아내로 맞아들인 것을 알게 된다면 얼마나 수치스러울까.'

역으로 그가 사생아를 공작에게 보낸 것이 발각된다면 멸문을 당할 만큼 중한 죄가 될 수도 있음을 깨닫지 못한 채, 그가 쳐둔 덫에 얌전히 걸려든 어리고 어리석은 공작을 너그러이 용서해주기로 한 것이다.

루셔스 또한 그런 백작의 속을 훤히 보이는 것 같아 미소를 띠고 있었다. 백작은 뭣도 모르고 기분이 좋아 보이는 공작을 비웃으며 안쪽으로 이끌었다.

'그래, 이 멍청한 애송이. 웃을 수 있을 때 실컷 웃어둬라.'

"역시 파티에는 술이지요?"

상석에 자리한 공작과 백작은 서로 술을 권하며 잔을 부딪쳤다.

루서스는 술맛이 괜찮다며 백작을 추켜 세워주었고, 백작은 공작의 등장으로 그의 파티가 풍성해졌다며 아첨을 마다하지 않았다. 그렇게 서로 속내와는 전혀 다른 말들로 잔을 비워 나갔다.

눌리타스는 따스했던 공작의 손을 놓았을 때 무언가 잃어버린 것 같은 기분을 느꼈다. 은발의 백작이 공작에게 말을 건네는 모습을 지켜보니 속까지 울렁거리기 시작하였다. 곁에 서서 기다리던 소피아가 그것을 재빨리 알아채고 눌리타스를 이끌어주었다.

눌리타스는 그녀에게 배정된 손님방으로 들어오자 무너지듯 의자에 앉아 허겁지겁 물을 한 잔 마셨다. 소피아가 무언가 할 말이 있는 얼굴인 것을 본 눌리타스는 그녀에게 얼른 가서 가족들을 만나고 오라고 말해주었다.

"그래도 마님 혼자 괜찮으시겠어요?"

홀로 가족을 보러 가려니 눌리타스가 마음에 걸려 소피아가 몇 번이나 머뭇거렸다.

"괜찮아. 나는 그냥 잠시 쉬고 싶어."

이곳에 다시 돌아와 백작을 마주하는 것이 그녀의 생각보다 훨씬 더 힘이 들었던 모양이었다. 눌리타스는 부은 다리를 두드리며 낮은 목소리로 입을 열었다.

"똥통에 처넣을 인간들."

어떤 말로도 기분이 풀릴 것 같지는 않았다. 눌리타스는 잠시 일어서 창가에 기대섰다. 운이 좋으면 어머니의 모습을 잠시라도 볼 수 있을까 하는 기대에서였다.

눌리타스는 오늘 공작과 함께 벨벳으로 만든 남색 원단으로 만들어진 드레스를 입고 있었다. 목의 깃은 하얀 레이스로 높이 세워져 있었고, 눈부신 보석 목걸이가 빛을 내고 있었다.

'이런 차림을 보여드리면 기뻐하실 텐데…….'

창밖으로 고개를 돌리니 고용인들의 거처인 건물의 귀퉁이가 보였다. 마음 같아서는 당장이라도 어머니에게 달려가 보고 싶었지만, 이렇게 훤한 낮에는 불가능한 일이었다.

지금 그녀는 백작의 귀한 막내딸이자 모르시아니 가문의 안주인이었다. 보는 눈은 없었지만, 목을 세우고 턱을 당겼다. 허리를 세우고 손을 무릎에 올리고 기도를 시작하였다.

'디아나여! 제발 이 연극의 막을 빨리 내리도록 해주세요.'

그렇게 간절한 소망을 여러 번 되풀이하였다. 그리고 요행히 이 가면극이 끝난 후에 가능하다면 어머니를 모시고 조용한 곳으로 숨어들고 싶었다. 평화로운 일상을 잠시 상상하는 것만으로도 눌리타스는 무척이나 행복해지는 기분이었다.

그리고 언제나처럼 그녀의 행복은 무척이나 짧고 허무하게 끝이 나버렸다. 반갑지 않은 목소리가 들려왔던 것이다.

"놀란 거니?"

진즉 다른 왕국에 가 있었어야 할 메이린이 하녀들이 입는 옷을 걸친 채 눌리타스의 방에 무턱대고 들어왔다.

'어째서 메이린 아가씨가 아직 로마그놀로가에 머무르고 있는 거지?'

눌리타스의 두 눈이 충격으로 물들었다. 한 지붕 아래 진짜 메이린과 가짜 메이린이 공존하는 일은 있어서는 안 되는 일이었다.

만일 이것을 공작이 알게 된다면?

순간 눌리타스의 심장이 철렁 내려앉는 것 같았다. 하지만 메이린은 그런 것들은 아랑곳하지 않고 눌리타스의 차림새를 살피는 데 열중하였다.

그리고 메이린은 이런 상황이 예상했던 것보다 기분이 훨씬 나쁘다는 것을 깨달았다.

"내 것이었어."

'그렇게 다 원래 자기들 것이었으면 처음부터 그렇게 하지. 왜 이런 사달은 만든 건지.'

이번 일에 눌리타스 그녀의 의지가 어디에 들어갔던가. 왜 다들 자신에게 이렇게 원망을 늘어놓는단 말인가.

눌리타스는 고개를 숙이고 앞으로 메이린이 펼칠 지극히 그녀 위주의 독설을 기다리고 있었다.

"오물이나 퍼 나르던 거지 같은 년이 드레스를 걸친다고 귀족이라도 된 줄 아는 모양이지? 제법 눈을 까는 폼이 고상한 흉내를 내는 걸 보면? 그런다고 네 몸에 흐르는 천한 피가 보석으로 바뀐다니? 오, 불쌍한 모르시아니 공작님. 이렇게 어여쁜 나를 두고 저런 더러운 계집과 혼인이라니. 신도 가혹하시지."

메이린은 그녀의 지금 처지가 너무 진심으로 공작이 가여워서 견딜 수 없다는 듯 울부짖었다. 눌리타스도 메이린의 말에는 동의를 하는 바였다. 진심으로 공작에게 죄책감을 느끼고 있었다.

"그럴지도요."

메이린은 눌리타스가 전혀 기죽지 않고 대꾸를 하는 모습을 보며 분노를 삼켰다.

'저 의기양양해 하는 말간 낯을 헤집어 주리라. 피눈물을 흘리게 해주리라. 내 모든 것을 앗아간 요망한 계집을 아프게 해주리라.'

그 온갖 분노를 담아 눌리타스의 뺨을 내리치려고 했다. 하지만 귀족들의 뻔한 수법에 익숙해진 눌리타스는 순간 고개를 꼿꼿이 세우고 살짝 웃었다. 공작을 향한 감정과는 별도로 그녀를 대용품 정도로 취급했던 메이린 아가씨에게는 미안한 감정이 조금도 들지 않았다.

"지금 내 얼굴에 손을 대서 흉을 남기면 일이 상당히 곤란해질 텐데? 안 그래? 메이린?"

메이린은 전에는 상상할 수 없을 정도의 위엄이 서린 그녀의 말을 듣고 슬그머니 그 팔을 내렸다. 그리고 그녀의 이름을 아무렇게

나 부르는 눌리타스의 얼굴에서 진짜 공작부인의 모습을 본 것 같아 두려워졌다.

악사들의 연주가 파티의 흥을 돋우고 있었고, 테이블마다 잘 구워진 거위와 음식들이 넉넉하게 차려져 있었다. 백작의 파티에 초대를 받은 이들 모두 혈색 좋은 얼굴로 여유로운 시간을 만끽 중이었다.

눌리타스만이 불편한 기색을 간신히 숨기며 기계적으로 포크를 들었다 내리고 있을 뿐이었다. 이 정도 규모의 연회를 준비하기 위해서는 그녀와 어머니와 같은 이들이 며칠 전부터 심하게 들볶였을 게 분명했다. 어머니의 땀방울이 서린 음식과 혹은 어린아이들의 헤진 손이 닦아 두었을 광이 나는 은식기에 시선이 닿자 무엇 하나 목으로 넘길 수 없었다.

과음을 한 공작은 평소보다 조금 느슨한 표정으로 의자에 기대 앉아 술잔을 쥔 채로 눌리타스를 바라보다 다시 조금 늦게 나타난 백작부인에게로 고개를 돌렸다.

"공작님을 뵙습니다."

"백작부인. 준비하시느라 고생하셨겠습니다. 무척 훌륭한 식사군요."

백작부인은 붉은 머리를 호박석으로 장식하고, 부풀린 소매와 풍성한 단이 덧대어진 하늘색 드레스를 입고 자리에 앉았다. 실상 준비를 하는 데 아무것도 하지 않은 그녀는 뿌듯한 얼굴을 하며 공작에게 사양하지 말고 마음껏 즐기라는 인사를 건넸다.

백작부인의 인정 넘치는 인사에 루셔스는 아주 유쾌한 목소리로 이미 값진 대접을 받았다 답했다.

"그나저나 제 아내가 백작부인을 닮아 이리 미인인가 봅니다."

루셔스의 갑작스러운 말에 웃음을 지은 것은 오직 그뿐이었다. 백작부인은 졸지에 사생아와 닮았단 취급을 받자, 더러워지는 기분을 꾸역꾸역 참으며 웃는 입술을 그리려고 노력했다.

오늘 저 꼴 보기 싫은 인간들이 온다는 소식에 오전 내내 심한 두통으로 손님맞이도 제대로 못 한 그녀였다. 메이린이 가져야 할 모든 것을 앗아간 비천한 계집을 떠올릴 때마다 분통이 터졌다.

게다가 저 사내는 지난번보다 더욱 빛이 나고 있는 게 아닌가.

그때 그들 곁에 낮부터 보이지 않던 아비오가 살짝 둔한 걸음을 하며 나타났다. 하나뿐인 백작가의 후계자이자 유일한 아들의 등장에, 백작은 들떴던 기분이 순식간에 식어버리는 것 같았다.

"아비오, 공작님께 예를 갖추어라."

백작의 불호령에 아비오는 식탁에 앉기 전에 공작에게 가서 포도주를 한 잔 따르며 인사를 올렸다. 귀족이 귀족의 술 시중을 든다는 것은 굉장한 존경의 표시로 흔하지 않은 일이었다.

"이리 공작님을 접대하게 되어 가문의 영광입니다."

아비오의 눈은 흐리멍덩했으며 말이 다소 어눌했다. 그 목소리를 듣자 다년간 그에게 학대를 받아온 눌리타스로서는 아비오로부터 평소보다 더 우울한 기운이 느껴진다는 것을 알 수 있었다.

포도주가 절반 정도 남은 유리병을 쥔 아비오의 손이 살짝 떨렸다. 아마 그에게 조금만 용기가 있었더라면 그 병을 공작의 머리에다 세게 휘둘렀을지도 몰랐다. 공작의 머리가 깨어져 선혈이 낭자한 그림을 상상하다, 아비오는 건너편에 고고하게 앉은 괘씸한 물건의 얼굴을 확인했다.

'내가 알던 그 계집이 맞나?'

눌리타스는 서늘한 기품을 지닌 귀부인의 모습을 하고 있었다. 아비오는 순간 잠시 당황했다. 하지만 잠시 마주친 눌리타스의 청안이 여전히 그를 달뜨게 함을 깨달았다. 그 말로 형용할 수 없는 미묘한 감각이 발끝을 타고 올라와 그의 머리를 어지럽혔다.

아비오는 그가 아닌 다른 사내의 곁에 음전한 척 자리한 눌리타스를 당장이라도 끌어내려 마음대로 하고 싶은 욕구가 치솟았지만, 갑자기 다른 생각이 떠올랐다.

'마른 소년의 모습일 때부터 지금까지 저 계집의 본래의 모습을 사랑해주는 것은 나 하나가 유일하지 않은가.'

그렇게 생각하고 나니 이런 자리쯤은 참아낼 만도 했다. 기다리면 저것과의 오붓한 시간이 곧 생길 거라 믿었다. 어차피 공작이 아는 눌리타스란 그저 속이 빈 강정에 불과했다. 아비오만이 아마 저 몹쓸 것을 진정으로 가질 수 있다고 믿어 의심치 않았다.

반면 눌리타스는 식사 자리에 아비오가 나타나자 본능적으로 그에 대한 거부감을 느꼈다. 잠시 그와 눈이 마주친 것 같았는데, 아비오가 그 역겨운 초록색 눈을 번들거리며 그녀에게 무언의 메시지를 전하고자 하는 것처럼 보였다. 그것이 어떤 의미인지 생각 자체도 하기 싫었지만, 그 눈빛에서 온전히 자유로워지는 것은 불가능했다.

식사 자리에서의 분위기를 읽은 건지 루셔스는 잔을 내려두고 눌리타스의 손등 위에 자신의 손을 가볍게 포개며 백작에게 말을 건넸다.

"이제는 조금 쉬고 싶군요."

"공작님, 무슨 말씀이십니까. 이제부터가 본격적인 사내들의 시간이랍니다."

백작은 가슴을 넓게 펼치며 과시하듯 판돈이 엄청난 카드판이 준비되어 있다고 말했다. 물론 로마그놀로 백작도 이번 일만 아니라면 거만한 애송이와는 한시도 가까이 있고 싶지 않았다.

'하지만 큰 짐승은 말이야. 잡기 전에 공을 들일 때가 가장 짜릿한 법이지.'

백작은 아무것도 모른 채 그의 호의를 진심으로 착각하는 공작을 지켜보는 것이 무척이나 기뻐 웃음이 나려는 것을 억지로 삼켜야 했다.

달도 뜨지 않은 컴컴한 밤이었다.

눌리타스는 칠흑 같은 하늘을 올려보다 드레스를 벗어 정리하고 수수한 옷으로 갈아입었다. 그리고 붉은 머리 한 가닥도 삐져나오지 않게 망토의 모자를 잘 고정시켰다.

'공작님이 자리를 비운 틈에 어머니를 만나야 해.'

하루 종일 제대로 먹지도 않았지만, 어디서 그리 기운이 솟는지 어머니가 계실지도 모르는 곳을 찾는 발걸음이 자꾸만 빨라졌다.

눌리타스가 한참 만에 찾은 그곳은 그녀의 기억보다 훨씬 더 누추했다. 손에 닿은 낡은 문이 힘없이 열렸다. 어쩌면 어머니가 일을 마치기 전이라 오늘 만날 수 없을지 모른다는 생각도 스쳤다.

하지만 그녀의 예상과는 달리 어머니는 침대에 누워 계셨다.

'왜 옷도 제대로 입지 못한 채 침대에 쓰러져 계신 걸까.'

"어머니……."

낡은 침대로 다가가자 어머니의 입가에는 검은 피가 말라 선을 그리고 있었다. 눌리타스는 놀란 나머지 바닥에 푹 주저앉았고, 겨우 잡은 어머니의 손은 얼음장 같았다.

"아……."

게다가 어머니의 맥이 지나치게 느린 것이 아닌가. 이런 식으로 잠들었다가 다시 깨어나지 않던 짐승들의 죽음이 순간적으로 떠올라 머릿속이 정지되는 것 같았다.

그러다 정신을 차리기 위해 눌리타스는 손으로 스스로 볼을 세차게 쳤다.

'내가 공작가에서 배부르게 먹고 잘 때, 어머니는 이리 곱은 손으로 피를 토하셨을까. 데리러 오겠다는 지키지도 못할 약속을 남기고 간 나를 그리워하셨을까.'

이곳을 떠난 후 어머니와의 재회를 늘 꿈꾸었지만, 이런 모습을 기대하지는 않았다.

어머니의 앙상한 볼에 그녀의 얼굴을 부비며 제발 눈을 떠 보라고 애원했다.

하지만 이곳에 그녀의 울음소리를 들어줄 이는 없었다.

'또다시 백작에게 청할 방법뿐일까.'

눌리타스는 어머니의 미동 없는 몸을 살살 흔들어 보았다.

"어머니, 제발 눈을 떠 보세요. 어머니 이대로 가시면 세상에 이제 저 혼자 남아요. 어머니 제발 죽지 말아요."

눌리타스는 너무 겁이 나서 아이처럼 울기 시작했다.

태어나서 지금까지 어머니를 가장 많이 불렀던 순간일지도 모른다. 아무리 평소 무심한 그녀라도 식어가는 어머니의 체온 앞에서는 평정을 유지하기 어려웠다.

그녀를 낳아주고 길러준 사람, 세상에서 그녀의 유일한 편인 어머니가 조금씩 싸늘하게 식어가고 있었다. 어머니를 안은 눌리타스의 두 손이 바르르 떨리고 있었다.

"신이든 누구든 제발 어머니를 살려 주세요. 이대로 보낼 수는 없습니다."

일평생 신의 존재를 믿어본 일이 없건만 근래에 들어서 그녀는 자주 신의 이름을 입에 올렸다.

눌리타스는 너무나 깊은 슬픔에 빠진 나머지 초라한 문 앞에 그들을 뒤덮는 긴 그림자가 진 것을 깨닫지 못했다.

"……내가 그대의 신이 되어주면."

순간 들려오는 사내의 목소리에 폭포수처럼 흐르던 눈물이 일시에 말라버리는 것 같았다.

"그대는 나에게 무엇을 내어줄 건가?"

오전에 함께 입었던 남색의 벨벳 성장 차림의 공작이 서늘한 얼굴을 한 채로 문에 기대어 서 있었다. 그는 그녀를 아련한 느낌을 담은 눈빛으로 바라보고 있었다.

"나는 루라고 하지. 그대는 아마 눌리타스였던가."

그의 날카로운 목소리가 그녀의 머리를 아득하게 만들었다.

공작은 그때의 우연한 만남을 잊은 게 아니라 그런 척하고 있었던 것이다. 그것은 백작이 기를 쓰고 감추려 했던 것들이 모두 실패했음을 의미했다.

하지만 눌리타스는 정체를 들켰다는 것, 그가 처음부터 모든 것을 알고 있었다는 사실보다 더 급한 문제를 안고 있었다.

"공작님. 차후에 다 말씀드리겠습니다. 제발 어머니를 살려주세요. 그다음 제가 지은 죄의 대가를 기꺼이 치르겠습니다. 이 목을 내어놓으라 하시면 그렇게 하겠습니다."

눌리타스는 여전히 문에 기대 서 있는 공작에게 어머니의 목숨을 구걸해보았다. 부디 하찮은 그녀의 목숨을 거두어 가고 어머니를 구할 수 있기를 간절히 소원했다.

"나는 그대의 목숨에는 흥미가 없다. 대가에 대해서는 차차 이야기하도록 하지. 보르조이!"

그가 누군가의 이름을 부르자 온통 검은 옷을 입은 자가 얼굴을 가린 채 바람처럼 나타나서 공작 앞에 무릎을 꿇었다.

"저기 저 여인을 데리고 가 의원에게 보이고 은밀한 곳에서 잘 보살피도록 하라."

보르조이라는 자는 드러난 노란빛의 눈만을 날카롭게 빛내며 알았다는 고갯짓을 하더니 아무런 소리가 나지 않는 걸음으로 눌리타스의 근처에 다가왔다. 그는 허리를 한 번 숙여 예를 갖추더니 레오니를 이불에 싸서 가볍게 안아 들었다.

눌리타스는 처음 보는 자에게 위중한 어머니를 맡겨도 되는지 확신이 들지 않았다. 눈물이 그렁한 눌리타스의 푸른 눈을 보더니 루셔스가 몸을 세우며 입을 열었다.

"믿어도 좋다."

순간 벼랑에 내몰린 기분이었던 그녀에게 한 줄기 구원의 빛이 스미는 것처럼 느껴졌다.

공작도 분명 그녀가 경멸해 마지않는 귀족이 분명하지만, 이상하게 루셔스 모르시아니의 말에는 진심이 깃들어 있는 것 같았다.

"그대의 모친이 생에 대한 의지가 강하길 빌어보지. 우선 누가 보기 전에 우리도 돌아가는 게 좋을 것 같군."

눌리타스는 그 보르조이라는 자가 어둠 속으로 조심스레 어머니를 안고 사라지는 뒷모습을 보다 공작의 목소리에 정신을 차릴 수 있었다.

그녀는 오늘 밤 일어난 일들이 감당이 되지 않아 몸을 가늘게 떨었다. 루셔스는 한없이 작아 보이는 여인을 바라보며 복잡한 기분에 빠져 있었다.

눌리타스는 무엇부터 걱정을 해야 할지 망설였다. 어머니가 무척 아프고, 그녀의 모든 거짓이 밖으로 드러났다. 앞으로 어떻게 전개될는지 상상조차 할 수 없었다.

그런 그녀에게 공작은 아무것도 묻지 않았고 눌리타스를 방에 혼자 있게 해 주었다.

"우리 얘기는 천천히 하도록 하고 그대는 쉬는 게 좋겠군."

루셔스는 그녀가 방에 들어가는 것을 보고는 계단에 잠시 기대어 섰다. 그의 날카로운 콧대를 따라 주홍빛 불빛이 선을 그리다 입술에 닿아 한숨을 자아냈다.

방금 일이 백작가의 방문에 계획했던 것 중에 하나긴 했지만, 무너지는 여인의 어깨를 본 직후라 마음이 개운치가 않았다.

저리 어머니를 위하고 작은 미물에게도 정을 내어주는 여인이 이런 엄청난 계획에 자발적으로 가담했을 리가 없다는 그의 추측이 이제는 거의 확실해지고 있었다.

더 이상 누구의 죽음도 마주하고 싶지 않은 루셔스였다.

그가 풀린 가슴의 타이를 매만지며 여인들의 가슴을 설레게 하고도 남을 미소를 그리며 발을 움직였다.

"그래, 그 교활한 영감과 카드도 치고 술도 마셔주지. 늙은이가 재미있어하는 꼴을 보는 것이 가히 장관이거든."

그의 서늘한 음성이 로마그놀로 가의 붉은 융단 위에서 빠르게 흩어졌다.

눌리타스는 침대 끝에 털썩 주저앉았다.

다리는 바닥에 닿아 있었지만, 아무런 감각을 느낄 수 없었고 머리는 안개 속에 잠긴 듯했다. 앞으로 무엇을 해야 할지 모르는 손끝을 뻗었다 가만히 거두었다.

'어머니는 괜찮으시겠지?'

잠을 이룰 수 없을 것 같았지만, 눌리타스는 지금 힘을 내지 않으면 안 되는 순간이라는 것을 잘 알고 있었다. 힘들다고 감상에 빠져 있는 건 연약한 귀족 아가씨들에게나 어울릴 법한 일이었다.

그녀는 너무 울어 후들거리는 손으로 머리에 꽂은 장식들을 하나씩 떼어내고 붉은 머리를 천천히 빗어 내렸다. 뜨거운 열기를 띠는 볼을 두 손으로 비비며 정신을 집중하려 애썼다.

어머니가 부디 그녀를 저버리지 않기를 바라며 잠시 눈을 감았다.

"…내가 잠이 들었었나?"

무심한 태양은 언제나처럼 높은 곳에서 만물을 굽어보고 있을 뿐이다. 지금 그녀와 어미의 운명은 위기일발이나, 어제와 다를 게 없는 일상이 시작되어 있었다. 허탈한 웃음이 그려졌다.

'그래, 산 사람은 살아지더라고 했었지.'

그런 게 인생이라고 누군가 이야기해주었을 때에는 그것의 의미를 헤아리지 못했었다.

입안이 까슬해서 침도 겨우 삼키며 무거운 머리를 들어 몸을 일으키자 반쯤 열린 동공에 무언가 눈에 들어왔다. 침대에 그녀 혼자가 아니었던 것이다. 눌리타스는 손으로 새어 나오려는 탄성을 막으며 잠이 들어 있는 상대를 살폈다.

'언제 돌아오신 걸까. 아니지. 왜 이곳으로 오신 걸까.'

공작은 구겨진 셔츠를 입은 채로 몸을 구부려 누워 있었다. 어제

방 앞에서 그와 헤어진 후 전혀 생각지도 못한 일이었다.

'혼인처럼 엄청난 일로 자신을 속인 존재와 한 방에 계시다니. 그게 용납 가능한 일인가?'

이 문제에 대한 그녀의 답은 절대로 부정적인 것이었다. 이에 눌리타스는 몸을 완전히 일으켜 무릎을 꿇었다. 그리고 두 손을 모아 무릎에 포개며 부디 이 고매한 분이 그녀의 죄는 벌하시되 그녀의 어미에게는 작은 인정을 베풀어주기를 간절히 바랐다.

기도 후 그의 잠든 모습을 한참 동안 바라보았다. 뒤척이는 공작의 옆모습이 무척 쓸쓸해 보여 손을 뻗어 흐트러진 머릿결을 쓸어주고 싶었다. 지난날, 악몽에 시달리는 그의 밤을 지켜주고 싶기도 했었다.

'이리 한 번 보는 것 정도는 괜찮겠지…….'

이제껏 스스로의 신분을 원망해 본 일이 없던 그녀였다. 하지만 그를 만나고서는 아주 작은 욕심이 생겨나기 시작하였다. 금수만도 못한 사생아인 그녀가 어머니의 목숨을 저당 잡혀 이리로 휩쓸려 온 것이 못내 억울하고 원망스러웠다.

공작을 바라보는 그녀의 눈매가 무척이나 처량 맞아 보였다.

'만일 내가 또 다른 세상에서 이분과 동등한 신분으로 만날 수 있었다면…….'

하지만 모두가 부질없는 일이었다.

세상이 눌리타스에게 가르쳐 준 것은 천한 것들에겐 내일이란 없다는 것이었다.

그녀가 체념하듯 무릎을 끌어당기면서 고개를 숙이는데 공작의 낮은 목소리가 들렸다.

"다 봤나?"

루셔스는 그녀 쪽으로 몸을 돌리며 나른한 눈으로 눌리타스를 바라보았다. 그녀는 그와 눈이 마주치는 것이 민망해 얼른 고개를 돌리면서 어색한 답을 내어놓았다.

"아무것도 못 봤습니다."

"그런가? 그대의 따가운 시선에 내 등이 익는 줄 알았는데?"

루셔스가 상체를 일으키며 두 팔로 등을 만져보는 시늉을 했다. 그러자 그를 가리고 있던 이불이 스르륵 흐르며 운동으로 단단해진 그의 벌거벗은 상체가 드러났다. 그의 몸은 햇살을 받아 열기를 뿜어냈다. 눌리타스는 처음 보는 것도 아닌 그의 나신에서 애써 눈을 돌리며 화제를 전환하고자 했다.

이제 고백과 징벌의 시간이 돌아왔음이라.

"각오하고 있습니다."

루셔스는 붉고 가느다란 머리칼이 목덜미에 흩날리는 그녀의 모습을 보면서 패배를 인정한 적진의 장수 같은 인상을 받았다.

마치 제 목을 베어도 좋다는 의미일까.

"어제 말하지 않았나. 그대의 목숨에는 관심이 없다고?"

눌리타스는 그의 말에 더욱 큰 혼란을 느꼈다. 그녀는 가진 것도 할 수 있는 게 아무것도 없었다. 속죄를 할 수 있는 다른 방법을 그녀는 알지 못했다.

"저는 공작님을 속인 죄를 목숨으로 갚는 것밖에 모르겠습니다. 무엇을 하면 되는지 알려주세요."

루셔스는 더 이상 여유를 가지고 그녀를 바라보는 것이 힘이 들었다.

어찌하여 저 여인은 제 잘못이 아닌 것까지 모두 책임을 지려 하나.

사생아로 태어나 주인의 명을 따라 이곳에 오게 된 것은 그녀의 탓이 아니었다.

로마그놀로가의 영감에게 차오르는 증오심이 더욱 깊어졌지만, 지금은 그것을 드러내고 싶지 않았다. 루셔스는 짧게 내뱉듯 답을 하였다.

"이제 전쟁은 끝났고, 나는 더 이상 피를 보길 원치 않아."

눌리타스는 그가 무슨 이야기를 하고 있는지 도무지 알아들을 수가 없었다. 감히 너 따위가 공작인 자신을 속인 거냐고 마구 때리고 밟아도 부족하지 않은 순간이 아닌가. 돼지를 치던 그녀가 공작부인의 자리에 앉아 있는 것을 어떻게 참을 수 있는가.

"제가 끔찍하지 않으십니까."

눌리타스의 목소리는 심하게 떨리고 있었다. 공작이 하는 말들은 그녀가 전혀 예상치 못했던 것들이었던 것이다.

"우리에게 심각한 문제가 있긴 하지만, 나는 그대의 바탕이 선하다는 것을 알고 있다."

"…"

눌리타스는 결국 그녀가 좋은 사람이라 생각한다는 그의 말에 참았던 눈물이 터지고야 말았다. 차오르는 눈물 때문에 그의 모습이 눌리타스의 시야에서 완전히 사라져버렸다.

루셔스는 우는 그녀의 얼굴에 괜히 마음이 어수선해졌다.

어젯밤 공작은 백작을 비롯한 다른 귀족들과 카드놀이를 즐기는 척하였다. 그러면서도 폭음 중인 로마그놀로가의 후계자를 눈여겨보고 있었다. 아주 잠시였지만, 그는 저녁 식사 자리에서 무언가 석연찮은 장면을 목격했었다.

'분명 그녀가 아비오의 눈을 피해버렸지.'

루셔스는 카드 판에 앉아 일부러 돈을 잃어주었다. 백작은 카드 게임에서 연승을 거두자 흐뭇했던지 과음을 하였고, 먼저 일어나게 되었다.

공작은 백작이 자리를 떠나자, 만취한 아비오의 곁에 가서 슬쩍 운을 떼었다. 이후 모든 일들이 순조롭게 이루어졌다.

눈이 붉게 충혈된 아비오는 횡설수설하긴 했지만, 그 밤 내내 한 사람에 대해 떠들었다.

'원래부터 내 것이었어. 빌어먹을 아버지만 아니었다면 그렇게

뺏기지 않았을 거야.'

　이름을 말하진 않았지만 아비오가 울부짖으며 갈망하는 대상
이 누구인지 알아맞히는 것은 그리 어려운 일이 아니었다. 보르조
이가 수집해 온 정보와 백작가의 후계자의 입에서 나온 이야기를
조합하자 비어 있던 조각들이 맞춰지는 것 같았다.

　그 후 아주 자연스레 눌리타스가 잠이 든 방을 찾아 그 곁에 잠
이 들었던 것이다.

　눌리타스는 왠지 우는 모습을 그에게 보이는 것조차 죄스러운
지 손목을 물며 참아보려 안간힘을 쓰고 있었다.

　애처롭게 떠는 그녀의 모습은 루셔스에게 아주 오래전 어머니
를 떠나보내야 했던 그날의 자신을 떠오르게 만들었다.

　그는 모르시아니 공작성에 홀로 남아 밤새 떨어야만 했다. 그를
달래주는 따스한 목소리도, 안아주는 어머니의 넉넉한 품도, 모두
사라져버린 날이었다.

　루셔스는 팔을 뻗어 눌리타스의 입에 물린 손목을 빼 주었다.

　"조금 더 자신을 아끼도록 해."

　"…"

　"이런, 벌써 상처가 났군."

　루셔스는 그녀의 손목에 새겨진 잇자국을 보며 혀를 찼다. 눌리

타스는 울다가 갑자기 잡힌 손을 어쩌지 못하고 난처한 표정을 지었다.

"그대는 우선 지금 하던 것처럼 그대로 하면 되오."

공작의 나직한 목소리를 듣자 눌리타스는 울음을 그칠 수 있었다.

눌리타스는 도저히 공작의 의중을 파악할 수 없었으나, 그저 앞으로는 속죄하는 마음으로 살아가리라 하고 다짐했다. 그에게 입은 이 은혜를 언젠가는 갚을 수 있기를 바라며 답을 하였다.

"네, 알겠습니다."

아비오는 누워 있는데 따가운 햇볕이 거슬려 겨우 눈을 떴다. 머리가 깨질 듯 아팠고 속은 마구 뒤틀려 쓰렸다. 간밤 그의 평소 주량에 비해 너무 마신 것이 화근이었다.

"아, 어지러워."

그는 몸을 일으켜 세울 엄두도 내지 못한 채로 두 손으로 배를 끌어안고 바닥을 뒹굴거렸다. 숨을 내쉴 때마다 자신에게서 느껴지는 술 냄새 때문에 현기증이 날 것 같았다.

어제 공작과 만난 것까지는 기억이 있는데 이후 무슨 대화를 주고받았는지 생각이 나질 않았다. 술이 원수란 말이 딱 맞는 상황이었다.

'때려죽일 만큼 미운 사내였는데 그와 왜 어울렸던 걸까.'

손을 들어 머리를 마구 헝클이며 짧은 신음을 내뱉었다. 어제 술만 마시지 않았다면 밤에 눌리타스를 찾아갈 작정이었다. 그래서 못 다한 그의 진심을 전하려 했었다. 그 요망한 것을 그리워하며 신음했던 밤들이 얼마나 고통스러웠나.

오늘 오후에 눌리타스가 이곳을 떠난다는 것을 떠올린 그는 초조해졌다. 다 잡은 짐승을 바로 눈앞에서 놓치는 것은 말이 안 되는 일이다.

"그럼, 그렇고말고."

힘이 들어가지 않는데 급히 일어나려 하니 속에서 무언가 울렁거리는 느낌이 들었다. 그는 입 밖으로 흐르는 구역질 나는 토사물들을 손으로 막아가며 다른 한 손으로 하인을 호출하는 끈을 거칠게 잡아당겼다.

아침 식사 자리에 아비오가 빠진 것을 확인한 눌리타스는 석연찮은 기분이 들었다. 그녀에게 이런 사소한 행운이 그냥 주어질 리가 없지 않은가.

어제 식사를 하면서 아비오가 계속 그녀를 주시하고 있다는 것을 알고 있었다. 가깝지 않은 자리에 있었지만, 눌리타스는 마치 그가 바로 자신의 곁에 있는 것 같았다. 그의 습한 손길과 역한 냄새가 나던 얼굴을 떠올리자 몸서리가 쳐졌다.

이제 이 고비만 넘기면 모르시아니가로 돌아갈 수 있다는 사실에 안도감이 들었다. 그리고 그런 생각을 하는 스스로에게 놀라 외쳤다.

'그곳은 내 집이 아니야.'

원래부터 아무 데도 머무를 수 없는 신세였던 그녀는 모르시아니가를 떠올리며 마음 한 편이 따스해지는 이 기분을 거부하려 했다.

게다가 눌리타스는 점점 공작을 담기 시작한 이 마음을 제대로 추스를 수 없었다.

동굴로 구하러 와 자신을 가족이라 칭해 주었고, 따스하게 품어 주었다. 어머니를 구해준 은인이이기도 하였다. 공작은 그녀가 본 적이 없는 훌륭한 귀족 사내의 모든 것을 가진 자였다.

'소문처럼 괴물이었으면 얼마나 좋았을까!'

눌리타스는 그녀도 모르게 큰 소리로 한숨을 짓고 말았다. 그러자 루셔스가 무척 걱정이 된다는 듯 손을 포개며 눈을 맞추었다.

"부인, 피곤한 게요?"

백작가의 식탁에서 다정하게 부인을 챙기는 듯한 공작의 모습이 반가운 사람은 거의 없었다. 백작부인의 포크를 쥔 새끼손가락이 미세하게 경련을 일으키고 있었다.

'오, 우리 메이린! 이를 어쩌면 좋니.'

메이린이 또 딸이라는 이유로 백작은 갓 태어난 아이를 본체만 체했었다. 백작부인은 자신을 닮은 작은 여아에게 비참하고 서러운 감정들을 모두 이입했었다. 그리고 그 안쓰러운 아이의 짝이 될 뻔한 이가 바로 저 검은 머리의 훤칠한 사내였다.

'하지만 그 옆에 있는 것은 누구냔 말이야.'

질 좋은 드레스를 걸치고 앉은 것은 하녀의 몸에서 난 사생아 나부랭이였다.

'왜 저것을 진작 알지 못했는지! 어떻게 저 징그럽고 하찮은 계집이 감히 귀족들의 식사자리에 앉아 있을 수가 있어! 왜 내 딸이 있어야 할 자리에 있는 거야……'

백작부인의 분노가 머리끝까지 활활 타올랐다. 하지만 이런 그녀의 기분을 모르는 백작이 호탕하게 웃으며 공작에게 건배를 권했다.

"모르시아니가와 로마그놀로가를 위하여."

그러자 루셔스가 웃으며 화답을 하였다.

"모르시아니 공작부인을 위하여."

그 공작부인이 사생아인 것도 모르고 감싸는 꼴을 보자 백작은 조소를 금할 수가 없었다. 역시 저 젊은 놈은 전쟁터에서 잔재주나 조금 부릴 줄 아는 풋내기에 불과했다.

하지만 어쩌랴.

백작의 명예에 도전한 건방진 놈을 향한 그의 복수는 이제 시작이었다.

'명예에는 명예로! 목숨에는 목숨으로!'

그것이 귀족들이 살아가는 이유요, 로마그놀로 백작이 지금 숨 쉬는 이유, 그 전부였다.

눌리타스는 식사를 마치고 방으로 돌아왔다. 그런 끔찍한 이들과의 식사는 언제나 체기를 동반했다. 가슴을 살짝 두드리며, 답답한 마음에 창을 열어 나고 자란 곳의 공기를 느껴보았다.

'이제 조금만 있으면 이곳을 떠날 수 있어.'

로마그놀로가를 떠나는 것은 무척이나 다행이긴 했지만, 모든 거짓이 드러난 마당에 공작가로 향하는 발걸음도 그렇게 가볍지 않았다. 하지만 그녀에게는 선택지가 그리 다양하지는 않았다.

'어머니는 눈을 뜨셨을까?'

어젯밤 차갑게 식어가던 어머니의 작은 몸을 떠올려보았다.

'생과 사를 결정하는 것은 하늘의 몫이리라.'

지금 걱정을 한다고 달라지는 게 없다는 것을 알고 있었다. 그러나 그녀의 얼굴에 우울한 감정이 드러나는 것까지 막을 수는 없었다. 소피아가 가방을 꾸린 후 눌리타스의 표정을 살피더니 조심스레 물어보았다.

"마님. 어디 아프신가요?"

"······아니야. 소피아. 떠나기 전에 가족과 인사를 하고 오도록 해."

소피아는 눌리타스의 배려에 감사하다는 인사를 하며 방을 나섰다.

눌리타스는 소피아와 처음 어색했던 때를 떠올려 보았다. 요즘 그녀는 마치 자신을 진짜 귀부인이라고 착각하고 있는 게 아닌가 할 정도로 정중하게 대해 주었다.

"너나 나나 다 같은 처지인 것을······."

방에 혼자 남겨진 눌리타스는 작게 중얼거렸다.

오히려 그녀 때문에 가족과 생이별을 하게 된 소피아에게 미안한 마음이 들었다. 하지만 그것 또한 자신이 원했던 바는 아니었으니.

혼자 남은 눌리타스는 초조한 기분이 들어 손끝으로 드레스 자락을 꼬았다가 푸는 것을 반복하였다. 여름 한 철 불어 닥치는 태풍에 휩쓸린 나약한 들풀더미가 된 것 같은 심정이었다. 하늘의 변덕으로 자꾸만 알 수 없는 곳으로 날아가고 있지 않은가.

'하지만 어머니와 나의 인생을 조롱하는 백작에게 지지 않을

거야.'

그가 멸시해 마지않는 사생아 계집이 끝까지 거친 비바람 속에서도 절대 부러지지 않는 모습을 보여주리라.

눌리타스는 주먹을 쥐고 로마그놀로그 백작을 향한 분노를 조용히 터트려 보았다.

"나를 기다린 건가?"

문이 열려 있었는지 소리도 없이 반갑지 않은 이가 찾아 들었다. 아비오는 아주 들뜬 목소리로 말하며 시큼한 악취를 풍기는 몸뚱이를 비틀거리고 있었다.

"그래, 나야. 너의 하나뿐인 오빠. 아비오 로마그놀로! 장차 백작이 될 몸이시지."

그녀가 오전부터 느낀 불안감의 정체는 바로 이것이었을까.

"그래, 좋아. 언제나처럼 너는 새침한 고양이처럼 거기 있으렴."

아비오는 술 냄새가 가득한 입술을 다시며 그녀가 앉은 자리까지 다가오고 있었다. 눌리타스는 이제야 굳었던 다리를 풀어 일어서려 해보았지만, 아비오가 팔걸이를 꽉 움켜쥐는 통에 옴짝달싹할 수 없었다.

마주 친 그의 붉은 두 눈은 광기 그 자체였다.

"비켜주세요. 공작님이 오실 겁니다."

눌리타스는 아비오가 조금이라도 정신을 차릴 수 있게 공작을 언급해 보았다.

"아니야. 백작님과 함께 계시는 걸 보고 왔어. 아마 한참 걸릴 거야."

술에 취했어도 그런 정신은 있었는지 아비오는 아주 의기양양하게 답을 하였다. 그러더니 갑자기 웃음기를 지우고 소리를 질러 댔다.

"망할 것! 내 눈을 봐!"

눌리타스는 할 수만 있다면 이 의자 다리를 분질러 이 미친놈을 마구 패고 싶었다. 이 미친놈 때문에 죽을 뻔한 고비를 넘겼고, 여러 차례 끔찍한 일도 겪을 뻔했다.

하지만 지금은 참아야 했다. 이곳에서 일을 더 크게 벌이는 것은 공작에게 폐가 될 것이란 판단이 들어서였다.

"제발, 그만해주세요."

눌리타스는 침착한 목소리로 그에게 부탁을 했다.

예전이야 백작가의 가축보다 못한 신세라 여겨서 아비오가 홀로 그녀를 더듬어도, 더러운 눈길을 보내도, 한번 눈 감으면 그만이라는 생각을 했었다. 그만큼 그녀에게는 의미가 없는 말과 행동들이었다.

하지만 지금 그녀를 둘러싼 삶이 모두 바뀌었다.

그녀는 귀족의 명예 따위에 구속받지 않았지만, 모르시아니 공작님은 그렇지 않았다. 그의 가문에 더 이상의 오점을 남기고 싶지 않았다. 그녀가 아비오의 팔을 떼려고 움직이자 그가 미쳐 날뛰기 시작하였다.

"너를 온전히 사랑해주는 사람은 나뿐이라고! 너를 있는 그대로 원하는 사람도 나뿐이야!"

"……."

"네가 사내든 계집이든 상관없이 널 보면 흥분을 하는 것도 나 하나란 걸 모르겠어?"

그 말을 하더니 아비오가 두 손에 힘을 더 실어 그녀를 옴짝달싹하지 못하게 해놓고 고개를 숙이기 시작하였다. 그의 역겨운 얼굴이 눌리타스의 입술에 닿기 직전이었다. 눌리타스는 그 구역질나는 숨결을 피해 고개를 돌리는 것으로 그녀의 뜻을 전달했다.

"너 지금 내 말에 거역하는 거야? 감히 버러지 같은 네가?"

아비오가 술을 마시지 않은 상태라면 그냥 화가 난 상태로 방을 나갔을지도 모른다. 하지만 밤새 마신 술로 자제심이라는 것이 모두 사라진 채였다.

그는 두 팔로 의자에 앉은 그녀의 몸을 거칠게 일으켜서 바닥으로 내동댕이쳤다. 눌리타스는 갑작스러운 아비오의 폭력이 놀랍지도 않았다.

"내가 사랑한다고 했잖아!"

아비오는 바닥에서 예전에 걷어차인 배를 두 팔로 움켜쥐고 고개를 숙이고 있는 눌리타스를 향해 어슬렁거리며 다가섰다.

"그거 알아? 역시 너는 내 밑에서 기는 게 가장 어울린다는 거?"

비릿한 웃음을 짓던 아비오는 곧장 발로 눌리타스의 복부를 세차게 걷어찼다. 눌리타스는 그 충격으로 가구 모서리에 등을 부딪치고 말았다. 머리에 순간 불빛이 번쩍할 정도로 강한 통증이 엄습했다.

목소리를 내보려 했지만, 그저 침만이 그녀의 입가를 타고 흘렀다. 눌리타스의 배를 감싼 손에서 피가 흘렀다. 그녀는 떨리는 손으로 침과 피를 옷에 쓱 닦아냈다.

'아……'

눈앞이 흐릿해지는 것 같았다. 누가 와서 이 상황에서 구해주었으면 하다가도, 이런 모습이 부끄러워 누구도 오지 않기를 바라게 되는 것이었다.

"오랜만에 우리 추억의 놀이를 좀 해볼까? 얼른 일어서서 내 다리 사이를 기어가."

눌리타스는 오늘 제대로 미쳐버린 아비오의 번들거리는 눈을 희미하게 볼 수 있었다. 그는 두 발을 넓게 벌리고 서서 손으로 다리 사이를 가리키며 건들거리고 있었다. 그리고 의미를 명확히 알 수 없는 혼잣말을 하며 기이한 웃음을 보였다.

"너 같은 버러지가 꽤나 명줄이 질기단 말이야. 천해 빠진 계집 어디에 이 몸이 홀린 걸까."

눌리타스는 주변에 잡히는 무언가를 지지해서 천천히 일어섰다. 아까는 방심해서 한 대 맞았지만, 더 이상의 수모를 당하고 싶지 않았다. 하지만 몸을 세우는데 배에서 불이 난 듯 고통이 끓어올라서 이를 악물어야 했다.

고통으로 창백해진 얼굴을 한 그녀의 두 뺨으로 눈물이 주룩 흘렀다. 그 모습을 보자 아비오의 분노가 일순간에 사그라졌다. 그는 어쩔 줄 몰라하며 말을 더듬었다.

"왜 우는 거지? 내가 너를 아프게 한 건가? 내가 널 얼마나 사랑하는데……."

아비오는 두 팔을 그녀에게 뻗으며 애원하듯 사랑 고백을 했다. 약간 정신이 든 아비오는 어질러진 가구들과 배를 움켜쥐고 있는 그녀의 모습을 볼 수 있었다.

"이게 무슨……."

아비오가 흔들거리며 그녀에게 다가서는 것을 보며 눌리타스는 손등으로 눈물을 훔쳐내며 그를 똑바로 노려보았다.

'사랑 같은 소리하고 있네.'

눌리타스는 방금 그녀를 발로 걷어찬 아비오가 또다시 사랑 타령을 하자 웃음이 났다. 할 수만 있다면 큰 소리로 웃어주고 싶었지만, 배가 당겨서 그럴 수 없는 것이 유감이었다.

눌리타스가 딱딱한 목소리로 그를 향해 내뱉었다.

"아비오 로마그놀로, 그 알량한 목을 지키려면 이제 그만 나가는 게 좋을 거야."

아비오는 그녀의 입에서 흘러나온 자신의 이름을 듣고 고개를 번쩍 들었다. 그는 혹시 잘못 들었나 싶어 다시 한번 고개를 흔들었다.

"뭐라고!"

기가 죽었다가 다시 광분하려는 아비오에게 눌리타스가 아이들에게 무서운 이야기를 들려줄 때나 쓸 법한 목소리로 말을 계속했다.

"이건 비밀이라 함부로 이야기하면 안 되는데, 모르시아니 공작님은 멍청한 귀족 사내를 숲으로 몰아넣고 쫓아가서 사냥하는 취미가 있어서……."

"뭐라고…?"

하지만 심약한 아비오는 이미 공작이 장검을 들고 그를 쫓아오기라도 하는 것처럼 두려움을 느끼는 티가 역력했다. 그는 애써 공포를 떨치고 다시 입을 열었다.

"그게 무슨 소리야. 다 헛소문이라고 들었다고!"

눌리타스가 구겨지는 인상을 겨우 펴며 몸을 확 세웠다. 그리고 이미 무너지기 시작한 아비오의 눈을 보며 묘하게 말끝을 흐렸다.

"소문이 헛소문이었다니… 그것도 헛소문이라면 어쩌실 거죠?"

눌리타스는 아비오의 눈을 바라보며 천천히 다가섰다. 그의 겁에 질려 파래진 얼굴이 꽤 볼만했다.

'어머니가 이제 이곳에 계시지 않아.'

그녀의 목을 옭아매고 있던 족쇄가 풀렸다. 그리고 어머니가 쓰러져 있던 것은 보나 마나 이자의 아비나 어미 탓이겠지. 그들을 향한 분노가 타오르자, 배가 아픈 것도 잠시나마 잊을 수 있었다.

"그만둬. 너 따위가 하는 이야기를 내가 믿을 성싶으냐."

아비오는 그래도 여전히 미련이 남는지 팔을 뻗어 그녀에게 접촉하려는 시도를 하였다. 눌리타스는 그의 팔을 피하며 허리를 똑바로 폈다.

"무례하군. 나는 모르시아니 공작부인이야."

눌리타스는 마치 일국의 여왕처럼 당당했다. 순간 아비오는 그녀로부터 위압감을 느꼈다. 분명 그의 소유였던 계집이 맞는 것 같은데, 왜 이리 멀게 느껴지는가.

하지만 이대로 그녀를 포기할 수 없었다.

"하지만 너는 진짜가 아니잖아! 나는 백작가의 후계자고 너는 가문의 소유인 천한 존재에 불과해!"

아비오는 자꾸 가물거리는 눈을 뜨며 그녀에게 소리를 지르며 이 상황을 역전시켜보려 했다.

"그건 나도 잘 알아. 하지만 백작의 눈 밖에 나는 것조차 무서운 샌님이 지금 그 이야기를 공작님에게 할 배짱이 있을까?"

눌리타스의 피를 머금은 입술에서 흘러나온 싸늘한 일갈에 아비오는 넋이 빠져버릴 것 같았다. 그녀의 말들은 틀린 게 없었다.

모두가 아는 거짓이지만… 그것을 그가 밝힐 수는 없는 노릇이었다.

그렇게 된다면 자신의 가문이 위태롭게 될 것이다. 아마 그전에 백작이 휘두른 칼에 먼저 목숨을 잃게 될지도 모른다.

"건방진 년! 감히 나를 협박하는 것이냐."

아비오는 목을 쓰다듬으며 뒷걸음을 치는 와중에도 큰소리를 쳤다.

"지금 사라지는 게 좋을 거야."

더 당당해진 그녀의 목소리. 아비오는 예전에 그의 가랑이 사이를 기면서 비굴하게 몸을 웅크리던 짧은 머리를 한 그녀의 모습을 찾아보려 애썼다. 하지만 지금 눈앞의 여인에게서 그 모습을 찾기란 어려웠다. 그가 수많은 밤에 탐하는 것을 꿈꾸었던 아이는 저런 목소리를 내지 않았다. 그가 사랑했던 아이의 그림자가 천천히 바스러지고 있었다.

"이런……."

아비오는 당황스러운 마음을 감추지 못하고 몸을 돌리더니 방에서 서둘러 나갔다.

드디어 혼자가 된 눌리타스는 배를 힘껏 움켜쥐고 무너지듯 주저앉았다. 아주 잠시만 쉬었다가, 옷을 갈아입어야겠다고 생각했다. 그 누구도 지금 있었던 일에 대해서 알지 못하여야 할 것이다.

눌리타스는 아비오에게 차여서 까진 손등을 쓸며 그대로 젖은 눈을 감았다. 그녀의 뒤로 축 늘어진 붉은 머리가 마치 눌리타스가 흘리고 있는 피눈물 같았다.

모르시아니가로 돌아가는 마차 안에서 눌리타스는 평소보다 더 말이 없었다. 루셔스는 그녀에게 하고 싶은 이야기들이 많았지만, 그 마음을 잠시 안으로 삭이기로 하였다. 아마 지금 그의 앞에 위태로워 보이는 여인에게는 혼자 조용히 있을 시간이 필요하리라.

아직 보르조이에게서 어떤 기별을 받지 못한 그도 초조하긴 마찬가지였다. 부디 그녀의 어머니가 힘을 내서 살아주었으면 했다. 어머니를 잃는다는 것을 겪어보지 않은 이들은 그 엄청난 상실감에 대해 알 수 없을 것이다.

반면 마차의 등에 기댄 눌리타스는 어떤 생각도 하기 힘든 상태였다. 손등에 난 상처는 장갑으로 가릴 수 있었지만, 아비오에게 맞은 배는 진통 효과가 미미한 허브차를 마신 것으로 견뎌내기엔 역부족이었다. 내색하지 않으려 애쓰고 있었지만, 자꾸만 신음이 새어 나올 것 같아서 이를 악물었다.

정신을 똑바로 차려야 한다. 공작에게 더 이상 폐를 끼치고 싶지 않아.

"우리 메이린을 잘 부탁합니다. 공작님."

은발의 로마그놀로 백작이 눌리타스의 어깨를 가볍게 두드리며 공작에게 청을 넣었다. 그러자 공작이 정중하게 그러겠노라 답을 했었다.

'우리 메이린 같은 소리를 잘도 하는구나.'

몰래 헛웃음을 짓던 눌리타스는 마차를 타기 전 로마그놀로의 우중충한 성을 한 번 올려다보았다. 어딘가에서 메이린이 커튼 자락을 깨물며 그녀를 노려보고 있을지도 모른다. 아비오는 술이 덜 깬 채 그녀의 이름을 부르짖고 있을 테지.

'하지만 이제 다 끝났어.'

어머니는 이제 이곳에 머무르지 않으신다.

결국 공작의 도움을 받긴 했지만, 어머니를 구하겠다는 약속을 지킬 수 있었다. 눌리타스는 아픈 배를 한 손으로 살짝 받치며 로마그놀로 백작을 쳐다보았다.

불가능할 것 같던 연극은 반강제로 막이 올랐고, 눌리타스는 그 무대 위에서 혼신의 힘을 다했다. 왠지 홀가분한 기분이 들어 뭉근한 통증이 기분 좋게 느껴지기까지 했다.

마차에 올라타서 등 뒤로 느껴지는 진동을 가만히 느껴보았다. 창밖을 보지 않아도 어두운 돌무더기 같은 로마그놀로 가에서 멀어지고 있다는 것을 알 수 있었다.

이제 어디가 아픈지 모를 만큼 통증이 전신으로 번지는 것 같았다. 하지만 눌리타스는 지금 더없이 편안하였다. 어머니와 그녀가 둘 다 저곳에서 벗어난 순간이었다. 게다가 그녀의 마지막을 공작과 함께할 수 있다는 것이 무척이나 벅찼다.

'고매한 자의 곁에서 눈을 감을 수 있다는 게 바로 영광이 아닐까.'

눌리타스는 귀족들이 들먹이던 어쭙잖은 명예, 영광 등을 생각하다 잠시 웃었던 것 같다.

그리고는 앉은 채로 곧장 픽 쓰러졌다.

루셔스는 놀라 그녀의 곁에 다가가 그녀를 안았다. 조용히 잠이 든 것 같은 여인의 몸을 안고 턱을 굳혔다. 루셔스는 한없이 조급해진 기분을 담아 마부에게 소리를 쳤다.

"마차를 좀 더 빨리 몰도록!"

그의 너른 등이 그녀에게 닥치는 세상의 모든 풍파를 막아내기라도 하듯 눌리타스의 곁을 지키고 있었다. 루셔스의 검은 두 눈이 고통으로 선이 그려진 그녀의 둥근 이마에 가 닿았다.

루셔스는 심란한 마음을 추스르기 위해 성루에 걸터앉아 있었다.

이곳에선 북쪽 숲이 무척 잘 보였다. 비가 세차게 내리던 날 그녀를 잃는 줄 알고 달려갔던 것이 바로 어제 같은데, 그는 또다시 그녀의 걱정으로 이곳을 서성이고 있었다.

'어째서 내게 한마디 언질도 해주지 않았나.'

저렇게 미련스러울 수가 있는지.

루셔스는 머리를 마구 헤집으며 한숨을 계속해서 내쉬었다.

의원이 그녀의 복부를 누군가 발로 찬 것 같다는 소견을 냈다. 그리고 이번이 처음은 아닌 듯하다는 것이 더 기막혔다.

'감히 누가 저 여인에게 그런……'

루셔스는 지금 너무 화가 나서 견딜 수가 없었다. 사람을 모아 바로 로마그놀로가로 쳐들어가는 무모한 상상을 했을 정도였다. 아주 세찬 바람이 그의 귀를 강타했지만, 그는 미동도 없이 나무가 빼곡한 숲만 노려보았다.

그의 부인은 루셔스가 생각했던 것보다 백작가에서 더 고된 생활을 했던 모양이었다. 그는 성루의 돌담을 잡고 우뚝 서서 마치 그것을 부술 듯 세게 움켜쥐었다.

다행히 눌리타스는 곧 깨어났다.

그녀는 자신의 복부에 무언가 둘러져 있고 고약한 약초 냄새가 방 안에 진동을 하고 있다는 것을 알아차렸다.

'아, 결국 내가 버티지 못 했구나.'

겨울에 얇은 홑겹의 옷을 입은 채 일을 하면서도 잔병치레 하나 없던 그녀였다. 하지만 요즘 너무 귀족 놀이에 몰입한 탓일까. 걸핏하면 이리 요양을 하는 신세가 된 것이다.

"기절이라니 누가 들으면 진짜 아가씨인 줄 알겠군."

혼잣말을 한마디 내뱉는데도 온몸이 산산이 조각나는 기분이 들었다. 지금 상태로는 일어나 앉는 것은 도저히 무리라는 생각이 들었다.

눌리타스는 누워서 가만히 천장의 무늬를 살폈다.

이곳은 공작의 방이다. 그의 공간에 있자니 루셔스의 그 크고 따뜻한 손길이 그녀의 배를 어루만지는 듯한 착각이 들었다.

"깨어났군."

눌리타스는 그의 손길을 상상하다 실제 그 목소리가 들리자 순간 통증을 잊을 정도로 깜짝 놀랐다.

"아, 공작님……."

"그대는 정말이지……."

루셔스는 그녀 가까이에 있는 의자에 털썩 앉으면서 바람에 엉망이 된 머리를 아무렇게나 넘겼다. 아직 그는 자신의 마음에 품고 있는 감정을 제대로 해석할 수 없었지만, 그녀에게 묘한 서운함을 느낀 것은 사실이었다. 눌리타스를 지척에 두고도 지켜내지 못했다는 자책감마저 들었다.

반면 눌리타스는 그가 모든 것을 알게 된 지금 더 이상 곁에 머무를 수 없다 여겼는데, 또 이리 신세를 지게 되었다는 것이 마음에 걸렸다. 하지만 머릿속을 맴도는 궁금증을 도저히 참을 수 없었다.

"공작님 놀라셨죠. 너무 송구합니다. 그리고 ……."

"방금 그대의 어머니가 고비를 넘겼다는 소식을 받았다. 나으면 함께 가보도록 하지. 아마 그분도 그대가 이리 초췌한 것을 보면 마음이 쓰일 테니 말이야."

눌리타스는 묻기도 전에 어머니의 회복 상태를 알려준 그에게 감사한 기분이 들었다. 그리고 이렇게 선의를 베푸는 공작에게 죄스러움을 느낄 뿐이었다.

그래서 차마 그의 앞에서 어머니의 소식을 듣고도 기쁜 내색을 할 수가 없었다.

'무엇으로 이 은혜에 보답할 수 있을까?'

마음에 놓인 돌무더기에 또 하나의 돌이 올려진 것 같은 무게감을 느꼈다.

한편 루셔스는 어머니의 소식을 전해 듣고도 전혀 밝은 표정을 짓지 못하는 눌리타스를 보며 깊은 한숨을 쉬었다.

'내게는 작은 웃음 하나, 허락해주지 않는 건가.'

식은땀이 흐르는 그녀의 이마를 본 그는 수건을 들고 다가섰다. 그의 손길이 다가오자 침대에 누운 그녀는 피해 보려고 움찔해 보았다.

"땀이 식으면 몸에 한기가 들지."

루셔스는 연약한 아기의 피부에 닿듯 조심스레 땀을 닦아 준 후 의사가 처방해준 차를 숟가락으로 떠서 그녀에게 가져갔다. 눌리타스는 아주 질겁하며 고개를 절레절레 흔들었다.

"하녀를 부르도록 하겠습니다."

"말도 너무 많이 하지 않는 게 좋을 거야."

루셔스는 그녀의 거부 의사를 못 들은 척하며, 한 손으로 그녀의 뒷목을 잡아들고 다른 손으로는 차를 뜬 숟가락을 가까이에 대었다. 눌리타스는 아파서 땀범벅인 몸에 그가 손을 댄다는 것이 영 마뜩잖았다.

하지만 그는 매우 민첩한 손놀림을 가지고 있어서 그런 생각을 하는 사이에 벌써 숟가락이 그녀 입 근처에 닿아 있었다. 하는 수 없이 아주 작게 입을 벌려 그것을 받아 마실 수밖에 없었다.

"입을 더 크게 벌려야 수월할 듯한데."

하지만 눌리타스는 그의 앞에서 입을 크게 벌리는 흉한 모습을 보이고 싶은 생각이 전혀 없었다. 그런 사소한 거부의 몸짓을 하다 약숟가락에 담겼던 액체가 턱밑으로 흘렀다.

순간적으로 루셔스는 숟가락을 팽개치고 그녀의 볼을 부드럽게 스치며 직접 그것들을 지워냈다.

눌리타스는 그의 손가락이 그녀의 살갗에 닿는 순간 의식을 잃을 것처럼 어지러웠다. 눈을 어디에 둘지 몰랐다.

루셔스는 수줍어하는 눌리타스의 눈을 바라보며 아늑해지는 기분을 느꼈다. 그녀의 눈 속에는 여름날 밤을 수놓는 별빛이 내려앉은 듯했다. 그러다 당황해서 허공을 헤매는 그녀의 눈과 마주치자 루셔스는 얼른 손을 떼며 헛기침을 하였다.

아픈 이를 상대로 무슨 해괴망측한 생각을 한단 말인가.

'얼른 이곳을 나가는 게 서로를 위해서 좋겠군.'

루셔스는 뒤로 돌아서며 얼른 회복하라는 짧은 인사를 남기고 서둘러 방을 나섰다.

혼자 침대에 남은 그녀는 떨리는 손끝으로 가만히 입술을 쓸어보았다. 그다음 공작의 손길이 닿은 턱을 한번 슬쩍 만져보았다. 그의 손가락이 스친 곳이 화끈거리는 이유는 아마 그녀의 몸이 회복이 덜 되어서일 것이리라.

아까 눈이 마주쳤을 때, 그에게 하고 싶었던 수많은 말들을 홀로 되뇌어 보았다. 그의 눈길 하나에 사소한 몸짓 하나에 이 미천한 가슴이 뛰기 시작했다는 것을 공작이 알아서는 절대 안 된다고 생각했다.

'그가 남색자가 아니었다면 무언가 달랐을까.'

참으로 헛된 생각이 아닐 수 없었다.

눌리타스는 이런 못난 스스로의 모습이 부끄러워 이불을 끌어 얼굴을 가렸다. 배가 조금 당겨서 아릿한 통증을 느꼈지만, 도저히 지금은 맨얼굴을 세상에 내어둘 수가 없었다.

로마그놀로 백작은 망연자실한 표정으로 응접실에 앉아 심각한 표정을 짓고 있었다. 분명 이번 그의 생일에 공작을 초대한 것은 그 멍청한 꼴을 보며 마음껏 비웃어주기 위함이었다.

　하지만 공작이 떠난 지금 왜 이리도 찜찜한 기분이 드는 것인가.

　백작은 의자에 등을 기대며 공작이 떠나기 직전 그와 나눴던 대화를 떠올렸다.

　"공작님, 이렇게 직접 와주시다니 더없는 영광이었습니다."

　"아닙니다. 잘 머물다 갑니다. 나중에 기회가 되면 모르시아니가로 초대하겠습니다."

　"말씀만 들어도 황송하군요."

　아주 융숭한 대접을 받고 떠나는 손님과 주인의 깍듯한 인사가 이어지고 있었다. 백작은 속에서 똬리를 틀고 있는 그의 검붉은 욕망을 들키지 않으려 애를 써야 했다. 누구에게도 드러낼 수 없는 그의 승리를 속으로만 삭이는 것은 여간 힘드는 일이 아니었다.

　그런데 그의 속을 전혀 알 리 없는 공작이 아주 유쾌한 목소리를 내기 시작하였다.

　"아비오라고 했나요? 굉장히 장래가 촉망되는 영식이더군요."

　"부족한 아이라서 송구스럽습니다."

백작은 갑자기 왜 공작이 아비오를 들먹이는지 영문을 알지 못했다. 아비오의 그 흐리멍덩한 얼굴 어디에서 밝은 미래를 엿볼 수 있었다는 건지. 백작은 아비오의 칭찬을 하는 공작이 무슨 수작을 부리는 건가 싶어 미간이 좁혀졌다.

"분명 로마그놀로 백작님이시라면 후계자 교육을 혹독하게 시키시겠죠."

"저는 그 나이 때 전장에서 크다시피 했죠. 아마 공작님도 마찬가지겠군요."

루셔스는 백작이 자신의 과거를 운운하며 거들먹거리고 있지만, 그의 아들에게 어떤 교육을 하고 있는지 언급이 없다는 것을 놓치지 않았다. 그래서 마치 그런 백작의 말에 큰 감동이라도 받은 듯한 얼굴로 자연스럽게 말을 이었다.

"이제 우리 두 가문은 가족이니 편하게 말씀드리죠."

"무슨 말씀이신지?"

"변방 수비를 맡고 있는 스피노네 후작을 아십니까? 이번에 후작의 시종을 새로 구한다는 소식을 접하고 제가 백작의 허락도 없이 아비오를 추천해줬습니다. 아시겠지만 왕국의 경계를 지키는 일은 엄청난 책임감과 사명감 없이는 할 수 없는 일이라 백작님께서 단번에 납득하시리라 생각했습니다."

루셔스의 열정적인 설명에 과거의 영광을 되새기며 흐뭇했던 로마그놀로 백작의 얼굴이 경직되었다. 전쟁은 끝이 났지만, 변방

쪽에는 거친 사내들이 사방천지에 널려 있었다. 나약해빠진 아비오가 그런 곳에서 버틸 수 있을 리 없었다.

백작은 얼이 빠진 얼굴로 아무런 답도 하지 못한 채 공작의 입술을 노려보았다. 그는 불쾌해진 감정을 드러내지 않기 위해 표정을 갈무리하며 가만히 주먹을 쥐어보았다. 이에 루셔스는 백작의 얼굴을 슬쩍 살피더니 가볍게 미소를 그렸다.

"스피노네 후작은 무예가 출중한 사내로 왕국에서도 명성이 자자하죠. 로마그놀로가의 후계자에게 더할 나위 없는 자리로 사료됩니다만."

그러더니 루셔스는 난처하다는 듯 약간 말을 흐렸다.

"하지만 지금 와 생각하니 제가 너무 경솔하지 않았나 하는 염려가 되는군요."

백작은 전혀 곤란해 보이지 않는 얼굴로 제멋대로 말을 내뱉는 젊은 놈에게 분노가 치밀어 올랐지만, 그것을 내색할 수 없어 곤혹스러웠다.

'지금 와서 저런 헛소리를!'

스피노네 후작은 왕국에서 모르시아니 공작만큼이나 흉흉한 소문이 난 자였다. 그는 여인보다는 어린 사내를 선호하는 남색자라고들 했다. 이제까지 백작은 후작이 사내를 탐하든 말든 전혀 관심이 없었지만, 이제는 무시할 수 없는 소문이었다.

아비오가 후작 아래서 시종의 일을 성실히 해내기만 한다면 로마그놀로가의 후계자는 허약하다는 그동안의 오명을 단박에 지울 수 있을 것이다.

'하지만 무언가 께름칙하단 말이지.'

그를 단 한 번도 기쁘게 해준 적이 없는 멍청한 녀석이었지만, 하나뿐인 아들을 변방으로 보내는 것은 달갑지 않았다. 그러나 지금 이 자리에서 공작의 어처구니없는 이야기를 단번에 거절하지 못하는 것은 순전히 그의 자존심 때문이었다.

"이리 신경 써주시니 너무나 큰 영광입니다. 그렇지 않아도 아들 녀석 때문에 고민을 하던 차였는데, 이리 좋은 곳에 추천을 해주시다니요. 공작님의 호의에 어떻게 보답을 해야 할지 모르겠습니다."

백작은 이리 마음에도 없는 감사 인사를 하며 머리를 연신 조아렸다.

백작은 공작과 눌리타스를 태운 마차가 그의 시야에서 사라지는 것을 지켜본 뒤, 하인들에게 소리를 지르며 당장 아비오를 찾아오라는 명을 내렸다.

그의 정수리 위로 분노가 연기가 되어 피어오르는 듯 보였다.

백작은 뒷짐을 진 채 하인들이 서둘러 사라진 성문을 흘끗 보았다. 뒤늦은 후회가 밀려왔으나, 이미 운명의 주사위는 던져졌으리라.

한편 장차 펼쳐질 일을 알 길이 없는 아비오는 해가 중천임에도 여전히 인사불성이었다.

'세상이 무너지는 게 이런 기분일까.'

처음에는 마른 몸을 한 소년이 수레를 끄는 모습이 그저 신기했던 것 같다. 하지만 자신이 그 아이의 모습을 좇고 있다는 것을 의식하게 되었을 때는 마음을 온통 빼앗긴 후였다.

처음 꿈에 아이가 나타나 야릇한 상상을 했을 때 아비오는 심한 자괴감을 느꼈다. 멈출 수 있는 방법을 알았다면 그는 그런 욕망들을 저지했을 것이다. 저런 버러지 같은 것과 뒤엉킨 그의 모습을 꿈에서 지켜보는 일은 무척 역겨운 동시에 황홀한 일이었다.

그가 처음으로 취했던 하녀는 그 아이의 희고 가는 목덜미를 닮아 있었다. 울면서 몸을 가리려고 필사적이었던 여린 손 따위는 안중에도 없었다.

그 후에도 시도 때도 없이 찾아드는 공허함을 채우기 위해 발버둥 쳐 보았으나 아비오는 전혀 만족스럽지 않았다.

'어째서일까……'

그렇게 혼란스러운 날이면 무작정 그 아이를 찾아 헤맸다. 그런 비천한 것을 만나서 무엇을 하고 싶은지조차 알 수 없었다. 그저 당장 그 가느다란 목덜미를 움켜쥐고 싶다는 욕망 하나만이 그를 지배하고 있었다.

드디어 어디 허름한 창고 근처에서 그 하인 아이를 마주했을 때,

아비오는 머릿속의 가느다란 줄이 끊어지는 것 같은 기분을 느꼈다.

반항하는 푸른 눈을 발로 걷어차서, 흙먼지 속에 뒹구는 그 뽀얀 목덜미가 드러나면 그는 순간 지극한 환락을 맛볼 수 있었다.

'그랬었지. 당연히 내 것이 될 줄 알았지.'

하인들이란 성에서 기르는 가축이나 매한가지였으므로 그 괘씸한 것은 이내 그의 소유가 될 예정이었다. 하지만 그 애가 난데없이 드레스를 입고 나타나서, 백작의 사생아라 했다.

선이 가는 사내아이인 줄 알았더니 여인이었단다. 그러더니 그 아이가 메이린이 되어 그의 손을 벗어난다 했다. 그 모든 일이 너무 한순간이었다.

"안 돼!"

아비오는 들고 있던 술병을 벽으로 던졌다. 벽에 부딪힌 유리병은 산산조각이 나서 남아 있던 술과 작은 유리 조각들이 그가 있는 자리까지 날아왔다. 술에 찌들어버린 육체는 피가 흐르는 비릿한 냄새도 맡을 수 없는 상태였다.

아비오에게 그 비천한 것의 위에 군림하는 것은 당연한 일이었다.

'하지만 아까 내가 본 것은 그 몹쓸 것이 아니야.'

눌리타스라는 우스운 이름이 붙은 후로 그랬던 것 같다. 그깟 것한테 고운 옷이며 이름이 가당키나 한가 말이다.

"천해빠진 것이 말이야."

아무리 술을 마시고 소리를 질러도 화가 풀리지 않았다. 그의 첫사랑이자 수많은 밤을 괴롭힌 존재가 아비오의 손가락 사이로 먼지처럼 빠져나가고 있었다.

누군가 방에 들어와서 백작님이 자신을 찾는다는 이야기를 하는 것을 들은 것 같았지만, 모든 게 귀찮아진 아비오는 그만 눈을 감아버렸다.

'내 인생이 틀어진 것은 전부 잘난 아버지 탓이야.'

그는 완전히 탈진하여 바닥에 드러누웠다. 세상이 그를 중심으로 빙글빙글 돌고 있었다. 비틀거리며 팔을 뻗어보았지만, 그가 소망한 뽀얀 목덜미는 잡힐 듯 말 듯 하면서 점점 흐려지고 있었다.

꽃잎이 바람에 흩날리기를 사흘이 흘렀다.

눌리타스는 창으로 날아든 하얀 것이 침대 가장자리에 내려앉는 것을 보며 입술을 깨물었다.

'어머니를 뵙고 싶어.'

그러나 지금은 그녀의 몸 하나 가눌 수 없는 처지라, 몸이 성히 낫기를 기다리는 수밖에 없었다.

그때 그녀의 방문이 열리면서 남루한 옷차림을 한 작은 아이가 들어왔다. 아이는 쭈뼛거리며 그녀가 있는 쪽으로 천천히 다가섰다.

"마님을 뵙습니다."

"아, 너는 그때……?"

"덕분에 무사할 수 있었습니다."

소년은 소담한 들꽃을 한 묶음 쥔 손을 뒤로 숨긴 채로 그녀에게 감사의 마음을 전하였다. 얼마나 긴장을 했던지 두 볼이 붉게 터지기 직전이었다.

눌리타스는 그 모습이 너무 귀여워 웃음이 절로 나는 것이었다. 아이는 잠시 머뭇거리더니 하고 싶던 말을 빠르게 쏟아냈다.

"부모님은 마님을 찾아가면 안 된다고 하셨어요. 하지만 저는 꼭 뵙고 인사를 드리고 싶어서……."

"언제라도 나를 찾아와도 괜찮단다. 그래, 그 꽃은 날 주려고 가져온 거니?"

눌리타스가 묻자 소년은 꽃을 쥔 손에 더욱 힘을 주었다. 꽃을 꺾을 때와는 달리 내미는 손이 무척이나 민망했다. 공작부인이 누워 있는 침대 옆 협탁 위에는 온실에서 생산된 값비싼 붉은 꽃이 이미 장식되어 있었다.

소년은 초라해 보이는 꽃다발을 차마 내밀 수가 없었다.

"괜찮아. 나는 들에 핀 꽃을 무척 좋아한단다. 어서 보여주렴."

하인이 귀족들의 앞에 서는 것이 어떤 느낌인지 충분히 헤아리고도 남는 그녀였다. 그리하여 지금 소년의 눈에 어린 수치심을 조금이라도 지워주고 싶었다.

마님의 다정한 격려에 용기를 낸 소년은 눌리타스에게 등 뒤에 숨겼던 것을 내보였다. 하얗고 노란 들꽃 더미는 그리운 향기를 풍기고 있었다.

눌리타스는 꽃을 받아든 채 아이를 향해 환하게 웃어 보였다. 공작부인이 자신이 준 꽃을 좋아해주는 것 같자 소년은 그제야 환하게 웃어 보였다.

"이제 수레를 끌지는 않지?"

"네. 그날도 사실 아버지를 도와 드리려고 허락도 안 받고……."

소년은 그날의 일 때문에 놀랐던 부모님 생각에 부끄러워 말끝을 흐렸다. 그저 성에서 일을 하는 어른을 돕고 싶었던 행동이 그런 사고를 불러올지는 몰랐다.

"그만하길 다행이야. 이 꽃은 정말 고맙구나."

감사의 마음을 전한 아이는 처음 들어설 때와 달리 편안한 얼굴이 되어 방을 나설 수 있었다.

눌리타스는 손에 쥔 들꽃을 바라보았다.

이내 흐뭇한 마음으로 협탁 위의 화병에 들꽃을 꽂으려고 보니, 들꽃의 투박하고 소담한 모습이 화병에 원래 꽂아둔 화려한 꽃과는 전혀 어울리지 않았다. 그 모습이 마치 하늘의 태양처럼 빛나는 공작 옆에 선 아무것도 아닌 그녀의 모습을 닮아 있었다.

그녀는 회복이 되자 가벼운 산책부터 시작하였다. 그동안 꼼짝 없이 침대에 누워 있으면서 이대로는 오래 살지 못할지도 모른다는 생각이 들었다. 하지만 그런 불확실한 일로 우울해하기보다는 현실에 충실하자는 것이 그녀의 솔직한 마음이었다.

햇살이 부드럽게 볼에 내려와 간질였고, 미풍이 그녀의 긴 머리를 흔들었다. 눌리타스는 미처 의식하지 못한 채 어느 밤 이후로 만나지 못했던 누군가를 찾고 있었다.

'아, 저기 계셨구나.'

발길이 멈춘 곳에는 땀을 흩뿌리며 검을 들고 움직이는 공작이 있었다. 그의 모습을 눈에 담은 눌리타스의 가슴이 느리게 반응을 하기 시작하였다. 공작을 보기 전에는 그녀가 그를 보고 싶어 한다는 것을 의식하지 못했다.

눌리타스는 한 손을 주먹 쥔 채 나무에 기대어 공작의 모습을 천천히 살펴보았다.

저런 멋진 기사의 수발을 드는 것이 지난 몇 년간의 꿈이었다.

그것을 상상하며 짚더미를 이고 지고 오물을 퍼내고 나르고 부었다. 기사님의 은빛으로 빛나는 투구라도 닦을 수 있다면 얼마나 좋을까 수없이 상상했던 그녀였다.

"기사님……."

그녀는 자신이 무슨 말을 하는지도 모르는 채로 눈을 빛내며 공작을 바라보았다.

루셔스는 얼마 후에 있을 마상시합에 대비하는 중이었다. 한참 검을 휘두르는데 그의 기민한 감각이 어떤 시선을 느낄 수 있었다.

푸른 눈이 꿈꾸는 듯한 빛을 발하며 그의 모습을 좇고 있었다.

처음 접하는 눌리타스의 눈을 본 루셔스는 평소보다 조금 더 과장되게 몸을 놀렸다. 그러다 움직임을 멈추고 칼을 검집에 넣은 뒤 그녀의 곁으로 다가섰다.

루셔스는 움직이느라 제대로 볼 수 없었던 그녀의 표정을 빠짐없이 확인할 수 있었다. 그것은 사랑에 빠진 여인의 것이라기보다는 마치 기사를 동경하는 소년의 것을 닮아 있었다.

'나한테 반한 게 아니란 거지?'

루셔스는 내심 서운한 기분이 들었다. 하지만 최대한 내색하지 않으려 노력하면서 땀에 젖은 머리를 위로 쓸어보았다.

"몸은 이제 괜찮소?"

눌리타스는 오랜만에 외출에 지쳤는지 멍하게 서 있다, 공작의 목소리에 화들짝 놀라 답을 했다.

"네. 염려해주신 덕분에 좋아졌습니다."

"다행이군."

눌리타스는 공작을 만나면 하고 싶은 이야기들이 산더미 같았지만, 머릿속이 실타래가 엉키듯 혼란스러워 입이 쉬이 떨어지지 않았다. 그저 빛이 반사되어 반짝이는 검집을 쳐다볼 뿐이었다.

공작은 그런 그녀의 모습을 지켜보다 조심스레 물어보았다.

"혹시 검술에 관심이 있소?"

눌리타스는 화들짝 놀라서 그와 눈을 마주쳤다.

'어떻게 말할 수 있을까? 오래전에 기사의 시동이 되는 이루지 못할 꿈을 꾸었노라고.'

그녀는 그의 말에 단숨에 고개를 저었지만, 루셔스는 눌리타스가 그 말과는 달리 검을 바라보는 눈빛에 미련이 가득하다는 것을 알아차렸다.

"여기 잠시만."

그는 짧은 말을 남기고 연무장 근처에 작은 창고 같은 곳으로 달려갔다.

그리고 잠시 후 나무로 만든 작은 검을 하나 가지고 나왔다. 그가 그것을 그녀에게 내밀었고, 눌리타스는 영문을 몰라 가만히 서 있었다.

"받아요."

눌리타스는 얼결에 그것을 받아든 후 의아한 표정으로 루셔스를 올려다보았다. 루셔스는 조금은 무심한 듯 그녀에게 말했다.

"내가 그대에게 간단한 검술을 가르쳐 줄 수 있을 것 같군."

눌리타스는 그제야 그것을 두 손으로 꼭 쥐었고, 처음 느끼는 이상한 감정들에 젖어 들었다. 공작의 이런 호의에 마냥 기뻐하기에는 그녀 자신이 너무나 죄스러웠고 가슴이 차올라 제대로 인사를 할 수 없었다.

루셔스는 그가 어렸을 때 아버지로부터 선물 받은 소중한 목검을 품고 있는 그녀의 표정을 찬찬히 살폈다. 그에게 의미가 있는 것을 그녀에게 건네줌으로 아마 과거에 아버지가 느꼈을지도 모를 그런 엇비슷한 만족감을 느낀 것이리라.

아무런 특색이 없는 마차 한 대가 한적한 시골길을 달리고 있었다. 눌리타스는 초조한 감정을 숨기지 못한 채 드레스 위로 올린 두 손을 피가 통하지 않을 만큼 꽉 쥐고 있었다.

'고비는 넘기셨다 했지만……'

그러다 손을 들어 머리를 쓸어 넘기려다 널따란 베일에 손끝이 닿았다.

공작은 우연한 기회에 그녀의 정수리에서 원래의 머리색을 보게 되었고, 눌리타스에게 더 이상 붉은색으로 염색을 하지 말 것을 청하였다.

그리하여 지금 그녀의 머리 아래쪽엔 빛이 바랜 붉은 빛이 돌았고, 위로는 반짝이는 은색이었다. 어찌 되었건 간에 지금 그녀의 머리색은 무척이나 애매했고 결국 베일이 달린 모자를 써서 온통 가릴 수밖에 없었다.

루셔스는 긴장한 것이 역력해 보이는 그녀를 위해 무엇을 해줄 수 있을까 한참 고민을 해보았다. 상심에 빠진 여인을 위로해보거나 다독여 본 적이 없는 그는 무슨 말을 어떻게 꺼내야 할지 난감했다. 그래서 그저 말없이 무릎에 가지런히 놓인 눌리타스의 손 위로 그의 손을 천천히 얹었다. 하여 지금 그녀의 마음을 뒤덮은 근심을 조금이나마 나눌 수 있길 바랐다.

눌리타스는 처음에는 갑자기 손을 잡은 공작 때문에 놀랐지만, 그 크고 따스한 손이 전해주는 기운이 온몸에 번지자 긴장감 가득했던 그녀의 가슴이 조금씩 진정되고 있다는 것을 알 수 있었다.

'어째서……'

"그런 표정을 한다면 아마 어머니가 걱정을 하실 텐데."

눌리타스는 그에게 온전히 덮인 손을 뺄 생각을 하지 못한 채 고개를 조용히 끄덕였다.

피가 말라붙은 어머니의 파리했던 얼굴이 끊임없이 떠올라 어떤 말도 할 수 없을 만큼 가슴이 무거웠다.

마차가 도착한 곳은 왕국 외곽에 위치한 규모가 작은 수도원이었다. 공작이 마차에서 내리자 몸집이 작고 얼굴이 창백한 사내가 나와 공작을 맞았다.

"보르조이, 고생 많았다."

공작이 사내에게 인사를 건네자, 그는 눌리타스에게 정중하게 예를 갖추더니 그들을 수도원 뒤편의 별채로 안내했다.

별채에 당도한 눌리타스가 차마 문을 열지 못하고 망설이고 있자 루셔스가 뒤에서 그녀의 어깨를 살짝 잡으며 힘을 실어 주었다.

결국 떨리는 걸음으로 안으로 들어서자 소박하고 청결한 방에 놓인 새하얀 침대에 누워 있는 여인이 눈에 들어왔다. 공작은 눌리타스가 편하게 어머니를 만날 수 있게 문을 닫아주었다.

누군가 방 안에 들어왔다는 것을 깨달은 레오니가 흐릿한 눈을 들어 갈라진 입술을 열었다.

"세상에, 내가 죽은 걸까요?"

"……."

"헛것이 보이네요."

"……."

"내가 아직은 죽으면 안 되는데요."

레오니는 앙상하게 마른 몸에 갈색 드레스를 입고 있었다. 그녀는 방문객을 보고 침대에서 힘겹게 일어서서 아래로 내려오려 했다. 하지만 아직은 무리였던지 몸을 제대로 가누지도 못하고 앞뒤로 휘청거렸다.

눌리타스는 재빨리 다가가 어머니의 여윈 몸을 안아 부축했다. 원래도 살집이 없던 어머니는 더욱 가벼워지셨는지 무게감이 느껴지지 않았다. 눈물이 한가득 차오르는 것을 겨우 참았다.

무슨 말을 꺼내야 할까.

침대에 걸터앉은 어머니의 좁은 어깨, 새치가 보이기 시작한 머리, 주름이 가득한 손을 보다 눌리타스가 입을 열었다.

"어머니."

"아닙니다. 저는 마님같이 귀한……."

눌리타스는 당황하는 어머니 앞에서 천천히 얼굴과 머리를 가린 모자를 벗었다. 그 모습을 지켜보고 있던 레오니는 왠지 낯설지 않던 귀부인이 바로 그녀의 하나뿐인 아이라는 것을 깨달았다.

그러나 레오니는 그녀의 아이를 쉽사리 부르지 못했다.

헤어져 있는 동안 얼마나 그리워했던가.

다시 만나면 나누고픈 이야기가 낮은 언덕은 이루고도 남았으리라. 하지만 이리 막상 얼굴을 마주하고 보니 가슴만 묵직해 오는 것이 한마디를 내뱉기가 어려웠다.

두 사람은 보고 싶었던 서로의 얼굴을 한참 들여다보았다. 그러다 눌리타스는 어머니의 작고 거친 손을 가만히 쓸었다. 마차에서 공작이 그녀에게 해준 것처럼 그렇게 자신의 마음을 담아 건넸다.

레오니는 다른 한 손으로 아이의 손을 따스하게 덮어주었다.

'언제 이만큼 커버렸을까.'

그동안 사는 게 힘들다는 이유로 혹은 아이를 백작이나 백작부인에게서 지켜야 한다는 일념으로 아이를 제대로 돌아보질 못했다는 반복된 후회에 감정이 격앙되는 것 같았다.

"내가 미안하다. 전부 미안하다."

"어머니가 뭐가 미안하다는 거예요."

눌리타스는 그녀의 손을 두드리며 연신 죄라도 지은 사람처럼 구는 어머니 때문에 속이 상했다.

"아니야. 나 같은 것에게서 태어나게 해서 미안하다."

레오니는 살면서 단 한 번도 아이를 정면으로 마주한 적이 없었다. 그들의 현실은 언제나 너무 추악했고, 아이에게 진실을 털어놓는 것이 왠지 두려웠던 그녀였다. 사과를 하는 레오니의 마른 얼굴이 가늘게 떨리고 있었다.

'저리 고운 아이였구나.'

혹 백작부인이 사생아의 존재를 알아챌까 겁이 나 늘 조심스러웠다. 그래서 딸아이를 사내로 둔갑을 시키기까지 했다. 드레스가 잘 어울리는 어여쁜 아이에게 그리 험한 옷들만 입혀야 했던 그녀를 타고 흘러온 세월이 느리게 펼쳐지기 시작하는 것 같았다.

레오니는 더욱 크게 흐느끼기 시작했다. 눌리타스는 울기 시작하는 어머니의 몸을 가만히 끌어안았다. 그녀라고 왜 울고 싶지 않겠는가.

'지난 세월을 떠올리면 눈물뿐인 것을……'

눌리타스는 어머니의 울음이 그칠 때까지 가만히 기다리기로 하였다. 그녀의 어머니는 너무나 오랜 시간 고통을 감내해왔다. 지금 눌리타스는 그 슬픔의 깊이를 감히 가늠할 수조차 없었다. 그리고 어머니가 지금처럼 병들어버린 것은 모두 그 망할 백작의 탓이리라. 로마그놀로가에 대한 분노가 마구 타오르려고 하는 순간이었다.

"방해해서 죄송합니다."

부둥켜안은 모녀의 뒤로 사내의 목소리가 들렸다. 레오니는 울음을 단박에 지워내고 얼른 키가 크고 잘나 보이는 사내가 들어온 것을 확인한 후 어미새가 새끼를 지키듯 눌리타스를 끌어 팔로 감싸려 애썼다.

그 모습을 본 지켜보던 루셔스는 조금 더 다가온 후 정중하게 예를 갖추었다. 루셔스의 인사에 레오니는 경계심을 조금 풀고 입을 크게 벌리며 말을 더듬었다.

"어, 어째서 귀족 나리가 저 같은 미천한 것에게……."

루셔스는 따스한 눈을 하며 눌리타스에게 손을 내밀었고 그녀는 살포시 그의 손을 잡았다.

"인사가 늦어서 송구합니다. 저는 따님과 혼인한 모르시아니 공작입니다."

공작이라는 소개를 듣자 레오니는 아직 낫지 않은 몸을 바로 차가운 바닥으로 내던지듯 하며 손을 비비며 고개를 조아렸다.

"저 같은 것에게 송구할 게 무엇이 있습니까. 제발 말씀 편하게 하세요."

루셔스는 그 모습에 마음이 아려 급히 눌리타스의 어머니 손을 잡아 침대로 부축하였다.

"제가 레오니 님의 따님과 혼인을 했으니, 우리는 이제 가족입니다. 그러니 존대하는 것이 당연한 법이지요."

그의 나지막한 설명에 옆에 있던 눌리타스가 손으로 입을 틀어막았다. 어머니의 이름이 저렇게 불리는 것을 처음 들어본 것이다. 게다가 왕국의 공작이 백작가의 하녀에게 존대를 하는 법은 있을 수 없는 일이었다.

'어째서……'

눌리타스는 어머니가 더 놀란 눈치라 내색을 하지 않으려 애써 시선을 천장에 고정시켜야 했다.

레오니는 태어나서 처음으로 따스하게 마주 잡은 귀족의 손이 주는 감촉에 몸 둘 바를 몰라 했다. 그러자 루셔스는 강한 어조로 어머니에게 다짐하였다.

"앞으로 좋은 일만 있을 겁니다. 모르시아니 공작가의 명예를 걸고 약속드리죠. 이제는 제 손을 한번 잡아주시겠습니까?"

그의 신뢰감이 가득한 말에 레오니는 주춤거리며 공작의 큰 손을 마주 잡았다.

작고 초췌해 보이는 여인의 손은 메마른 흙바닥처럼 거칠었다. 루셔스는 이 작은 손이 눌리타스를 이제까지 지켜왔다는 생각에 잡은 손에 살짝 힘을 주어보았다.

그것은 이제 눌리타스와 그녀의 어머니를 그가 지키겠노라 하는 맹세가 담겨 있었음이라. 또한 공동의 적인 로마그놀로 백작가와의 전쟁이 시작되었음을 선포하는 것이었다.

잠시 후 의원이 들어와서 레오니의 상태를 살피더니 환자와의 면회시간이 끝났음을 알려주었다. 눌리타스는 힘들게 만난 어머니와 이리 헤어지는 것이 아쉬워 발걸음을 쉬이 뗄 수 없었다.

"부디 쾌차하세요."

"황송합니다."

공작이 그녀의 쾌유를 바라는 인사말을 하자 레오니는 차마 그의 손을 놓으며 미처 다하지 못한 말들을 속으로 삭여야만 했다.

'염치없지만 제발 부탁드립니다. 어미를 잘못 만나 고생만 한 아이랍니다.'

주름진 손으로 이불을 구겨 잡으며 그녀의 아이를 제발 어여삐 보아달라고 빌었다.

"그러면 먼저 나가 있을 테니, 그대는 어머니와 인사를 하고 오도록 하지."

루셔스가 눌리타스와 어머니가 잠시 시간을 보낼 수 있도록 자리를 피해 주자, 어머니는 공작의 뒷모습을 멍한 눈으로 보고 있었다. 아마 왕국 누구에게 이야기하여도 믿어주지 않을 일이었다.

아직 어머니와 나눠야 할 이야기들이 산처럼 쌓여 있었지만, 건강을 회복하는 것이 우선이었다. 눌리타스는 침대에 기대앉은 어머니의 이불을 끌어 덮어주며 서글퍼지는 기분을 추슬렀다. 그리고 애써 명랑한 듯 목소리를 내어 보았다.

"어머니, 좀 더 힘을 내야 해요."

"나는 너를 봤으니 이제 된 거야……."

레오니는 침대에 기대앉아 마른 입술로 조용히 읊조리듯 말했다. 지금 아이의 곁에 공작님처럼 좋은 분이 든든하게 버티고 있다 생각하니 이제까지의 근심이 모두 날아간 듯하였다.

"왜 그런 식으로 말씀하시는 거예요."

눌리타스는 마치 이제 삶에 미련이 더 없어 보이는 어머니의 말에 가슴이 내려앉는 것 같았다.

하지만 레오니에게는 그 모습조차 소중하여 흐뭇한 미소를 지었다. 우아해 보이는 귀부인이 그녀의 아이라는 것이 무척이나 감개무량하였다.

"괜찮아. 이제 다 괜찮아질 거야. 그러니 너는 가서 잘 살려무나."

"왜!"

눌리타스는 어머니의 눈에 살짝 비치는 눈물과 마른 뺨에 그려진 미소를 보며 울부짖었다. 참고 참았던 것들이 터져 흘러 주체할 수 없었다.

홀로 공작가로 가게 된 그녀라고 두려움이 없었겠는가.

누군가를 속여야 했고, 그녀 자신을 외면해야만 하는 일들이었다. 하지만 그 모든 것이 가능했던 단 하나의 이유는 바로 어머니였다.

레오니는 앙상해진 손을 뻗어 꾹꾹 울음을 참는 눌리타스의 볼을 어루만져 주었다. 아무것도 해줄 것이 없는 어미라 미안한 마음이 가득이었다. 그러나 아이의 미래는 그녀의 과거와는 다르게 펼쳐질 것을 이제 믿을 수 있었다.

"울지 마. 얼굴 흉해질라. 이리 어여쁜 네 옆에 그런 분이 계시니 나는 안심이야."

이것만은 레오니의 진심이었다.

눌리타스가 백작성을 떠나고 온갖 소문이 돌았었다. 마지막 인사조차 못 한 딸의 얼굴을 떠올리며 얼마나 울었던가.

하지만 그녀가 만난 공작이 소문처럼 흉악한 이가 아니란 것은 대번에 알 수 있었다. 공작님이 연기를 할 수 있을지는 몰라도 딸아이의 반응까지 바꿀 수는 없는 법이었다. 레오니는 아이의 볼에 흐르는 눈물을 소매로 훔쳐내며 말했다.

"공작님이 기다리시니 어서 가보렴."

"또 올게요. 혹시 필요한 게 있으시면 말씀해주세요."

눌리타스는 피로한 기색이 짙어진 어머니의 얼굴을 보며 드레스를 정리하며 몸을 바로 세웠다. 그러자 레오니가 조금 작은 목소리로 그녀의 바람을 읊조려 보았다.

"너를 닮은 아이를 안아보면 좋겠구나."

눌리타스는 어머니의 마지막 말은 못 들은 척하며 서둘러 방을 나섰다.

아이라니…….

지난번 그녀에게 꽃을 가져다준 소년을 보며 헛된 상상을 해본 적이 있었다. 공작의 어린 시절의 얼굴을 상상하며 입에 담지도 못 할 괴이한 생각까지 했었다.

어머니의 이야기에 다시 떠올리게 된 그때의 잔상들에 민망한 기분이 들어, 눌리타스는 재빨리 고개를 털었다.

"무슨 생각을 그렇게 하는 거지?"

눌리타스는 울었던 흔적을 모두 지우기도 전에 심장이 내려앉는 것 같았다. 혹시 방금 했던 생각들을 그 목소리의 주인에게 들킬까 봐 걱정이 되었다.

자신을 왜 기다리고 있었던가 하는 공작을 향한 애꿎은 원망조차 들려고 할 때였다. 공작은 아무런 예고도 없이 하얀 데이지 꽃다발을 눌리타스에게 안겨주었다.

"꽃이 꼭 그대를 닮아서."

그가 무슨 이야기를 하고 있는 걸까. 눌리타스는 공작과 같은 공간에 함께 있지만, 마치 서로 다른 곳에 머무는 것 같은 이질적인 기분을 느꼈다.

이렇게 하얗고 예쁘게 생긴 꽃 어디가 자신을 닮았다는 건가.

"왜 저에게 이렇게 잘해주시는 거죠?"

하얀 꽃을 쥔 작은 손이 떨고 있는 것을 본 루셔스는 아주 천천히 입을 열었다.

"내가 첫눈에 반했다고 하면 그대는 믿을 텐가?"

루셔스의 목소리에는 여전히 장난기가 묻어났지만, 올려다본 그의 검은 눈 속에는 오롯이 진심이 비치는 것 같았다.

"농이 지나치십니다."

눌리타스는 너무 혼란스러워서 꽃을 쥔 채 등을 돌려 걷기 시작하였다. 분명 그는 사내를 좋아한다고 했다. 게다가 자신 같은 하찮은 존재에게 반했다니 모든 것이 납득이 되지 않았다.

눌리타스는 마차가 있는 곳을 향해서 말없이 발길을 옮겼다. 심장이 너무나 뛰는 나머지 땅이 흔들리는 것 같은 착각이 들기까지 하였다. 그녀는 마차를 타기 전에 잠시 고개를 돌려 어머니에게 작별인사를 보냈다.

'어머니 다음에 뵐 때는 지금보다 건강한 얼굴을 보여주세요.'

루셔스는 그의 진심을 그저 장난으로 치부해버리는 여인의 뒤를 가만히 따르고 있었다. 언젠가부터 그는 그녀의 늘어진 그림자 속으로 들어서는 것이 익숙해졌다. 그저 그녀에게 가는 이 길이 그리 길지 않기를 소원하였다.

루셔스의 검은 머리가 바람에 살랑이자 눌리타스의 마음도 그처럼 일렁이고 있었다.

따뜻한 바람이 불어와 하얀 커튼이 이리저리 나부끼고 있었다. 눌리타스는 의자에 앉아 창을 통해 들어오는 바람을 맞고 있었다.

언제부터였을까. 심장이 예고도 없이 마구 널뛰다 다시 축 처지는 것이 반복되고 있었다. 마치 그녀가 지금 바람에 부풀었다 가라앉는 커튼이라도 된 것 같았다.

'이런 건 나답지가 않아.'

그녀는 내려둔 수틀을 다시 집어 들고 실을 꿴 바늘을 놀려보았다. 바늘은 예쁜 그림을 그리지 못한 채 자꾸 그녀의 손가락을 찔렀다.

"이래서야 독수리 대갈빡 하나 완성하는 데 십 년은 걸리겠네."

"마님."

옆에서 가만히 꽃병을 닦던 소피아가 움찔하며 눌리타스에게 반응을 보였다. 그러자 눌리타스가 이곳에 오기 전 받았던 여러 수업을 떠올리며 고민에 빠졌다.

"아, 독수리 머리일까?"

"저도 뭐라 부르는지는 모르겠지만, 대갈빡은 아닌 것 같아요."

귀엽게 혀를 내미는 소피아와 눈이 마주친 눌리타스는 아주 오랜만에 환하게 웃을 수 있었다. 하지만 그 웃음은 오래지 않았다.

눌리타스는 세자르에게서 공작님이 곧 마상시합에 참가한다는 이야기를 들은 것을 떠올렸다. 그 순간 그녀를 들입다 때리던 보바뤼 부인의 음성이 이어 귓가에 들리는 듯하였다. 원하던 바는 아니었지만.

'기억하세요. 정숙한 여인은 부군에게 꼭 손수 수를 놓은 손수건을 선물하는 법입니다.'

이제 와 생각하면 어찌 되었건 간에 로마그놀로의 인간들보다는 보바뤼 부인이 낫다는 생각도 들었다. 아무것도 모르던 눌리타스가 귀족 흉내를 내도록 해주었으니…….

수틀에 고정한 천 위로 그리고자 했던 독수리의 형태가 뜻대로 드러나지 않자 눌리타스는 이내 시무룩해졌다. 이런 식으로 해서 완성을 할 수 있을지 의문이 들었다.

"소피아. 아무래도 산책이라도 좀 해야 할까 봐."

눌리타스의 새로 자라난 은발 아래쪽 붉은 머리카락은 염색이 많이 빠져서, 언뜻 보면 거의 은발처럼 보였다. 귀족들이 염색을 하는 것은 흔한 일이라 그녀가 갑자기 은발이 된 것은 별 문제는 아니었지만, 눌리타스 스스로가 은발이 무척 어색하였다.

'내가 아닌 것 같아.'

눌리타스는 어두운색의 머리를 하고 산 것이 오래되어 새하얀 얼굴에 구불거리는 은발이 흘러내리는 거울 속 그녀의 모습이 무척이나 낯설었다. 게다가 은발에 청안은 누군가를 연상시키는 것이라 불쾌해지는 것이었다.

'어째서 어머니를 조금도 닮지 못했을까.'

사생아 주제에 백작과 똑같은 눈매를 가졌다는 것이 우스웠다. 그녀는 곧 거울에서 뒤돌아 모자를 찾아 들었다. 아주 깊이 눌러써 은발과 눈을 가려버렸다.

눌리타스는 정원에 나와 천천히 걷노라니 나무들이 내뿜는 신선한 기운에 정신이 맑아지는 것 같은 착각이 들었다. 어딘가 정해둔 목적지가 있는 것은 아니었지만, 그녀는 쉬지 않고 계속해서 발을 옮겼다.

"아, 이런."

눌리타스의 무의식이 이끈 곳은 바로 공작이 매일같이 수련을 하는 연무장 근처였다. 그는 무척이나 성실해 하루도 연습을 거르지 않았다. 서재에서 그를 몰래 지켜볼 때와는 다르게 같은 땅을 밟고 가까이 서 있다는 것만으로도 눌리타스의 마음을 무겁게 만들었다.

누르고 눌러도 공작을 향한 마음은 그리 쉽사리 끊어지지 않았다.

가져서는 안 되는 연정은 또 하루가 지나면 더욱 단단해져 눌리타스를 힘들게 만들었다. 그것이 비록 일방적인 것이며 절대 드러낼 수 없는 것이라도 말이다.

'아, 오늘은 세자르 님과 함께 계시는구나.'

땀을 흘리고 있는 그의 곁에 바로 그의 시종이 있었다. 그가 수건을 건네주자 그것을 공작이 받아드는 것이 참으로 자연스러워 보였다. 그저 단순한 행동이었지만, 그것은 그녀의 가슴을 먹먹하게 만들었다.

검은 머리에 큰 체격을 가진 공작과 작고 왜소한 세자르는 퍽 잘 어울렸다. 더 보아서 무엇을 하겠나 하는 생각에 발길을 돌리는데 밟게 된 나뭇가지 하나가 작은 소음을 만들어냈다.

세자르가 그 소리를 듣고 공작부인이 지척에 머무르고 있음을 확인할 수 있었다.

"공작부인 나오셨습니까? 날이 참 좋습니다!"

오늘도 공작부인의 시선이 싸한 느낌이라 세자르는 분위기를 전환하고자 급하게 아무 말이나 했다. 그는 공작님과 공작부인의 사이에서 안절부절못하고 서 있었다. 수건을 내린 루셔스가 눌리타스에게 가볍게 묵례를 한 뒤, 세자르에게로 다가섰다.

"세자르 그대가 준 수건은 참 향이 좋군."

얼굴을 닦던 공작이 세자르를 그윽하게 바라보면서 엉뚱한 소리를 했다. 세자르는 십 년 전에 먹었던 빵이 다시 역류하는 듯한 공포를 느끼며 뒷걸음질 쳤다. 공작님은 왜 난데없이 저런 눈으로 자신을 바라보는 것인가.

"네?"

방금까지 수건을 건넨 그에게 물을 미리 챙겨오지 않았다는 이유로 으름장을 놓던 이와 동일 인물이라고 믿을 수 없었다.

"공작님, 제발요!"

세자르는 혹시나 이러다 진짜 왕국 전체에 소문이라도 나서 혼인을 못 하게 될까 봐 겁이 덜컥 났다. 공작부인이 저리 오해하시는 거야 곧 풀리겠지만, 다른 이들이 알게 되는 것은 다른 문제였다.

하지만 그의 간절한 바람과는 달리 공작은 이 망측한 장난을 쉽게 그만두지 않을 눈치였다.

공작이 아무런 변명도 하지 않자 곤경에 처한 세자르는 얼른 이 자리에서 벗어나는 것만이 상책이다 싶어 물을 떠 오겠다며 줄행랑을 쳤다.

둘만 남게 되자 눌리타스는 돌아서지도 못하고 그렇다고 그의 곁에 다가가지도 못하고 당황한 상태였다.

"부인, 이리로."

재빨리 떠나지 못한 것을 애석해하는 눌리타스에게 루셔스는 검을 쥐는 법을 알려주겠다고 했다. 그녀는 굳이 지금 그것을 배울 필요가 없다 싶었지만, 그는 무척 완강했다.

할 수 없이 그가 주었던 목검을 쥐어 보는데 눌리타스가 설명을 듣는 것만으로 그것을 제대로 해내기는 역부족이었다.

"역시 말로는 설명이 제대로 되지 않는 것 같군."

그리고 루셔스가 느닷없이 그녀의 뒤에 서서 팔을 뻗어 그녀의 손과 팔을 잡았다. 마치 그의 품에 안긴 것과 같은 형국이었다.

"자, 여기는 힘을 빼고, 이곳은 꼭 잡고."

거의 눌리타스의 등에 밀착한 루셔스가 그윽한 음성으로 알려 주기 시작하였다.

하지만 눌리타스는 그가 그녀의 뒤에 섰을 때부터 이미 검을 배우는 것을 포기했다. 그의 숨결이 눌리타스의 귓가에 온전히 느껴졌고 그녀의 검을 쥔 손이 가벼이 떨리는 것이 공유될 정도의 거리였다. 검을 쥐기는커녕 눈앞이 어른거려 아무것도 할 수 없었다.

"저기 공작님, 조금 떨어져서 알려주시면 안 될까요?"

"이런 부인! 무엇 때문에 불편해하는 거요?"

그 말을 끝으로 루셔스는 더욱 몸을 가까이 붙인 채로 남은 설명을 이어갔다. 눌리타스는 무어라 대꾸할 말이 떠오르지 않아 어쩔 수 없이 그가 이끄는 대로 따를 수밖에 없었다.

두 사람의 이마에서 땀방울이 흐르기 시작할 때였다.

"오늘은 이거로 충분할 것 같군요."

공작의 말이 떨어지자 눌리타스는 튕겨 나가듯 그에게서 떨어졌다. 목검을 가슴에 끌어안고 공작을 향해 인사를 한 후 재빨리 그에게서 멀어지기로 했다.

그와 함께 있노라면 가끔 그녀가 사생아라는 것도 어머니의 건강이 안 좋다는 것도 모두 잊을 정도로 이 사람에게만 몰두하게 된다.

오늘도 부랴부랴 사라지는 가느다란 선을 지켜보며 루셔스도 그제야 가쁜 숨을 뱉어냈다. 아무렇지 않은 척 검술에 집중하는 모습을 보이려 얼마나 애를 썼던가.

'이런 어리석은 짓을 계속하다니…….'

그가 잡은 눌리타스의 손목에서 느껴지던 빠른 맥박은 그의 열정과 닮아 있었다. 그가 품은 뜨거운 열기를 그녀에게 전할 수 있기를 바라는 마음과 절대 알리고 싶지 않은 마음 사이에서 얼마나 치열한 다툼을 해야 했었는지 모른다.

"내게 등을 보일 때마다 그대를 붙잡고 싶은 충동을 얼마나 느끼는지 모르겠지……."

눌리타스가 터질 것 같은 가슴을 안고 찾은 곳은 성의 뒤편이었다. 그녀는 소피아에게 목검을 맡긴 후 상기된 볼을 양손으로 비볐다.

"마님, 괜찮으세요?"

소피아는 아까부터 마님이 말을 전혀 하지 않아 걱정이 되는 것이었다.

'공작님과 그리 다정하신데 무슨 근심이 있으신 걸까.'

눌리타스는 크게 한숨을 내뱉으며 오닉스의 우리 앞에 쪼그리고 앉았다. 작은 집에는 누워 있던 오닉스가 꼬리를 살랑살랑 흔들며 그녀를 반겨 주었다. 강아지들은 그사이 포동포동 살이 올라서 혀로 배를 핥아주거나 가볍게 뛰어다니며 흙을 파헤치고 있었다.

강아지의 분홍색 코끝에 흙이 묻은 것을 보자 방금까지의 긴장이 눈 녹듯 사그라지는 것을 느꼈다. 어미와 단란한 한때를 보내는 강아지들의 모습을 보자니 그녀가 가지지 못했던 시간들에 대해 아쉬운 기분이 들기도 하였다.

"너희는 참 행복해 보이는구나."

마구 들떴던 기분이 언젠가 싶을 정도로 차게 식어 내려갔다.

어머니와 나란히 앉아 식사를 한 기억조차 없었다. 사실 그런 게 무슨 의미인지도 모르는 채로 살았다.

'왜 이제 와서.'

차라리 이런 기분을 영원히 모르고 살았더라면 얼마나 좋았을까.

어머니가 영영 사라지는 것이 어떤 의미라는 것을 깨닫자 지난 모든 것들이 후회가 되었다.

'아무것도 몰랐더라면……'

시간은 그녀의 사정을 돌아봐주지 않고 흘러갔다. 눌리타스는 끊어질 것처럼 보이는 외줄 위에서 몸을 가누는 곡예사가 된 것 같은 위태로움을 느껴야 했다.

어머니의 건강이 회복된다 치더라도 그 이후는…….

그녀에게 미래란 것이 주어질 것인가.

심란한 눌리타스 곁에 강아지 하나가 다가와 그녀의 손을 부드럽게 핥아 주었다. 눈으로는 강아지의 부드레한 털을 좇으며 다른 한 손으로 정수리를 쓰다듬어 주었다. 하지만 온통 정신을 빼앗긴 한 사람을 떠올리며 나지막하게 입을 열었다.

"저런, 어여쁘기도 하지. 이를 어쩌면 좋으니."

세자르 베일은 당장 무슨 수를 써야 한다는 결론에 도달하였다. 그처럼 소극적인 태도를 가진 이의 생각치고는 꽤나 이례적이었다.

'이건 내 미래와 공작님 내외분의 신혼 생활이 걸린 중요한 일이야.'

그로서는 공작님이 어떤 의도를 가지고 계시는지 도저히 알아낼 방법이 없었지만, 그렇다고 이대로 가만있을 수만도 없는 일이었다.

고민을 하다 세자르는 공작부인의 하녀인 소피아에게 도움을 청했다. 처음에 도와달라고 청했을 때는 그녀가 단박에 거절을 해서 당황을 했었다.

그도 그럴 것이 소피아는 공작님 내외의 사이가 무척 좋다고 생각했기에 세자르의 말을 선뜻 납득할 수 없었기 때문이다. 그래서 몇 번이나 설명한 후에야 겨우 이해를 구할 수 있었다.

그들이 한뜻으로 뭉친 날로부터 며칠 뒤에 두 사람은 마님을 정원 쪽으로 나오시게 작전을 짜 두었다. 세자르는 덜덜 떨리는 목소리로 그의 곁에 있는 소피아에게 격려의 말을 건넸다.

"이 일이 공작님과 공작부인에게 굉장히 중요한 일이라는 것을 잊지 않았겠지?"

"하지만 너무 망측해서……."

"우리는 그럴듯한 연기를 하는 것뿐이야. 마님이 요즘 자주 한숨을 쉬시고 괴로워하신다고 했잖아?"

"그건 그렇죠."

소피아도 아직 사내와 연애는커녕 손도 잡아보지 못한 여인인지라 앞으로 해야 할 일들이 그리 자신 있지는 않았다. 하지만 이따금 무척 우울해 보이던 마님의 푸른 눈을 떠올리며 주먹을 꼭 쥐었다.

소피아는 두근거리는 가슴을 가라앉히며 크게 심호흡을 해 보았다.

같은 시간 눌리타스는 심란한 눈을 하고 공작이 있을 반대 방향으로 하염없이 걷고만 있었다. 머리가 무척 아파서 누워 있고 싶었는데, 소피아가 알아듣지 못할 이상한 이야기를 전하는 바람에 이렇게 나오게 되었다.

'소피아가 뭐랬지?'

하지만 약간의 시간이 흐르자, 챙이 넓은 모자가 스며드는 태양을 모두 막을 수 없는 것처럼 이내 눌리타스의 머릿속은 공작에 대한 생각으로 채워지기 시작하였다.

'주제를 알아야지, 어디서 감히 그런 분을 마음에 품는 건지⋯ 더구나 그분은 사내를 좋아하시잖아.'

그때 익숙하고도 어색한 목소리가 들려오기 시작하여 눌리타스는 잠시 멈추어 서게 되었다.

"이.러.지. 마.세.요.오."

"소.피.아. 너. 나.를. 좋.아.하.지 않-니?"

"에.구. 나.리. 이.러.지. 마.세-요?"

소리가 나는 방향에 있는 덤불이 마치 살아 있는 것처럼 심하게 요동을 치고 있었다. 눌리타스는 혹시 소피아에게 무슨 일이 생긴 건 아닌가 하고 걱정이 되어 재빨리 그곳으로 발걸음을 향했다.

그곳에서는 소피아와 세자르가 서로 껴안고 있다가 공작부인을 보고 황급히 몸을 떼어내는 중이었다. 눌리타스는 그들의 머리와 옷에 여기저기 묻은 검불을 확인하며 이게 어떤 상황인지 파악하려 애썼다.

"에구머니나, 마님."

소피아가 수줍게 볼을 붉히며 머리를 잡아 꼬면서 몹시 떨었다. 또 세자르도 헛기침을 아주 여러 차례 하는 것이었다.

"아니 왜…!"

눌리타스는 지금 눈앞의 광경이 이해가 되지 않아 짧은 감탄사만을 내뱉었다.

분명 공작과 세자르가 서로 아끼는 관계가 아니었던가. 칼릭스 영애도 그녀에게 공작이 사내를 좋아한다고 했었다.

그러자 세자르가 옷에 묻은 것들을 떼어내며 눌리타스에게 공손한 자세를 갖추며 말했다.

"제가 설명 드리겠습니다. 마님이 오해를 하신 거랍니다. 저는 그저 평범한 사내에 불과합니다."

"그럼 공작님이 하신 말씀은 무슨……."

"그것은 오직 디아나 여신만이 아실 일이지요. 맹세코 공작님은 마님이 생각하는 그런 분이 아니랍니다."

세자르는 드디어 그간 하고 싶었던 말들을 하게 되어 속이 시원했다. 그간 공작부인에게서 공작님을 빼앗아간 역할을 하게 되어 무척 괴로웠다.

서늘한 눈매를 한 공작의 집착을 받는 그의 모습을 상상하니 한 여름에 감기에 걸릴 것 같은 공포가 밀려들었다.

반면 눌리타스는 세자르의 말을 듣자 아까보다 더 머리가 복잡해지는 것을 느꼈다.

'공작님이 남색자가 아니었어. 세자르와도 아무런 사이도 아니야.'

그러자 갑자기 그가 검을 잡는 법을 알려준다며 뒤에서 그녀의 몸을 안다시피 했던 순간이 떠올라 얼굴이 달아올랐다. 눌리타스의 가슴에 불이 치솟는 것도 같았고, 한겨울의 비가 머리 위로 쏟아지는 것 같기도 했다. 그녀는 평정심을 유지하려 애쓰며 흔들림이 없이 말했다.

"오늘 일은 서로 공작님에게는 이야기하지 않기로 하죠."

세자르는 자못 비장한 표정의 공작부인의 청에 그러겠노라 대답을 하였다. 눌리타스는 그러면 소피아와 세자르의 시간을 더 방해하고 싶지 않다 말하며 돌아섰다.

그녀의 입술이 기쁜지 슬픈지 알 수 없을 만큼 아주 살짝 삐죽거렸고, 그런 눌리타스의 모자 위로 하늘하늘한 꽃잎들이 쏟아져 내리고 있었다.

세자르는 그런 마님의 모습을 바라보며 그들의 작전이 성공을 한 건지 어떤지 알 수가 없어 머리를 긁적였다. 소피아도 사라지는 마님의 모습을 한참이나 멍하게 바라보았다.

"세자르 님, 마님이 무어라 하신 거죠?"

"그게 나도 잘 모르겠구나."

화창한 날들이 계속 이어졌다.

공작은 눌리타스에게 목검을 선물한 뒤 종종 연무장에 나와 그 녀에게 기본적인 것들을 알려주었다. 그녀는 처음에는 많이 서툴 렀지만, 가르쳐 준 것을 곧잘 따라하였다.

그러나 이 검술을 가르치는 수업 동안에 석연치 않은 감정이 루 셔스를 괴롭히고 있었다.

"거기에서 또 자세가 흐트러지는군."

루셔스가 그녀의 뒤에 서서 자세를 잡는다는 명목 하에 그 작은 몸을 꼭 안았다.

처음에는 이런 의도로 검을 배워볼 것을 권했던 것은 결코 아니 었다. 그의 검술을 지켜보는 반짝이던 눌리타스의 눈을 보다 갑작 스레 떠올린 생각이었다.

하지만 그의 마음을 조금씩 자각하기 시작하게 된 뒤로 그녀에 게 조금 더 닿고 싶은 욕심이 생겼다. 심한 경계를 하는 그녀와 함 께하기 위해 남자를 좋아한다는 오해도 불사했던 그였다.

'하지만 아무래도 이상한데.'

"알려주셔서 감사합니다."

분명 얼마 전까지 해도 그가 닿을 때마다 그녀의 귀가 붉어지곤 했다. 그를 의식하는 작은 어깨가 움츠리는 모습조차 너무 사랑스러워서 가슴이 오싹해지는 것 같은 기분을 느꼈었는데.

그러나 며칠 전부터 그녀의 반응이 너무나도 다르지 않은가.

루셔스가 그녀의 가는 손목을 잡아도, 귓가에 작은 숨결을 불어넣어도 아무런 반응을 보이지 않았다. 루셔스는 혹 그녀가 그에게 더 이상 매력을 느끼지 못하나 하는 조바심까지 들었다.

루셔스는 덥다는 말을 하며 느닷없이 위에 입었던 셔츠를 벗어서 기둥에 걸쳤다. 햇살 아래 상의를 벗은 그의 몸은 조각 그 자체였다. 적당히 그을린 피부에 적절하게 자리 잡은 근육들이 과하지 않고, 조화로웠다.

하지만 눌리타스는 그의 벗은 몸을 보면서도 전혀 놀라는 눈치가 아니었고 두 번 이상 쳐다보지도 않았다. 그래서 그는 일부러 쉬고 있는 그녀 앞에서 이쪽저쪽 기지개도 켜면서 관심을 유도해 보았다.

그러나 눌리타스의 눈을 끈 것은 그의 훌륭한 근육이나 아름다운 몸이 아니었다. 그의 등에 새겨진 이런저런 상처들이 눈에 들어와 눌리타스는 혼자 깊은 상념에 잠겼다.

왕국에서 왕족 다음으로 높은 신분인 그의 몸에 어울리지 않게 웬 상처들인가. 전쟁 중에는 갑옷을 입고 있으니, 저런 것들이 생길 일들이 없지 않나.

그녀의 푸른 눈이 아주 깊게 가라앉았다. 어쩌면 공작은 자신이 생각했던 것보다 훨씬 힘든 시간을 보냈을지도 모른다. 그래서 더욱 그의 곁에는 그녀가 어울리지 않는다는 생각이 들었다.

루셔스는 벗은 몸에는 전혀 관심을 주지 않는 그녀 때문에 머쓱해서 다시 셔츠를 주섬주섬 걸쳤다.

"공작님, 오늘은 그만해도 될까요? 제가 오후에 할 일이 있어서요."

루셔스는 바람도 좋고 볕도 좋은 한낮에 그녀와 조금 더 머물고 싶었지만, 눌리타스는 그의 마음을 전혀 모르는 것 같았다.

루셔스는 그와 그녀의 거리를 증명하듯 사라지는 눌리타스의 뒷모습을 오래도록 지키고 서 있었다. 그리고 오늘도 그녀를 웃게 하는 것은 실패했다는 것을 깨닫고 헛웃음이 흘렀다.

"이럴 줄 알았으면 연애도 좀 해볼 걸 그랬군."

여인의 마음 같은 걸 알 턱이 없는 그였다.

어머니가 돌아가신 여덟 살 이후로 그의 주변에 그런 것을 알려 줄 이는 없었다. 아버지도 형도 어머니도 모두 세상을 떠나고, 어린아이는 자신의 감정을 들여다볼 여유를 가지지 못했다. 루셔스는 그녀가 떠나간 방향으로 팔을 내밀었다가 이내 주먹을 움켜쥐었다.

눌리타스는 한참을 걷고서야 참았던 숨을 한 번에 내뱉었다.

그가 남색자가 아닌 것을 알고부터 그녀의 심장은 공작을 향해 제멋대로 뛰었다. 그가 무슨 의도를 가지고 그녀를 속이는지 모르겠지만, 아직은 그 사실을 안다는 것을 밝히고 싶지 않았다.

그래야 공작의 곁에 조금이라도 더 머물 수 있지 않을까.

이렇게 아무것도 모르는 척해야 그녀의 마음을 들키지 않겠지.

눌리타스는 아련한 눈을 한 채로 얼른 자신의 방으로 향했다.

이제 마상시합이 얼마 남지 않았는데, 그녀의 수틀에 새기고 있는 것은 여전히 새의 형상을 갖추지 못해 마음이 급했다.

눌리타스는 밤이 늦도록 수를 놓고 있었다. 그러나 마음은 도통 가라앉질 않았다. 작고 가느다란 실이 천을 통과할 때마다 그녀의 잡념은 점점 더 커져만 갔다. 그러다 눈이 뻑뻑해서 잠시 수틀을 내려두고 또다시 검은 머리를 한 사내의 모습을 그려 보았다.

그는 그녀가 지난번 아팠을 때 이후로는 침실에 걸음하지 않고 있었다.

'이곳이 그분의 침실인데, 어디서 불편하게 주무시는 건 아닌지…….'

세자르와 함께하지 않는 것을 알게 된 이후 더 신경이 쓰이기 시작하였다. 그리고 불현듯 그들의 초야가 떠올랐다.

그가 뭐라고 했었더라.

지나친 긴장에 과음을 한 날이라 또렷하게 기억나는 것은 아니 었지만, 그녀를 안지 않겠다고 하셨던 것 같다.

"왜?"

그녀가 그를 속였기 때문일까.

사실 모든 것은 로마그놀로 백작 탓이라고, 그녀와 어머니는 그 저 힘이 없는 죄인일 뿐이라 하소연하고 싶었다.

하지만 구차한 삶을 연명하기 위해 선택의 갈림길에서 발을 움 직인 것은 그녀 자신이었다. 그래서 눌리타스는 구차한 과거사를 들먹이거나 변명을 하지 않기로 마음먹었다. 공작이 그녀를 동정 하게 되는 것은 원치 않았다.

"젠장."

눌리타스는 벌떡 일어서서 방을 서성이기 시작하였다. 그러다 침실에 놓인 큰 거울까지 이르게 되었다. 새하얀 슈미즈에 달빛이 부서져서 그녀의 드러난 피부 아래 핏줄까지 투영되는 것 같았다.

구불거리는 은발에 무표정한 창백한 얼굴은 여전히 그녀의 것 이 아닌 듯했고, 거울 속 차가운 눈을 한 여인은 마치 그녀를 조롱 하는 것 같았다.

그런 값비싼 드레스가 어울리는 것 같아?

너 같은 게 이런 곳에 가당키나 하는 것 같아?

"하."

하지만 다른 누구의 입을 빌지 않더라도 그녀 스스로가 잘 알고 있었다. 이런 드레스도 반짝이는 은발도 모두 그녀에게는 맞지 않는 것이었다.

'하지만⋯⋯.'

그녀가 선택할 수 있는 운명이 아니었다. 이런 일이 벌어지기 전에는 그 지리멸렬한 삶에 대해서 고민도 하지 않았었다.

"그러니 설교는 그만하라고! 누군들 이러고 싶었겠냐고!"

적막이 흐르는 밤, 눌리타스는 힘주어 외치며 거울에서 돌아섰다. 열린 창 사이로 새어 들어오는 차가운 기운 때문에 팔에 오소소 소름이 돋아나는 것 같았다. 잠시 창가에 다가서 손이 뻐근해질 때까지 밖으로 뻗어보았다.

오랜만에 느끼는 익숙한 감각이 그녀의 기분을 진정시켜주었다. 눌리타스는 창을 닫고 커튼으로 달빛을 가린 후 다시 수틀을 잡았다.

"죽을 때 죽더라도 이건 만들고 가자."

독수리가 밤하늘을 가르는 모습을 원했는데, 독수리의 날개가 비대칭이 되어 버렸고 부리가 조금 길어져 버렸다.

"이래서야 그분이 이게 독수리인 줄 알아볼 수 있을까?"

그녀는 닭이 한 홰 울 때까지 수틀을 놓지 못하였다. 하지만 조금도 피로하다 느끼지 못하는 게 어떤 이유에서인지는 미처 알지 못하였다.

　루셔스와 눌리타스는 어느새 그들의 일상이 되어버린 검술 수업에 한창 집중하고 있었다.

　그가 충동적으로 건넨 목검으로 시작된 일이었지만, 루셔스는 그의 부인이 퍽 훌륭한 학생이라 판단했다. 한 번 알려준 것은 잘 잊지 않았고, 뼈대는 약했지만 몸이 민첩했고 유연했다.

　"소질이 있군요."

　처음 들어본 칭찬에 그녀는 어떤 말로 답을 해야 할지 알지 못했다. 눌리타스는 칭찬이란 것이 그녀의 가슴을 들뜨게 한다는 것을 느꼈다.

　눌리타스는 기쁜 마음에 갑자기 고개를 들다가 심한 어지럼증을 느껴 비틀거렸다. 때마침 공작이 붙잡아주지 않았더라면 아마 넘어졌을 것이다.

　"이런. 내가 그대를 너무 무리하게 했군."

　눌리타스는 순간 공작의 입모양만 보일 뿐 무슨 말인지 들리지 않았다. 잠시 후 머릿속이 조금 개운해져 주위를 둘러보니 그녀가 공작의 옷을 깔고 앉아 있는 게 아닌가.

　게다가 아주 가까운 옆자리에 그가 다리를 꼰 채 누워 있었다.

단둘이 있는 것을 의식하기 시작하자 다시 얼굴이 홧홧해지는 것 같았다. 그래서 얼른 주위를 환기시키기 위해 옆에 있는 목검을 주위들었다. 목검의 손잡이에는 오래전에 새긴 것이 분명한 글씨가 눈에 띄었다.

"루."

눌리타스는 생각 없이 소리 내어 그것을 읽다 기묘한 기분이 들어 말끝을 흐렸다. 분명 어디서 들어본 이름이었다. 누워 있던 공작이 상체를 일으키며 그리움이 가득한 눈을 하였다.

"돌아가신 아버님이 손수 이름을 새겨주셨지. 그 이름, 정말이지 오랜만에 들어 보는군…….."

덤덤한 목소리를 내고 있었지만, 눌리타스는 느낄 수 있었다. 공작이 지금 과거의 행복했던 한때를 추억하고 있음을.

보바뤼 부인은 공작처럼 지체 높은 이가 슬픔에 빠졌을 때 어떤 식으로 위로를 해야 하는지는 미처 알려주지 않았다. 눌리타스는 그의 눈에 드리운 그림자를 아주 조금이라도 걷어내 주고 싶었다.

그녀는 오늘 오전부터 품속에 숨기고 다닌 작은 천 뭉치를 조심스레 꺼내어 공작에게로 내밀었다.

"이게 무엇이오?"

아주 잠시나마 희미해진 시간을 떠올리던 그는 그녀가 준 것을 조심스레 풀어보았다. 얇은 천을 펼치자 나타난 것은 평범한 손수건이었다. 루셔스는 양손으로 그것을 펼쳐 들었다.

하얀 천에는 밤하늘을 비상하는 듯한 새가 수 놓여 있었다. 분명 모르시아니가의 상징인 독수리일 테지만, 날개도 삐뚤하였고 전체적으로 엉성한 티가 역력했다.

게다가 밤하늘은 중간중간에 구멍이 나서 새하얀 바닥이 드러나 있었다.

분명 잘 만들어진 것이라 평하기는 어려웠다. 하지만 왜 이 작은 손수건 하나에, 그의 온몸이 채워지는 기분이 드는 건지. 루셔스는 그것을 소중하게 받아들고 웃음을 터뜨렸다.

반면 눌리타스는 내놓기에 민망한 손수건을 내밀고서 쥐구멍에라도 숨어들고 싶었다. 게다가 손수건을 펼쳐 본 공작이 크게 웃는 것 아닌가.

'제대로 만들지 못하긴 했지만, 그래도……'

공작에 대한 감사의 마음을 그런 작은 것을 통해서라도 전달하고 싶었다. 하지만 면전에서 저리 비웃음을 당하고 보니 아무렇지 않은 척을 하기가 힘들었다. 손끝에 난 상처들이 다시금 아프다고 소리를 내는 것도 같았다.

루셔스는 웃음을 갈무리하고 자칫하면 오해를 살 수 있겠다, 하는 염려가 들어 급히 설명을 했다.

"부인, 고맙소. 내가 이리 귀한 선물을 받고 실례를 범한 것은…… 지난 십수 년간 받았던 선물 중에 이것이 가장 마음에 들 어서였소."

눌리타스는 공작이 정말 고마워하는 듯한 어투로 인사를 하자, 차라리 아까 전의 상황이 나았다 여겨졌다.

'그게 뭐라고. 성에 온갖 귀하고 비싼 것들이 즐비한데, 저런 초 라한 손수건이 어째서 마음에 드신다는 걸까.'

그렇게 두 사람 사이에 약간의 침묵이 흘렀다.

"별것 아니지만…… 받아주세요. 그리고 부디 마상시합에 나가 셔서 다치지 마세요."

눌리타스는 그 말을 하고서는 아주 재빨리 일어서 평소처럼 사 라질 작정이었다. 공작과 나란히 앉은 이곳에 더 머무는 것은 심장 에 큰 무리가 따를 것이었다.

그러나 그녀가 땅에서 몸을 조금 세우려는 찰나, 공작이 더 빨리 눌리타스의 손목을 잡아끌었다.

"?"

의아한 푸른 눈을 바라보며 루셔스가 천천히 입을 열었다.

"이리 훌륭한 선물에 대한 답례를 하고 싶소만."

그녀의 손목을 붙들며 어루만지는 그의 손은 무척이나 뜨거웠 다. 눌리타스는 그의 목소리의 울림이 평소와 다름을 깨달았지만, 어쩐 일인지 그의 눈을 보는 것 외에는 아무것도 할 수 없었다.

공작의 검은 눈 속에 그녀와 비슷한 푸른 물결이 이는 것 같았다. 그는 천천히 그녀를 향해 고개를 숙였고, 눌리타스는 가까이 느껴지는 청량함에 가만히 눈을 감았다. 그가 느릿하게 다가오는 시간이 무척이나 더디게 느껴졌다.

곧 공작의 입술이 그녀의 이마에 가볍게 닿았고 눌리타스는 그 생경한 감각에 놀라 몸을 뒤로 뺐다. 하지만 공작은 그녀의 양팔을 가볍게 끌며 아주 낮은 목소리로 속삭였다.

"이마에 하는 입맞춤의 의미를 알고 있소?"

그녀는 그에게 장난이 과하시다고 가볍게 대응하려 했었다. 하지만 그의 눈빛이 절대 가볍지 않아서 아무런 말도 하지 못하고 있었다. 그녀는 그저 애꿎은 하늘만을 응시할 뿐이었다.

백작의 생일 이후로 로마그놀로가는 거의 초상을 치르는 분위기가 감돌았다.

메이린이 아직 떠나지 않았음을 백작이 알게 되어 진노하였고, 하여 메이린도 이번만큼은 타국 행을 피할 수 없게 된 것이다. 게다가 후계자인 아비오도 변방으로 떠날 날이 잡힌 만큼 백작부인의 근심은 이만저만이 아니었다.

"어머니, 저 떠나기 싫어요. 여기서 어머니와 살고 싶어요."

"오, 우리 아가, 메이린. 이번만큼은 나도 어쩔 도리가 없구나. 이를 어쩌면 좋을까?"

붉은 머리를 한 가냘픈 메이린이 대성통곡을 하며 어머니에게 매달리는 중이었다. 백작부인은 막내딸이 우는 모습이 하도 애처로워 심장이 뜯겨 나가는 것 같은 아픔을 느꼈다.

메이린이 어떤 아이였던가.

딸이라는 이유로 태어나 백일이 지나서야 간신히 아비인 백작의 얼굴을 볼 수 있었던 가련한 아이였다. 몸도 약해서 나고서부터 여러 번 큰 고비를 넘기기도 하였다.

"디아나 여신도 너무 가혹하시구나."

아비 복이 없던 딸은 결국 배우자 복도 없었음이라. 그리 훤칠하고 위풍당당한 공작의 옆자리를 제 발로 걷어차고 이제는 편안한 집을 두고 거친 풍랑이 이는 바다로 나아가야 한단다.

"어머니. 저 무서워요."

아비 대신 사랑을 주겠노라 다짐했던 백작부인은 메이린에게 물심양면의 지원을 아끼지 않았고 그 결과 메이린은 스스로 할 수 있는 것이 아무것도 없는 귀족가의 영애로 성장하였다.

'저걸 보내고 어찌 발을 뻗을까.'

"이리 오렴. 아가."

백작부인은 그녀의 소중한 딸을 안은 채 눈물을 흘리는 것 외에는 할 수 있는 것이 없었다.

백작은 공작이 떠나던 날 아무리 불러도 오지 않는 아들을 찾아 직접 발걸음을 하였다.

그리고 그가 보게 된 것은 토사물을 잔뜩 묻힌 채로 바닥에 쓰러져 있는 아비오였다. 자칫 조금만 늦게 아들을 발견했더라면 토사물이 기도를 막아 죽을 뻔했단다. 기가 막힐 노릇이었다.

험한 변방으로 보내기도 전에 그의 성에서 후계자를 잃을 뻔했다는 생각에 백작은 신경통이 다시 재발하는 것 같았다.

하인들과 의원들이 아비오를 위해 동분서주하는 가운데 백작이 혀를 차며 소리를 쳤다.

"한심하구나. 정신을 차리거든 내 앞으로 끌고 와!"

그리고 이틀 후 아비오가 여전히 창백한 얼굴을 들지도 못하고 아버지의 눈치를 살피고 있었다.

"못난 놈."

왜소한 아들의 어깨는 더욱 굽은 듯 보였고, 붉은 머리가 백작의 은발과 달리 몹시 무게감이 없어 보였다. 아비오는 어차피 백작에게 고개를 숙여야 할 것이니 얼른 비위를 맞추고 이 시간을 끝내고자 했다. 하지만 오늘은 그의 기대와는 달리 가볍게 꾸중을 듣는 것에서 그치지 않았다.

"네? 무슨 말씀이시죠? 제가 백작가의 후계자인데 왜 후작의 시종 따위가 되어야 하는 겁니까?"

"……."

"아버님! 저는 그런 추운 곳은 싫단 말입니다!"

아비오는 마치 이미 그곳에 머물기라도 하는 것처럼 몸을 떨며 절규하였다.

의자에 몸을 깊이 묻고 있던 백작이 아비오를 못마땅한 눈으로 훑어보았다.

무엇 하나 자신을 닮은 구석이 없는 나약해빠진 아들이었다.

'사생아 계집보다 못한 후계자라…… 어불성설이지.'

계기는 조금 께름칙하지만, 오히려 그에게 좋은 기회인지도 모른다.

백작부인의 치마폭에 싸여서 투정만 부려 온 아들이 사내가 되어 돌아올지도 모른다는 기대를 품어 보았다. 남색자로 소문난 스피노네 후작의 평판이 신경 쓰였지만, 감히 백작가의 후계자를 건들지는 못할 것이리라.

얼굴이 완전 질려버린 아들을 쳐다보며 백작은 턱을 문지르다 입을 열었다.

"가서 넓은 세상을 배워 오너라. 삼 년 정도면 충분할 게다. 진짜 사내가 되어 돌아오는 거야. 로마그놀로가의 진정한 후계자로 거듭날 수 있도록."

아들에게 견문을 넓히고 오라는 덕담을 건네는 듯, 백작의 목소리에는 평온이 깃들어 있었다.

반면 그것을 듣는 아비오는 그 말을 듣고도 믿을 수가 없었다.

다리가 덜덜 떨리더니 손끝이 차게 식는 것 같았다. 술을 마시고 이틀을 쓰러져 있다 만난 아버지가 지금 그에게 무슨 말을 하고 있는 건가.

아무리 그가 못마땅한 아들이라지만, 이건 너무한 처사가 아닌가.

아무래도 백작님은 제정신이 아닌 게 분명했다. 그렇지 않고서야 사생아를 공작에게 보내는 일이나 자신을 변방으로 치워버릴 생각을 할 수 없는 것이었다. 아비오가 기력이 하나도 없는 눈으로 허공을 바라보자 백작이 소리를 쳤다.

"뭐 하는 게냐. 나가 봐. 멍청한 놈!"

백작의 축객령에 흔들리는 몸을 겨우 추슬러 복도로 나왔다. 세상에 내던져진 기분이었다. 그는 스피노네 영지를 가기 전부터 그곳에서 잘해낼 수 없다는 것을 직감하였다.

그때 복도에 그의 눈을 피하려는 듯 몸을 숙이는 하녀 하나를 보았다. 아비오는 그런 모습이 마치 아버지가 그를 무시하는 것만큼 불쾌하여 참을 수가 없었다.

"걔들은 버릇을 고쳐줘야 하지."

아비오는 그 버르장머리 없는 하녀를 끌고 그의 방으로 돌아갔다. 아버지에게서 받은 모멸감과 좌절감 모두를 그 여린 몸에 모두 풀어냈다. 아무리 짓밟아도 분이 풀리지 않는 것이 흠이었지만, 적어도 아주 짧은 순간만큼은 모든 것을 잊을 수 있었다.

백작성에서 나이 든 하녀 하나가 사라졌다는 것을 알게 된 것은 파티가 끝난 사흘 후의 일이었다.

　로마그놀로 백작은 아비오의 거취를 결정한 후 백작부인에게도 통보를 해주었다. 무언가 찜찜한 여운이 남아 한참을 고심해 보았지만, 그는 승자였으며 모르시아니 공작은 덫에 걸린 쥐 신세라는 것은 바뀌지 않았다.

　"제법 귀족 태가 나더란 말이지."

　사생아 계집이 고운 분칠을 하고 드레스를 입고 앉으니 메이린을 능가하는 기품이 흘렀다.

　"그렇지. 나의 피가 보통 우월한 것이 아니지. 통탄할 일이구나."

　사생아 하나를 빼곤 다 부인을 닮은 붉은 머리의 자녀들뿐이었다. 백작은 술잔을 기울이며 혀를 찼다. 답답한 마음에 또다시 술잔을 기울였다.

　취기가 제법 돌자 떠오르는 얼굴이 하나 있었다. 천한 것치고는 제법 다른 매력이 있어서 그가 종종 찾는 하녀였다. 대충 가운 하나를 걸치고 그 하녀의 거처로 비틀거리며 걸어갔다.

　하지만 그 누추한 곳에 있어야 할 하녀는 온데간데없이 바람소리만 들려왔다. 백작은 붉게 달아오른 얼굴로 좁은 방을 한 번 돌아보았다. 하지만 어디에도 하녀의 흔적이 보이지 않았다.

"레오니, 이 고얀 것, 이몸과 술래잡기라도 하자는 게냐?"

결국 백작은 이 방에 살아 숨 쉬는 것은 자신뿐이라는 것을 깨달았다. 달게 마셨던 술이 모두 깨는 것 같았다.

"내가 너를 찾는다면 가만두지 않을 거다."

눌리타스는 공작의 배려로 마상시합이 있기 전에 어머니를 찾아갈 수 있었다. 한참 만에 찾은 어머니의 얼굴은 병세가 조금도 호전된 것 같지 않아 그녀의 마음이 몹시도 무거워졌다.

"그래. 거기 가면 얼마나 걸리는 게야?"

"저도 잘 모르겠어요."

"잘 지내고 있는 거지? 그렇지? 네 얼굴에서 봄이 느껴지는 구나."

어머니는 병석에 기대앉아 눌리타스의 얼굴을 보며 희미한 미소를 지어 보였다. 그러나 눌리타스는 이 모든 것이 옳지 않은 것 같아 죄스러운 기분에 휩싸였다.

공작님을 담게 된 마음이 그 하나요, 어머니의 생을 축낸 채 이리 그녀만 건강한 것도 마음에 들지 않았다. 시무룩한 표정으로 아래를 내려다보는 눌리타스를 향해 앙상 마른 손이 다가왔다. 뺨을 스치는 그 손은 천천히 딸아이의 얼굴을 더듬었다.

"네가 더 많이 웃는 것이 어미의 마지막 바람이란다."

그 말을 듣자 눌리타스는 어머니의 작은 손을 부여잡고 눈물을 떨어뜨리기 시작하였다.

"어머니 죄송해요."

거칠거칠한 손가락 하나가 그녀의 눈물을 닦아주었다.

"이렇게 좋은 날, 왜 우는 거야."

어머니를 모르시아니가로 모시고 싶은 마음이 간절했지만, 일이 깔끔하게 해결되기 전에는 이곳에서 조용히 건강을 추스르는 것이 나을 거라는 공작의 말이 떠올랐다.

맞는 이야기였다. 이십 년 가까이 어머니에게 집착을 해온 로마그놀로 백작의 성정을 생각하면, 어머니를 쉽게 포기하지는 않을 것이다. 사나운 사냥개를 풀고, 날카로운 칼과 창을 들고 어머니의 뒤를 쫓을지도 모른다.

레오니는 환자들이 입는 무명의 천으로 만든 단순한 드레스를 입고 있었다. 눌리타스는 어머니의 건강이 더 나빠지기 전에 그녀가 입은 것 같은 고운 옷을 지어드리고 싶었다. 예전에 먹어왔던 멀건 죽이나 곰팡이가 피기 시작한 빵이 아닌 제대로 된 것들을 먹여드리고 싶었다.

물론 그녀가 진짜 공작부인이 아니라는 것이 해결되지 않은 숙제처럼 남아 있었지만, 공작성이 아니더라도 어느 곳이든 백작가보다는 나을 거라는 확신이 있었다.

"어머니, 제가 다녀올 동안 기운 내셔서 꼭 나으셔야 해요. 그래서 우리 함께 들로 산으로 함께 꽃놀이도 다녀보고, 이제껏 못 해본 일들을 함께 해보는 거예요."

눌리타스는 홀로 정원을 산책하며 보았던 아름다운 풍경들을 어머니와 공유하고 싶었다. 늘 백작성의 칙칙한 바닥만 쓸고 닦느라 계절의 변화가 주는 아름다움에 눈 한번 돌릴 틈도 없었지 않았던가.

"좋지."

레오니는 감히 꿈도 꾸지 못했던 것들을 머릿속으로 그려보며 눌리타스를 찬찬히 살펴보다 손을 꼭 잡았다.

"무사히 잘 다녀오렴. 내 걱정은 마. 이곳에는 참 친절하신 분들이 계셔. 게다가 몸도 점점 좋아지는 것 같으니 말이야."

그 말을 하며 미소를 그려보는 어머니의 얼굴은 핏기가 하나도 없어 보였다. 그 모습이 얼마나 처연한지 눌리타스는 슬픔을 이루 말할 수가 없었다.

"그리고 내가 없더라도 말이야. 항상 행복해지기 위해 노력하겠다고 약속해주겠니?"

눌리타스는 어머니의 말들이 꼭 마지막 당부인 것 같은 느낌이 들어 일부러 아무 답도 하지 않았다. 자꾸 만날 때마다 이것이 어머니를 뵙는 마지막 날이면 어쩌나하는 불안한 생각이 은연중에 떠오르는 그녀였다.

"그런 말씀 마세요. 어머니가 없다면 제가 행복해질 수 있을 리가 없잖아요……."

눌리타스는 눈물을 참으며 일부러 씩씩한 척 웃어보았다. 이제 그 지옥 같은 곳에서 겨우 나올 수 있게 되었다.

'희망을 잃지 않을 거야.'

딸의 얼굴에 드리운 새하얀 무지개처럼 말간 미소를 보며 레오니도 천천히 함박웃음을 지었다.

그것이 눌리타스와 어머니가 처음으로 함께 웃는 순간이었으리라.

눌리타스는 어머니를 돌봐주는 여인에게 간곡한 부탁을 한 후 발길을 돌렸다. 방을 걸어 나오며 울음이 쏟아질 것 같은 것을 꾹 참고, 씩씩하게 앞만 보며 걸었다. 마차에 올라탄 눌리타스가 흔들리는 몸을 똑바로 세우며 창밖의 커다란 나무를 보며 중얼거렸다.

"제발 기적이란 것이 어머니에게도……."

돌아오는 길 내내 어머니를 위해 기도하는 눌리타스였다.

루셔스는 저녁 식사 자리에서 만난 부인의 얼굴이 여전히 굳어 있는 것을 보며 헛기침을 하기를 여러 번이었다.

분명 낮에 그녀의 어머니를 보러 다녀온 것으로 아는데, 어째서 저리도 우울해 보이는 건가. 차도가 없으셨던가. 아니면 다른 무슨 일이 있었던가.

루셔스는 눌리타스의 얼굴을 보며 전전긍긍하다 조심스레 입을 열었다.

"용한 의원과 약재를 수소문하고 있으니 너무 염려하지 않아도 좋을 거요."

그가 품고 있는 진심이 그녀에게 느리게 닿기를 소망하며, 슬쩍 눈치를 살폈다.

사실 눌리타스는 전혀 나아지지 않은 것 같은 어머니를 두고 온 것이 내내 마음에 걸렸다. 그런데 공작의 입에서 나온 말은 너무나 뜻밖이라 아무 대답도 할 수 없었다.

'감사하다는 그런 가벼운 말로 이 마음을 전할 수 있을까.'

넘어가지 않는 음식물들을 입안으로 억지로 떠넘기며 끊임없이 공작을 의식하고 있었다. 시간이 흐를수록 공작을 은애하는 마음은 깊어졌고, 그에게서 받은 호의들은 그녀를 더욱 움츠러들게 만들기 충분하였다.

결국 생각이 많아진 눌리타스는 그와 식사가 끝날 때까지 대화를 나눌 수 없었다.

그녀의 방으로 돌아가려는 찰나, 공작이 산책을 제안하였다. 사실 방으로 돌아가 혼자 있고 싶은 마음이 간절하였지만, 눌리타스는 공작의 내민 손을 거절할 수 없었다.

달빛이 은은하게 빛나고 있었고, 어디로 간 건지 오리도 없는 호수에는 잔물결이 쉼 없이 부서졌다. 그들의 볼에 스치는 바람조차 무척이나 포근한 밤이었다.

아마도 정처 없이 마구 흔들리는 눌리타스의 눈빛을 빼고는 모든 것이 고요한 듯 보였다. 하고 싶은 말들을 가슴에 꼭꼭 가둔 채 그녀는 공작의 곁을 조용히 걸었다.

오고가는 말은 없었지만, 공작은 그저 좋았다. 이렇게 영원히 이 밤을 거닐 수 있다면 그것도 운치가 있으리라.

"땀이 흐르는군요."

루셔스는 그 말을 하며 멈춰 서더니 품에 있던 손수건을 느릿하게 꺼내어 이마를 훔쳤다. 눌리타스가 그 손수건이 무엇인지 깨달았을 때 느낀 감정은 당혹감이었다.

귀한 분께서 저리 어설픈 것을 어째서 품에 지니고 다닌다 말인가.

그리고 그것을 통해 떠오른 것은 공작의 짧은 입맞춤이었다.

갑자기 그 생각에 눌리타스는 그날처럼 이마에 열감이 느껴지는 듯하였다. 루셔스는 그런 그녀의 모습을 흐뭇한 얼굴로 보다 눌리타스의 손을 가만히 잡았다.

"그대에게 고백할 것이 있소."

루셔스는 마상시합을 가기 전에 그녀의 오해를 풀어야 한다고 결심했다.

도대체 무슨 의도로 그런 장난을 했었는지 기억도 나지 않았다. 처음 아주 잠시는 그런 상황을 즐기기도 했었던 것 같다.

하지만 시간이 흐를수록 조바심이 나서 괴로운 것은 그녀가 아니라 자신이었다. 사실 루셔스는 여인에게 끌리는 사내라는 것을 진작부터 밝히고 싶었다.

'왜 그랬을까……'

하지만 때로는 늦었다고 생각하는 순간이 적기일 수도 있음이라.

루셔스는 전에 없이 아랫입술을 살짝 깨물면서 다음 말을 하기를 주저하고 있었다. 덕분에 눌리타스는 잡은 손을 뿌리치지 못한 채 긴장하고 있었다.

'무슨 말씀을 하려고 저리 진지한 모습이신지.'

눌리타스는 그의 다음 말을 기다리는 동안 입이 바짝 마르는 것 같았다. 혹시나 이제 그녀의 원래 자리로 돌아가라는 축객령일까. 혹은 그녀의 거짓에 성난 비난을 토로하시려는 걸까.

반면 호기롭게 첫 말을 내뱉은 루셔스는 계속해서 갈등 중이었다.

전장에서 수많은 시체를 밟고 지나쳤었고, 차마 눈 뜨고는 볼 수 없는 끔찍한 일들을 모두 이겨낸 그였다.

하지만 그처럼 위대하다 칭해지는 사내도 이 순간만큼은 속수무책이었다. 그리고 루셔스는 솔직하게 말하는 것 외에는 방법이 없다는 결론에 도달하였다.

"나는 사실 여인을 좋아합니다."

마음이 급했던 루셔스는 입에서 맴돌던 말을 단숨에 내뱉었다. 하지만 그러고 나자 다른 걱정이 그를 괴롭히기 시작하였다. 그녀를 속인 그를 미워할지도 모른다고…….

하지만 공작의 염려와는 달리 눌리타스는 아무런 생각을 할 수 없었다. 그녀가 만들어준 손수건을 소중하게 매만지던 모습과 여인을 좋아한다는 고백을 하며 바라본 그 검은 눈빛 때문이었다.

두 사람은 마치 춤을 추듯 한 손을 잡은 채로 점점 더 다가서게 되었다. 루셔스는 손수건을 조심해서 다시 갈무리하고, 마주 잡은 그 손에 살짝 힘을 실어 보았다.

그녀의 푸른 눈이 놀랄 때마다 반짝이는 것이 좋았다. 다가갈 때마다 움찔거리며 한발 물러서는 그 걸음도 어여뻤다. 달빛처럼 부서지는 은발의 머리도 사랑스러웠다. 실수로 차를 흘린 하녀에게 따스한 말을 건네는 그녀의 음성에 취했다. 다친 아이를 안고 달려가는 그녀의 용기에 반했다. 비를 맞으며 오닉스의 새끼를 받아 안는 그녀의 모습에는 그의 온 마음을 빼앗겨 버렸다.

그녀의 출생이나 신분 따위는 그에게 아무런 문제가 되지 못했다.

그는 그녀 앞으로 두 걸음 더 성큼 다가섰다. 그녀에게 끌리는 마음을 인정한 순간, 더 이상 망설일 이유가 없었다.

"그대가 내게 왔을 때 내가 기뻤다고 하면 믿어 줄 텐가."

눌리타스는 한참의 시간이 흐른 후 들리는 공작의 고백에 주저앉을 뻔하였다. 얼른 이 손을 놓고 방으로 달아나야 한다는 생각이 머리를 지배하기 시작하였다.

"공작님, 무슨……"

"내가 생애 처음으로 마음을 뺏겨버린 여인이 그대라면, 이런 나를 받아주겠소."

루셔스의 눈빛이 검게 반짝이며 오롯이 그녀를 바라보고 있었다.

눌리타스는 평소처럼 그의 얼굴에 장난기가 묻어나길 기다렸다. 그리고 그저 농담이었다고 가볍게 웃어주길 바랐지만, 공작에게서는 그런 기미가 전혀 엿보이지 않았다.

'어째서 저리 귀한 분이 나 따위에게 애정을 구하려 드신단 말이야……'

그녀는 너무 당황한 나머지 딸꾹질을 하기 시작했다.

내내 동경했던 공작에게서 이런 고백을 들으리라는 것은 꿈도 꾼 적이 없었다. 그녀나 어머니에게 베푸는 것들은 그저 공작의 훌륭한 인품에서 비롯된 자비의 일종이라 여겨왔었다.

루셔스는 그의 고백을 듣고 답을 들려주는 대신 딸꾹질을 하는 눌리타스를 보고 그만 웃음이 터져버렸다. 일순간 그들을 둘러싼 팽팽한 줄이 끊어진 것 같은 기분을 느꼈다. 그녀와 함께할 시간은 아직 충분히 남아 있었다.

'내 마음은 전달했으니 이것으로도 족하리라.'

그는 천천히 자신의 망토를 벗어 그녀의 숄이 걸쳐진 어깨 위로 둘러 주었다. 계속해서 딸꾹거리는 그녀를 향해 장난스레 말을 건넸다.

"그것을 멈추는 좋은 방법을 알고 있는데······."

눌리타스는 흉한 소리를 내는 스스로를 멈춰보려 숨을 참아보다 공작의 말에 놀라 딸꾹질이 멎어버린 것을 깨달았다.

"저런 아쉽게 되었군."

"······."

"이제 돌아가지."

루셔스는 그의 손을 뻗어 그녀의 어깨를 살짝 당겨 나란히 걸었다. 그와 그녀의 그림자가 함께 어우러져 좋은 밤이었다.

어떻게 방으로 돌아왔는지 전혀 기억도 나지 않았다. 눌리타스는 여전히 그녀의 어깨를 따스하게 덮고 있는 공작의 망토를 끌어내려 가슴에 품었다. 망토에서 느껴지는 공작의 향기에 가슴이 울렁거렸다.

"도대체 뭘 어쩌시려고……."

그녀를 좋게 봐주신 것 같아 감사했다. 하지만 그의 그런 진심을 받아줄 수 없는 입장이란 것은 변하지 않는 현실이 그들 사이에 존재하고 있었다.

혹 백작이 이런 상황까지 모두 예상을 했던 것일까. 그녀 때문에 앞으로 공작이 곤경에 처하게 되는 것은 아닐까. 온갖 걱정이 몰려 들어 고개를 들 수 없었다.

도대체 어떻게 해야 하는지 갈피를 잡을 수 없는 밤이었다. 창가에 비친 나무의 그림자가 눌리타스의 머리를 쓰다듬듯 출렁거리고 있었다.

2

히스 필드에 펄럭이는 깃발들

마상시합이 열리는 아침이 밝았다.

전날까지 준비한 짐들을 모두 싣고 공작과 눌리타스는 모르시아니가의 마차에 올랐다. 3대의 마차가 아주 느릿하게 달리기 시작하였다.

눌리타스는 공작의 진심을 들었던 일을 잠시 잊기로 하였다. 그것을 의식하였다가는 이리 마주 보고 앉을 수 없으리라. 혼인을 한 귀족이 마상시합장에 홀로 나타나는 일은 없다고 한 그 이야기만 아니었다면 이런 뒤숭숭한 기분을 가진 채 이 자리에 있지는 않았을 것이다.

'지금은 어디까지나 모르시아니가의 명예만을 생각하는 거야.'

마차는 곧장 시합이 열리는 경기장을 향하여 속도를 높이기 시작하였다.

　루셔스는 그의 눈을 피하는 눌리타스를 그윽하게 보다 도착 시간이 다가오자 이마를 찌푸리기 시작하였다.

　'마상시합이라니.'

　그가 전쟁터에 오래 나가 있던 탓에 지난 몇 년간 이 끔찍한 행사에서 빠질 수 있었다. 하지만 이번에는 왕으로부터 꼭 참석하라는 전갈을 받은 터라 옴짝달싹할 수 없었다. 아무리 공작의 위세가 등등하다 하나 왕명에 거역하는 것은 반역에 버금가는 일이었기 때문이다.

　루셔스는 귀족가의 자제들을 장터에서 사고파는 것 같은 무도회도 질색이었지만, 사람의 목숨을 가지고 여흥을 즐기는 마상시합도 경멸하였다. 마상시합의 취지는 본데 기사들의 실력을 점검하여 다가오는 전쟁에 대비하자는 것이었다. 아마 시행 초기에는 그런 순기능을 했을지도 모른다.

　하지만 루셔스가 본 마상시합이란 것은 비싼 갑옷과 명마, 보검 등을 선보이는 가문의 재력 과시의 연장선일 뿐이었다. 우승자를 점치기 위해 큰돈들이 오가는 도박판이 되기도 했으며, 수많은 귀족들이 염문을 뿌리는 장소가 되었다.

　마상시합에서 시행하는 훈련들은 피가 무수히 흘어지는 전장에서는 무용인 것이 대부분이었다. 적들은 공격 신호를 친절하게 미리 알려주는 일도 없었고 느닷없이 나타나 그들의 목을 노리곤 하였다.

게다가 이런 말도 안 되는 행사를 치르는 중에 목숨을 잃는 이들도 종종 있다는 게 그를 더욱 화를 나게 하는 부분이었다.

'그 얼마나 헛된 죽음인가.'

이것은 전쟁에 나서서 가족과 왕국을 위해 힘써 싸우다 죽는 것처럼 명예로운 일이 되지 못하였다. 죽은 자들이 말에서 떨어져 흙먼지에 뒹굴면 관중들은 승자의 이름을 연호하였다.

루셔스는 꽤 오래전 기억을 더듬으며 주먹을 꽉 잡아보았다. 그런 시합에 오래 머무르고 싶지 않은 까닭에 루셔스는 일부러 낙마를 하거나 찔린 척을 하며 예선에서 떨어지는 일에 전력을 다하였다.

하지만 이번에는⋯⋯.

창밖을 하염없이 바라보는 여인의 옆선을 따라 눈이 미끄러져 내려갔다. 고운 이마에 깊은 눈매가 그의 눈길을 사로잡았다. 단아하게 모은 두 손이 그의 한 손에 모두 잡힐 것 같았다.

순간 루셔스는 온몸에 힘이 들어가는 것을 느꼈다. 어머니가 돌아가신 후로 가져본 적이 없던, 지켜야 할 대상이 생겼다.

'나의 아내⋯⋯.'

속으로 가만히 그 단어를 읊조리자니 절로 승부욕이 발동하는 게 아닌가. 이왕 이렇게 오게 된 거 어설프게 예선 탈락할 것이 아니라면 최고의 자리에 올라서야 할 것이다. 그것이 가문의 명예를 드높이는 일이 되리라.

"이번 시합 말이지. 나는 우승을 목표로 할까 하는데."

"네?"

듣기로는 마상시합장이란 곳이 변수가 많은 곳이라 하였다. 낙마로 뼈가 부러지는 일이나 창과 칼에 의한 부상도 심심찮게 일어난다고 들었다. 그녀는 공작의 실력을 믿어 의심하지 않았지만, 희미한 불안감이 눌리타스 안에서 고개를 들고 있었다.

'혹여 공작님이 잘못되시면 어쩌나.'

"응원해줄 건가?"

그의 재촉에 눌리타스는 장갑을 낀 손을 맞잡으며 잠시 생각에 잠겼다.

무엇을 말해야 할까.

이미 그녀는 공작에게 수를 놓으며 그의 무사함과 승리를 간절히 기도하였다. 하고 싶은 이야기는 수도 없었지만, 왠지 낯이 뜨거워져 목소리를 가다듬으며 조용히 짧은 바람을 털어놓았다.

"다치지 않으셨으면 좋겠어요."

별것 아닌 말을 하고도 혹 그녀의 속내를 공작이 알아버렸나 싶어 온몸에 진땀이 흘렀다. 갑갑한 기분이 들어 눌리타스는 장갑을 벗어 그것을 들고 살살 흔들어 부채질했다.

눌리타스의 복숭아 빛으로 물들어버린 양 볼을 보게 된 루셔스는 괜스레 그의 뺨에도 열감이 느껴지는 것 같았다.

그러다 눌리타스의 손끝에 시선이 닿았다. 루셔스는 망설임 없이 그녀의 손목을 붙잡아 샅샅이 살피기 시작하였다.

어째서 이렇게 손끝이 온통 상처투성이인가.

"손이 왜 이렇소?"

눌리타스는 별것도 아닌 것에 놀라는 공작의 반응에 민망하여 손을 빼내려 하였다. 루셔스는 손끝에 난 자잘한 상처들이 그의 품 안에 있는 손수건을 만드는 과정에서 비롯했음을 어렵지 않게 유추할 수 있었다.

"나 때문이군."

그는 아련한 눈을 하며 그녀의 손끝을 살살 어루만지다 작게 입김을 불어 주었다.

과거에 아프다고 칭얼대던 그에게 어머니와 형들이 이렇게 해 주었던 기억이 났던 탓이다. 이런다고 상처가 나을 리는 없었지만, 루셔스의 기억 속에는 이리 하면 마음이 무척 편안해졌던 것 같았다.

반면 눌리타스는 갑자기 공작의 부드러운 검은 머리칼이 손등에 쏟아져 내리자 소름이 돋아나는 것 같은 기분을 느꼈다. 거기다 바람이 불어오자 손끝에 아물기 시작한 상처들이 이리저리 날리는 꽃잎이 된 것처럼 간지러웠다.

한겨울에 동상을 입은 것도 여러 번이었다. 처음에는 조금 차갑다 싶었던 손과 발은 이내 콕콕 쑤시는가 싶더니 화끈해지기 일쑤였다. 수포가 잡혀 고통에 허덕이던 것이 불과 얼마 전의 일이었다. 그런 지경에도 의원은커녕 약 하나 먹어보지 못했다. 기껏해야 풀뿌리를 끓인 차를 얻어 마시거나 천을 둘둘 감는 정도가 고작이었다.

처음 받아보는 이런 대접이 어색했지만, 그녀를 걱정해주는 공작의 손길이, 그 눈빛이 싫지는 않았다. 말도 안 되는 마음이란 것은 잘 알고 있었지만, 이제는 끝이 올 때까지 조금만이라도 이렇게 만끽하고 싶었다.

"그대의 바람대로 절대 다치지 않겠소."

눌리타스의 손을 아주 귀한 것을 보듬듯 쥔 공작이 스스로에게 다짐을 하듯 입을 열었다. 자갈길을 달리는 마차가 덜커덕거렸지만, 두 사람의 엉켜가는 마음만은 한 점 미동도 없었다.

마상시합이 열리는 히스 필드에는 수백 개의 임시 거처인 천막이 쳐진 구역과 시합이 열리는 주경기장과 보조 경기장으로 나뉘어져 있었다.

가문의 문장들이 새겨진 다양한 깃발이 천막 위에서 마구 휘날리고 있었다. 그리고 한편에서는 예선이 시작되어 열기가 고조된 경기장 관중석에서 비명과 함성이 쏟아져 나오고 있었다. 소리가 들릴 때마다 땅이 살짝 흔들리는 착각이 들 정도였다.

"이게 무슨."

눌리타스는 얼굴을 거의 가린 베일을 통해 보게 된 마상시합장의 분위기에 놀라 입을 다물 수 없었다. 그것도 그럴 것이 백작성에서야 다른 귀족을 볼 기회가 아주 없었고, 혼인조차 간소하게 치른 까닭에 이리 많은 인파를 겪어보는 것은 처음이었기 때문이었다.

예상하지 못했던 것은 아니지만, 저 수많은 이들이 모두 귀족이라 생각하니 저절로 기가 죽는 것 같았다. 위축된 그녀의 마음을 알기라도 하는 것처럼 공작은 그녀의 팔을 끌더니 부드럽게 말을 건넸다.

"경기가 없으니 우선 가볍게 관람을 해볼까 하는데."

그들이 경기장 안으로 들어서기 시작하자 모두의 관심을 한몸에 받았다.

무려 모르시아니 공작가의 문장이 달린 마차에서 내린 분들이 아닌가.

왕국 곳곳에 퍼진 공작에 대한 괴이한 소문들을 모르는 이가 없었기에 경기장 외부 담소를 나누던 이들은 다시금 목소리를 낮추어 속삭이기 시작하였다. 그들의 눈빛에는 의아함과 동경이 가득 담기기 시작하였다.

'저리 훤칠한 미남이 모르시아니 공작이라고?'

'그런 소문과는 거리가 먼데…….'

호사가들의 입술들이 은밀하게 움직였다. 이런 일이야말로 일 년 중 한 번 있을까 말까한 중대한 사건에 속하는 것이었다.

'피의 모르시아니 공작이 마상시합장에 나타나다!'

마상시합 결과를 두고 내기를 하던 이들의 무리도 덩달아 분주해졌다. 전쟁 영웅인 모르시아니 공작의 참여는 우승자의 향방에 아주 큰 영향을 미칠 것이 자명했기 때문이었다.

공작이 빠진 지난 삼 년간은 미카엘 백작의 일방적인 우승으로 끝을 맺었다. 그래서 이미 대부분의 사람들이 미카엘 백작에게 큰 돈을 걸어 두었던 것이다. 하지만 방금 공작의 등장으로 그 누구도 시합의 결과를 예측하기가 힘들어졌다.

"조금 소란스럽군. 괜찮소?"

루셔스는 눌리타스의 손을 팔에 걸치고 다정하게 물어봐 주었다.

눌리타스는 사람들이나 말이 내는 소음에는 전혀 무감하였지만, 그 시선에서는 자유로울 수 없었다. 그들의 걸음 하나에 수많은 이들의 따가운 눈초리가 따르고 있었다.

그녀는 그것들이 악의는 없으나 꽤나 집요한 구석이 있다는 느낌을 받았다. 그래서 모르시아니가의 명성에 누가 되지 않도록 허리를 세워 공작의 걸음에 박자를 맞추어 우아하게 걸음을 이어나 갔다.

원형의 경기장의 입구에는 창을 든 병사들이 보초를 서고 있었고, 공작이 다가서자 깍듯하게 절을 하며 길을 열어주었다. 경기장은 중앙에 시합을 할 너른 공간을 제외하고는 거의 대부분 관중이 들어차 있었다. 개중에는 귀족이 아닌 평민들도 섞여 있어, 관중석은 신분의 차이에 따라 구획을 나누어 두었다.

"공작님을 모시게 되어 영광입니다."

어디서 나타난 사내가 그들을 모르시아니가로 배정된 자리를 안내해주었다. 한눈에 시합장이 들어오는 좋은 위치에 푹신한 자리가 준비되어 있었고, 볕을 피하기 위한 천막이 드리워져 있었다.

눌리타스가 그곳에 걸어오면서부터 느낀 것은 낯선 공포, 역겨움과 비슷한 것들이었다.

갑옷으로 온몸을 뒤덮은 기사들이 시합장 양 끝에 말을 타고 서서 신호를 기다리고 있었다. 깃발이 펄럭이면 전속력을 다해 기다란 창을 겨누며 서로에게 덤벼들었다.

처음에 본 대결에서는 왼쪽의 좀 더 호리호리한 기사가 낙마를 하여 기권하는 것으로 끝이 났다. 자리에 앉아서 처음부터 지켜본 시합에서는 결국 한 명의 기사가 창에 꿰뚫려 피를 흘리며 힘없이 말에서 떨어졌다.

'세상에. 크게 다치거나 잘못하면 죽을 수도 있지 않을까.'

마치 부상을 당한 사람이 공작이라도 되는 것처럼 마음이 쓰였다. 그에게도 충분히 일어날 수도 있는 문제 아닌가. 그리고 더욱 경악할 만한 일은 그다음에 일어났다.

좀 더 강한 기사가 승리에 취해 한 손을 흔들자 관중석의 사람들은 일제히 환호하기 시작하였다. 쓰러져서 사경을 헤맬지도 모르는 패자에게는 그 누구도 관심을 두지 않았다. 눌리타스는 그녀가 생각했던 것보다 훨씬 더 잔인한 마상시합에 넌더리를 내었다.

그러다 그녀도 의식하지 못한 채 공작의 팔을 세게 움켜쥐며 떨었다. 루셔스는 심드렁하게 시합을 지켜보다 눌리타스가 두려워한다는 것을 깨닫자 단번에 일어섰다.

"무서운가 보군. 그만 일어납시다."

그도 그렇게 달갑지는 않은 곳이었지만, 왕의 직접 지정해주었다는 공작가의 자리에 한 번은 오는 것이 예라고 여겼다. 그러나 더 이상은 머물 이유를 느끼지 못하였다.

'한 번 와주었으니 충분하겠지.'

루셔스는 이런 번거로운 일에 그를 엮은 왕의 얼굴을 떠올리다 이를 부득 갈았다. 로마그놀로 백작이 늙은 너구리 같다면, 왕은 교활한 구렁이 같은 작자였다.

루셔스는 왔던 것처럼 눌리타스의 팔을 가만히 잡고 서둘러 그곳을 벗어났다. 그 와중에도 꽃과 간단한 간식거리를 판매하는 상인들이 양손 가득 물건들을 들고 목소리를 높이고 있었다.

그들이 시합장에서 완전히 나온 이후에도 관중들과 상인이 내는 고성이 히스 필드를 뒤덮고 있었다.

히스 필드에 도착한 이들은 지위 고하를 막론하고 시합이 치러지는 동안 천막에서 머무르게 된다. 천막 숙소는 수백 년 이어진 전통으로, 건국 초기 조상들이 유목민들이었기에 그러한 습관이 남았다는 설이 있기도 하지만, 짧은 기간만 이용하는 이곳에 건물을 짓고 유지하는 게 비효율적이기에 그렇다는 이야기도 있었다.

눌리타스와 루셔스는 배가 나온 중년 남자 관리의 안내를 받으며 모르시아니가의 천막을 향하고 있었다.

제일 좋은 위치에는 왕의 대형 천막이 자리 잡고 있었다. 그 주변으로는 약간의 간격을 두고 천막들이 나란히 줄을 맞추고 있었다.

얼핏 보기에는 색색의 천막들은 무질서해 보였지만, 모두가 철저히 신분을 기준으로 영역이 나누어져 있었다.

귀족들과 왕족들은 높은 지대에 위치했고, 색들이 아주 화려하였다. 반면 평민들이나 고용인들의 거처는 조금 낮은 지대에 형성되어 있었고 단조로운 색상의 천막으로 공동 숙소가 마련되어 있었다.

"그리하여 혹시나 폭우가 쏟아져도 우리 귀족들의 천막은 피해를 입지 않게 되는 거랍니다."

관리가 콧수염을 양손으로 다듬으며 자부심 가득한 얼굴로 천
막들에 대해 설명을 해주었다. 이에 눌리타스는 겉으론 아무 내색
도 못 했지만, 속으로는 작은 한숨을 내쉬었다.

'신분이 하찮은 이들은 죽어도 상관없다는 논리는 도대체 어떻
게 만들어진 걸까.'

이런 상념에 빠진 그녀의 앞에 관리가 멈추어 서더니 공작에
게 거의 땅에 닿을 정도로 절을 하며 두 손으로 어떤 천막을 가리
켰다.

"이곳이 전하께서 공작님께 특별히 하사하신 곳입니다."

천막의 외부는 푸른빛이 감돌았고 왕의 것보다 작다는 것을 제
외하고는 별다른 특색이 없어 보였다. 하지만 이렇게 천으로 지어
진 건물을 처음 접하는 눌리타스는 살짝 어색한 기분이 들어 어리
둥절한 눈을 하며 망설이고 있었다.

"이리로."

루셔스가 먼저 장막을 들춘 후 천막으로 들어가 눌리타스에게
들어올 것을 청했다. 눌리타스는 잠시 바깥에 서서 그녀를 흘끔 살
피는 관리와 공작 사이를 저울질하다 천막 안으로 발길을 향했다.

공작과 단둘이 있는 상황은 될 수 있으면 피하고 싶지만, 공작이
들어오라고 손을 내미는데 거절하는 모습을 타인에게 보일 수는
없었다.

긴장을 하며 들어서자 장막이 내려앉으며 어두워졌고, 둘러본 내부는 생각보다 단출했다.

바닥에는 동물의 털로 보이는 것이 깔려 있었고, 불을 피울 수 있는 간이 난로 시설이 갖추어져 있었다. 아직 공작가에서 가져온 것들을 들이기 전이라 무척이나 휑한 느낌을 주었다.

루셔스는 바깥에서 대기하고 있는 공작가의 하인들에게 서둘러 물건을 들여올 것을 명하였다. 그리고 내부의 서늘한 기운이 눌리타스의 몸을 차갑게 할까 걱정이 되는 듯했다.

"먼저 불부터 지피도록!"

지시를 내린 루셔스가 눌리타스의 손을 이끌어 마련된 의자에 앉히고 염려스러운 목소리를 건넸다.

"아무래도 이곳에서의 생활이 불편할 것 같아 신경이 쓰이는군."

루셔스는 전장에서 오랜 시간을 보냈기에 이런 천막생활쯤은 익숙했지만, 여린 몸의 눌리타스에게는 힘이 들 것 같았다. 이럴 줄 알았으면 침대며, 여인들이 흔히들 쓰는 가구나 생활용품들을 모두 실어 올 것 그랬다는 생각이 뒤늦게 들었다.

그러나 공작의 우려와는 달리 그녀에겐 이곳의 첫인상이 그리 나쁘지 않았다. 하녀들이 마련해 준 찻잔을 감싸 들고 눌리타스는 천막 내부를 다시 둘러보았다. 그리 넓지 않아 아늑했고, 가죽 털이 깔린 자리가 꽤 포근해 보였다.

예전에 가끔 작업을 하다 마구간에서 고꾸라져 잠이 드는 일도 있었다. 그곳과는 달리 여기에는 바람이 새어 들어온다든지, 가축의 배설물이 풍기는 역한 냄새를 참을 필요도 없지 않은가. 하지만 공작에게 그런 이야기를 털어 놓지는 못하고 고개를 저었다.

"걱정해주셔서 감사하지만, 저는 괜찮아요."

그나저나 눌리타스는 어쩐지 아까 천막에 들어왔을 때부터 무언가 싸한 기분이 들었다. 침대 대용으로 보이는 듯한 두툼한 털가죽은 하나뿐이었다. 그녀는 조심스럽게 공작에게 물었다.

"제 천막은 따로 있는 건가요?"

그녀의 말에 공작은 여유롭게 두 팔을 뒤로 뻗으며 답을 해주었다.

"그럴 리가? 히스 필드에서는 전하조차도 하나의 천막에만 머무르시는데? 보다시피 공간이 협소해서…… 무슨 문제라도?"

눌리타스는 그의 말에 눈앞이 캄캄해지는 것을 느꼈다.

침실에 있던 널따란 침대에서도 함께 있는 게 곤욕이었는데, 이렇게 누우면 바로 살이 닿을 것 같은 곳에서 나란히 잔다는 것은 불가능에 가까운 것이었다.

그녀가 잠이 든 사이에 실수로 몸을 뒤척이다 그의 가슴이나 얼굴에 몸이라도 부딪힌다면…….

이런 상상을 하는 자체가 좀 우습긴 했지만, 지금 그녀는 무척 심각했다.

'이제 내가 하다 하다 미쳐 가는 건가.'

언젠가부터 공작에 관련된 일에는 제대로 된 생각을 할 수 없게 된 그녀였다. 그를 떠올릴 때면, 너무나 극단적인 두 가지의 마음이 그녀를 지배했다.

'무조건 이곳에서 나가야 해.'

공작이 잠에 든 후 살짝 나가면 야외에서 대충 몸을 피할 곳을 찾아야겠다. 들판이나 헛간, 마구간은 이곳에도 있을 테니 말이다. 단지 남의 눈에만 띄지 않도록 조심하면 문제는 없을 것이다.

눌리타스는 스스로 결심을 굳히고 고개를 끄덕였다.

그녀의 결연한 표정을 보며 루셔스가 중요한 할 말을 잊었다는 듯 덧붙였다.

"참. 이곳은 야간에 늑대가 출몰하는 곳이라오. 혹여나 하는 이야기인데 혼자 달밤에 산책이라도 할 생각은 하지 않는 편이 좋을 거요."

공작의 말에 눌리타스는 놀란 기분을 감추며 애써 아닌 척 찻잔의 손잡이를 어루만졌다. 몰래 나가려 한 그녀의 생각이 보이기라도 한 것일까.

'늑대라니!'

눌리타스는 두려운 것이 많이 없는 편이었지만, 일전에 백작과 아비오가 사냥에서 돌아오며 전리품처럼 가져온 큰 짐승의 사나운 이빨을 본 적이 있었다. 이미 죽어버렸음에도 그 거대한 몸이 주는 공포를 똑똑히 기억하였다.

그 어금니에 물리기라도 한다면…….

그녀가 말없이 어깨를 가볍게 떠는 것을 보며 루셔스는 조금 미안한 기분이 들기도 했다.

왕이 머물게 되는 이곳에 그런 사나운 짐승이 있을 리가 없었다. 설령 들개나 그런 것들이 있다손 치더라도 선발대로 온 병사들이 안전하게 이 구역을 지키고 있다.

'그대를 내게 붙잡아두려 하는 것이 욕심일까.'

루셔스는 자주 그에게 등을 보이며 사라지려는 그녀를 곁에 머물게 할 어떤 구실이 필요하였다. 그것이 다소 허황되고 유치한 것이라 할지라도 말이다.

하인들이 모두 물러가고 정리가 끝이 나자, 난로에서 장작이 타들어 가는 소리가 나며 천막 안의 공기가 꽤 훈훈해졌다.

붉은 열기가 눌리타스의 뺨에 점이 되어 번지기 시작하여 귀를 스치더니 너울지는 것 같았다. 그것이 너무나 신비로워 보여 눈을 뗄 수 없던 그는 갑자기 느껴지는 신체 변화에 당혹감을 감출 수 없었다.

'대낮에 이게 무슨 망측스러운 일인가.'

"나는 잠시 나갔다 올 테니 쉬고 있는 게 좋을 것 같군."

루셔스는 찻잔을 집어 던지듯 내던지고 허둥지둥하며 천막 내부를 가로질렀다. 그곳에서 더 머물렀다가는 필시 그녀를 무척이나 당황하게 만들 행동을 했을 것이다.

루셔스는 요즘 들어 자꾸만 제어가 되지 않는 스스로 때문에 무척이나 곤혹감을 느꼈다. 천막 밖의 차가운 바람이 볼을 스치자 그제야 제정신이 돌아왔다. 그리고 해야 할 일이 떠올랐다.

"전하를 뵈러 가야겠지."

아마 진작 그의 도착을 전해 들었을 것이다.

전혀 내키지 않았지만, 천막 안의 여인을 떠올리며 발걸음에 힘을 실어보았다. 그분의 심기를 건드려봐야 자신들에게 이로울 것이 전혀 없었으니.

눌리타스는 대화를 나누다 말고 갑자기 사라져버린 공작의 자취를 그려보다 의자에서 일어섰다. 작은 난로가 만들어내는 불길에 천막 내부의 공기가 뜨거워지는 것 같았다.

"답답하구나."

밖에서 기다리고 있던 소피아를 불러 외출을 하기로 하고 다시 베일을 내렸다.

낯선 곳에 혼자 남겨진 것이 다소 쓸쓸하였다. 전에는 알지 못하였던 감정들이 그녀의 안에 하나둘 자리를 잡기 시작하였다.

공작님과 함께 있을 때면 그것은 그것대로 고통스러웠으며, 그

없이 시간을 보낼 때면 또 무척이나 시간이 더디게 흘러 그녀를 힘들게 하였다.

'어쩌자는 거야······.'

수없는 시간 동안 자문해 보아도 답을 구할 수 없었다.

눌리타스는 고개를 들어 천막 숙소 구역을 신기한 눈으로 둘러보기 시작하였다. 천막의 모양과 크기, 색들이 조금씩 다른 것들이 숲에서 볼 수 있는 버섯들처럼 옹기종기 늘어져 있었다.

눌리타스는 백작성이나 공작성을 제외한 곳에서 이렇게 오래 머무르는 것은 처음이었다. 새로운 경험에서 얻는 긴장감 등이 그녀의 가슴을 계속 뛰게 만들었다.

'이런 곳에 올 줄은 몰랐어.'

보바퀴 부인에게 귀족이 되는 수업을 들으면서 삽화로 본 마상시합장에 그녀가 직접 오게 될 줄은 상상도 하지 못했다. 마치 그녀가 책 속에 들어온 것처럼 기분이 아주 묘했다.

그 순간 바람에 너풀거리는 하얀 베일 속의 붉은 입술이 쓴웃음을 지었다.

이 수많은 천막을 지은 이들이 누구일까.

저 나무 기둥들을 채집하여 이곳에 나르고 세운 이들은 누구일까. 그들의 땀으로 지은 곳에서 편히 먹고 마시고, 어느 누가 죽어나갈 때까지 핏대를 세우며 떠들겠지.

아마 이 수많은 천막의 주인들 중 눌리타스와 같은 고민을 하는 이는 없을 것이다.

'왜냐면 그들은 진짜 귀족이니까.'

"마님, 더 가시려고요?"

말없이 그녀의 뒤를 따르던 소피아가 천막의 행렬이 끝나고 빈 공터가 나오자 살짝 겁에 질린 듯한 눈을 하였다. 하지만 눌리타스는 오히려 새로이 등장한 장소에 눈길을 빼앗겼다.

발치에 걸리는 자갈, 그리고 이름 모를 들풀들이 그녀를 반겨주었다. 게다가 천막과 들 사이의 경계를 지키는 병사 몇이 창을 들고 보초를 서고 있어 그리 곤란한 일은 일어나지 않을 것 같았다.

눌리타스는 병사들과 거리를 좀 둔 채로 들 중간까지 걸어 들어 갔다. 그녀의 전신을 뒤흔드는 세찬 바람이 강타하자 온갖 번민들이 일시에 소거되는 기분이었다.

"빌어먹을."

보는 이가 아무도 없다고 생각하자 자연스럽게 예전에 쓰던 말이 입술을 타고 흘렀다. 하지만 우습게도 이제는 그런 말들이 퍽 낯설게 들렸다.

그녀의 생각에는 귀족들은 정말이지 피곤하게 사는 족속들이었다. 왜 그리 타인의 눈을 의식하며 사는 건지. 귀족 놀음을 하다 보니 그들에게 측은지심이 들 정도였다.

그때 강하게 불어온 바람이 단단히 고정해둔 베일을 벗겨 하늘

높이 떠오르게 만들었다.

얼굴이 허전해진 눌리타스가 멍한 얼굴로 베일이 날아가는 것을 쳐다보았다. 아무것도 가려지지 않은 가느다란 은발이 마치 들풀처럼 이리저리 나풀거리기 시작하였다.

한참을 날리는 베일을 지켜보던 그녀가 베일을 잡기 위해 조금 늦게 움직이기 시작하였다. 길게 자라난 풀들이 드레스 아래로 그녀의 발목을 끌어당겨 좀처럼 속도를 낼 수가 없었다. 뒤에서 소피아도 쫓아오기 시작하였지만, 베일은 하늘 높이 둥실 떠올랐다.

"어!"

바람이 그치자 베일은 일순간에 아래로 떨어졌고, 눌리타스는 작은 소리를 내었다. 그녀의 베일이 웬 사내의 손에 얌전히 내려앉은 것을 보았던 것이다.

낯선 사내는 키가 컸으며 청록색 머리를 허리까지 늘어뜨리고 자수정을 닮은 눈을 하고 있었다. 눌리타스가 태어나 처음 보는 듯한 화려한 사내였다. 타국에서 온 사람인지 새하얀 가운 같은 것을 걸치고 허리에는 금띠를 두른 채였다. 가운 사이로 속살이 뽀얗게 비치는 것이 눈에 띄어, 그녀는 눈을 살짝 돌렸다.

너른 공터에 하인 하나 없이 저런 가운을 걸치고 다니는 자는 누구란 말인가.

이것이 이 수상한 사내와의 첫 만남이었다.

"아가씨의 것인가요?"

사내가 가늘면서 울림이 있는 목소리를 내었고, 그녀에게 다가와 베일을 내밀었다. 눌리타스는 이질적인 사내의 복색에 경계심이 어린 눈으로 베일을 받아들고 공손하게 감사의 뜻을 전하였다.

그리고 재빨리 베일을 다시 고정해서 얼굴을 가렸다. 귀부인들이 베일로 얼굴을 꼭 가려야 할 의무는 없었지만, 눌리타스는 왠지 이 상태가 마음이 편안하였다. 막 발길을 돌리려 하는데 그 목소리가 다시금 그녀를 붙잡았다.

"저는 루드비히라고 합니다."

먼저 이름을 밝히는 사람을 두고 그냥 자리를 뜨는 것도 예법에 어긋나는 일이었다. 눌리타스는 그녀를 타인에게 어떻게 소개를 해야 할지 잠시 고민을 하다 찬찬히 입을 열었다.

"저는 모르시아니 공작가의 사람입니다."

눌리타스는 모르시아니라는 성을 입에 올렸고, 그것이 그리 낯설지만은 않다는 생각에 흠칫 놀랐다.

하지만 더욱 놀라운 일은 다음에 일어났다.

"저런. 루셔스의 부인이군요. 실례를 용서하십시오. 공작부인."

루드비히라는 자는 정중하게 예를 갖추고는 있지만, 무언가 이상한 느낌을 주었다. 살짝 고개를 숙이고 있어서 잘 보이지는 않았으나, 사내의 집요한 시선이 눌리타스의 얼굴에 닿는 것 같았다. 끈적거리는 무언가가 피부를 스치는 것 같은 불쾌함이 들어 베일로 빈틈이 보이지 않게 얼굴을 가렸다.

그리고 방금 공작의 이름을 편히 부르지 않았나?

미심쩍은 사내에 대한 의혹이 점점 커져가는 가운데 우습게도 이 순간 보바퀴 부인의 딱딱한 목소리가 떠올랐다.

'귀부인은 절대로 낯선 사내와 한 공간에 머물지 않으며, 함부로 대화를 나누지 않습니다.'

눌리타스는 굳이 그 이야기를 되새기지 않아도 얼른 공작가의 천막으로 돌아가는 게 나을 거라는 판단을 하였다. 하지만 그녀가 예를 올리기도 전에 자수정의 눈을 한 사내가 무척 공손한 어투로 청을 하였다.

"이리 아름다운 분을 모실 영광을 주시겠습니까?"

그녀가 거절을 하더라도 절대 들어주지 않을 기세로 하얀 가운을 걸친 사내가 싱긋 웃고 있었다. 눌리타스는 본능적으로 저치에게 어떤 답을 내어 주더라도 무의미하다는 것을 깨닫고, 아무 말 없이 경계를 넘어 다시 천막들이 즐비한 곳으로 향하기 시작하였다. 귀부인치고는 다소 빠른 걸음걸이였으나, 그것을 의식조차 못 하는 그녀였다.

'히스 필드에서 밤에 나타난다는 늑대만 경계해야 하는 것은 아니었어.'

눌리타스는 온몸에 긴장을 풀지 못하고 모르시아니가의 천막을 눈에 담고 그곳을 향해 걸어갔다.

하녀 하나만 거느린 은발의 여인이 몇 발 앞에서 종종걸음을 옮기고 있었다. 그가 볼 수 있는 건 베일이 사라락 날리는 것과 그 속에 자리한 은발뿐이었다. 루드비히는 붉은 입술을 나른하게 그리며 주변에 몸을 감추며 따라붙기 시작한 호위들을 짜증스레 바라보았다.

호위들을 골탕 먹일 요량으로 잠시 공터로 몸을 피해서 한가로운 시간을 보내는 중이었다.

그리고 우연히 그의 손아귀에 내려앉은 여인이 그의 관심을 아주 오랜만에 끌었다. 차가운 푸른 눈도, 살랑거리는 은발도 또한 그를 경계하는 작은 짐승 같은 모습도 모두 말이다.

미인이라면 날 때부터 차고 넘치게 보아 와서 이골이 났고, 딱히 여인이라든지 사람이라는 족속 자체에 흥미를 느끼지 못한 자신이 아니었던가.

여인은 천막에 이르자 그를 향해 정중히 인사를 남기고는 한순간 사라져버렸다. 루드비히는 제대로 답을 할 여유도 주지 않고 자취를 감춘 여인을 향한 아쉬움을 숨기지 않은 채 긴 머리를 한 번 쓸어내렸다.

하지만 언제나 그랬듯이 시간은 그의 편이리라.

루드비히는 손끝으로 작은 소리를 내었고, 그의 주변에서 순식간에 엄청난 인원의 호위가 모습을 드러내었다.

미카엘 슬리더린 백작의 천막 위로는 사나운 사자가 앞발을 들고 있는 문장이 펄럭이고 있었다. 아주 위압적인 체격의 백작이 오만상을 쓰며 되물어 보았다.

　"그래서 이번 시합에 모르시아니 공작이 출전을 한다고?"

　말투에 묻어나는 노기를 눈치챈 하인이 말을 흐리며 겨우 답을 하였다.

　"네. 그렇다고 합니다."

　"그래서? 내기의 판도가 달라지기라도 한 거야?"

　미카엘은 지난 삼 년간 내리 우승을 차지하여 이번 마상시합도 그의 독무대로 끝이 나리라 여겼다. 그러다 하인이 덜덜 떨며 아무런 답을 못하고 있자, 소리를 세차게 내질렀다.

　"대답을 하라고!"

　"저기, 그게 공작님의 출전 소식이 들리자마자 주인님의 승리 쪽에 거는 비율 중 절반 정도가 마음을 바꾸었다고 합니다."

　"우매한 것들!"

　금발의 백작이 들고 있던 채찍을 천막의 내부에다 마구 휘두르자 갑옷을 손질하던 종자와 소식을 전한 하인이 불안에 떨기 시작하였다. 그들 주인의 성질이 하도 불같아 곤란한 일이 빈번했기 때문이다.

미카엘은 채찍을 집어 던지고 씩씩거리며 테이블에 앉더니 술을 벌컥벌컥 들이켰다.

"전쟁 영웅 같은 소리하고 있네. 공작은 그저 살인귀일 뿐이야."

지난 3년간 마상시합 우승을 한 것은 그였지만, 사람들은 곧잘 모르시아니 공작의 이름을 입에 올리고는 하였다. 일면식도 없는 사내를 상대로 경쟁하는 기분으로 살아온 그였다. 전쟁이라는 것은 나가서 그저 칼을 휘둘러 모조리 쓸어버리면 그만인 것 아닌가.

"그게 뭐가 대수라고."

마시던 잔을 일부러 구석에 자리 잡고 있는 소년을 향해 던졌다. 미처 피하지 못하고 안면을 얻어맞은 아이가 코피를 터뜨리며 픽 쓰러지자 미카엘은 재미난 구경거리를 보듯 싱긋 웃었다. 그것을 지켜본 백작의 고용인들은 부디 이번 시합도 주인의 우승으로 끝이 나길 간절하게 바랐다.

아까부터 왕을 기다리던 루셔스는 의자 손잡이를 광이 나도록 문지르며 짜증을 겨우겨우 억누르고 있었다.

루셔스는 어린 시절부터 왕가와 꽤 긴밀한 인연을 맺어왔다.

왕가의 후계자와 공작가의 후계자란 위치가 그들을 함께 수학하게 하였고, 검을 겨루게도 하였다. 그는 역대 가장 영민한 왕자라는 평을 받는 루드비히를 신뢰하지 않았다.

루드비히는 온갖 간교한 술수를 부려 그를 이기려 들었다. 실제로 대부분의 과목에서 루드비히가 좋은 성적을 거두었다. 단 하나 검술 수업만 빼고.

루셔스는 의욕으로 눈이 흐려진 루드비히를 손쉽게 이겼다. 그 시합이 목검으로 행해지긴 했으나, 루드비히에게는 뼈아픈 패배로 받아들여졌다.

두 사람의 관계는 그렇게 시작부터 꽤 어긋나 있었다. 그러나 과거에는 어찌 되었건 간에 이제는 왕에 대한 그의 태도를 바꿔야 할 필요성을 느꼈다. 예전에야 거칠 것 없는 삶을 살았지만, 지금 그의 곁에는 지켜야 할 소중한 이가 생기지 않았나.

"다음에 다시 들르겠네."

발을 동동 구르며 곤란해 하고 있는 왕의 시종에게 루셔스는 뜻을 전하고 의자의 팔걸이를 붙잡고 몸을 일으켜 세웠다. 그때 오랜만에 듣기는 하나 전혀 반갑지 않은 목소리가 들려왔다.

"이런! 우리의 전쟁 영웅, 인내심이 형편없군."

하얀 가운만을 걸친 해괴한 옷차림을 한 왕이 공작을 향해 아주 활짝 웃으며 다가오고 있었다.

"신, 모르시아니가의……."

"그런 인사는 집어치우지?"

"……."

루셔스가 의자에서 일어나며 예를 갖추려 하자 왕이 신경질을 내며 모두 물러가라고 명을 하였다. 왕의 널따란 천막 중앙에 위치한 의자에 나란히 앉은 사내들은 잠시 동안 침묵을 유지하였다. 먼저 입을 연 것은 자수정 색의 눈을 반짝이는 루드비히였다.

"그래. 전쟁에서 세운 큰 공을 치하한데도 오지 않고, 영지에 처박혀서 뭐, 소라도 키우는 건가?"

"죄송하게 되었습니다."

표정은 전혀 미안해하지 않고 심드렁해 하는 루셔스를 보며 루드비히는 더 크게 웃었다. 귀족들 중에 그에게 굽실대지 않는 유일한 자가 바로 이 눈앞의 흑표범 같은 사내이리라.

그는 그래서 공작을 무척 아꼈다.

물론 그것이 타인들과는 조금 다른 의미를 지니기는 하였지만 말이다.

"생각하신 것처럼 그리 한가하지만은 않았습니다."

"헛소리."

왕국을 다스리는 그보다 더 바쁜 공작이 존재할 리 만무했다. 그저 그를 보는 것을 원치 않는다는 것을 우회적으로 말하는 것임을 모를 수가 있겠는가.

루드비히는 그래도 뭐가 또 그리 기쁜지 붉은 입술을 속살거렸다.

"바빴다고 치고, 그래. 왕이 주선해준 혼인을 한 소감이 어떤가?"

어린 시절부터 루드비히에게 패배란 단어는 어울리지 않는 것이었다. 왕자란 고귀한 신분으로 태어나 한 번 본 책은 잊어버리는 법이 없었고, 말을 타고 무기를 휘두르는 것조차 소질이 있었다.

유일한 패배를 안겨 준 장본인이 그의 앞에 앉아 있었다. 검으로 왕자를 이긴 루셔스는 언제나 덤덤하게 악수를 청해왔다.

그것이 얼마나 약이 오르고 자존심이 상하는 일이었는지 아마 상대는 모를 것이다. 그래서 루드비히는 그것이 끔찍하게 싫었던 탓에 검을 부러뜨렸다. 이후로 검을 손에 잡는 일은 지금까지도 없었다.

'그래, 나에게 한 방 먹은 소감을 얼른 털어놓아 보시지?'

사실 루드비히는 지금 공작의 심정이 너무 궁금했다.

혼인을 갑작스레 소박하게 치른 것을 알고 분해서 눈물이 날 뻔했던 루드비히였다. 반강제로 백작가의 아가씨를 신부로 맞게 된 루셔스의 황망한 얼굴을 직접 볼 수 있을 줄 알았다.

하지만 그의 예상과는 다르게 답을 내어놓는 루셔스의 얼굴은 무척이나 평온해 보였다.

"큰 영광이라 생각합니다."

루셔스는 틀에 박힌 답을 내어두었지만, 루드비히는 단번에 알 수 있었다. 분명 그가 생각하는 그런 의미를 담은 목소리가 아니었다. 그리고 곧은 시선으로 그를 바라보던 공작부인의 청안이 루드비히의 머리를 어지럽게 했다. 그의 복수가 제대로 먹히지 않은 게 분명했다.

그러나 순간 좋은 생각이 떠오른 루드비히가 웃는 낯으로 말을 건넸다.

"내일 마상시합에 자네가 나간다지? 공작부인을 초대해 함께 응원을 할까 하네만."

내내 졸린 눈을 하고 있던 루셔스의 신경이 곤두섰다. 왕이 그의 부인을 챙길 이유가 전혀 없지 않은가.

"말씀은 고맙지만, 괜찮습니다."

루셔스는 정중한 말로 단번에 거절했다. 그러자 루드비히가 웃음을 싹 거두면서 손을 살짝 흔들었다.

"왕의 청을 거절하는 건가? 설마 자네와 공작부인의 목숨은 여러 개던가?"

저렇게 사람의 목숨을 가지고 농을 하는 상대는 아무리 싫다 해도 왕이었다. 루셔스는 이를 악물고 표정을 다듬었다. 루드비히의 말들은 그저 흘러가는 것처럼 보이지만 그렇지 않을 때가 많았다. 내키지 않아도 응해야 하리라.

"잘 알겠습니다. 그러면 먼저 일어나겠습니다."

"내일을 기대하지. 혹 갓 혼인한 신부를 과부로 만드는 건 아니겠지? 나야 뭐, 상관없지만."

뒤에서 시시껄렁한 이야기를 늘어두며 혼자 낄낄대는 왕을 향해 예를 갖춘 공작은 서둘러 왕의 거처를 나서고 있었다.

공작의 모습이 완전히 사라지자 루드비히가 손짓을 했고, 수하들이 모습을 드러내었다.

"내려가서 제대로 알아보고 오도록."

루드비히는 서로 관계가 좋지 않던 로마그놀로 백작가와 모르시아니 공작가의 혼인을 명하였다. 겉으로는 전쟁에서 큰 공을 세운 공작에게 내리는 부상이었으나 실제로는 강제성을 띠고 있음을 모르는 이는 없었다.

분명 두 가문 모두 환영하지 않을 줄 알았건만, 어찌 된 건지 로마그놀로의 그 늙은 영감도 싫은 기색을 보이지 않았다.

"분명 선대왕의 은혜가 어쩌고, 과거의 업적이 어쩌네 하며 질질 짜는 소리를 낼 줄 알았는데 말이지."

깊은 생각에 잠긴 루드비히의 눈이 스륵 감기었다.

루드비히 자뷔에는 적통 장자였던 까닭에 선왕 승하 이후 자연스레 왕국의 보관을 거머쥐게 되었다. 어린 시절부터 무척이나 영특하였으며 문무에 고루 조예가 깊어 모두의 기대를 한 몸에 받았다. 단 하나의 문제라면 그에게는 인간미가 무척이나 결여되어 있다는 것이었다.

선물 받은 고양이나 개에게 화살을 쏘아 명중을 시키고 환하게 웃는 그를 보며 사람들은 공포를 드러냈다. 그리고 기민한 루드비히는 그런 것들이 타인에게 어떻게 보인다는 것을 깨닫고는 속으로 감추기 시작하였다.

그런 그의 본성에 부합하는 것이 이런 마상시합 따위였다. 대놓고 사람들의 목숨을 가지고 놀다가는 폭군이니 하며 그를 비난할 게 뻔했지만, 이렇게 그럴듯한 포장지로 대충 싸두면 아무도 그 속을 제대로 보지 못하였다.

이번 공작의 혼인도 비슷한 맥락으로 그의 여흥의 연장선에 있었다.

"분명 혼인이라는 말만 들어도 아주 노발대발하는 게 맞는데?"

한참 후 눈을 뜬 루드비히가 도무지 모를 공작의 태도 때문에 혼잣말을 내뱉었다.

히스 필드에 어둠이 내렸다. 모르시아니가의 천막에서는 간헐적으로 장작이 타닥타닥 들어가는 소리 외에는 아무것도 들리지 않았다. 눌리타스는 가운으로 꽁꽁 몸을 감싼 채 의자에 앉아 있었다. 무척이나 긴 하루가 끝이 나려 하고 있었다.

딱딱한 나무 의자에 오래 앉아 있으니 자세가 자꾸 흐트러지려고 해서 눈에 힘을 주어보았다.

'어쩌다 여기까지 온 거지.'

눌리타스를 거쳐 메이린 로마그놀로에서 이제 모르시아니 공작부인으로 불리기까지 긴 여정이었다.

머리가 조금 아파와 손가락을 들어 관자놀이를 지그시 눌러보았다. 한 번씩 이렇게 살다 어느 순간 자신이 사라지는 건 아닐까 두려워지곤 했다.

부도 명예도 무엇 하나 가진 게 없는 별 볼 일 없는 인생을 살았지만, 그녀 나름의 행복을 좇고 있었다. 디아나 여신이 도우시어 어머니의 건강이 조금이라도 회복되어 어머니를 모시고 조용히 살 수 있을지도 모른다는 헛된 꿈을 꾸기도 하였다.

'이곳에서 내가 없어진다면……'

그런 가정 후 가장 먼저 떠오른 것은 검은 눈을 한 사내의 얼굴이었다. 공작은 때로는 그녀를 장난기 어린 웃음으로, 올곧은 진심으로 대해주었다.

'만약 내가 사라진다면 그가 곤란해지겠지.'

사실은 저런 뻔한 이야기 말고 궁금한 것이 따로 있었다.

'공작님이 나를 조금이라도 그리워해 주실까.'

공작의 곁을 떠난다는 상상을 하자, 마치 갓 태어난 아이가 허허벌판에 던져진 듯한 절망이 그녀를 찾아들었다. 두 팔을 길게 뻗어 떨리는 몸을 힘주어 안았다. 이까지 덜덜 떨려 딱딱거리는 소리가 천막 안에 울리는 것 같았다.

"저런. 불을 더 피우라 일러야겠군."

공작은 젖은 머리를 한 채 장막을 들추고 나타났다. 눌리타스는

놀란 탓에 등이 더 단단하게 굳는 것 같았고 아랫배가 차갑게 식
어버리는 것 같은 통증을 느꼈다.

"아니에요. 충분히 따뜻해요."

이건 불을 더 피운다고 해결될 성질의 것이 아니었다. 눌리타스
는 공연히 그의 걱정을 사는 게 싫어 얼른 팔을 풀며 아무렇지도
않은 척 해 보였다.

루셔스는 고개를 약간 갸웃하다, 이내 푹신한 털가죽이 깔린 곳
으로 몸을 던졌다.

"피곤한 하루였소. 그렇지 않소?"

"네. 오늘 고생 많으셨어요."

눌리타스는 그 말을 하고 몸을 돌려 천막의 내부를 응시하기 시
작하였다. 가죽의 결을 따라 푸른 염료가 약간의 문양을 이루고
있었다.

털가죽에 누워 두 팔로 머리를 받힌 채 공작이 슬며시 미소를 지
었다. 그를 의식해서 저리 등을 돌리고 있는 여인의 뒷모습을 마음
껏 볼 수 있는 것도 굉장한 일이 아니던가.

항상 너무 빨리 사라져서 그림자도 양껏 지켜볼 수 없었다. 하지
만 역시 그의 욕심보다는 그녀의 건강이 우선이었다. 저 불편한 자
리에 뿌리라도 내리겠다는 일념으로 버티고 있는 여인을 이곳에
와서 쉬게 해주고 싶었다.

"부인?"

"네?"

눌리타스는 천막 내부를 눈이 아리도록 응시하다 갑자기 그녀가 불리자 놀라서 조금 큰 목소리를 내었다.

"내가 놀라게 했나 보군. 이제 이리로 오겠소?"

오늘 밤 따라 공작의 그윽한 울림이 있는 목소리가 그녀에게 굉장히 자극적으로 들렸다. 평온을 찾으려 발버둥 치는 그녀의 마음은 온통 흐트러져버렸다.

'아니 될 일이다.'

"먼저 주무시죠. 저는 잠시 할 일이 남아서."

의자에 불편하게 앉아 손에 책이나 바느질거리 등을 들지도 않은 채로 답하기에는 다소 설득력이 없었다. 그것을 알지만 눌리타스는 이것이 최선이라 여겼다.

"……."

공작은 더 이상 강요하지 않고 천천히 때를 기다려보기로 하였다.

눌리타스는 천막 외부에서 느껴지는 바람 소리에 귀를 기울였다. 더 이상 천막에서 공작과 단둘이 머무는 것을 버틸 자신이 없었다.

'늑대만 아니었어도…….'

충분히 밖으로 나가고도 남았을 그녀였다.

불씨 하나가 '탁' 하고 피어오르는 소리가 그들 사이에 퍼졌다.

그 소리가 주문이 되어 눌리타스의 머릿속에는 공작의 모습이 그려졌다. 필시 검은 머리를 아무렇게나 빗어 넘긴 채, 입술은 비스듬히 웃고 있을 것이다. 그리고 그 깊은 두 눈은……

아무래도 공작은 그녀의 건강에 한해 유해한 존재임이 분명했다. 그렇지 않고서야 날씨와도 상관없이 이리 몸이 제멋대로 반응을 할 리가 없지 않은가. 눌리타스가 손을 들어 달궈진 얼굴을 식히려 부채질을 하려 할 때였다.

"그대, 그러다 아프기라도 한다면 어머니가 속상해하실 텐데."

공작이 그녀를 포기하지 않고 슬며시 회심의 카드를 던졌다. 그리고 이내 그녀가 즉각적인 반응을 보이는 것이었다.

눌리타스는 공작의 말이 맞다는 것을 부정할 수는 없었다. 이대로 나무 의자에서 밤새 버틸 수는 없는 노릇이었다. 천천히 의자에서 몸을 일으키자 등에서 큰 고통이 시작되어 전신으로 번지는 것 같았다. 그래도 이를 악물고 공작이 있는 쪽으로 몸을 돌렸다.

최대한 공작과 눈을 마주치지 않으려 애를 쓰며 아주 느릿하게 발을 움직였다. 눌리타스의 그림자가 천막의 내부를 길게 가득 채우고 있었다.

루셔스는 그녀가 부담스러울까 염려되어 부러 몸을 돌려 누운 채였다.

'그녀가 이곳으로 오고 있다.'

눌리타스의 가운 자락이 바닥에 쓸리는 소리가 가까워질 때마다 루셔스의 맥이 속절없이 뛰기 시작하였다.

눌리타스는 최대한 그의 몸에서 떨어진 털가죽의 가장자리에 엉거주춤하게 걸터앉았다. 그러자 돌아누웠던 루셔스가 어느샌가 눌리타스를 응시하고 있었다.

"그대가 누워야 나도 잘 수 있을 것 같은데."

"아, 예."

눌리타스는 그녀 때문에 피곤한 공작이 쉬지도 못한다는 생각에 최대한 몸을 세로로 해 누워 가죽 끝자락을 부여잡았다. 그러자 그녀의 등 뒤로 공작의 한숨이 와 닿았다.

눌리타스가 그의 곁에서 좀 떨어진 곳에 몸을 뉘이기는 했지만, 팔만 뻗어도 닿을 곳에 그녀가 있다는 것이 공작은 무척 흡족하였다. 반면 공작성의 침대는 너무 넓어서 각자 누워도 밤새 손끝 하나 닿지 않았었다.

"이제 보니 모르시아니가의 침대는 불필요하게 컸군."

"네?"

루셔스의 뜻 모를 혼잣말에 눌리타스가 놀라 답을 하였다. 루셔스는 속말이 툭 튀어나오자 헛기침을 하는 것으로 상황을 무마해 보려 하였다.

공작은 아까 천막 앞에서 세자르와 나눈 대화를 잠시 떠올렸다.

'공작님, 그래도 저건 너무 좁지 않습니까? 두 분 불편하실 텐데 제가 힘써서 하나 더 마련해보겠습니다.'

'거절한다.'

'그럼 덮는 이불이라도 하나 더 가져오겠습니다. 저걸로는 두 분이 힘드십니다.'

'그것 또한 거절한다. 세자르 베일.'

가끔 세자르는 그의 의중을 너무 파악하지 못하는 경향이 있었다. 그보다 연애에 대한 지식이 없는 것이 확실했다. 루셔스는 혼자 입을 히죽거리며 뿌듯한 표정을 지었다.

시간이 흐를수록 천막들이 즐비한 히스 필드에 사람들의 숨소리가 가득 메워져 갔다. 눌리타스는 처음에는 절대로 안 자겠다 마음을 먹었지만, 고단한 하루였던지 눈이 자꾸만 감기는 것을 느꼈다.

'이러면 안 되는데⋯⋯.'

잠들지 않으려고 눌리타스는 손으로 눈꺼풀을 밀어 올려보려 애썼다. 하지만 그런 노력에도 불구하고 그녀의 팔은 무기력하게 바닥으로 툭 하고 떨어졌다.

"정말이지, 고집불통이군."

루셔스는 눌리타스의 숨소리가 안정되어 깊은 잠에 든 것을 확인하고, 손을 뻗어 그녀의 허리를 안쪽으로 끌어당겼다. 이불도 덮지 않고 새우등을 하고 있던 탓에 그녀의 몸에서 찬기가 느껴졌다.

루셔스는 이불을 당겨 그녀를 꽁꽁 덮어 주었다. 그래도 추운지 몸을 움츠리는 눌리타스를 보며 이불 위로 그녀의 몸을 안고, 그녀의 정수리에 입술을 가져갔다.

깨어 있을 때도 이리 따스하게 안아주고 싶었던 적이 수도 없었다. 분명 두 사람은 속도 차이가 날 뿐 같은 마음을 품었음이라. 그녀보다 먼저 스스로의 진심을 깨달은 그가 느긋하게 기다려 줄 수 있을 것이라 여겼다.

'하지만 그것이 나의 오만이라면.'

조금씩 온기가 돌기 시작하는 눌리타스의 숨소리에 귀를 기울이며 그도 슬며시 눈을 감아보았다. 아주 오래전에나 느껴본 적이 있던 포근하고 행복한 기운이 온몸에 퍼지자, 밤잠을 거의 못 이루다시피 하던 그에게도 곧 밤이 축복처럼 내려왔다.

눌리타스는 몸을 구부리며 털가죽과 바닥에 경계에서 잠이 들자마자 그 흉포한 짐승의 꿈을 꾸었다. 어디선가 나타난 늑대는 큰 이를 드러내며 으르렁거리기 시작하였다. 한밤중 눈이 높게 쌓인 숲속에는 그녀와 늑대 외에는 무엇도 존재하지 않는 것만 같았다.

맨발로 눈을 밟고 선 눌리타스가 공포에 다리가 후들거리면서도 바닥에 떨어진 굵은 나무 막대를 주워 공작에게 배운 검술의 방어 태세를 갖추었다. 이대로 죽는구나 싶어 어머니의 얼굴을 그려보았고, 이어 공작의 목소리를 떠올려보았다.

늑대가 포위망을 좁히더니 이내 그것의 무리들이 나타나 동시에 그녀의 몸을 갈기갈기 찢으려 하는 순간이었다. 하지만 어떤 고통 대신 포근한 느낌이 나는 게 아닌가.

'망토? 아니, 커다란 개일까?'

이제 끝이구나 싶은 순간에 느껴진 부드러운 털의 촉감에 눌리타스는 짧은 신음을 뱉으며 눈을 떴다.

'잠이 든 건가.'

눌리타스는 왠지 답답한 기분이 들어 눈을 몇 번 깜빡이다 제대로 주위를 살필 수 있었다.

"?"

크고 힘이 센 누군가의 손이 그녀의 몸을 생명줄이라도 되는 것처럼 부여잡고 있었고, 그 아래로는 이불을 둘둘 말아두어 눌리타스의 몸에서는 땀이 흐르고 있었다. 놀란 것도 잠시. 우선 몸을 움직여 보려 애를 써 보았다. 하지만 얼마나 단단히 그녀를 안고 있던지 옴짝달싹할 수 없었다.

게다가 그녀의 목덜미 쪽에서 공작이 고운 숨을 받아내며 잠을 청하고 있지 않은가. 굉장한 상황이기는 하였다. 이불 위이긴 하지만, 공작의 너른 어깨가 그녀에게 닿아 있었다. 그 얼굴을 확인할 수 없었으나 그의 눈이 평화롭게 감기어 있을 것이다.

눌리타스는 다시 눈을 감아보려 애썼다.

늑대가 나온 꿈은 그저 허상에 불과했다. 바람 한 점 들지 않는 천막의 내부에는 붉게 피어오른 난롯불과 그녀를 이리 지켜주는 이가 있었다.

'당신께 줄 것 하나 없는 제가 편한 밤 하루 정도는 선사할 수 있겠지요.'

눌리타스의 푸른 눈이 어둑한 천막 속에서 잠시 빛이 났다.

해가 뜨기 직전이 되어서야 눌리타스는 공작의 팔에서 겨우 벗어날 수 있었다. 한잠이 든 건지 그녀가 일어서서 공작을 내려다보는데도 아무런 반응이 없었다. 눌리타스를 꼭 안고 있던 손이 허전한지 잠시 꿈틀거렸다.

천막을 나서자 보초를 서는 경비병들도 창에 몸을 지지하며 꾸벅꾸벅 졸고 있었다. 공기는 아직 차가웠고, 풀 끝에 맺힌 물방울들이 아직 뜨지 않은 해를 기다리는 듯 바람에 한들거렸다. 눌리타스는 외출용 망토로 머리를 덮어쓰며 별이 부서지는 하늘을 올려다보았다.

이곳은 어디인가.

일상이 반복되던 과거에는 품지 않았던 무수한 의문들이 그녀를 덮쳤다. 찬바람이 망토를 펄럭이게 만들며 그녀를 스치고 지나갔다.

그녀가 지금 다가올 날에 대해서 확신할 수 있는 것은 별로 없었다. 그저 어머니의 회복과 공작님의 행복을 비는 마음만을 가졌을 뿐이었다.

습기를 머금은 눈을 들어 그녀의 처지를 닮은 하늘을 다시금 올려다보았다.

밤도 아니요, 낮도 아닌 경계에 서 있는 지금이 귀족의 고귀한 피를 반, 천한 피로 나머지 반을 채운 그녀와 똑같지 않은가.

그때 붉은 기운이 떠올라, 낙심하여 어깨를 축 떨어뜨리는 눌리타스의 발치부터 비추기 시작하였다. 처음에는 조금만 보이던 것이 이내 산의 중턱쯤에 올라 어둠을 완전히 몰아내었다.

눈이 부셔 감히 정면으로 바라볼 수도 없는 태양의 따스한 기운이 그녀의 얼어버린 볼과 손을 녹여주었다. 마치 힘을 내라고 응원이라도 해주는 것 같아 눌리타스는 두 손을 뻗으며 앞으로 나아갔다.

"나 같은 것에게도 기회가 있는 건가요."

추위에 곱았던 두 손에 온기가 감돌기 시작했고, 그것으로 인해 그녀의 안에서 전에 없던 생각들이 싹을 틔우기 시작하였다.

어쩌면 이제까지 그녀는 달아나려고만 했는지도 모른다. 하지만 눌리타스는 잘 알고 있었다. 이 세상 어디에도 그들 모녀가 숨을 곳이 없다는 것을……

'감히 내가 그분의 곁에 머무르는 꿈을 꾸어도 되는 걸까.'

처음으로 용기를 낸 눌리타스의 위로 떠오른 태양이 그녀의 몸을 온통 붉게 물들이며 여린 어깨를 감싸주었다.

루셔스는 아주 오랜만에 단잠을 이룬 것 같았다. 언젠가부터 시작된 불면증은 전쟁을 치르면서 악화되어 그는 제대로 잠을 이룰 수 없는 몸이 되었다. 설령 운이 좋아 눈을 붙이게 된다 하여도 금세 일어나곤 했었다.

머리가 무척 개운한 느낌은 오랜만이었고, 두 팔을 위로 길게 펼치며 가볍게 기지개를 켰다. 하지만 마음속 아주 미세한 불안감이 그의 안에 맴돌고 있었다.

'뭘까. 무언가 잃어버린 기분이야.'

상체를 일으켜 주위를 둘러보자 천막 안의 불은 변함없이 타고 있었고, 잠들기 전과 달라진 것은 아무것도 없어 보였다. 루셔스가 흘러내리는 검은 머리를 뒤로 넘기며 손을 내렸을 때, 그제야 이불 속에 당연히 잠들어 있어야 할 여인이 사라졌다는 것을 깨달았다.

"······하?"

이것이 처음이 아니라는 것이 그를 멍하게 만들었다.

"또 혼자인가?"

루셔스는 하도 기가 막혀 헛웃음을 지으며 몸을 가리던 이불을 내리며 두 손으로 마른세수를 하였다. 말이 안 되는 일이었다. 유독 잠귀가 밝아 전장의 막사에서 한밤중 소변이 마려워 일어난 세자르에게 단검을 날릴 뻔한 일이 수차례였다. 적들을 지척에 두고 숙면을 취하는 일은 힘들기도 했지만, 그리 해서는 안 될 일이기도 하였다.

"귀신이 곡할 노릇이군."

마상시합장에 오는 길에 그녀를 지켜주겠다는 다짐이 이리 하루 만에 허무하게 무너질 줄이야.

'누가 누굴 지키겠다는 게냐?'

루셔스는 옷을 챙겨 입을 생각도 하지 못한 채 머리를 마구 흩뜨리면서, 그에게 일어난 이 사건에 대해 심각하게 고민하기 시작했다.

그 시간 눌리타스는 장막을 들추기 전 가느다란 입술을 꼭 물며 의지를 굳게 다졌다.

'이제 달아나기에 급급했던 과거와는 달라.'

하지만 천막에 들어와서 물기를 머금은 듯한 공작의 깊은 두 눈을 마주하자 동틀 녘 다졌던 기세가 삽시간에 증발해버리는 기분이었다. 루셔스도 방금까지 그가 무슨 고민을 하고 있었는지를 잊은 채 마치 눌리타스의 얼굴을 처음 보는 것처럼 살피는 중이었다.

그녀의 두 볼은 평소보다 배는 상기된 듯 붉었고, 가느다란 은발이 바람에 이리저리 엉켜 있었다.

어깨에 걸쳐진 망토에는 익숙한 바람의 향이 배어 있어 그에게 날아들었다. 그러다 그녀 혼자 나갔다 온 사실이 다시금 그의 가슴 속에 불을 지폈다.

"어딜 그리 다녀온 게요?"

눌리타스는 방금 전 그의 따스한 눈빛과는 달리 날이 선 것 같은 목소리를 듣자 그나마 남아 있던 의지가 바람 앞 종잇장처럼 마구 흔들렸다.

"곤히 주무시기에…… 그저 오전에 산책을 하는 게 습관이라."

다그치듯 물어보는 그를 향해 눌리타스는 변명을 하듯 작은 목소리로 답을 하였다. 무엇이 공작의 기분을 이리 상하게 한 것인지 감도 잡히지 않았다.

그러나 뒤로 물러나지 않고 힘겨운 걸음 하나를 떼어 그의 곁으로 다가섰다. 그런 눌리타스를 응시하던 루셔스는 여전히 노기가 실린 목소리를 내었다.

"그대는 말이야. 가끔 이렇게 내 속을 온통 뒤집곤 하는군."

이것은 분명 그녀를 향해 내는 분노가 아니리라.

루셔스는 못난 자신에게 화가 났고, 이런 감정을 도무지 어떻게 다뤄야 할지를 알 수가 없었다.

만약 이것이 전술의 일종이라면 허와 실을 따져 어떤 상황에서라도 해결책을 찾아내었을 것이다. 하지만 불행하게도 지금 루셔스의 앞에 선 것은 공략 대상이 될 적이 아니었기에, 그의 머릿속은 깨끗하게 비워진 채였다. 그런 그에게 눌리타스는 한 발 더 다가서서 망토 주머니에서 꺼낸 깃털 하나를 내밀었다.

"아⋯⋯!"

루셔스가 꿩의 꽁지깃으로 추정되는 기다란 털을 얼결에 받아 들고 짧은 신음을 내뱉어냈다.

지금은 거의 사라진 풍습이지만, 아주 오래전에는 전쟁이나 시합에 나가는 이들의 무사귀환을 빌기 위해 새의 가장 긴 털을 선물했다고 들었다.

깃털을 쥔 루셔스의 손끝이 미세하게 떨리고 있었다.

아무런 무게도 없을진대 갑자기 뜨거워진 가슴이 천근만근이 되어 걷잡을 수 없었다. 이런 감정을 무어라 명해야 할지 모르는 그는 뻐근하게 조여오는 가슴을 부여안고 그의 앞에 선 눌리타스를 바라보았다.

분명 감사의 뜻을 전하려 했었다.

"아침에 눈을 떴는데, 그대가 안 보여서 얼마나 걱정을 했는지⋯⋯."

하지만 그의 입술을 타고 흐른 것은 절절한 진심이 아닌 원망 어린 말투였다. 루셔스는 이런 한심한 그의 모습에 고개를 푹 숙였다.

눌리타스는 돌아오는 길에 우연히 발견한 깃털을 주워들고는 얼마나 기뻐했는지 모른다. 하지만 공작님의 반응은 예상했던 그런 것들과는 전혀 거리가 멀었다. 눌리타스는 도대체 무슨 이유 때문에 공작이 그러는지 알고 싶었다.

그녀의 시선이 고개를 숙인 채 깃털을 만지작대는 공작의 손가락, 앙다문 입술에 닿았다.

'걱정을…… 하셨나.'

"죄송해요. 하지만 주변에 호위병들이 많아서 그리 위험하지는 않을 거라 생각했어요."

눌리타스는 공작의 화를 누그러트리기 위해 아주 조금 선의의 거짓말을 하기로 하였다. 그녀가 돌아올 쯤에는 거의 모든 이들이 잠에서 깨어나 제대로 보초를 선 것은 사실이었으니.

"그래도!"

'아……!'

공작의 성난 음성은 마치 아이가 부모에게 약간 투정을 부리는 듯하였다. 언젠가 지나치는 길에 들어본 적이 있는 그런 볼멘소리를 닮아 있었다.

순간 그녀의 마음이 간질간질해졌고 바로 공작의 너른 등을 힘주어 안아주고 싶은 충동을 느꼈다. 그러다 지금 이런 생각을 했다는 것에 너무 놀라 입가에 미소가 그려지는 것이었다.

그녀가 놀란 일은 그다음부터였다. 갑자기 공작이 털가죽에서 벌떡 일어서더니 그녀의 앞에 서서 고개를 내리고 이글거리는 눈으로 눌리타스와 시선을 맞추려 드는 것이었다. 게다가 공작은 바지를 하나 걸쳤을 뿐 상의에는 아무것도 입지 않아, 눌리타스는 눈을 어디에다 둬야 할지 몰라 무척이나 곤란했다.

"분명 웃었어."

"……네?"

계속 이상한 자세로 그녀의 얼굴을 뚫어지게 쳐다보는 공작이 부담스러워서, 눌리타스는 고개를 돌리며 무슨 이야기를 하느냐 물어보았다.

"방금 아주 잠깐이었지만, 그대가 웃는 걸 보았다."

눌리타스는 오늘따라 공작이 무척이나 괴이하게 구는 것 같아 뒷걸음질을 칠까 망설이는 참이었다.

"그대가 내게 웃어 주었다."

같은 말을 계속 반복하는 공작을 보며 눌리타스는 잠시 고민에 빠졌다.

그녀가 잘 웃는 성격은 아니지만, 아예 웃을 줄 모르는 것은 아니었다. 그래서 도대체 공작이 무엇에 저리 흥분하는지를 납득하기가 어려웠다.

그 순간 루셔스가 그녀의 어깨를 꼭 끌어안았다.

루셔스는 그녀의 목덜미에 고개를 깊숙이 묻은 채 행복한 감정에 취해 있었다. 아주 사소한 것이었지만, 눌리타스의 미소를 본 지금 그는 모든 것이 더 없이 좋았다.

반면 눌리타스는 점점 더 세차게 그녀의 몸을 감아오는 공작 때문에 덜컥 겁이 났다. 낮게 잠긴 목소리를 내며 손으로 그의 어깨를 살짝 밀어보았다.

"공작님, 숨이 막혀요."

루셔스는 그제야 자신이 무슨 짓을 하고 있는지 깨달았다. 루셔스가 팔을 풀자 두 사람의 몸이 떨어졌고, 눌리타스는 마른기침을 하며 숨을 몰아쉬었다.

두 사람은 누가 먼저랄 것도 없이 민망한 기운에 휩싸였다. 마치 석상이라도 된 것처럼 어쩔 줄을 몰라 했다.

우선 루셔스는 허우적거리는 손짓으로 가운을 찾아 반나체였던 몸을 감싸고 침대에 둔 깃털을 챙겨 주머니에 살포시 넣었다. 깃털을 본 그는 오후에 있을 마상시합을 떠올려내었다. 할 일이 생긴 그가 갑자기 나갈 채비를 하는 척, 손에 잡히는 것들을 끌어안은 채 그녀에게 말을 건네었다.

"나는 몸을 좀 풀어두어야 해서. 그대는 좀 쉬는 게 좋을 것 같군."

"……."

루셔스는 말을 두서없이 내뱉고는 서둘러 천막을 나섰다.

눌리타스는 허둥대는 공작의 모습이 어쩐지 너무 낯설어, 그의 뒷모습을 빤히 쳐다보았다. 그리고 두 손으로 화끈해진 양 볼을 감싸며 공작이 어지른 것들을 살펴보았다.

시합 준비를 하시는데 도대체 컵과 베개는 왜 가져가신 걸까.

"하지만 어쩐지 귀여우신걸."

그러다 누가 들었을까 흠칫 놀라 재빨리 주먹으로 가슴을 꼭 누른 채 의자에 털썩 주저앉았다.

　히스 필드에 온 지 겨우 하루가 지났을 뿐이지만, 왠지 너무 많은 일을 겪은 것만 같았다.

　모르시아니 공작의 경기는 정오가 조금 지날 때쯤 열리기로 준비되어 있었다. 그러나 그의 모습을 직접 확인하려는 구경꾼들의 발걸음은 이른 아침부터 시작되었다. 그들은 경기장의 좋은 자리를 선점하는 중이었다.

　시합 시각이 가까워질 무렵, 모르시아니 공작의 천막에서는 장신의 공작이 한창 준비 중이었다.

　"공작님. 갑옷을 마저 다 입으시기 전에 무엇을 좀 드시겠습니까?"

　"금방 끝내고 와서 들도록 하지."

　루셔스는 오늘 아침 눈을 떴을 때부터 약간 몽롱한 기분이 지속되었다. 종자와 하인들의 도움으로 갑옷을 입고서 묵직한 무게에 짓눌리자 조금씩 정신이 돌아오는 것 같았다.

　세자르는 공작을 모신 지 몇 년 만에 공작의 저런 모습은 처음

보았기에 살짝 긴장이 되었다.

　아무리 마상시합이 공작에게는 별것 아닌 일이긴 하지만, 잠옷
차림에 베개와 컵을 들고 자신 앞에 나타난 주인의 모습이 염려스
럽기 짝이 없었다. 그걸 왜 들고 계시냐고 물어보았다가, 폭풍 같
은 잔소리만 들었던 그였다.

　모든 채비가 끝이 나자 소피아가 잠시 천막을 비웠던 공작부인
을 모시고 천막에 들어왔다.

　눌리타스는 갑옷을 입은 공작의 모습을 보자, 상상 속 빛나던
기사의 늠름함에 도취되기보다는 공포가 밀려드는 것을 느꼈다.

　잠시 보았던 마상시합은 아주 잔인하였다. 물론 전장을 누볐던
공작의 실력을 모르는 바는 아니었지만, 걱정이 되는 것까지 막을
수 없었다.

　혹 공작을 태운 말이 그를 떨어뜨리기라도 하면 어쩌나. 다른 기
사의 창이 공작에게 닿기라도 한다면 어쩌나.

　상상할 수 있는 온갖 것들이 그녀의 머릿속을 떠다니기 시작하
였다. 이내 눌리타스의 얼굴에 짙은 어둠이 드리워졌다.

　루셔스는 가벼운 손짓으로 천막 안 모두를 물렸다. 세자르까지
공작과 공작부인을 곁눈질하며 사라지자 그가 입을 열었다.

　"시합에 나가는 사람을 두고, 그대는 왜 울상이지?"

　"아……."

그제야 그녀는 자신이 그를 걱정 시키고 있다는 것을 깨닫고 허둥지둥 입을 열었다.

"아, 그냥 조금 걱정이 되어서 저도 모르게 그만……."

저리 마음이 여리고 상냥한 여인을 어쩌면 좋을까.

루셔스는 갑옷을 입고 있는 것만 아니었음, 아마 아침보다 더욱 세차게 그녀를 안아주었을 것이다. 달아오르는 사내의 육체가 내뿜는 열기가 차가운 금속 밖으로 비집고 나오는 것 같았다.

"나는 이길 거요."

여유 있게 미소를 그리는 공작의 눈 속에는 하늘색 드레스를 입고 은발의 구불거리는 머리가 출렁이는 여인의 얼굴만이 오직 들어차 있었다.

"그대가 이걸 꽂아준다면 말이지."

루셔스가 깃털을 꺼내 들고 투구와 함께 내밀었다.

눌리타스는 묘하게 떨리는 가운데 그의 곁에 다가서 깃털을 받아 들었다. 그리고 투구의 정수리의 작은 홈으로 그것을 꼼꼼하게 장식하였다.

"이제 나를 믿소?"

눌리타스가 그 일을 마치자 루셔스가 투구를 옆으로 치워두며 깊은 울림이 있는 목소리를 내었다.

무어라 말해야 하나.

아주 짧은 물음이었지만, 그녀에게는 무척 의미 있는 것이었다.

언젠가부터 그녀는 공작을 신뢰하게 되었다.

비에 홀딱 젖어 동굴에서 떨고 있는 그녀를 찾으러 와 가족이라 불러 주었을 때부터 어쩌면 그는 백작가의 사람들과는 다를지도 모르겠다는 기대를 가졌다.

일하는 아이를 향해 몸을 던지는 것을 주저하지 않는 그의 모습에 온 마음을 줘버렸다.

모르시아니 공작은 결코 신분이 낮다 하여 그 사람을 천하게 여기지 않았다. 귀족이라 할지라도 잘못을 하였을 때는 그의 벌을 피할 수 없었다. 아마 그가 어떤 신분이었더라도 향하는 이 마음을 눌리타스는 붙잡을 수 없었을 것이다.

'시합에 나서면 아마 그 누구보다 훨훨 빛을 발하실 분……'

눌리타스는 그저 한 손을 뻗어 그의 갑옷이 자리한 팔을 가만히 잡았다. 그리고는 푸른 눈을 들어 공작에게 조용히 고개를 끄덕여 보였다. 때로는 백 마디 말보다 진실된 눈빛에 모든 것이 담기는 것임을…….

천막 밖에서 이제 시간이 다 되었음을 알리는 세자르의 헛기침 소리가 들렸다.

'우스꽝스러운 광대 노릇을 할 때군.'

루셔스는 눌리타스가 잡은 팔을 물끄러미 바라보다 조심스레 입을 열었다.

"오늘 그대에게 소개할 사람이 있소."

루드비히의 속을 알 수 없는 눈을 떠올리자 들뜨고 소중한 감정들이 자리했던 공간에 시린 바람이 불어드는 것 같았다.

'하지만 약속은 약속이지.'

눌리타스가 놀랄까 봐 염려가 되어 만나게 될 사람이 왕이라고 이야기하는 게 조심스러웠다. 그래서 일단은 지체 높은 그의 지인 쯤으로 소개를 해두었다.

'세자르와 소피아를 단단히 붙여두고 호위도 강화해야겠군.'

그의 부인은 보통의 사내보다 더 강단이 있으므로 아마 잘 처신을 할 것이라 믿어 의심하지 않았다. 게다가 루드비히가 아무리 제정신이 아니었지만, 모든 이들의 이목이 집중된 이런 곳에서 사고를 칠 정도로 무모하지는 않을 거라 생각했다.

"그럼 곧 봅시다. 부인."

"네. 몸조심하세요."

눌리타스는 루셔스와 아쉬운 이별을 나눈 뒤, 말을 끌고 하인들을 이끌고 사라지는 공작의 모습을 오래도록 지켜보았다.

마상시합장의 관중들은 어제부터 엄청난 흥분 상태였다. 오전에 있었던 첫 경기에서 삼 년 연속 승자인 슬리더린 백작이 등장해 상대를 일격에 낙마시켰다.

소문만 무성하던 전쟁의 영웅을 직접 보게 될 거라 생각지도 못했던 이들은 모르시아니 공작과 슬리더린 백작의 시합을 기대하기 시작하였다. 그래도 마상시합에 익숙한 슬리더린 백작이 이길 거라는 예상과 전장에서 잔뼈가 굵은 공작의 승리가 당연하다 여기는 이들이 서로 의견을 굽히지 않고 있었다.

이렇게 열을 올려 내기를 하는 이들이 늘어나자 중간에서 수수료를 받아 챙기는 업자들의 얼굴만 밝아졌다. 역대 어떤 시합보다 과열된 내기로 주머니가 무거워지다 못해 아주 주체가 안 될 지경이었던 것이다.

"마님, 가실까요?"

세자르의 안내를 받아 눌리타스는 경기장 안으로 들어서고 있었다. 그녀는 시합이 시작도 되기 전인데 벌써 소리를 지르는 인파들 때문에 어깨가 움츠러들었다.

그러면서도 혹 공작을 볼 수 있을까 해서 베일을 통해 시합장 아래를 계속 곁눈질을 하고 있었다. 모르시아니가의 지정석을 지나쳐 붉은 천막 앞에 다다르자 세자르가 발을 멈췄다.

그제야 눌리타스는 공작의 지체 높은 지인이 누구인지가 궁금해졌다.

"이곳은 어디죠?"

그 물음에 세자르가 난처한 기색을 하며 입을 열려는 차에 그 화려한 천막의 휘장이 걷혔다.

그곳에는 아주 기다란 의자 위에 비스듬히 누운 사내와 커다란 연잎을 닮은 부채로 바람을 만들어 내고 있는 하녀들이 서 있었다.

"아……."

공교롭게도 공작의 지인이라는 사내는 그녀도 본 적이 있는 자였다.

"당신은 공터에서 그……."

눌리타스가 놀란 목소리로 속삭이는 것을 듣자 가운만 대충 걸치고 누운 사내는 일어날 생각도 없이 눈으로만 웃음을 그리고 있는 것이었다.

"마님, 자비에 전하십니다."

그녀가 로마그놀로가의 사생아란 사실을 알게 된 이후로 눌리타스의 일생 가장 놀랐던 순간이었다.

왕국 내 모든 사람에 해당되는 이야기지만, 눌리타스는 어린 시절에 그녀가 살고 있는 곳을 다스리는 왕의 모습을 어렴풋이 상상해보고는 하였다.

대강 손이 닿지 않는 산 너머의 태양이나 볼에 닿으면 뼛속까지 시릴 듯한 달 같은 존재가 아닐까 생각했었다.

'저 헐벗은 사내가 전하?'

그녀의 어린 날의 상상과는 전혀 동떨어진 모습의 왕이었지만,

예를 저버릴 수는 없는 일이었다. 눌리타스는 뒤늦게 격식을 갖춰 인사를 하였다.

"전하를 뵙습니다. 모르시아나가의……."

"그만, 그만. 우리는 이미 통성명도 했고 모르는 사이도 아니니. 이제 곧 루셔스가 나오니 이리 와서 앉도록."

왕은 인사를 하는 눌리타스를 향해 귀찮다는 듯 손사래를 치며 그의 옆에 앉을 것을 권하였다.

마호가니로 만든 의자는 무척 길어서 어른이 다섯도 거뜬히 앉을 수 있을 것 같았지만, 왕이 누워 있는 바람에 그녀에게 주어진 자리는 아주 좁아 보였다.

눌리타스는 왕의 명이라 계속 서 있을 수도 없어 쭈뼛쭈뼛 걸어가 그곳에 불편하게 걸터앉았다.

왕의 곁에 앉자 모르시아나가의 문장이 달린 깃발이 시합장에 펄럭이기 시작했고, 그러자 그녀의 온 마음은 그곳으로 집중되었다.

'누구도 다치지 않기를…….'

그녀의 두 손이 기도하듯 모아졌고 두 눈은 말을 타고 시합장으로 들어오는 공작에게 고정이 되었다. 그의 입장을 본 것만으로도 눌리타스는 입안이 바짝 마르는 것 같았다.

갑옷을 두른 공작의 위풍당당한 모습에 관중들도 마찬가지로 그의 이름을 연호하기 시작하였다. 반면 무명의 기사는 조용히 나타났다.

두 명의 기사가 투구를 고쳐 쓰고 자세를 취하자 관중석 쪽이 일제히 고요해졌다.

흑마를 탄 루셔스는 시합장의 함성이 무척이나 거슬렸다. 그를 둘러싼 모든 것이 그리 마음에 들지 않았다. 하지만 갑옷 안에 감 춰진 소매 부분에 묶인 손수건을 생각하며 어수선한 마음을 다잡 았다.

'오직 그대의 명예를 위해!'

눌리타스의 희미한 미소를 떠올리자 투구 속 그의 입매도 살짝 호선을 그리는 것이었다.

슬쩍 상대를 보니, 말에 앉은 자세조차 불안정한 애송이가 분명 했다. 첫 상대로 자신을 만나게 된 것이 조금 미안했지만, 어쩌겠 는가.

그때 광대들 사이에 선 자가 무어라 떠들자 갑자기 중간에 선 사내가 깃발을 흔들었다.

'그대, 나를 보고 있나.'

루셔스는 창을 똑바로 들고 천천히 말을 달리기 시작하였다. 이 런 시합장의 구경거리가 오래 될 생각은 전혀 없었다.

서로 반대 방향에서 말을 몰고 중간에서 만난 두 사람의 창이 부딪히는 소리는 몇 번 쟁강거리더니 금방 멈추었다. 하지만 말이 일으킨 흙먼지 때문에 시간이 조금 지나서야 승패를 확인할 수 있었다.

먼지가 잦아들자 검은 말을 탄 사내가 한 치의 미동도 없이 정면을 응시하고 있었다.

그리고 반대쪽에는 주인을 잃은 말이 덩그러니 서서 방황하는 중이었다. 낙마를 한 기사는 투구가 벗겨진 채로 바닥을 기고 있었다.

"모르시아니 공작 만세!"

경기의 결과를 발표하는 목소리보다 먼저, 관중석에서 공작을 환호하는 함성이 터져 나왔다.

무슨 일이 일어났는지 볼 수 없을 만큼 재빠르고 자비로운 공격이었다. 패배한 기사가 하인들의 부축을 받아 일어서는 것을 보며 구경꾼들은 더욱 소리를 높이고 있었다.

히스 필드가 흥분으로 물들어가고 있을 때 유일하게 그것에 휩쓸리지 않는 이가 있었다.

루드비히 자뷔에는 이번 모르시아니 공작의 마상시합을 굉장히 기대한 사람 중의 하나였다. 아니, 그의 모습을 보고 싶어 직접 불러들이기까지 하였다. 하지만 엉뚱하게도 시합이 시작되고 결과가 나오는 순간에도 그의 오묘한 보랏빛 눈동자는 한 여인만을 좇고 있었다.

무려 일국의 왕이라 밝혔음에도 불구하고 어제 공터에서 만났을 때와 별반 달라지지 않은 여인의 태도가 그의 흥미를 끌었다.

일부러 다른 의자를 준비해주지 않고 반응을 살폈지만, 여인은 공작이 등장하자 그를 아예 유령 취급을 하는 것이 아니겠는가.

평생 이런 대접은 처음이었다.

루드비히 자뷔에는 빼어난 미모와 높은 신분 때문에 관심을 받는 것이 너무나 당연한 삶을 살아왔다. 하지만 지금 저 은발의 여인은 그의 곁에 있으면서 오직 시합장만 내려다보고 있지 않은가.

루드비히는 입술을 잘근잘근 씹으며 단 한 번도 그를 봐주지 않는 여인의 옆모습을 슬쩍 바라보았다.

한편 루셔스는 승리를 확인받은 다음 고개를 한 번 끄덕하고 재빨리 그곳을 벗어났다. 승리에 도취된 이들이 주로 하는, 투구를 벗어들고 손을 번쩍 든다든지, 창을 높이 세우며 괴성을 지르는 행동을 할 생각은 전혀 없었다.

광대 짓을 하고 싶지 않은 이유도 있었지만, 그를 기다리는 한 사람을 위해 서둘러 돌아가야 했기 때문이었다.

무척 짧은 시합이었다.

눌리타스는 가슴을 졸인 것이 무색하게 끝나버린 시합에 참았던 숨을 내쉬었다. 바라던 공작의 승리였으며 상대도 그리 다치지 않은 것 같아 마음이 그리 무겁지도 않았다.

그녀는 두 손에 땀이 흥건해졌다는 것을 깨닫고 손수건을 꺼내어 손을 닦아내었다. 이제 당장 그에게 달려가 승리를 축하해주리.

하지만 그녀의 속말을 듣기라도 한 듯 왕이 느긋하게 입을 열었다.

"공작이 이곳으로 올 테니 기다리라."

살짝 몸을 일으키려던 눌리타스는 다시 상체를 의자에 기댈 수밖에 없었다. 그리고 이제야 그녀가 누구의 곁에 있는지가 실감이 났다.

내내 누워 있던 루드비히는 몸을 천천히 세워 앉아, 딱딱하게 굳은 채로 정면만을 응시하는 여인을 더욱 샅샅이 살폈다.

나면서부터 온갖 아름다운 것들에 둘러싸여 자라온 그는 딱히 미모의 여인에게 현혹되지 않았다. 그의 손짓 하나면 스스로 모든 것을 내어주겠다 설칠 이들이 왕국에 지천이었다.

그는 처음으로 조급증을 느꼈다. 저 가느다란 여인의 목덜미에 그의 입술이 닿으면 어떤 향기가 날까 궁금해졌다. 성난 갈증을 느낀 루드비히는 지친 기색으로 부채질을 계속하고 있던 하녀들에게 물러갈 것을 명했다.

"이 포도를 좀 드시겠소?"

포도라는 과일은 귀하디귀한 것으로 귀족들도 쉽게 구할 수 없는 것이었다.

눌리타스는 그 과일에 금칠이 되어 있다 하더라도 지금 먹고 싶은 생각이 별로 없었다. 하지만 공작가를 생각해서 감사하다고 답을 하였다. 그러자 포도를 한 알 내민 손이 그녀에게 먼저 다가왔다. 눌리타스는 왕이 건네는 포도를 못 본 척하였다.

"제가 하겠습니다."

"왕의 손을 부끄럽게 만들 텐가?"

그렇게까지 말하자 더 이상 사양하기도 힘이 들어 눌리타스는 손을 뻗어 그가 주는 것을 받아 들어 천천히 입에 넣었다. 시고 달콤한 과즙이 입안에 번졌지만, 눌리타스는 그것에 아무런 감흥을 느끼지 못하였다.

루드비히는 크게 웃으며 눌리타스의 얼굴을 보며 입을 열었다.

"꼭 예전에 키웠던 토끼 같군."

루드비히는 눌리타스가 입을 오물거리는 것을 보며 아주 어린 시절 누군가가 선물로 주었던 새하얀 토끼를 떠올렸다.

'물론 내 손에 죽기는 했지만……'

눌리타스는 왕의 알 수 없는 말에 이상한 기분이 들어 포도알이 목에 턱 걸리는 것 같았다. 그녀는 왠지 왕에게 거리감을 느꼈다. 그것은 아비오나 로마그놀로 백작에게서 느끼는 것과는 조금 다른 것으로 무어라 설명하기 힘이 들었다.

무채색의 얼굴을 한 그는 눈은 웃고 있지만, 입매는 딱딱하기 그지없었다. 그래서 그 웃음이 진짜가 아니라는 것은 쉽게 알 수 있었다.

"저런 포도가 차가웠나? 왜 떠는 거지?"

왕의 목소리는 더없이 다정하고 부드러워 배려가 넘치는 것 같았지만, 눌리타스는 그것마저도 내키지 않았다.

그러나 점점 그에게서 멀어지고 있는 눌리타스와는 달리 루드비히는 이 여인이 조금씩 더 마음에 드는 것이었다.

왕의 이런 호의를 기회로 알고 교태를 부리던 귀부인들 같았으면 이미 스스로 옷을 벗어 내리고 그에게 덤벼들고도 남았을 것이다.

귀족 사회에서는 기혼 여성의 연애도 하나의 관습으로 넘어가 주곤 하였다. 그런 사회에서 미혼의 왕은 최고의 공략 대상이 되곤하였다. 하룻밤을 보낸 후 왕의 아이라도 가지게 된다면 그 여인은 가문을 빛낼 수 있었고, 그녀 역시도 신분 상승의 기회를 가질 수 있었다.

그러나 루드비히는 그런 너저분한 수작질에 한 번도 넘어가 준적이 없었다. 여인이 궁하지도 않았고, 어찌 된 일인지 사람의 살에 맞닿는 것이 내키지 않았다.

하지만 석상처럼 꿈쩍 않는 여인의 모습이 그의 승부욕을 자극한다고나 할까.

'아······.'

루드비히는 억지로 치른 혼인에 대해 부정적인 반응을 보이지 않던 루셔스의 얼굴을 기억해냈다.

눌리타스가 수상쩍은 시선을 느꼈는지 어깨를 살짝 떨었다. 루드비히는 여인의 몸을 모두 훑으며 오랜만에 고개를 쳐드는 음욕에 입술을 살살 다시는 것이었다.

그렇게 왕의 천막 아래 미묘한 기운이 감도는 찰나, 소란스러운 소리가 들려오기 시작하였다. 저지하려는 병사들과 실랑이를 벌이는 듯한 사내의 격한 음성과 함께 미처 갑옷을 벗지도 않은 모르시아니 공작이 등장하였다.

갑자기 들이닥친 공작을 보며 루드비히는 눈도 꿈쩍하지 않으며 비릿한 미소를 짓더니 마치 연기를 하듯 말을 늘어놓기 시작하였다.

"오! 그대가 이리 충심이 강한 신하인 줄은 내 미처 몰랐지 뭔가. 시합을 마치자마자 내게 인사를 하러 온 건가?"

여기까지 올라오는 내내 그의 마음이 이곳에 머물렀던 탓인지, 루셔스는 눌리타스의 평온한 눈을 마주하자 그제야 숨이 쉬어지는 것 같았다. 그러다 정신을 차린 루셔스는 비꼬는 듯한 왕의 물음에 뒤늦게 예를 갖추며 답을 하였다.

"모든 것이 자비에 전하의 덕입니다."

"흥. 바람만 불어도 저절로 떨어질 상대를 이기는데 왕가의 덕까지나 필요한가?"

하지만 이미 루셔스는 아무도 눈치채지 못하게 눌리타스만을 찬찬히 살펴보고 있었기에 왕의 그런 말이 제대로 들리지 않았다. 지금 루셔스는 누구도 없는 그들만의 공간에서 그의 여인과 함께하고 싶은 마음 하나만 간절하였다.

"그러면 전하가 쉬실 수 있도록 저희는 물러가겠습니다."

루셔스가 아주 조심스레 왕에게 그의 뜻을 전하였다. 루드비히는 실망이라도 한 듯 의자에 풀썩 기대더니 눌리타스를 보며 입을 열었다.

"모르시아니 부인, 오늘 무척 즐거웠다."

눌리타스는 왕과 함께한 것이라고는 고작 인사를 한 게 다인데 뭐가 즐거웠다고 하는 건지 영문을 알 수 없어 송구하다는 듯 고개만 살포시 숙였다.

그 자태를 물끄러미 지켜보던 루드비히가 선심을 쓰듯 공작 내외가 물러가는 것을 허락하였다. 그제야 루셔스가 땀으로 젖어버린 머리를 옆으로 젖히며 그의 손을 그녀 쪽으로 뻗었다. 눌리타스는 왕에게 격식을 갖춰 인사를 하고 루셔스의 손을 잡았다.

두 사람은 아주 천천히 왕의 천막을 나가, 흥분으로 이성을 상실한 관중들 사이를 통과하였다.

한낮의 꿈인 것처럼 그렇게 여인이 사라진 후 루드비히는 약간 풀이 죽은 채 고개를 푹 숙여 청록의 머리카락이 앞으로 모두 쏟아지게 하였다. 도무지 이유를 알 수 없는 상실감에 머리가 복잡해졌다.

'내가 어찌하여 이런 기분을 느끼는 거지?'

루셔스의 손을 의지하며 사뿐히 사라지던 은발 여인의 뒷모습이 여전히 눈앞에 어른거리는 것 같아 손을 뻗어 흐르는 머리를 움켜쥐었다.

두피가 당겨져서 약간의 통증이 생겼지만, 루드비히는 손에 힘을 풀지 않았다. 그는 하늘을 날아다니는 나비를 생포하는 법은 알지 못하였다.

'그저 손아귀에 쥐고 세게 힘을 주면 그만인 것을.'

손아귀에 걸린 머리칼을 모두 빼내며 고개를 든 루드비히의 얼굴에는 고혹적인 미소가 걸려 있었다. 이것은 어차피 오래도록 지속될 감정이 아닐 것이 분명했다.

루셔스는 왕의 천막에서 나와 눌리타스의 손을 이끌어 그들의 천막으로 돌아왔다. 오는 길에 주변에서 무어라 쑥덕거리는지, 어떻게 쳐다보는지는 전혀 의식하지 못하였다.

그들의 천막에 들어서자 마법이 사라진 것처럼 꼭 잡은 두 손이 풀렸고, 서로 내외라도 하듯 떨어져 섰다. 그리고 자유로워진 손에 두 사람은 동시에 허전한 기분이 들었으나 애써 내색하진 않았다.

눌리타스는 그러다 막 시합을 마친 공작에게 인사도 제대로 못 했다는 것을 깨달았다.

"다치신 곳은 없으세요?"

"물론."

"혹시 낙마하신 분은 무사하신가요?"

루셔스는 호흡을 고르며 그녀를 마주하다 생각지도 못한 질문에 놀랐다. 가족이나 동료를 제외하면 누구도 패배자의 안위는 궁금해하지 않았다.

알면 알수록 더욱 반하지 않을 수 없는 여인이었다.

루셔스는 처음 그녀에게 가졌었던 호기심인 줄 알았던 감정들에 감사하였다. 그것이 아니었다면 그녀의 진정한 내면을 살펴볼 기회조차 가지지 못 하였을지도 모를 일이다.

또한 이런 여인이 그의 부인이라는 것을 세상 모두에게 자랑이라도 하고 싶을 만큼 가슴이 뻐근해졌다.

"그대를 좋아하게 된 것이 내게는 큰 영광이라오."

또 갑작스러운 고백. 눌리타스는 시합에 관한 이야기를 하다 더없이 진지해져버린 공작의 눈빛을 보고 당혹감에 볼이 붉어졌다. 한 번 고백을 시작한 공작은 시시때때로 그녀의 심장에 무리를 주고 있었다.

하지만 눌리타스는 지금 자신의 심장이 중요한 게 아니란 생각이 들었다. 그녀는 한 발 내디뎌 루셔스의 흐트러진 머리 쪽으로 떨리는 손을 가져갔다.

그에 당황한 것은 오히려 루셔스였다. 그의 갑옷이 삐걱대는 소리를 내며 살짝 움찔거렸다.

"고생하셨어요."

눌리타스는 그의 앞에서 까치발을 들어 이마를 덮은 젖은 머리를 정리해서 넘겨주었다. 그녀에게 가만히 얼굴을 맡긴 채 서 있는 공작의 감은 두 눈이 살짝 떨리는 것 같기도 하였다.

루셔스는 그녀가 다가와 그의 머리를 만져준 것이 믿기지 않아 몸이 굳어버린 채였다.

눌리타스는 공작의 머리를 쓸어 넘기다 처음 그의 이마에 눈이 닿았고, 조금 내려가 날카로운 턱선, 가느다란 입술에 시선이 머물렀다. 그러자 갑자기 볼이 따가울 만큼 후끈해지는 것을 느꼈다.

"어서 옷을 갈아입으셔야죠."

눌리타스는 황급히 두 손으로 얼굴을 감싸며 천막을 나섰다. 심장이 얼마나 빠르게 뛰었는지 그 소리가 히스 필드의 함성보다 크게 느껴지는 듯하였다.

달아오른 볼을 식히기 위해 바람을 쐬는데, 작은 꽃씨 하나가 나풀거리며 천막 사이를 날아오르고 있었다.

'나의 씨앗도, 저 꽃씨도 싹을 틔울 수 있기를.'

그녀는 씨앗이 멀리 사라지는 모습을 보며 그렇게 홀로 소원을 빌어보았다.

한참을 달려오면서 시시각각 변하는 풍경들을 보는 아비오의 낯은 하얗게 질려 있었다. 마차는 멈췄지만, 그는 한참 동안 내릴 생각을 하지 못하였다.

갓 떠나온 로마그놀로 영지가 무척이나 먼 것처럼 느껴졌다.

이곳의 모든 것은 로마그놀로 영지와 확연히 다르다는 것을 마차 안에서도 알 수 있었다. 온통 칙칙한 황무지가 주는 음울함이 온몸 가득 전해지고 있었다.

마부가 마차의 문을 열자 그의 여린 볼을 강타하는 북풍에 한순간 얼이 빠지는 것 같았다. 아무것도 살 수 없을 것 같은 들판에 삐죽하게 키만 큰 나무들이 서로 가지를 부딪치고 있었다.

게다가 볼품없이 키만 큰 나무 위로는 새까만 까마귀들이 연신 시끄러운 소리를 내고 있었다. 아비오는 귀에 거슬리는 불길한 존재들을 애써 외면하려 했다.

순간 찬바람이 또 한 번 그의 전신에 감기자, 아비오가 신경 써서 지은 옷이 찢어질 듯 퍼덕이기 시작하였다. 최고급 원단이긴 하나 이곳의 기후에 대비하기엔 턱없이 얇았다. 아비오의 약한 손발은 이미 감각을 잃어가는 것 같았다.

"여름에도 10도가 넘지 않는다고 했지."

뒤늦게 예전 지리 수업 중에 들었던 말이 떠올랐다.

추위에 옷깃을 여미며 한 발을 내딛는 데 갑자기 서러움이 북받쳤다. 순간 어머니의 우는 얼굴을 떠올랐다. 여기 와서야 헤어지는 마당에 어머니를 외면했던 것이 조금은 맘에 걸리는 것이었다.

어머니에게 그는 무척이나 귀한 아들 그 이상의 존재임을 잘 알고 있었다. 백작님은 언제나 그를 손톱 사이에 긴 더러운 때를 보듯 하였으나, 어머니만은 늘 후계자로서 대접해 주셨다.

'내가 이런 칼바람이나 맞고 있을 몸이 아니란 말이다. 백작가의 후계란 말이야!'

아비오는 백작으로부터 그가 후작의 시종으로 가게 되었다는 통보를 받은 후 매일 밤을 어머니의 곁에서 머물며 눈물로 하소연을 해보았다.

추위에 약하고 우락부락한 사내들과 어울리는 법도 잘 알지 못하는 아비오로서는 춥고 거친 변방의 생활은 상상할 수도 없는 일이었다. 아니, 어머니의 보살핌이 없는 자신을 떠올릴 수 없었다.

'어머니. 저 가기 싫어요. 그곳에서 제가 버틸 수 없을 거라는 거 잘 아시잖아요. 네?'

어머니의 치맛자락을 붙잡고 매달렸다. 차라리 그도 메이린처럼 다른 곳으로 보내 달라고 애원을 하였다. 하지만 이번만큼은 백작부인도 귀한 아들을 지켜주지 못하였다. 결국 아비오는 어머니한테 화를 내고 말았다.

아비오는 이런 황량한 곳에 오게 된 그의 처지가 비참해서 견딜 수가 없었다. 그가 영위하던 고급스러운 삶이 산산이 부서질 것이라는 두려움이 엄습하였다.

한 줌 흙먼지가 그의 윤기가 흐르는 구두 위로 날아들었다. 아비오는 짜증이 담긴 몸짓으로 그것을 털어내려 애썼다.

그때 아비오를 태우고 왔던 마차의 문이 닫히는가 싶더니 떠나는 소리가 들려오기 시작하였다. 뒤를 돌아보다 마차가 떠나며 일으키는 먼지 속으로 그의 모습이 사라지는 것 같아 겁이 났다.

백작은 먼 길을 떠나는 아들에게 시중 들 하인 하나 붙여주지 않았다. 후작의 시종이 될 이에게는 그것이 당치도 않다는 것이 그 이유였다.

'헛소리.'

아비오는 사라지는 백작가의 마차를 지켜보는 것을 포기하고 등을 돌렸다.

황무지 같은 벌판의 끝에 후작의 성이 서 있었다. 형편없이 낡고 군데군데 허물어져 있는 데다가 빛이 잘 들지 않아 무척이나 괴기스러운 분위기였다.

마차 소리를 들었는지 낯이 무척이나 시꺼먼 하인 하나가 굽실거리며 나와서 그의 짐 가방을 들어 올렸다. 하인과 하녀들이 모두 나와 백작가의 후계자를 환영하는 의식을 기대했던 아비오는 다시금 눈을 비벼보았다.

하지만 가방을 들고 그의 곁에 선 것은 고작 하인 하나가 전부였다.

"이쪽으로 오시죠."

아비오는 모든 것을 단념한 표정으로 다시금 추위에 어깨를 떨며 그 하인의 뒤를 따르기 시작하였다. 삼 년이라고 했던가. 이를 악물고 참아내면 언젠가 백작가의 모든 것이 그의 소유가 된다. 아비오는 일단은 그 일만 생각하기로 하고 마음을 굳게 다졌다.

후작성의 커다란 문이 기묘한 소리를 내며 열렸다. 아비오의 눈앞에 펼쳐진 것은 아름다운 그림과 꽃으로 장식된 벽, 그리고 파사 제국에서 들여온 정교하게 짜인 직물이 깔린 바닥이 아니었다.

스피노네 후작성은 벽에는 온통 균열이 일어나 있었고, 아래층에는 깔린 건초더미 위로 풀을 뜯는 염소와 휴식을 취하는 짐승들이 가득 들어차 있었다. 건초와 짐승들의 배설물이 한데 삭혀지고 있는 게 분명한 악취가 그의 코를 찔렀다.

"읍."

아비오는 속이 너무 역해서 얼른 손수건을 꺼내어 코와 입을 가렸다. 그리고 체면도 잊고 주변을 두리번거리며 돌아보았다.

이곳이 정말 후작가가 맞단 말인가?

"이쪽으로 오시죠."

그의 가방을 바닥에 내려놓더니 하인이 손질이 전혀 안 되어 보이는 층계를 먼저 오르기 시작하였다. 아비오는 하얗고 진득한 물

질이 손에 묻을까 두려워 장갑을 낀 손으로 난간을 조심조심 짚으
며 그 뒤를 따랐다.

위에서 내려다보니 아래층 상황이 더욱 가관이었다. 아까는 미
처 살피지 못했던 구석에 험상궂어 보이는 사내들이 술병을 껴안
고 바닥에 뒹굴며 잠을 청하고 있었던 것이다.

"저런 미천한 것들은 짐승이나 다를 바가 없구나. 쯧."

그의 퉁명스러운 목소리에 머리 위로 비둘기들이 푸다닥 날아
들더니 사라졌다. 아비오는 후작가에 짐승이며 새가 판을 치는 것
을 보고 거의 기절 직전이었다.

2층 어느 방에 이르더니 하인은 그곳에 후작이 계신다는 것을
알려주고는 다리를 절면서 사라졌다.

'저런 고얀 놈. 남은 다리마저 흠씬 두들겨 패줘야겠군.'

그의 겉옷을 받아 정리하지도, 문을 열어주지도 않는 버릇없는
하인 때문에 불쾌하기 그지없었다. 아비오는 창백한 얼굴에 시퍼
런 짜증을 띤 채로 어두운 빛깔의 문을 직접 열었다.

아직 해가 지기 전이었지만, 후작의 집무실 안은 이미 밤이 온
듯 보였다. 심약한 그는 그러한 분위기에 감히 발을 딛지 못한 채
입구에서 머뭇거리고 있었다. 너무나 어두워서 후작이 어디쯤이
나 있는지 알 수 없었다. 아비오는 미지의 불안함에 울음을 터뜨릴
것만 같았다.

"이곳에 그분이 계시다는 거지?"

다른 시합이 한창인 히스 필드에 한 여인이 마차에서 내리더니 제 입술을 세게 깨물고 서 있었다. 분명 허름한 망토와 드레스 차림이었지만, 목에는 반짝이는 목걸이와 진귀한 보석으로 꾸며진 팔찌가 언뜻 보여, 차림새가 서로 전혀 어울리지 않는 것 같았다.

"하지만 아가씨, 백작님께서 아시기라도 하면 큰일 날 텐데요."

그 여인을 따르는 하녀가 식은땀을 흘리며 막무가내인 주인에게 돌아갈 것을 간곡하게 청하여 보았다.

백작님께서 메이린 아가씨를 곧장 배에 태우라고 명하셨고 마님께서는 아가씨를 잘 보살필 것을 당부하셨다. 지금 이곳에 와 있는 것을 누구에게라도 들키기라도 한다면. 그 생각에 하녀는 온몸의 떨림을 멈출 수가 없을 것 같았다.

"어림없는 소리."

바람이 불어 머리를 가린 망토가 흘러내리자 여인의 탐스러운 새빨간 머리카락이 나부끼기 시작하였다. 백작가에서는 이미 그녀가 배를 타고 타국으로 건너가고 있다고 알고 있을 것이다. 하지만 메이린은 그녀의 운명을 위해서 이리 모험을 할 수밖에 없었다.

'아마도 모르시나니 공작님이 그 앙큼한 것에게 속은 것을 아시

게 된다면 나를 봐 주실 거야. 그렇고말고! 그런 사생아 따위와 내가 비교가 될 수 있겠어?'

메이린은 그 훤칠하던 사내의 짙은 눈매를 떠올리며 꿈을 꾸는 듯한 표정을 지었다. 이제 거의 다 온 셈이었다. 다급한 마음에 하녀에게 소리를 꽥 질렀다.

"자, 너는 어서 가서 내가 시키는 대로 해! 서둘러!"

하녀는 갈색 망토를 푹 덮어쓰며 고개를 끄덕였다. 메이린은 공작이 혼자 머무는 시간을 알아내서 그를 만날 작정이었다. 그녀는 이제 문 하나만 열면 자신의 손에 소망하던 사내를 거머쥘 수 있다는 확신이 차 있었다.

'원래부터 내 것이 될 사내였어. 이것이 순리야.'

홀로 남은 메이린의 뒤로 투박한 소재로 짜인 망토 자락이 을씨년스럽게 날리고 있었다.

하인 둘이 더운물을 받은 나무통을 공작의 천막으로 들여왔다. 루셔스는 종자의 도움을 받아 갑옷을 모두 벗고 그곳에 들어가 몸을 담갔다. 그의 너른 어깨 위로 뿌연 연기가 피어올랐다.

시합은 전혀 힘들지 않았다. 동료들의 시체를 넘어 적에게 칼을 휘두르며 쏟아지는 화살을 피하여 방패를 드는 일들에 비하면 무척이나 단순한 일이 아니던가.

하지만 때로는 정신적인 고통이 육체의 것 이상으로 버거울 때가 있었다.

쓸데없는 이런 시합 따위······. 꼴 보기 싫은 자뷔에 전하······.

저런 것들을 모조리 끝낸 후 모르시아니 영지로 돌아가 평화로운 시간을 보내고 싶을 뿐이었다.

'그녀와 함께 말이야.'

그를 걱정해주던 청안을 떠올리자 루셔스의 입매가 절로 느슨해졌다. 이토록 집으로 돌아가기를 갈구한 것은 실로 오랜만의 일이었다.

부모님과 형들을 떠나보낸 뒤 커다란 공작성은 그에게 더 이상 안식처라기보다는 짊어지고 가야 할 의무로 여겨졌었다.

'그래도 내가 지켜낸 거야.'

물에 닿은 등의 상흔이 화끈거리는 기분이 들었다. 이마에 땀이 맺히기 시작하자 루셔스는 한 손을 들어 눈을 가렸다.

모르시아니가의 유언장에는 홀로 남게 된 여덟 살 아이가 공작가의 후계자임이 명시되어 있었다. 하지만 아이를 지켜줄 어른 하나 없는 마당에 그런 종잇조각은 더없이 가벼울 뿐이었다.

다양한 이유로 여러 친척들이 아이의 후견인을 자처하고 나섰고, 그 행운을 차지한 이는 펠리페 아트룸 후작이었다. 그는 결코 부모를 잃은 소년에게 걸맞은 후견인이 아니었다.

루셔스는 아주 오랜만에 떠오른 아트룸 후작 생각에 두 손으로 물을 떠서 얼굴을 적셨다. 이제 슬슬 목욕을 끝내고 부인과 함께 차를 들거나 산책을 해야겠다는 생각을 할 때였다.

순간 천막 안으로 여인의 드레스 자락이 바닥을 스치는 소리가 들렸고, 그의 시중을 들던 하인이 뒷걸음을 쳤다.

'설마⋯⋯.'

괜한 기대라는 것은 알았지만, 그래도 혹시 지금 다가오는 여인이 눌리타스면 어쩌나 하는 마음에 그의 가슴이 뛰기 시작하였다. 낯선 손길이 그의 목 언저리 쪽으로 가깝게 접근을 하고 있었다.

'이런 역한 향수⋯⋯.'

루셔스는 수상한 기분에 본능적으로 뒤로 손을 뻗어 그것을 저지하였다. 그리고 얼굴을 돌리자 거기에는 눌리타스가 아닌 낯선 여인이 서 있었다.

'아⋯⋯.'

기분 나쁜 눈빛을 한 붉은 머리의 여인은 이름을 듣지 않아도 누구인지 한눈에 알 수 있었다.

그의 목숨을 노린 살수가 아니라는 게 그나마 다행일까.

루셔스의 기분은 삽시간에 불쾌함으로 물들었다.

잡았던 손에 더 닿는 것도 싫어 몸서리치며 여인의 손을 뿌리치며 그는 냉랭한 목소리로 입을 열었다.

"설마 계속 보고 있을 것은 아니겠지?"

메이린은 그녀의 손을 박력 있게 잡은 공작에게 놀라 정신없이 서 있다 그제야 그가 나체임을 깨닫고 등을 돌리고 섰다. 하인은 분위기가 수상해지자 슬금슬금 천막 밖으로 몸을 피하였다.

루서스는 통에 걸쳐져 있던 수건으로 하체를 감싸며 물에서 나왔다. 차갑게 굳은 눈으로 천천히 걸어 의자에 걸어가서 가운을 걸치고 난로 앞에 선 뒤, 입을 열었다.

"그래, 이렇게 무례를 범하는 너는 누구지?"

메이린은 사실 공작이 어떤 말을 하는지 제대로 들리지 않았다. 드디어 그녀가 서야 하는 자리를 스스로 찾아왔다는 성취감과 멀리서 봐야만 했던 공작을 이리 가까운 곳에서 볼 수 있다는 기쁨에 도취되어 있었다.

메이린은 천천히 공작 쪽으로 몸을 돌렸고, 어깨에 두른 망토의 끈을 풀어 내렸다. 그러자 그 볼품없는 것이 힘없이 바닥으로 흘렀고, 메이린이 걸친 평범한 드레스 위로 빛나는 보석들이 드러났다.

잠시 호흡을 가다듬은 그녀는 우아하게 격식을 갖추어 인사를 올렸다.

"모르시아니 공작님. 이리 뵙게 되어 얼마나 기쁜지 모르겠습니다. 저는 메이린 로마그놀로입니다."

메이린은 그녀의 이름을 밝히는 순간, 드디어 숨통이 트이는 것 같았다.

이 시간을 얼마나 기다렸던가.

고귀한 가문에서 태어나 실패나 시련이라는 것 근처에도 가보지 않았던 그녀였다.

그러나 어느 날 왕의 갑작스러운 혼사 추진이 있었고, 상대는 악명이 높은 공작이었다. 그 혼사를 피하는 과정에서 백작가의 사생아가 튀어나와 그녀의 대역을 하게 되었고, 결과적으로 모든 것은 엉망이 되어버렸다. 메이린은 이 모든 것이 억울하고 또 억울하였다.

모든 것은 지금 눈앞에 서 있는 저 조각 같은 사내에게 얽힌 괴이한 소문들 탓이었다. 왜 저리 수려한 이를 괴물이라 생각했던가. 아무것도 걸치지 않아도 빛이 나는 사람은 그리 흔한 것이 아니라는 것쯤은 알고 있었다.

메이린은 그녀의 소개에도 공작의 굳은 얼굴이 전혀 풀릴 기미가 없다는 것을 깨닫고 당황했다.

'나는 죄가 없어!'

잘못은 그녀의 아버지와 사생아가 저지른 것이었다. 메이린은 그저 부친의 명을 거역할 수 없었을 뿐이었다.

"이 모든 혼란은 부친이 꾸민 일 탓입니다. 공작님처럼 존귀한 분이 그런 미천한 사생아 계집과 혼인이라뇨. 부디 제 부친을 용서하지 마세요."

메이린은 흐느끼며 백작을 벌할 것을 호소하였다. 그리고 무고한 자신을 공작이 알아주기를 소망하였다. 그리하여 모든 일이 제자리를 찾는다면 더 이상 바랄 것이 없었다.

루셔스는 단전에서 올라오는 뜨거운 기운을 느끼며 분노를 억누르고 있었다. 더 들을 것도 없는 이야기였다. 그의 걱정은 혹여나 큰 소리가 나서 누가 들을까 하는 것이었다.

'어리석구나.'

그는 저 백작가의 진짜 영애가 생각 없이 내뱉는 말들에 코웃음을 쳤다. 과연 저 여인은 지금 한 말이 자신의 부모를 한 번 찌르고, 두 번 베고, 세 번 넘어뜨리는 일이라는 것을 알고 있을까.

메이린은 여전히 아무런 반응이 없는 공작 때문에 겁이 나기 시작하였다. 그녀의 예상대로라면 모든 진실을 알려 준 자신의 용기에 감탄한 공작이 부친을 벌하고, 사생아 계집을 단박에 쫓아내야 했다.

그리고 진짜 메이린인 그녀가 공작부인의 자리에 오르는 결말을 기대하였다.

그녀는 조급한 마음에 그에게 닿기 위해 한 발을 내디뎠다.

"그만."

기다리고 기다리던 공작의 입에서는 그녀의 접근을 원치 않는 듯한 거부의 말이 흘렀다. 루셔스는 주위를 한 번 둘러보더니 인상을 구겼다.

"경비가 엉망이군. 귀족을 사칭하는 사기꾼이 이렇게 공작의 거처에 버젓이 들어오다니."

메이린은 그녀를 믿지 못하는 공작 때문에 안달이 나서 발을 동동 구르기 시작하였다. 이게 아닌데, 이러려고 위험을 무릅쓰고 이곳에 온 게 아니었다.

"공작님. 정말로 제가 메이린 로마그놀로랍니다. 보시면 모르시겠어요?"

메이린은 팔에 두른 보석들과 손가락에 낀 값비싼 반지들을 흔들며 그녀의 신분을 증명이라도 하려 애쓰기 시작하였다. 하지만 공작의 반응은 처음과 달라진 것이 없었다.

"밖에 누구 없나?"

천막 밖으로 창을 길게 쥔 병사들의 그림자가 어른거리는 것처럼 보이자 메이린은 덜컥 겁이 났다. 마법이 풀린 것처럼 메이린을 둘러싼 공기가 변하였다.

'아, 내가 지금 무슨 짓을 벌인 거지. 어떤 말을 했었지.'

메이린은 다리가 풀려 넘어질 듯 위태로웠다. 공작과 대면하기만 하면 모든 일을 바로잡을 수 있을 거라고 생각한 것은 혼자만의 착각이었나.

"어째서…… 그 더러운 사생아 따위를 믿으시는 건지요."

그녀는 멍한 눈을 한 채 입을 웅얼거리고 있었다.

"어디 귀한 가문의 숙녀가 사내가 벗고 목욕을 하는 데 쥐새끼처럼 기어들어 온다는 건가. 말도 안 되는 일이지."

메이린은 틀린 데 하나 없는 공작의 말에 무어라 반박할 생각도 하지 못 하고, 서 있기만 하였다. 원래의 그녀라면 이런 천막 따위

에 오지도 않았을 테고, 사내 혼자 있는 곳에 단둘이 머무를 생각
조차 하지 않았을 것이다.

태생부터 다른 자신은 사생아 계집 따위와는 다른 품격이 있다
자부하고 있었건만 이래서야 무엇이 다르겠는가.

메이린은 조용한 깨달음에 속이 뒤집히는 것만 같아 입을 틀어
막았다. 그런 메이린을 향해서 루셔스는 낮은 목소리를 내었다.

"지금 당장 내 눈앞에서 사라진다면 한 번은 봐주지."

그것은 메이린을 위한 자비는 아니었다. 혹여나 소동이 일어나
서 눌리타스가 피해를 입을까, 상처를 입을까 걱정이 되었던 탓이
었다.

루셔스가 가운의 끈을 세게 당기며 고개를 저었다. 왕이 머무는
이곳 히스 필드에 두 명의 메이린 로마그놀로는 말이 되지 않는 일
이었다.

"어째서……"

메이린은 머리가 바닥에 닿을 듯 허리가 고꾸라진 채로 중얼거
렸다. 어디서부터 잘못된 건지 알 수 없었다. 메이린은 공작의 또
한 번의 호통에 바닥에 떨어진 망토를 주워 쫓기듯 천막을 나서야
했다.

'이곳에서 병사들에게 잡힐 수는 없지.'

밖에서 대기하고 있던 하녀의 부축을 받아 메이린은 비틀거리
는 발을 재빠르게 놀렸다.

'이제 다 끝났어.'

그녀가 이제 더 이상 이곳에 머무를 이유는 사라졌다. 공작의 차가운 눈빛과 아버지의 단호한 목소리가 교차되며 그녀의 머릿속을 스쳤다.

이보다 더 엉망일 수 있을까.

"마차를 대기시켜."

메이린은 이미 망가지기 시작한 그녀의 삶을 어떻게든 부여잡아 보기 위해 허리를 꼿꼿이 세우고 망토로 얼굴을 가렸다. 휘한 달이 그녀의 지금 모습을 비웃는 것 같아서 수치스러워 견디기가 어려웠다.

아들이 아닌 딸로 태어나 백작에게 인정은 못 받았지만, 그래도 어머니만큼은 막내딸이라 품에 끼고 금이야 옥이야 길러주셨다. 지금 메이린은 차마 어머니 얼굴을 떠올리기도 미안했다.

마차에 올라타는 발걸음이 천근만근이었다.

항구로 향하는 마차의 바퀴가 삐걱거리며 움직이기 시작하였다. 메이린은 마차의 벽에 초췌해진 얼굴을 기대어 보았다.

분명 빛이 날 만큼 아름다운 영애였건만, 마치 공작의 말 그대로 귀족을 사칭하는 자가 되어버린 것처럼 그렇게 사지에 무기력증이 번졌다.

"그래. 이제는 다 끝났어."

아주 작은 속삭임이 자갈길을 달리는 마차의 바퀴가 만들어내는 소음에 묻혀서 지워졌다.

　연일 치러지는 마상시합에서 수많은 부상자들이 나왔고, 크게 치료를 받아야 할 기사도 생겨났다. 눌리타스는 그런 소식을 접하면서 마치 공작이 다치기라도 한 것처럼 가슴이 철렁 내려앉았다.

　도저히 이해가 되지 않는 시합에는 그녀가 모르던 사정이 숨어 있었다. 형편이 좋지 않은 기사들은 우승 상금을 벌기 위해 참여를 한다는 것이었다.

　'세상에는 아직 내가 모르는 것들이 너무 많아.'

　반년 남짓한 수업으로 바깥세상의 일들을 모두 배우는 것은 무리였을 것이다. 눌리타스는 먹고 살기 위해서 어쩔 수 없이 저 말위로 오른 이들이 있다는 것에 서글픈 생각이 들었다.

　그러나 소수의 몇을 제외하고 히스 필드의 모인 이들의 얼굴에는 모두 웃음꽃이 피어 있었다. 오랜만에 한껏 꾸민 여인들과 그런 여인들에게 은근한 시선을 보내는 남자들에게 타인의 부상, 혹은 생계를 위해 참여하게 된 이들은 고려의 대상이 아니었다.

　'자신들의 기쁨을 위해.'

　오늘도 수많은 이들이 물을 나르고, 음식을 만들면서 귀족의 시중을 들고 있었다. 그녀조차도 평생을 귀족을 위해 일했었고, 사실 모르시아니가에도 그런 일의 연장으로 오게 되지 않았던가.

각자의 자리에서 최선을 다하는 이들의 노고를 알아주기라도 한다면 그나마 그들에게 힘이 되지 않을까. 언젠가부터 이런 것들에 신경 쓰이기 시작한 눌리타스는 힘없이 한숨을 내쉬었다.

"마님, 귀족 부인들이 모이는 천막이 따로 있다고 들었습니다."

소피아가 조심스레 눌리타스에게 말을 건네었다. 시합이 하루 종일 있는 것은 아닌지라 비는 시간에는 귀족 사내들이 모여 술을 마시며 카드를 가지고 논다는 것이었다.

또 여인들은 모여 앉아 유행하는 드레스나 장신구, 떠도는 소문들에 대해 의견을 모으며 차를 마시는 모임을 가진다고 하였다.

하지만 그곳에 어울리는 것은 무리일 것이다.

태어나서부터 좋은 환경에서 질 높은 교육을 받으며 살아온 귀족들의 품위가 하루아침에 생길 리가 없었다. 게다가 그들을 알고 싶지도 않았다. 하지만 공작을 위한다면 그것도 언젠가는 넘어야 할 과제이렷다.

그런 생각에 이르자 자연스레 한숨이 비집고 흘렀다. 달라지려 다짐하기를 여러 번이지만, 몸속에 흐르는 피를 생각하면 그리 긍정적인 상황은 결코 아니었다.

"소피아, 우리 산책을 다녀오자."

그녀는 자꾸만 가슴이 답답해지는 것 같아 소피아와 호위 하나를 대동하고 천막을 나섰다. 그리고 얼마 못 가서 소피아가 마주

오던 한 사내와 어깨를 부딪치게 되었다.

"죄송합니다. 나리."

소피아는 상대의 값비싸 보이는 옷을 보자마자 우선 넙죽 엎드리며 사죄를 했다. 상대도 주위를 살피지 못한 것은 매한가지였으나 귀족이 하녀에게 고개를 숙이는 법은 없었다.

이때까지는 눌리타스도 별스럽지 않은 일이라 여기고 크게 관심을 두지 않았다. 그러나 거구의 금발 사내는 사과는 들은 척도하지 않고 소리를 치기 시작하였다.

"감히 귀한 몸을 치고 건방지게 말로 때우려 들어?"

그리고는 바로 그 거친 손으로 소피아의 뺨을 쳤다. 소피아는 강력한 힘에 떠밀려 바닥에 쓰러졌다.

소피아가 운 나쁘게 부딪히게 된 이는 미카엘 슬리더린이었다.

그는 모르시아니 공작과 동년배인 백작가의 후계자였다. 어린 시절부터 검술에 제법 소질을 보였으나, 왕국에는 그보다 더 유명세를 떨치는 기사들이 있었으므로 그 이름을 떨칠 기회조차 가지지 못 하였다.

그러던 차에 전쟁이 발발했고 수많은 기사들이 왕국의 깃발 아래 전장으로 나아갔다. 부친이 함께 갈 것을 권유했지만, 미카엘은 영지를 지킨다는 명분을 내세우며 따라가지 않았다.

가난한 기사들이야 돈을 바라고 검을 휘두른다 하지만, 그에게

는 이미 재화가 풍족해 차고 넘쳤다. 또 명예를 위해 스스로를 희
생하기에는 잃을 것이 너무 많아 아쉬웠다.

전쟁 기간 동안 공작의 뛰어난 전적들이 날아들기 시작하자 미
카엘은 질투로 이를 으득 갈았다. 어딜 가도 이름을 날리는 악귀
같은 공작은 목숨도 질겼다.

'전장에서 죽어버렸으면 좀 좋았나.'

그나마 마상시합장만큼은 그의 무대였다. 적어도 작년까지는
말이다.

'짜증 나는 것들.'

모르시아니 공작의 우승을 예상하는 이들의 목소리가 점점 더
커져갈수록 그의 기분은 종잡을 수 없게 되었다. 작년까지 그의 눈
길 한 번 받아보려 얼쩡거리던 무리들은 모두 어디로 사라진 건가.

이곳에서 하인 아이를 아무리 때려 본들 그의 분노는 전혀 풀리
지 않았다. 당장 결승전에서 공작과 맞붙어 그의 초라한 맨얼굴을
만천하에 드러나게 하고 싶었다.

'전쟁에서 앞뒤 안 가리고 마구 베는 그런 살육 행위는 그가 경
험이 더 많을지도 모르지. 하지만 마상시합은 하나의 예술이라고.
이것만큼은 내가 그자에게 지지 않아.'

미카엘은 공작을 아주 비참하게 뭉개버릴 자신이 있었다.

하지만 이런 그를 아무도 몰라주는 것 같아 심란한 마음에 술이
나 진탕 마셔볼까 하고 천막을 나서는 길에 웬 하녀 하나가 자신

에게 불경을 저지른 것이었다.

가뜩이나 기분도 우울한데 하찮은 것들까지 그를 괄시하나 싶었고, 이때다 싶어 손에 힘을 잔뜩 실었다. 사과를 하며 굽실거리는 작은 하녀가 진창에 처박히자 그나마 기분이 나아지는 것 같았다.

'나처럼 관대한 귀족에게 걸렸으니 운이 좋으렷다.'

눌리타스는 얼른 소피아에게 다가가서 손을 잡아 설 수 있게 도와주었다.

"괜찮니?"

"마님, 저는 끄떡없습니다."

소피아는 부어오르기 시작한 볼을 한 손으로 쥐고 어눌한 말을 내뱉으며 웃어 보이려 했다. 이리 한 대 터지는 것이야 아랫것들에게 별것도 아니었다.

오히려 송구한 듯한 표정을 짓는 소피아를 보며 눌리타스의 속은 마구 끓어오르고 있었다.

'왜 이런 일을 당연하다고 여기는 거야.'

그리고 소피아의 볼을 부어오르게 한 사내가 그들의 곁을 지나치려 할 때였다. 그녀의 드레스를 쥔 한 손에 힘이 들어갔다. 아주 잠시 머뭇대던 눌리타스의 입술이 열렸다.

"거기 서시죠."

"부인, 저 말입니까?"

미카엘은 의아한 눈으로 그를 부르는 귀부인을 살폈다. 보통의 여인들이라면 이런 일로 귀족 사내를 붙잡는 일이 없는 법이었다.

여인들에게는 남편과 아버지가 법이었으며, 항상 몸가짐을 정숙하게 하고 침묵하는 것이 미덕이었다. 그것은 밖이라 해서 예외가 되지 않았다.

미카엘은 귀족 사내를 불러 세우는 여인이 어떤 가문의 누구인지, 하도 황당한 나머지 호기심이 일었다.

사내가 그녀의 얼굴을 빤히 들여다보자 눌리타스는 아주 잠시 후회를 하였다.

소피아 입장에서는 분명 억울한 일이었지만, 귀족들에게는 별일이 아니라는 것을 너무 잘 알고 있었다.

밤이면 로마그놀로 백작의 마수에 걸려든 어린 하녀들이 울음을 삼켜야 했다. 아직 세상을 향해 무엇 하나 피어보지 못한 채로 잊혀야 했던 그들의 얼굴을 눌리타스는 기억하고 있었다. 귀족들의 횡포에 언제나 무릎을 꿇어야 하는 것은 그녀와 같은 하찮은 존재들이었다.

그리 잘 알면서도 그녀는 경솔한 행동을 해버렸다. 혹여나 공작가에 흠이라도 가게 되면 어쩌나 하는 걱정이 조금 늦게야 들기 시작하였다.

하지만 어쩌랴. 이미 물은 엎질러진 것을 다시 주워 담는 일은 무리였다. 눌리타스는 천천히 입을 열었다.

"신사분 몸의 반절도 안 되는 아이에게 너무 가혹하시군요."

미카엘은 방금 들은 말을 제대로 이해하는 데 시간이 꽤 걸렸다. 그러니까 지금 저 여인이 그의 앞길을 막아선 이유가 하녀 따위를 옹호하기 위해서란 것인가.

너무 기가 막힌 나머지 대꾸할 말을 찾아내기가 어려웠다. 그러나 미카엘은 이 상황이 처음에 불쾌했던 것만큼은 나쁘지 않다는 생각이 들었다.

"무척이나 흥미로운 이야기군요."

눌리타스는 사고를 친 것 같은 예감에 다리가 후들거리고 가슴이 마구 뛰었지만, 이대로 물러서지 않기로 작정하였다.

그녀는 부은 볼을 부여안고도 웃으려 애쓰는 소피아의 얼굴에서 과거의 자신을 보았다. 그때는 침묵을 하는 것만이 목숨을 보전하는 길이라 여겼다.

'더 이상 참지만은 않아.'

예전과 달라지기 위해서 그녀는 진짜 귀족이 되어야만 했다. 눌리타스는 차가운 목소리로 내며 눈을 치켜떴다.

"저는 모르시아니 공작부인입니다. 제 이야기가 그리 흥미로우셨다니 다행이군요."

그녀는 더 이상 백작성에서 허드렛일을 하는 하녀가 아니었다. 지금 히스 필드에 선 그녀는 모르시아니가의 안주인이자 루셔스의 옆을 지키는 사람이었다. 공작의 따스한 손을 떠올리며 그녀는 다시 한번 힘을 내어보기로 하였다.

미카엘은 그를 당황케 한 상대가 모르시아니 공작가의 사람이라는 것에 놀랄 수밖에 없었다.

'모르시아니가의 여인이라.'

사내를 상대로 전혀 위축되지 않은 여인의 모습에서 시선을 거둘 수가 없었다. 살짝 엿보이는 은발이 무척이나 신비로웠고, 베일을 통해 빛을 발하는 청안을 제대로 보고 싶었다.

"저는 슬리더린 백작 가문의 미카엘이라고 합니다. 귀부인의 심기를 어지럽힌 것을 겸허히 인정하는 바입니다."

미카엘은 천천히 녹색 눈을 내리깔며 눌리타스에게 허리를 조금 굽히며 예를 갖추었다. 눌리타스의 입장에서는 상대가 너무나 쉽게 사과를 하는 것이 오히려 당혹스러웠다.

"네, 저 또한 감사의 말씀을 전합니다."

하지만 역시 일이 커지지 않아 다행스러웠다. 그리고 이렇게 사건이 일단락된 것 같아 안도감을 느낄 찰나였다.

"모르시아니 부인. 괜찮으시다면 내일 제가 출전하는 시합에 초청하고 싶습니다."

눌리타스는 갑자기 들리는 백작의 말을 못 들은 척하고 싶어 고개를 숙이고 지나치려 하였다.

"그럼 이만……"

이곳에 와서 왕과 이상하게 만나게 된 것도 가뜩이나 신경이 쓰였는데, 더 일을 벌이고 싶지 않았다. 그러나 슬리더린 백작은 그의 의지를 집요하게 전달하려 하였다.

"제가 사죄를 하는 의미에서 드리는 말씀입니다."

눌리타스는 역시나 이번에도 정중하게 나오는 상대에게 매몰차게 대할 수가 없었다. 저자의 시합을 한 번 봐주는 것이 그리 어려운 일도 아니었고 말이다.

더 이상 이곳에 서서 저 사람과 말을 섞고 싶지 않을 뿐이었다.

"그렇게 하죠. 이만 실례하겠습니다."

그렇게 슬리더린 백작과 헤어진 눌리타스는 소피아를 데리고 천막으로 간신히 돌아왔다.

천막 안에 들어서자마자, 모두의 시선으로부터 자유스러워진 눌리타스는 가쁜 숨을 몰아쉬며 당당했던 허리를 구부려 배를 움켜잡았다.

어쩌자고 귀족 사내에게 따져 물은 건지…….

"하……."

눌리타스의 입에서 짧은 탄식이 흘러나왔다. 어쨌거나 급한 불은 끈 거겠지.

"마님, 죄송해요. 공연히 저 때문에……."

소피아는 부은 볼을 하고 미안해하며 눈을 둘 곳을 찾지 못하였다. 그녀가 아까 그 귀족과 그런 일만 없었더라면 마님이 나설 일도 없었을 것이다. 그 나리가 어이없어했던 것처럼 하녀를 구하기 위해 나서는 귀부인이란 들어본 역사가 없었다.

하지만 눌리타스는 살포시 웃으며 의자에 소피아를 앉히고 그 손을 꼭 잡아 주었다.

"무슨 소리야. 소피아는 내게 동생같이 소중한 사람인데."

눌리타스는 천에 물을 적셔서 소피아의 볼을 쓸어내렸다. 따가 워도 표정 한 번 일그러트리는 일이 없는 소피아가 안쓰러워 손을 꼭 잡아주었다.

"미리 막아주지 못해 미안해."

"무슨 말씀이세요. 저는 괜찮았는데 마님 다치실까 얼마나 걱정 했는지 몰라요."

마님께서 덩치가 산만 한 귀족을 불러 세워서 맞서시다니. 소피 아에겐 믿을 수 없을 만큼 엄청난 일이었다. 게다가 하녀인 자신을 동생처럼 소중하게 생각해주시다는 말씀에 무언가 뜨거운 감정이 울컥 치밀어 올랐다.

"제가 마님을 모시게 된 것은 디아나 여신님이 돌봐주신 덕분이 겠죠."

소피아는 연신 울먹거리며 눌리타스에게 고맙다는 표현을 멈추 지 않았다. 눌리타스는 또 그런 그녀에게 고맙고 미안해서 그 작은 손을 계속 보듬어 주었다.

진실을 마주하는 용기

히스 필드에 땅거미가 내리기 시작하였다.

하녀와 하인들이 모조리 빠져나간 공작의 천막 안에는 붉은 불씨만이 타오르고 있었다. 눌리타스는 의자에 앉아 책을 들어 올렸다. 아무것도 눈에 들어오지 않았지만, 무엇이라도 하지 않으면 안 될 것 같았다. 루셔스 역시 목욕 중 벌어진 사건을 혹 눌리타스가 알면 어쩌나 하는 마음에 심각한 표정을 애써 감춘 채 천막 안을 서성거렸다.

겁도 없이 그의 앞에 당당하게 나타났던 메이린 로마그놀로의 낯을 떠올리자 짜증이 마구 솟구쳤다.

그가 아무리 생각해도 납득이 가지 않는 일이었다.

그녀가 진짜라고 등장하여 아버지를 벌해 달라고 떼를 쓰던 모습은 도저히 제대로 된 사고를 가진 사람의 행동이라 볼 수 없었다.

그 사실이 다른 사람들에게 알려지면 로마그놀로 가문 자체에 큰 위기가 닥칠 것은 불을 보듯 뻔한 일이었다. 그리고 루셔스가 가장 염려한 단 한 사람, 눌리타스가 큰 해를 입을 게 분명하였다.

사생아가 귀족의 행세를 한 것을 들키면 그의 힘으로도 그녀의 목숨을 지켜낼 수 없을지 모른다.

루셔스의 생각이 거기까지 미치자 절로 심장이 멎는 것 같았다. 그리고 그의 뒤에서 조용히 책을 읽고 있는 단아한 여인을 살폈다.

'이제 괜찮겠지.'

공작은 부하에게 메이린을 미행한 다음 항구에 가서 배를 타는 것을 똑똑히 확인하고 올 것을 명해 두었다. 분명 메이린과 하녀 하나가 떠났다고 들었지만, 만일의 일에 대비해서 항구 쪽에 사람을 하나 심어두기까지 하였다.

언제나 일은 확실히 하는 편이 좋았다. 그것이 부모를 잃은 어린 아이에게 세상이 준 교훈이었다. 그러다 또다시 옆머리가 지끈거렸다.

아까 그녀가 왕과 함께 있던 공간을 채우고 있던 것은 무언가 좋지 않은 기류였다. 오랜 세월 봐왔던 전하의 표정이 예사롭지 않았다.

'루드비히 자네에……'

이제 겨우 그의 고백을 시작으로 천천히 눌리타스에게 다가서려 했는데. 그와 그녀의 사이를 막아선 장애물들이 루셔스의 눈을 가리고 발목을 옭아매는 것 같아 짜증이 났다.

"아……."

루셔스가 자신도 모르게 짧은 신음성을 뱉어내었다.

"괜찮으세요?"

눌리타스는 책을 들고 있었지만, 온 신경은 그에게로 쏠려 있던 터라 그의 고통이 담긴 소리에 즉각 반응을 하였다. 그녀는 의식하지 못한 채 천천히 일어서서 공작에게 다가섰다.

루셔스는 그를 향해 다가서는 여인의 눈에 어려 있는 물기에 가슴이 벅차올랐다. 어린 시절, 그가 뛰어놀다 넘어지기라도 하면 큰 소리를 내며 달려오던 가족들의 눈빛을 닮아 있었다. 그리하여 그녀의 걱정스러운 눈빛이 오히려 반가웠다.

루셔스는 지금 이 순간이 조금만 더 길었으면 했다. 그래서 그는 일부러 머리를 살짝 흔들며 조금 더 큰 소리로 앓는 시늉을 내어 보았다. 그녀의 저 푸른 눈을 그의 가슴에 담게 되면서부터 루셔스에게는 전에 없던 다양한 생각들이 자라났다.

그녀의 슬픔을 나눌 수 있는 커다란 나무가 되어주고 싶었고, 때로는 시원한 바람이 부는 언덕에서 눌리타스의 무릎을 베며 쉬고 싶기도 하였다.

어울리지 않을 것 같은 두 가지의 바람이 그의 안에서 충돌하는

데, 어느덧 다가온 눌리타스가 살며시 손을 뻗어 그의 이마를 어루만져보았다.

"열이 있으신 걸까요?"

눌리타스의 해사한 얼굴이 공작의 가슴팍쯤 닿았고, 손을 뻗는다고 까치발을 한 여인의 숨결이 그의 목덜미를 간질이자 건장한 사내의 몸은 자연스레 더욱 열기를 뿜어내었다.

"이리로 오세요."

눌리타스가 그의 손을 끌어 푹신한 가죽에 앉기를 권하였다. 그러더니 그의 옆에 앉아 손을 눌리타스의 무릎으로 끌어왔다.

"오늘 시합을 하시느라 조금 피곤하셨나 봐요. 이렇게 하면 두통이 조금 가신다고 들었어요."

그리고 아주 떨리는 손으로 그녀의 것보다 무척 큰 공작의 중지를 꾹꾹 눌러주었다. 백작성에 있을 때 나이가 든 하녀들이 머리가 아플 때 이리 해주면 좀 낫다고 하는 것을 들었던 기억이 났다.

해 본 적이 없어 손놀림은 서툴렀지만, 그의 고통을 덜어주고 싶은 눌리타스의 마음만큼은 진실로 빛나고 있었다.

처음에는 전혀 아프지도 않은데 꾀병을 부리자니 민망하였으나, 루셔스는 그녀의 손길에 담긴 마음이 그에게 닿는 순간 모든 것을 잊어버릴 수 있었다.

"좀 어떠세요? 효과가 없으면 그만둘까요?"

이 순간이 끝나가는 것을 느낀 루셔스가 서운한 마음에, 훨씬 팬

찮아지는 것 같으나 아직은 아프다는 듯 약한 얼굴을 해 보였다.

'그대로 인해 이 가슴 한편이 무너져 내리듯 아프고 또 벅차오름을……'

루셔스는 이곳이 그들의 침실이 아님이 못내 아쉬웠다.

얇은 천막 밖으로 그의 뜨겁고 깊은 속을 누가 알아챌까 염려가 되었다. 그녀를 향한 이 소중한 감정은 오직 한 사람만 알아주기를 바랐다.

완연한 어둠이 찾아들어 천막 밖으로 순찰을 도는 시뻘건 불을 든 병사들의 모습이 흐릿하게 비치기 시작하였다. 어색하게 등을 돌리고 누운 두 사람은 억지로 눈을 감으려 애를 썼다.

그녀의 손을 뻗으면 닿을 곳에 있을 공작의 체온이 느껴지자 순간 지독한 외로움이 느껴졌다. 지친 눈을 한 그의 뺨을 쓸어주고 그 어깨를 꼭 안아주고 싶었다. 하지만 그의 낮은 숨소리를 듣는 것만으로도 만족할 수 있었다.

눌리타스는 그저 흘러가던 대로 살던 지난 시간도 그대로의 의미가 있었을 거라 여겼다. 하지만 역시 그때보다는 미래를 꿈꾸게 된 지금이 더욱 소중하리라.

두 사람 사이에 암흑이 찾아들기 시작하였고, 마주 보지 않아도 느낄 수 있는 서로의 심장 소리에 귀를 기울이며 그렇게 잠을 청하였다.

히스 필드에 모인 이들은 모두 활기가 넘쳤다. 권태로운 귀족들의 삶에 이런 마상시합이야말로 제대로 된 여흥 거리가 되어 주었다.

전쟁이 치러지는 동안에는 요란 법석한 일들을 할 수 없었던 탓에 귀족들은 모처럼 한데 모이는 이 기회를 만끽 중이었다. 술과 기사들의 멋진 시합, 아름다운 여인들이 그들의 마음을 흡족하게 하였다. 게다가 이번 시합에 모르시아니 공작이 참여하기까지 하였으니, 그들의 흥분은 고조되어 가고 있었다. 간사한 세 치 혀들은 그들의 즐거움을 위해 공작에 대한 기괴한 소문을 부풀렸던 과거는 이미 잊은 건지 이제는 공작을 찬양하는 말들을 전하기 바빴다.

'왕국의 진정한 기사는 모르시아니 공작님뿐이시지.'

'그리 잘생긴 분을 본 적이 없어.'

이런 이야기들이 도는 것을 모르는 눌리타스는 소피아를 데리고 미카엘 슬리더린 백작의 자리를 찾아 경기장으로 들어섰다. 오늘의 대진 순서를 들은 것에 따르자면 슬리더린 백작의 시합이 먼저였고, 잠시 뒤 공작님의 시합이었다.

어제 초대를 받았기에 귀족의 명예인지 뭔지 때문에 이 자리에 오기는 하였으나, 눌리타스의 마음은 불편하기 짝이 없었다.

'어디쯤에서 준비를 하고 계시는 걸까?'

지금 막 시합이 펼쳐질 이들에겐 눈길조차 주지 않은 채 말들이 대기하는 나무로 된 칸막이 쪽을 유심히 바라보았다. 시야를 가리는 베일을 확 뜯어버리고 싶은 충동을 참아내며 고개를 이리저리 돌렸다.

간밤 이루기 힘든 잠을 자고 나니 아침에 혼자 천막에 남아 있었던 그녀였다. 그리고 왜 전날 아침에 공작이 그리 화를 냈었는지 조금이나마 알 수 있었다.

'함께 누웠는데 혼자만 눈을 뜨니 그것이 무척이나 쓸쓸했어.'

손끝에 저미는 그리운 기분 때문에 눈에 약간의 물기가 어렸다. 그리고 그때 멀리서 온통 갑옷을 두르고 투구를 쓴 기사 하나와 눈을 마주친 것 같은 착각을 느꼈다.

'아……'

멀리 있지만 한눈에 그 기사가 누구인지를 알 수 있었다. 눌리타스는 그쪽으로 손을 막 흔들고 싶은 기분을 억누르며 반가운 눈을 해 보였다.

저기 그녀의 소중한 이가 있다. 그의 늠름한 모습에 뿌듯한 기분이 들어 숨이 막혀버릴 것 같았다. 두 사람 사이의 거리는 제법 되었지만, 마치 함께 있는 것 같은 착각이 들어 그렇게 오래 공작과 눈을 맞추어 보는 그녀였다.

'부디 무사하세요.'

그에게 전해지지 않는 바람을 내내 곱씹어 보았다. 이곳에서 그녀가 원하는 것은 오직 그것 하나뿐이었다.

그렇게 그녀와 공작이 시선을 주고받는 사이에 미카엘 슬리더린의 시합이 시작되는 나팔 소리가 히스 필드를 덮었다.

슬리더린 백작의 일거수일투족에 집중하는 관중들은 모두가 백작의 승리를 믿어 의심치 않았다. 다만 그들이 기대하는 것은 백작이 어떤 극적인 요소를 써서 그들에게 즐거움을 선사해줄 것인가 하는 것이었다.

고대 신화에라도 등장할 법한 남신과 같은 자태로 등장한 슬리더린 백작은 시작부터 창을 높이 쳐들어 보였다. 상대와 아주 잠시 서로를 노려보더니 천천히 말을 몰기 시작하였다.

슬리더린은 매번 그랬듯 최선을 다해서 상대를 향하여 달려갔다. 오늘은 특별히 가문의 자리에 손님도 초대하지 않았던가. 용감한 은발의 여인이 주는 기묘한 매력은 그녀가 어느 가문인지를 잊게 해주었다.

투구 속에서 그의 비열한 눈이 빛나고 있었다.

두 사람이 맞붙는 순간은 그리 길지 않았다. 슬리더린은 백마의 앞발을 쳐들며 승리를 만끽하듯 손을 위로 뻗었다. 관중들은 바닥에 쓰러져 있는 상대방 기사의 투구 뚫린 눈 부위에 슬리더린의 가느다란 창이 꽂혀 있다는 것을 확인하였다.

순간 모두는 환호하는 것도 잊은 채 땅을 적시는 붉은 피를 바라보고만 있었다. 그리고 누가 먼저랄 것도 없이 격렬한 함성을 내기 시작하였다.

히스 필드 내 신분에 상관없이 모두가 슬리더린의 이름을 외치고 있었다. 시합장 내로 하얀 들 것을 가져온 관리와 병사들이 곧 부상을 입은 기사를 살폈다. 창이 고정되어 투구를 쉽사리 벗기지도 못한 채 사내 하나가 고개를 흔들더니 하얀 깃발을 흔들었다.

시합장에서의 하얀 깃발은 기사의 사망을 의미하는 것이었다. 올해 마상시합에서의 첫 사망자가 나오자 관중들은 이성을 잃은 이들처럼 흥분을 하여 모두 일어서서 손뼉을 치고, 손에 든 꽃들을 시합장으로 던지기 시작하였다.

"슬리더린 백작님이 상대를 완전히 이기셨다!"

아직 죽은 이의 체온이 식어버리기 전의 일이었다.

눌리타스는 심한 함성과 관중들의 격한 몸놀림 때문에 시합장 내부 사정을 제대로 알지 못하였다. 사람들 틈 사이로 조금씩 보이는 풍경은 끔찍하기 그지없었다. 들것에 실린 기사는 흰 천으로 온몸이 덮여 있었다.

"설마 지금……."

눌리타스가 옆에 있던 소피아를 보며 물어보았다. 정말 저 사람이 죽은 거냐고, 하지만 답을 하는 대신 붉게 충혈된 눈을 한 소피아의 얼굴에서 그녀의 생각이 맞다는 것을 알 수 있었다.

"슬리더린 백작님이 최고야!"

죽은 기사가 들려 나가는 순간에도 관중들의 열기는 식을 줄을 몰랐고, 눌리타스는 그 모습에 구역질이 났다. 시합에 나와 사람을 죽이고 의기양양해 하는 백작의 모습도 역겨웠지만, 그녀와 함께 앉아 있는 사람들의 모습에도 두려움을 느꼈다.

죽어버린 저 젊은 기사는 누군가의 아들이며, 누군가의 형제일 것이다. 한 사람의 생이 끝나버린 것에 열광을 하는 관중들의 모습에서 그녀는 진한 악의를 느꼈다. 그리고 눌리타스는 이제까지 해온 생각이 잘못되었다는 것을 알아차렸다.

세상의 모든 악은 로마그놀로가의 인간말종들로부터 나온다고 여겼다. 하지만 생면부지의 타인의 죽음에 꽃을 던지면서 웃는 이들이야말로 악마가 아니면 무엇이란 말인가.

눌리타스는 비틀거리는 다리에 힘을 주어 간신히 일어섰다. 소피아가 그런 그녀의 팔을 단단히 잡아주었다. 마주한 두 사람의 눈이 촉촉하게 젖어 있었다.

눌리타스는 입을 가린 채 천천히 움직였다. 관중들은 무엇에 홀린 이들처럼 계속해서 소리를 지르고 있었다. 이 혼란스러운 곳 한가운데 서 있노라니 마치 그녀의 몸이 바닥에 뒹굴고 있는 것처럼 고통스러웠다.

"소피아. 우리 나가자."

눌리타스는 귀를 막고 싶은 것을 참으면서 앞만 보며 나아갔다.

그리하여 백마 위에서 그녀가 하는 양을 바라보고 있는 미카엘의 시선도 전혀 의식하지 못했다.

다음 시합 준비를 위해 말의 등을 쓰다듬던 루셔스도 눌리타스의 모습을 좇고 있었다. 그는 관중들이 미쳐 날뛰는 모습에 스산한 눈을 한 채 투구를 벗어들고 허무하게 생을 다한 어린 기사를 위해 고개를 숙였다.

눌리타스는 시합장을 빠져나와 귀퉁이에 몸을 숨긴 후 속에 든 것을 모두 게워냈다. 누군가의 죽음을 지켜본다는 것은 아무리 보아도 도저히 익숙해지지 않는 일이었다.

로마그놀로 백작가에서 두드려 맞아 스러져 간 수많은 하인들, 하녀들이 떠올랐다.

'목숨은 얼마나 덧없이 져버리는지.'

백작가를 겨우 벗어났건만, 이리도 무수한 슬픔과 죽음이 지천에 있음에 무어라 표현할 수 없는 감정을 느꼈다. 태어나자마자 목에 줄이 매인 개는 평생을 주어진 그만큼의 공간이 세상의 전부라고 여기고 산다.

'내가 딱 그 꼴이었구나.'

소피아가 가져다준 물로 입을 헹구고 간신히 허리를 세웠다. 하나의 생명을 거둬간 하늘은 마치 아무 일도 없었다는 듯 너무나 파랬다.

'그래, 하늘은 늘 똑같지.'

텅 빈 눈을 하고 위를 올려다보다 손등으로 입가를 훔쳤다. 차마 다시 시합장으로 들어갈 엄두가 나지 않은 눌리타스는 소피아의 부축을 받아 천막으로 돌아가 쉬려고 하였다.

"이런 우연이 다 있을까?"

달갑지 않은 목소리는 겨우 진정된 그녀의 속을 다시금 울렁거리게 만드는 듯하였다. 힘들게 표정을 정돈한 눌리타스는 그 목소리를 향하여 아주 깊은 절을 하였다.

"전하를 뵙습니다."

"그런 인사는 너무 삭막하군."

왕은 오늘 가죽으로 지어진 요상한 옷을 걸쳤고 지나치게 친절한 낯으로 그녀에게 손사래를 치며 다가서고 있었다. 눌리타스는 그 모습에 놀라 두어 걸음 뒤로 물러서며 슬슬 도망갈 기회를 엿보았다.

'아무리 봐도 이상한 사람인 것 같아.'

그녀와 왕의 관계란 것이 딱 그 정도가 아니던가. 눌리타스는 겉으로 그런 내색을 들키지 않으려 베일을 정돈해 보았다.

"눈을 관통시키다니 정말로 아름다운 기술 아니던가요?"

정말로 슬리더린 백작의 시합이 마음에 들었던지 아주 흡족한 표정을 짓는 왕에게 어떤 답도 내어놓지 못한 채 눌리타스는 무척 어정쩡한 태도를 취하고 있었다.

'사람이 죽었는데 아름답다고?'

그러나 왕은 처음부터 어떤 답을 기대하지 않았던지 바로 다음 말을 이어 나갔다.

"왜 공작의 시합을 보지 않고?"

눌리타스는 그것을 왜 왕이 궁금해하는지 의문이었고, 왜 왕이 또 이 시각에 하필 그녀가 서 있는 이곳에 있는지가 궁금하였다. 게다가 막 구토를 한지라 누군가와 이리 마주하는 것 자체가 곤혹스러웠다.

하지만 왕은 눌리타스에게 어떠한 기회를 주지 않으려는 것처럼 재빠르게 함께 걸을 것을 제안하였다.

"공작 시합을 보지 않으려거든 나와 함께하지."

"……아."

몸이 썩 좋지 않았고 왕과 무언가 더 할 생각은 조금도 없었지만, 상대는 왕이었다.

눌리타스는 대답 없이 그의 뒤를 따르다 조금 잠잠해진 시합장을 한 번 돌아보았다.

아마 공작님은 그녀가 보지 않아도 충분히 잘 하시리라.

아쉬움을 겨우 갈무리한 채 뒤를 따라 발길이 닿은 곳은 지난번 왕을 처음 만났던 그 공터였다. 그리고 지난번에는 없었던 크고 화려한 천막이 드리워져 있는 것이 보였다.

"?"

눌리타스가 이게 무슨 일인가 싶어서 의아해하자 왕이 싱긋 웃으며 손으로 앞장서라는 시늉을 해 보였다.

"차나 한잔 나눌까 해서."

"……네."

여기까지 온 이상 거절할 수는 없는 노릇이었고, 눌리타스는 떨고 있는 소피아의 손을 힘껏 잡아주며 천막에 들어섰다.

마치 그의 집에 온 것처럼 유유자적 들어온 루드비히는 의자에 비스듬히 앉았고 이내 시중을 드는 이들이 그가 가죽 외투를 벗을 수 있도록 도와주었다.

겉옷을 벗자 안에는 살이 비칠 것 같은 하얀 가운 같은 것이 드러났다.

'춥지도 않은가?'

눌리타스는 항상 왜 저 사내는 저리 헐벗고 있는지 모르겠다는 생각을 하면서 천천히 그녀에게 주어진 자리에 가서 앉아 허리를 폈다. 아무리 생각해도 왜 왕이 그녀에게 지나친 관심을 가지는지 이유를 찾아낼 수 없었기에 긴장감이 더욱 감돌았다.

탁자를 사이에 두고 마주 앉게 되자 루드비히는 이제 대놓고 엄청난 관심을 보이기 시작하였다. 자수정빛 눈을 빛내며 심각한 표정으로 그녀를 훑어보았다.

'어디가 특별한 걸까?'

간밤에 이 여인에 대해 고민을 하다 보니 어느새 아침을 맞은 그였다. 답답한 마음에 이리 직접 만나 그 이유를 찾으려 한 것이다.

시선을 끌 만한 육감적인 몸매를 가진 것도 아니었고, 사내를 유혹하듯 새침하게 파르르 떠는 속눈썹을 가진 것도 아니었다.

오히려 애달아 보이는 청안에는 우울한 비의 느낌이 서려 있었다. 밝은 인상을 가진 것도 아닌데, 자꾸 저 얼굴을 들여다보게 만드는 무언가가 있긴 했다.

"왜지?"

한참을 그녀의 얼굴을 들여다보던 루드비히가 뱉은 그 말에서 눌리타스는 익숙한 파동을 느낄 수 있었다.

'아…….'

그것은 늘 그녀의 주변을 배회하며 이상한 눈을 빛내던 아비오가 자주 하던 말의 느낌과 흡사하였다. 순간 오싹해진 눌리타스의 등에 소름이 돋아났다.

왕이 처음부터 지나치게 그녀에게 관심을 보인 이유가 설마 그런 종류의 것이었나. 눌리타스는 겨우 기어 나온 늪에 다시 처박히는 기분이라 정신이 아득하였다.

'어쩌면 좋지.'

상대가 평범한 사내라면 당장에 뿌리치고 일어날 수 있었을 것이다. 공작부인의 지위를 이용하여 조금 화도 낼 수 있었을지도 모른다.

'하지만 저분은 왕이셔.'

그녀가 공작의 곁에 머무는 것을 꿈꾸던 순간부터, 아니 그 이전에 공작성에 도착한 순간부터 눌리타스는 모르시아니가를 위해 함부로 행동해서는 안 되었다.

그녀는 마구 날뛰기 시작한 불안함을 겨우 다스렸다. 이리 겁을 먹어서 해결할 수 있는 문제는 아무것도 없었다. 매를 맞을지, 그 매를 쥐고 흔들지는 이제 그녀의 선택에 달려 있었다.

'어차피 도망칠 곳은 없잖아.'

그래서 눌리타스는 턱을 당겨 세운 후 왕의 그런 말에 조금도 신경을 쓰지 않겠다는 듯 당당한 태도를 지녔다. 그러나 눌리타스의 선택은 오히려 그리 적절하지 못하였을까.

루드비히는 답이 없는 시험문제를 앞둔 이처럼 막막해하다 어떤 깨달음에 이르렀다. 그는 눈앞에 저 여인이 퍽 마음에 든 것이었다.

로마그놀로가에 이런 영애가 있었던가.

순간 여인을 모르시아니 공작에게 줘버린 것이 바로 그라는 사실이 떠올라 입안이 무척 떨떠름하였다. 후회라는 것을 모르고 살아온 루드비히의 자수정빛 눈동자에 깊은 그늘이 졌다.

루드비히는 붉은 입술로 주술을 외듯 말을 하였다.

"나는 공작보다 부유하다."

온몸에 기합을 넣고 있던 눌리타스는 갑자기 뜬금없는 왕의 재력 과시에 어리둥절하였다.

"게다가 내가 공작보다 더 잘생겼지."

눌리타스는 뜻 모를 왕의 이야기를 더 이상 듣고 싶지 않은 마음에 정중하게 말을 잘랐다. 어떻게든 이 자리를 벗어나야 한다는 그 생각밖에 들지 않았다.

"전하. 죄송하지만, 무슨 말씀을 하시는 건지 모르겠습니다."

분명 눌리타스와 왕이 있는 천막에 다른 이들도 존재하건만 어찌 저렇게 진득한 시선으로 말도 안 되는 소리를 진지하게 늘어놓는 걸까.

그 말에 왕은 붉은 열매 하나를 입술 근처로 가져가 장난을 치다 내려놓더니 정자세를 취하였다.

"역시 말이야. 나는 그대가 무척 마음에 들었어."

"……?"

"그래서 말인데, 요즘 유행한다는 연애를 나와 해 보겠는가?"

루드비히는 마치 선심을 쓴다는 듯 여유를 부리며 제안을 해왔다. 하지만 듣는 눌리타스의 심장은 온전치가 않았다.

기혼의 귀족들이 서로의 배우자들에게 구애받지 않고 만난다는 것은 로마그놀로 백작을 통해서 이미 알고는 있었다. 그들에게는 별스러운 일이 아니었고, 그것이 유행처럼 번져 배우자 외에 애인을 하나 가지고 있지 않은 귀족들은 오히려 고루한 이라는 취급을 받기도 하였다.

지금 이곳 히스 필드에도 버젓이 배우자가 있음에도 수많은 이들이 사랑의 밀어를 속삭이고 있지 않은가.

'하지만 나는 그들과 같은 귀족이 아니야.'

이 순간만큼은 진짜 백작 영애가 아님이 다행이라 여겨졌다. 배운 것도 없이 짐승처럼 오물이나 퍼 날랐지만, 공작에 대한 신의를 저버리는 것은 로마그놀로가에 있는 자들과 동급이 되는 길이라 믿었다.

"죄송하지만, 방금 말씀은 못 들은 것으로 하겠습니다."

아마 왕의 뜻을 거슬렀으니 그냥 넘어가지는 못할 것이라 생각했다. 아비오처럼 그녀를 때리거나 혹은 더 가혹한 벌을 받을 수 있음을 각오하였다.

자주 얻어맞았던 복부가 본능적으로 위험이라도 감지한 듯 욱신거리는 것 같아 손을 가져다 대었다. 아비오의 역한 숨결이 그녀의 목덜미에서 번졌던 순간이 떠올라서 토악질이 올라올 것 같았다.

이제 어머니는 안전한 곳에 계시다는 것이 결심을 굳히는 데 도움이 되었다. 파리한 어머니의 낯이 마음에 걸렸지만, 아마 눌리타스처럼 어머니도 하루를 살아도 마음 편하게 지내는 것을 원하시리라.

'백작이 그리 원하던 막내딸 노릇을 하다 이렇게 죽는 것도 썩 나쁘진 않지.'

자조적인 미소를 띠던 눌리타스가 천천히 자리에서 일어섰다. 이제 다음에 하는 행동에 대한 왕의 반응에 따라 그녀의 운명이 결정될 것이다.

"죄송합니다. 갑자기 몸이 좋지 않아 먼저 일어나 보겠습니다."

흠잡을 데 없이 정중한 절을 올리고서 눌리타스는 왕의 천막을 나서기 시작하였다. 입을 헤벌쭉 벌리고 그녀의 뒤를 지키고 서 있던 소피아가 헐레벌떡 눌리타스의 뒤를 쫓아와 팔을 잡았다.

"마님······."

모든 것을 목격한 소피아는 지금 숨을 쉬고 있는지 어떤지도 잊은 채 눌리타스에게 힘이 되어주려 안간힘을 썼다.

눌리타스 역시 방금 일어난 일이 너무 당황스러워 정리할 겨를이 없었다. 알 수 있는 것은 그곳을 벗어났다는 것과 얼른 공작의 다정한 눈길을 받고 싶다는 것뿐이었다.

탁자에는 호화로운 다과 한상이 차려져 있었고, 아직 식지도 않은 찻주전자에서는 김이 유유히 뿜어져 나오고 있었다. 루드비히는 아무 말도 하지 않고, 어떤 행동도 취하지 않은 채 손가락을 튕겨 보았다.

그러자 왕의 그런 모습을 지켜보던 시종들이 심상찮음을 눈치채고 서로 긴밀한 시선을 나누었다.

"역시 재미있어."

루드비히 자쉬에는 딱히 연애에 관심이 있지는 않았다. 그저 그렇게 제안을 하면 여인이 냉큼 받아들일 거라는 생각에 미끼로 이용했을 뿐.

왕과의 연애가 어떤 의미인가.

잘만하면 공작부인이 아니라 더 높은 자리까지 오를 수 있는 기회였다. 미혼의 그는 아직 후사가 없었고, 운이 좋아 그의 아이라도 가지기라도 한다면 여인의 몸으로 그보다 더한 영광이 있을까.

'그런데도 나를 거절했다는 거지?'

그의 제의를 아주 과감하게 걷어 차버린 여인을 떠올리자 루드비히는 돌연 큰 웃음이 터졌다. 그는 태어나 처음으로 느낀 복잡 미묘한 감정에 몸을 추스르지도 못한 채 꽤 오래 흥분에 젖어 있었다.

다시 무표정해진 루드비히는 거부당했음에 화가 나는 것 같기도 했고 오히려 색다른 기분에 들뜨는 것 같기도 했다.

"어째서 이 왕국 아래 내 것이 아닌 것이 있을 수 있지?"

루드비히는 그것이 도무지 이해되지 않아 은발의 여인이 머물다 간 자리를 아주 오래도록 바라보았다.

로마그놀로 영지는 남부의 따사로운 햇살을 받아 비옥한 토양을 자랑하는 곳이었다. 영지에서 가장 좋은 터에 오래된 성이 서 있었고, 그 성벽을 따라 붉은 장미의 덩굴이 얼기설기 뻗어 있었다.

로마그놀로 백작부인은 각별히 아끼던 딸과 아들을 차례로 떠나보낸 이후로, 이렇게 정원을 서성거리며 마차가 사라졌던 그날을 회상하는 날이 잦았다.

메이린은 여러 날 울어 혈색 하나 없는 얼굴로 어머니를 안아주더니 마차에 올랐더랬다. 몸이 약해서 마차도 오래 탈 수 없는 아이가 그녀의 품에서 멀어지는 것을 보고 있을 수밖에 없었다.

곁에 따라가는 하녀 아이에게 딸아이를 잘 보필하라 신신당부를 하였지만, 어딜 가든 어미의 품만 하겠는가. 만개한 장미꽃이 꼭 메이린처럼 어여뻐 눈물이 차올랐다.

그러다 장미 덩굴들이 가시를 드러내며 이리저리 얽힌 것을 보자 가슴 한편이 갑갑해졌다.

'아비오가 어떤 아들이던가.'

딸만 내리 다섯을 낳고서야 얻은 아들이었다. 그리 소원하던 사내아이였건만, 백작의 눈은 이곳에 머무르지 않았다.

"내가…….."

백작부인은 차오르는 감정을 추스르지 못하고 손수건을 꺼내어 입을 가렸다.

아비오는 마차에 오르는 순간까지 그녀의 얼굴을 봐 주지 않았다. 마차에 올라 창에 커튼을 치는 순간에야 마주친 두 눈에는 원망이 서려 있었다.

변방으로 떠나는 아들을 지켜주지 못한 미안함이 가득한 그녀로서는 더욱 억장이 무너지는 일이었다.

아비오만큼은 그곳으로 보내고 싶지 않았다.

가능했더라면 그 아이의 뜻대로 메이린과 함께 타국으로 보내는 방법을 찾아주고 싶었다.

'백작가의 후계자가 되기 위해 큰 뜻을 품고 나가는 아이에게 무슨 소리요!'

그녀가 아비오를 보내지 말았음 한다는 이야기를 스쳐 지나듯 꺼내자, 백작은 대번에 노하며 언성을 높였다. 아이들을 모두 고생길이 훤한 곳으로 보내두고 어찌 살까 싶어 마른 입술을 다셔 보았지만, 백작은 그녀의 그런 애끓는 심정을 전혀 짐작조차 하지 못하는 듯 보였다.

'로마그놀로의 미래가 달린 일에 그렇게 약한 소리나 하니 아비오가 그 모양이 아니요!'

그렇게 얼굴이 형편없이 상한 사람에게 면박을 주고 다시 여인들을 찾아 밖으로 나간 사람이 그녀의 남편이란 작자였다.

따뜻한 바람에 꽃향내가 한 가득이었지만, 백작부인의 두 눈에는 쓸쓸한 기운만이 감돌았다.

"마님. 오늘따라 장미가 무척이나 어여쁘죠?"

곁에서 시중을 들던 하녀가 요즘 늘 우울해하는 마님의 기운을 북돋아보려 말을 건넸다.

하지만 그 말은 날카로운 가시가 되어 백작부인의 가슴을 마구 할퀴어대었고, 도저히 견딜 수 없을 만큼의 슬픔을 상기시켜주었다.

"세상에! 마님?"

갑자기 힘없이 푹 쓰러져버린 마님 때문에 놀란 하녀가 수선을 떨며 도와줄 사람을 부르고 있었다.

정원 풀밭에 엎어진 백작부인의 귀에 그 목소리가 마치 메이린과 아비오가 어린 시절 뛰어놀며 내던 웃음처럼 들리는 것 같아, 그녀는 잠시나마 행복하였다.

미카엘 슬리더린은 시합을 마치고 엄청난 쾌감에 젖어 있었다. 오늘 그의 상대는 안타깝게도 목숨을 잃은 모양이었다. 푹 쓰러진 기사를 보며 운이 없구나, 하며 혀를 차 보았다.

관중들은 압도적인 시합을 보여준 그를 향해 목청을 높였다. 미카엘은 그 소리가 높아질수록 흥분이 고조됨을 느꼈다. 이 시합장이야말로 그의 존재가치를 증명하는 무대이리라.

꽃과 리본 끈 같은 것들이 끝도 없이 날아 들어와 마치 결승 무대를 관전한 이들처럼 날뛰는 모습이 아주 만족스러웠다.

"히스 필드에서 나는 지지 않는다."

미카엘은 투구를 벗어들고 관중석으로 의기양양하게 팔을 흔들어 보였다. 또 한 번의 거친 환호가 히스 필드에 울렸다.

그리고 거만한 눈을 들어 가문의 자리에 앉아 그의 활약에 반해버렸을 청안의 여인을 찾았다. 하지만 그녀의 시선은 그에게 닿아 있지 않았다. 게다가 곧 일어서서 급하게 자리를 뜨는 것이었다.

'어딜 가는 거지?'

일어서서 열광하는 관중들 사이로 그 여인의 모습이 이내 사라져버렸다. 온몸에 흐르던 열기가 차게 식는 것은 순식간이었다. 그러다 다음 시합을 준비하는 공작의 모습을 보게 되었다.

'이제 저 오만한 자와 겨룰 날이 머지않았구나.'

공작이 올해 마상시합에 나온다는 소식을 전해들은 순간부터 미카엘은 생각했다. 다른 기사들은 모두 그들의 시합을 위한 배경이 되어줄 뿐이라고…….

슬리더린가의 이름을 끊임없이 외쳐대는 이들을 뒤로하고 천천히 말을 몰았다. 공작의 시합을 볼 이유는 전혀 없었다. 그가 이기지 못할 리가 없으니 말이다.

승리에 우쭐해서 거들먹거리는 금발의 기사가 사라지는 모습을 보면서 루셔스는 이마를 찌푸렸다. 불의의 사고로 목숨을 잃게 되는 일이야 시합에서 종종 있었지만, 상대의 죽음에 애도조차 하지 않는 기사라니.

여기 와서 처음 들은 슬리더린이라는 이름에서 검을 꽤 잘 쓰던 노장의 모습을 떠올렸다. 그런 훌륭한 기사에게서 저런 아들이 나왔다는 건가.

"이래서 내가 이런 시합은 딱 질색이지."

검은 눈이 짜증을 여과 없이 투영하면서 아까 자리를 떠나던 작은 몸의 여인을 떠올렸다.

'많이 놀랐을 테지.'

작은 미물에게도 정을 주는 착한 여인이 감당하기는 잔혹한 장면이었음이 틀림없다. 얼른 그녀에게로 가서 놀란 가슴을 달래주고 싶었다. 게다가 봄날에 피어난 들꽃처럼 빛이 나는 그녀를 이리 많은 사내들 속에 홀로 두는 것이 여간 신경이 쓰이는 게 아니었다.

"아차……."

루셔스는 시합 전에 느닷없는 독점욕에 휩싸인 스스로의 모습에 놀라 얼른 정신을 가다듬었다.

"루셔스 모르시아니. 지금은 이곳에 집중하자."

벗어두었던 투구를 다시 쓰고 대충 정리가 된 시합장 쪽으로 천천히 말을 몰고 갔다.

생을 다한 기사의 피가 미처 지워지지도 않은 시합장에 창을 들고 서 있는 그의 모습이 무척 쓸쓸해 보였다.

관중들은 더한 자극적인 시합을 볼 수 있으리라는 기대로 더욱 큰 목소리를 내기 시작하였고, 루셔스의 짙은 눈매는 더욱 서늘해져 갔다. 하지만 정작 벌어진 시합은 관중들의 기대에 전혀 부합하지 않는 것이었다. 모르시아니 공작은 전력 질주를 하더니 창끝으로 상대를 툭하고 낙마를 시키는 것으로 승부를 내었다.

물론 실력이 우위에 있는 기사만이 그리 할 수 있었다. 하지만 관중들은 무언가 부족한 느낌을 지우지 못했다.

루셔스는 가라앉은 관중석은 안중에도 없다는 듯 왕이 있을지도 모르는 자리를 향해 인사를 올리고 바로 그곳을 벗어나버렸다.

바닥에 떨어진 기사는 하나도 다치지 않은 몸이 민망해서 공작의 가는 모습을 누워서 실눈으로 바라만 보고 있었다.

루셔스는 말을 종자에게 넘기고 투구를 벗어 던졌다. 그리고 갑옷을 빨리 벗어야 한다고 재촉을 하였다. 아까 멀리서 보았던 눌리타스의 모습이 어른거려서 마음이 온통 불안하였다. 갑옷이 사라지자 그는 땀으로 젖은 옷을 갈아입을 생각도 하지 못하고 곧장 눌리타스를 찾아 나섰다.

눌리타스는 이상한 소리를 자꾸 해대는 왕에게서 벗어나 급하게 천막으로 돌아가는 중이었다. 분명 천막 주변으로 사람들도 많았건만, 그녀는 인적이 드문 깊은 숲을 헤매는 막막함을 느꼈다.

이 길의 끝에 공작님이 계신다면…….

불안하고 갑갑한 마음을 안고 빠르게 걷는데 그 길의 중간에 그 토록 그리던 공작과 마주하게 되었다.

검은 머리의 사내는 전신을 휘감은 무복에 온통 흙이 묻어 엉망이었고, 머리칼은 투구에 눌려서 이상한 방향으로 납작하게 휘어 있었다. 누가 봐도 급하게 서두른 티가 났다.

두 사람의 얼굴에는 몇 년 만에 조우하는 이들만큼의 애달픔이 서려 있었다.

"공작님."

"그대."

그들이 서로를 부른 것은 거의 동시였다.

주변 풍경과 인물들이 모두 잊힐 만큼 서로를 눈에 담았다. 먼저 그 눈을 피한 것은 뺨이 붉어진 눌리타스였고, 루셔스가 성큼성큼 다가서더니 눌리타스의 손목을 움켜잡았다.

그리고는 두 사람은 서둘러 발길을 옮겼다.

"아무도 들이지 마라."

공작은 낮은 목소리로 엄명을 내리고 천막 안으로 사라졌다.

이에 지켜보던 소피아의 얼굴이 화끈거렸다. 그리고 근처에 서 있던 세자르와 은근한 시선을 나누어 보았다. 분명 일전에 그들의 연극이 효과를 발휘한 것이리라.

천막 안에 들어선 잠시 동안 루셔스는 거의 폭주 상태였다. 아까 시합장에서부터 너무나 간절히 원하던 그녀가 눈앞에 있는데도 그의 가슴은 조금도 진정이 되지 않았다.

'왜 이리 바라보고 있어도 갈증이 나는지.'

이미 혼인으로 맺어지긴 하였지만, 그의 수차례의 낯 뜨거운 고백에도 그녀는 단 한 번도 그에게 답을 하지 않았던 것이 상기되었다.

"공작님?"

눌리타스는 잡힌 손목에 고통이 엄습하기 시작하자 부드럽게 그를 불렀다. 지금 공작의 검은 눈은 평소와 무척이나 다른 빛을 발하고 있었다.

"아, 내가 그대를 아프게 했군."

"괜찮아요."

눌리타스의 그의 손자국이 붉게 물든 손목을 들어 베일을 걷었다. 그의 얼굴을 제대로 보고 싶었다.

"다치신 데는 없으시죠?"

루셔스는 오늘도 그의 걱정을 하듯 여기저기를 살피는 여인의 모습에서 안도감과 야속함을 동시에 느끼고 있었다.

그녀는 부모형제를 잃고 십 년 넘게 살아온 그에게 처음 생긴 가족이었다. 가문의 명예, 그 하나를 위해 이제껏 뒤도 돌아보지 않고 달려온 그였다.

눌리타스의 눈에 어린 빛은 분명 이제는 기억도 희미한 어머니의 그것과 닮아 있었고, 염려하는 목소리는 형의 것인 듯 들렸다.

공작가에 홀로 남겨졌던 여덟 살의 아이가 떠올랐다.

모르시아니 가문에 눈독을 들이는 수많은 이들을 제치고 후견인으로 결정된 아트룸 후작은 부계 쪽 친척으로, 왕국에 인접한 곳에 거주하는 미혼의 사내였다.

루셔스가 유모의 품에서 어머니를 여읜 슬픔에 젖어 있을 때 그와 처음 만나게 되었다.

"공작가의 후계자가 저런 울보라니 지하에 계신 분들이 편히 주무시진 못하겠군."

어린 루셔스는 후작의 말이 무엇을 의미하는지 전부는 알아듣지 못했으나 그게 칭찬이 아님은 금방 알 수 있었다.

후견인의 역할은 후계자가 성년이 될 때까지 보호자의 역을 대신해주는 것이었다. 그리하여 어린아이가 공작의 역을 맡을 수 있을 때가 되면 가문으로부터 커다란 보상을 받고 돌아가는 것이었다.

만일 보호자의 역할이 교육에만 한정되어 있었더라면 아트룸 후작에 대한 평가는 최고점을 매길 수 있을 것이다. 하지만 그의 가혹한 교육법에는 애정이 결핍되어 있었다.

그는 공작부인의 장례식이 끝나자마자, 루셔스의 유모를 쫓아내버렸다. 아직은 누군가의 품이 절실했던 어린아이에게는 받아들이기 힘든 일이었을 것이다.

"나는 내 임무를 제대로 해낼 테니 잘 따라주길 바란다."

후작은 책을 제대로 읽지 못하는 루셔스를 마구 체벌하였다. 돌아가신 공작도 형이 잘못하면 종아리를 때리곤 하셨지만, 이것은 그런 것과 비교할 만한 일이 아니었다.

"이제 이곳에 어린아이는 없는 거야. 너는 공작가의 후계자다. 알겠나?"

책을 읽다가 졸기라도 하면 차가운 물을 끼얹었고, 가죽으로 만든 끈을 마구 휘두르기도 하였다. 이런 혹독한 행위에 가문의 하인들이 항의를 했지만, 모두 묵살 당하였다.

"모두 모르시아니가를 위한 것임을."

후작은 검술이 무척 뛰어났다. 그것이 끔찍한 불행 중 건질 만한 유일한 행운이라 할까. 그에게서 배운 검술은 다방면에 뛰어나던 왕자를 손쉽게 이길 정도로 압도적인 것이었다.

그렇게 루셔스는 매일 울다 잠이 들었고, 어느 순간부터는 감정을 드러내는 빈도수가 줄었다. 약한 모습은 후작을 자극했고 매를 맞는 횟수를 늘릴 뿐이라는 것을 아이는 깨달았던 것이다.

루셔스는 빨리 성년이 되어서 후견인이 필요 없을 만큼 강해져야만 하였다.

그렇게 몇 년 후 어머니 앞에서 애교를 부리던 막내아들은 피로 물든 검을 든 채 무심한 얼굴로 전장을 누비게 되었다.

마상시합은 종장을 향하여 힘차게 달려가고 있었다. 결승전에 걸린 돈의 규모가 하늘 높은 줄 모르고 치솟자 중개업자의 발걸음이 분주해졌다.

묵직한 주머니를 찬 사내들이 충혈된 눈으로 시합장 근처를 어슬렁대며 대진표의 결과를 확인하는 장면을 심심찮게 목격할 수 있었다.

승패를 가늠하기가 힘들어지자 가끔 술을 마시다 다툼이 벌어지는 일도 흔하게 일어났다.

"슬리더린 님은 삼 년 연속 우승을 차지하신 분이라고!"

"하지만 모르시아니 공작님을 못 뵀나? 전쟁에서의 공이 어디 그냥 얻어지던가. 그 용맹함!"

술을 들이켜며 마치 공작이 사내의 혈육이라도 되는 듯 찬사를 늘어놓았다. 그러자 또 다른 의견을 지닌 사내는 술잔을 탁 내려놓으며 눈을 부라렸다.

"무슨 계집처럼 상대를 창으로 툭 떨어뜨리고는 내빼더구먼. 우리 슬리더린 님은 적당히 하시는 법이 없거든."

미카엘은 그의 천막에 앉아 술병을 들고 앉아 인상을 구겼다. 방금 밖을 지나다 저런 헛소리를 지껄이는 자들을 보았던 생각이 났던 탓이다. 히스 필드 어딜 가도 사내들은 모르시아니 공작과 그의 대결 이야기만을 늘어놓았다.

'내내 그자의 그늘에서 살았건만.'

술병에 든 액체가 찰랑거리는 소리를 듣자 한 여인이 떠올랐다. 그저 공작의 속을 끓게 해주려 그의 시합에 모르시아니 공작부인을 초대하였다.

개인적인 호감을 잠시 느끼기도 하였으나, 지금 중요한 것은 그게 아니었다.

그의 명예가 달린 중대한 순간이었다. 이 시합을 무사히 치러 내고 나면 그에게 덤벼들 여인이 어디 한둘이겠는가.

그러다 이런 고민을 하게 만든 그 거만한 공작의 모습을 떠올리며 이를 깨물었다. 어디 감히 삼 년 연속 챔피언인 그와 견준단 건가.

"젠장!"

그 소리에 검을 마른 천으로 닦던 종자가 놀라서 백작의 눈치를 살폈고, 그의 발을 주무르던 하녀도 손을 덜덜 떨었다.

미카엘은 술병을 내려두고 벌떡 일어섰다.

이번 승리를 위해서는 이제껏 보다 더욱 정교한 기술을 준비해야 한다. 그리고 그 승리가 주는 의미는 그에게 결코 가볍지 않을 것이다. 마셨던 술이 확 깨버리는 기분이었다. 미카엘이 종자에게 소리를 지르며 검을 가져올 것을 일렀다. 천막 안에서 마치 공작이 있기라도 한 것처럼 검을 마구 휘두르자 종자와 하녀가 구석에서 몸을 꼭 껴안고 벌벌 떨기 시작하였다.

"좀 더 강하게!"

술을 마셔 조금 비틀거리는 걸음을 겨우 바로 잡으며 차가운 검을 이마에 가져다 세웠다.

순간 미카엘의 눈에 이곳에 그 잘난 공작의 낯짝이 어른거리는 것 같았다. 그는 손에 쥔 검을 시합에 쓸 창이라 여기고, 팔을 뻗어 천막 한 곳을 향하여 질주하였다.

"아이고, 주인님."

그 결과 외부의 찬 바람을 막아주던 천막 한쪽이 날카로운 칼로 인해 찢어졌고, 미카엘이 중심을 잃은 채로 넘어져 있었다. 얼굴은 천막 밖으로 나가 있고, 몸은 천막 안에 놓인 모습이 우스꽝스럽기 그지없었다.

놀란 종자가 누가 그 광경을 볼까 두려워 얼른 그의 주인을 안으로 끌어 숨기려 애를 썼다. 하녀는 천막에 생긴 큰 홈을 보며 대책을 찾으려 외출준비를 하였다.

"다 덤벼라!"

미카엘은 술에 잔뜩 취해 혀가 꼬인 목소리로 바닥에 누워서 허공에 대고 낮은 소리를 지르다 잠이 들었다.

로마그놀로가의 분위기는 전반적으로 어두웠다. 백작부인은 아들, 딸을 동시에 보내고 나니 식음을 전폐하고 쓰러지기가 여러 번이었다. 하지만 백작의 두통을 야기하는 것은 그의 부인과는 조금 다른 종류의 것이었다.

하녀 하나가 증발이라도 한 듯 그의 앞에서 사라진 게 아닌가.

레오니라는 이름의 하녀는 그 사생아의 어미이자, 지난 십수 년간 그에게 소소한 즐거움을 준 계집이었다. 그 보잘것없는 작은 계집이 제힘으로 달아났을 리는 만무하였다. 그는 의자에 앉아서 지팡이로 바닥을 두드리는 의미 없는 행동을 반복하고 있었다.

"내부에도 외부에도 그 계집을 도와줄 이는 없는데."

게다가 최근에는 건강이 더 안 좋아진 티가 역력하지 않았나. 곧 죽어도 수상하지 않을 하녀가 그의 영역을 벗어났는데 아무도 목격한 자가 없다고 하였다.

"하늘을 나는 재주가 있었던가."

하지만 사냥개를 풀어 로마그놀로 영지 주변을 수색 중이고, 사람도 풀어뒀으니 곧 반가운 소식을 접할 수 있을 것이다.

'개가 목줄을 풀고 달아났다고 해서 사람이 되는 법은 없지 않나.'

로마그놀로 백작이 등받이로 깊숙이 몸을 기대며 만족감이 어린 미소를 그려 보았다.

그러다 창밖으로 보이는 하늘을 슬쩍 올려다보았다. 분명 아까 전까지는 맑은 것 같았는데 언제 저리 구름이 낀 건가. 하늘을 바라보니 상념이 자라났다.

처음에는 그의 부인도 퍽 봐줄 만하였다. 왕국 최고 미녀를 곁에 둔 것이 뿌듯했다.

'비록 이제는 기억나지도 않는 옛날이야기지만.'

남들은 그리도 쉽게 가지는 아들을 딸을 다섯을 낳고서야 보았다. 로마그놀로 백작은 그 과정에서 존귀한 자존심에 상처를 입었다.

'내가 왜? 어디가 부족해서?'

그러다 겨우 본 아들이라는 녀석이…….

"쯧."

아비오의 붉고 흐리멍덩한 얼굴이 꼭 저 하늘처럼 그를 우울하게 만들었다.

"거기서도 바보 같은 짓을 하고 다니는 것은 아니겠지?"

북풍에 아들이 몸이 상하지나 않을까 하는 염려보다는 백작가의 체면에 손상을 끼치는 것은 아닐까 하는 걱정이 떠올랐다. 모르시아니 공작의 알량한 꾀에 넘어가 준 척했지만, 그도 다 생각이 있었다.

모름지기 사내란 찬바람을 좀 맞으며 거칠게 좀 부대껴봐야 성장하는 것이다. 로마그놀로 영지에서는 백작부인이 너무 끼고 사는 통에 버릇만 나빠지지 않았던가.

"못난 놈."

그에게 아들이란 존재는 눈앞에 있을 때나 안 보일 때나 늘 골칫거리에 불과하였다. 그래도 이제 마지막 기회를 주었으니, 제발 백작가의 후계자다운 면모를 갖춰서 돌아오기만을 바랄 뿐이었다.

잠시 과거를 헤매다 돌아온 루셔스가 정신을 차리자 눌리타스가 변함없이 그를 바라보고 있다는 것을 깨달았다. 그는 희미하게 미소를 지으며 그녀의 손을 잡아끌었다.

"나는 절대로 다치지 않을 거요."

루셔스는 그녀를 로마그놀로 영감과 그리고 세상으로부터 기꺼이 지켜 주겠다고 다짐하였다.

"믿어요. 공작님."

눌리타스에게 공작의 존재는 그저 강하기만 한 사람이 아니었다. 설명하기 힘든 맹목적인 믿음과 존경심이 그를 향하고 있었다.

제 스스로도 믿기 힘든 때에 타인에게 그런 감정을 가지게 된 것은 말로 설명할 수는 없는 부분이었다. 하지만 루셔스는 그를 여전히 기사를 숭배하듯 바라보는 여인의 눈빛에 불만족을 느꼈다.

"오늘 듣고 싶은 이야기는 그런 것이 아닌데."

열에 달뜬 검은 눈이 오롯이 그녀를 내려다보고 있었다.

순간 눌리타스는 갑자기 천막 안의 공기가 사뭇 달라졌음을 느꼈다. 마치 얼마 전 일들이 다시금 반복되는 기분에 자꾸만 이 자리를 피하고 싶었다.

'……이런 나를 받아 주겠소?'

그러나 그녀의 이런 소망과는 달리 가슴은 무척 정직하여 공작의 고백을 머릿속으로 반복해서 들려주고 있었다.

'어쩌면 좋지.'

공작에게 다가서려는 다짐을 하였다 하여, 그런 엄청난 말에 척척 대답할 수 있을 리가 없었다. 눌리타스의 눈은 엄청난 혼란에 잠겨버렸다. 달아나는 것은 마음에 들지 않았지만, 우선 숨을 돌릴 여유가 필요하였다.

자꾸 한 발을 뒤로 빼려는 눌리타스를 보며 루셔스가 그녀의 손을 끌어 허리를 한 손으로 감쌌다. 그리고 그의 무복 상의의 소매를 살짝 걷어 그의 손목을 감싼 손수건에 입을 맞추는 것이었다.

눌리타스는 마치 그 모습이 공작의 입술이 그녀에게 닿기라도 한 듯 온몸이 긴장되기 시작하였다.

'저 흉한 손수건이 무어라고 저리 귀하게 간직해주시는지…….'

눌리타스는 루셔스 때문에 숨을 조금씩 끊어 쉬었다. 제발 이 떨림이 들키지 않기를 바랐다.

루셔스는 손끝을 타고 전해지는 눌리타스의 빠르게 뛰는 심장소리에 박자를 맞추며 은근한 눈을 그녀에게 보내며 답을 재촉하였다.

"이제는 그 답을 듣고 싶은데."

눌리타스는 그의 시선에 더 이상 저항할 수 없었다.

침을 한 번 삼킨 후 눌리타스는 아주 짙은 눈을 들어 공작을 직시하였다. 그의 진심에 대한 답을 하기 전에 우선 해야 할 일이 있었다. 하지만 제 입으로 스스로의 초라한 모습을 내보이는 일은 그렇게 쉽지 않았다.

"저는……"

운을 띄우며 눌리타스는 마른 침을 한 번 삼켰다.

"저는 공작님께 어울리는 사람이 아니에요."

그것은 처음부터 명확한 사실이었다. 그녀는 거짓말을 하는 사생아에 불과했고, 공작은 진짜였다. 그에게 끌리는 마음을 인정해 버리면 그녀가 몰고 온 어둠이 그에게 닿을까 두려웠다.

"언젠가 저로 인해 공작님께 화가 미칠까 두려워요."

로마그놀로 백작은 그렇게 오래도록 남의 눈에서 피눈물을 뽑아놓고 전혀 개의치 않았다. 또 몹시 비정상적인 사고를 가진 자가 아니던가. 사생아와 그의 친딸을 바꿔치기할 생각을 누가 하겠나.

눌리타스는 이 모든 일을 꾸민 백작이 공작에게도 위해를 가할까 두려웠다.

눌리타스는 그녀의 속에 있는 많은 것들을 루셔스에게 진실되게 털어놓았다.

그리고 심판을 기다리는 이의 심정으로 눈을 질끈 감았다. 공작을 마음에 담았으되 그쪽으로 나아가지 못하게 한 족쇄가 덜커덕거리는 소리가 귓가로 부서졌다.

'로마그놀로 백작의 하찮은 사생아.'

그것이 눌리타스에게 보이지 않게 새겨진 죄목이었다. 서글픈 기분이 들어 고개를 푹 숙였다.

어찌 되었거나 지금 마주한 두 사람이 거짓으로 얼룩진 밤으로부터 출발한 것은 부정할 수 없었다. 또 그녀만은 결백하다 주장하기엔 염치가 없었다.

'진실이라는 맨얼굴아. 제발 시간을 돌려다오.'

어떤 말로 몇 겹의 포장을 한다 할지라도 덮을 수 없으리라. 눌리타스는 시간을 되돌려 공작을 알기 전으로 돌아가길 소망하였다.

'그래서 이 보잘것없는 내 가슴에 저분을 담지 않을 수 있다면……'

아니면 차라리 공작님이 소문의 끔찍한 악귀였다면.

마음에 담아서는 안 될 그를 이리 가슴 아프게 사랑하게 되지 않았을 것이다.

'이 또한 나의 죄가 되리라.'

어머니의 어머니로부터 시작된 그 말이 무슨 주문이라도 되듯 절로 떠오르는 것이었다.

루셔스는 한참 동안 그녀의 고백을 들으며, 눌리타스의 얼굴이 고통으로 얼룩지는 것에 마음이 아려 지켜보고 있는 것이 괴로웠다.

그녀의 긴 고백 중간에 마구 끼어들어 그것은 그대의 탓이 아니라고 부르짖고도 싶었다.

하지만 힘겹게 말을 잇고 있는 그녀를 위해 주체할 수 없는 감정의 홍수 속에서 중심을 잡고 있으려 기를 썼다.

'당신의 슬픈 눈을 모두 기쁨으로 채울 수 있다면.'

누가 신분을 이유로 들어 저 여인을 내게서 떼어낼 수 있을까. 그녀와 함께 가는 길이 아무리 험한들 그것을 피하랴.

가냘픈 어깨가 그의 앞에서 바르르 떨고 있는 게 싫었고, 울먹거리는 음성도 듣고 싶지 않았다. 그녀의 지나버린 과거를 되돌릴 수는 없지만, 함께하는 지금부터 앞으로는 모든 것이 달라질 것이다.

"그대, 왜 고개를 숙이는 거요."

눌리타스는 그녀의 이야기가 끝난 후 노기가 섞인 공작의 목소리에 흠칫 놀라 천천히 고개를 들었다.

"그대는 모르시아니 공작부인."

루셔스가 손수건이 꼭 감긴 팔을 뻗어 눌리타스의 볼에 가져갔다. 보이지 않는 눈물을 살짝 어루만져주며 절절한 고백을 하였다.

"그대는 내게 유일한 여인."

루셔스의 목소리가 아까의 그녀처럼 미세하게 떨리고 있었다. 그녀에게 전하고 전해도 부족한 그의 마음을 계속해서 말하고 싶었다.

볼에 공작의 떨리는 손이 닿자 눌리타스는 그의 눈을 마주하게 되었다. 그의 목소리는 흡사 곧 눈물을 터뜨릴 아이의 것처럼 들렸다.

눌리타스는 그녀의 입술이 움직인다는 것을 의식하지 못하고, 그의 눈에 홀린 듯 빠져 속삭였다.

"사랑해요."

루셔스는 마치 기습 공격을 받은 사람처럼 속절없이 무너지고 있었다.

아비오는 스피노네 후작의 영지에 들어섰을 때 느낀 불안감이 이 방에 들어서자 점점 증폭되는 것 같았다. 두려움에 다리가 후들 거렸지만, 귀족의 긍지를 되새기며 허리를 바르게 폈다.

'내가 겁낼 줄 알고?'

어둠 속에 잠시 머무르다 보니 서서히 시야에 사물들이 들어오기 시작하였다. 아마 창에 암막 커튼이 쳐져 있어 빛이 새어 들어오지 못하고 있는 듯하였다.

후작의 방은 컸지만, 1층과 마찬가지로 별다른 장식은 없었다. 차이가 있다면 염소가 풀을 뜯고 있지는 않다는 걸까.

'이렇게 컴컴한 방에 틀어박혀 뭐하는 거지.'

애써 나오지도 않는 굵은 목소리를 내며 책상으로 보이는 각진 가구가 있는 쪽을 향해 목소리를 내었다.

"계십니까?"

전혀 기가 죽지 않은 듯 보였으리라.

아비오는 이곳에 와서 처음으로 자신의 모습이 마음에 들었다. 하지만 그의 물음에도 아무런 응답이 돌아오지 않았다. 아비오는 반질거리는 원단으로 지어진 최고급 소재의 셔츠의 깃을 매만지는 것으로 약간의 당황을 무마해보려 하였다. 헛기침을 살짝 하며 걸음을 좀 더 옮겼다.

그러자 책상의 뒤편에서 누군가의 안광이 섬뜩한 빛을 내고 있음을 알 수 있었다.

'저분이 스피노네 후작이구나.'

빛이 들지 않는 방의 유일한 빛에 그의 정신이 집중되었다. 혹 상대가 자신의 목소리를 듣지 못했나 하는 생각에 더 큰 목소리를 내어보았다.

"스피노네 후작님께 인사를 올립니다. 저는 로마그놀로가에서 온 아비오라고 합니다."

아비오의 소개가 끝나자 의자가 끌리는 소리가 나더니 굉장한 무게감이 실린 발소리가 이어졌다. 그리고 책상 뒤에 있는 큰 창을 가린 커튼을 단숨에 열어젖혔다.

갑작스레 밝아지자 감당을 하지 못 한 아비오가 한 팔을 길게 뻗어 그의 눈을 가렸다. 새어 들어오는 빛줄기 가닥마다 방 안에 부유하던 먼지들이 세세하게 드러나는 것 같았다.

그 희미한 빛 가운데 누군가가 그를 향해 입을 열었다.

"사내가 맞나?"

아비오는 쇠붙이가 어딘가를 긁는 것 같은 껄끄러운 목소리를 내는 이를 쳐다보려 팔을 내렸다. 하지만 어둠에 익숙해진 눈이 쉽게 그에게 상대를 보는 것을 허락해주지 않았다.

'감히 내게!'

그가 사내치고 골격이 크지 않고, 얼굴이 유난히 창백하여 어린 시절에는 메이린의 여동생 같다는 이야기를 종종 듣기는 하였다. 하지만 성장한 이후로는 누구도 백작가의 후계자에게 그런 발언을 하지 못하였다.

모욕적인 기분에 귀가 달아올랐지만, 그를 오지로 떠나보낸 백작의 여유 만만한 얼굴을 떠올리며 침을 삼켰다.

처음으로 가슴에 담았던 여인은 다른 이에게 날아가버렸고, 이제 그에게 남은 것은 백작가의 후계자라는, 그것 하나뿐이었다. 스스로를 위해 이 정도는 참아주겠다고 이를 으득 갈았다.

황량한 영지부터 시작해서 허름한 성의 꼬락서니가 지금의 후작의 수준을 드러내 주고 있지 않은가. 교양이 있는 그가 저리 짐승 같은 자를 참아주는 관대함을 보여 주어야 하리라.

"보시다시피 저는 당연히 후작님과 같은 사내입니다."

내키지는 않았지만, 격이 떨어지긴 하여도 후작의 앞에서 방자하게 굴 수는 없었기에 억지로 답을 하였다. 그리고 아비오는 좁아빠진 가슴을 내밀며 아무렇지 않은 척을 해보았다.

"흠. 이곳에 온 것을 환영해야겠지."

아비오는 알 수 없는 말을 하는 사내를 똑바로 쳐다보았다. 그는 키가 무척이나 컸다. 아마 아비오가 그 앞에 서면 가슴팍에 겨우 닿으리라. 게다가 손은 또 얼마나 큰지.

모르시아니 공작이 섬세하면서 강해 보인다고 하면 후작은 들짐승처럼 투박하기 그지없었다. 그을린 얼굴은 아비오의 창백한 얼굴에 대조되어 검은 기가 조금 돌았으며, 머리는 회색빛을 띠고 있었다.

'늑대……'

분명 마주하고 있는 것은 사람일 것이다.

하지만 그 얼굴에서 어떤 감정도 열기도 느껴지지 않았다. 백작과 숲에서 잡았던 잿빛 늑대가 사람으로 변하면 저런 모습일까.

그리고 눈…….

약간 붉은 기가 도는 금안이 아비오를 향해 기이한 빛을 발하고 있었다. 그와는 모든 면에서 다른 유형의 인간이었다.

마차에서 오는 내내 계획했던 것들이 어그러지는 것 같았다.

그는 타고난 지배력을 발휘하여 로마그놀로에서 그랬던 것처럼 이곳에서도 수월하게 지낼 수 있으리라 예상했었다.

말이 시종이지, 백작가의 후계자에게 실제로 일을 시키진 않을 것이란 확신이 있었다. 보통의 귀족들이 그 이름 뒤에 덧붙일 명예로운 꼬리표를 하나 더 추가하는 것이라 간단하게 생각하였다.

그러나 상대를 마주하자 아비오는 결코 앞날이 쉽지 않을 거라는 예감을 하였다. 저런 자를 그가 이길 수는 없으리라.

그리고 그 깨달음은 곧 깊은 절망으로 옮겨갔다.

순간 창틈을 비집고 아주 시린 바람이 아비오의 볼에 와 닿자 기침이 나 손으로 급히 입술을 가렸다. 창백한 낯에 붉은 기가 볼에 스미는 것을 유심히 보던 후작이 무슨 병든 짐승을 보듯 혀를 찼다.

"그래서야 한 번의 겨울도 제대로 날 수 있지 않을 것 같군."

스피노네 후작은 입술을 살짝 다시며 아비오의 붉은 기가 도는 곱슬머리와 먼지가 소복하게 쌓인 구두의 끝을 훑었다. 그 눈이 마치 아주 맛있는 술을 발견한 이처럼 탐욕스럽기 그지없었다.

그 끈적끈적한 시선에 아비오는 거북스러운 감정이 들었다.

"공작이 재미있는 선물을 내게 준 것 같군."

그 낮은 목소리는 매우 희미하여서 나오자마자 방의 사소한 소음 속으로 녹아 들어갔다.

아비오는 거구의 후작이 혼잣말을 하며 슬쩍 웃는 것 같은 모습에 놀라 발을 뒤로 슬금슬금 물렸다.

'이제는 방에 빛이 충분히 들어오건만, 왜 어두운 수풀 속에 갇힌 것 같지.'

아비오는 눈을 비비며 후작의 방이 주는 기괴함에 온몸을 떨었다. 불과 몇 시간 만에 그는 진짜 집에서 멀리 떠나왔다는 것을 실감할 수 있었다.

루셔스는 지금 이 순간이 믿기지 않아 무력해지는 기분을 느꼈다.

혹 눈을 감았다 다시 뜨면 사라질 허상일지도 모른다고 생각하자 얼마나 허탈하였는지 모른다.

온몸에 잔뜩 힘을 주고 다시 한번 상대를 확인해 보았다.

'그녀가 맞아.'

루셔스의 하나뿐인 마음을 앗아간 이가 자신에게 다가서고 있었다.

언제나 수줍어 한 발을 뒤로 빼려고 준비하던 이였고, 늘 그에게 뒷모습을 보이며 사라졌던 여인이었다.

하지만 지금은 그녀가 내게 온다.

그 생각에 루셔스는 마치 세상을 다 가진 사람처럼 가슴이 푸근해졌다가 이가 덜덜 떨릴 정도로 극도의 긴장이 몰려들었다.

그러다 용기를 내며 다가서는 그녀를 위하여 어깨를 단단히 폈다.

"그대는 내게 과분한 사람이요."

루셔스는 차오르는 감정에 끌려가지 않으려 숨을 고르며 다음 말을 이었다.

"그곳이 어디든 함께하고 싶소."

눌리타스는 이제껏 신은 그들을 버렸다고 믿어왔다. 그렇지 않다면 윗대부터 어머니에 이르기까지 삶이 그리도 모질 수는 없다고 여겼다.

하지만 그녀가 틀렸던 걸까.

신은 늘 그 자리에서 그들을 지켜보고 있었을까. 하늘이 늘 푸르렀던 것이 그녀를 비웃기 위해서만은 아니었나.

눌리타스는 너무나 혼란스러웠다. 공작에게 걸맞은 사람이 되고 싶다 바랐다. 그리고 조금 더 그에게 다가서고 싶었다. 그녀의 속에 담긴 마음을 모두 투명하게 드러냈다.

'하지만 그다음은?'

공작과 나란히 걸어갈 수 있을 거라는 욕심을 부린 적은 없었다. 그러나 지금 그는 그녀에게 함께하고 싶다는 마음을 온몸으로 표현하고 있었다.

굳게 다문 입술, 흐트러지지 않는 흑요석처럼 반짝거리는 눈.

과연 이런 일이 가능하기라도 하는 건가.

그러다 갑자기 눌리타스가 손으로 입을 틀어막았다. 혹시 이것조차 백작이 예상해둔 일들이라면?

'아…….'

그리하여 이리 귀한 분이 그녀 때문에 피를 흘리게 된다면?

그녀의 수상한 망설임을 눈치챈 루셔스가 눌리타스의 몸을 포근하게 껴안아주었다.

"그대는 아무 걱정 하지 마."

'하지만, 혹…….'

눌리타스는 차마 이 말을 꺼내지는 못한 채 공작의 어깨에 머리를 파묻으며 터져나갈 것 같은 가슴에 한 손을 올려 두려움을 삭여보았다.

너무나 원하는 이의 가슴에 안겼건만, 왜 이리 마음이 불안하기만 할까.

루셔스는 손으로 그녀의 주먹을 감싸주었고, 다른 한 손으로 눌리타스의 턱선을 따라 빙글빙글 그림을 그리는 듯 움직였다. 그는 손가락 끝에 느껴지는 눌리타스의 피부의 감촉을 따라 달뜬 숨을 내쉬었다.

"그대에게 입을 맞추어도 될까?"

공작의 나직한 말 한마디에 그곳에 맴돌던 훈풍이 곧 뜨겁고 습한 대지에 불어드는 한여름의 열풍으로 변했다.

'차라리 사랑하고 또 사랑한다고 고백을 시키면 몰라도 이건……'

이것은 그녀의 능력을 한참 넘어서는 일임이 분명하였다. 공작의 입술이 그녀에게 내려오는 상상만으로도 이미 의식이 혼미해져 갔다.

그리고 절대 떠올리고 싶지 않았으나, 그녀의 얼굴을 침 범벅으로 만들었던 아비오의 숨결이 떠올랐다.

'왜 하필 이리 좋은 때에 그놈이 떠오르는 거란 말이냐.'

루셔스는 품에 안긴 눌리타스의 등이 떨리더니 굳어가는 것을 느끼고 턱에서 손을 내려 등을 가만히 쓸어주었다.

아무리 명성이 높은 수도사가 와도 지금 자신의 자제력을 따를 수 없을지도 모른다 생각하며 식은땀을 흘렸다. 하지만 내색하지 않으려 부드럽게 계속 눌리타스를 진정시켜 주었다.

지금 그가 원하는 것은 입맞춤이 아니라 그녀의 마음이었다.

"쉬이. 그대는 안전해. 그 누구도 그대를 해칠 수 없어. 응?"

눌리타스는 공작의 옷을 통해 들리던 힘찬 심장박동이 서서히 느려지는 것을 알아차렸다. 그리고 지금 귓가에서 부서지는 그의 말에 묘하게 얼굴이 붉어졌다.

'마치 진짜 연인인 것 같은…….'

눌리타스는 차츰 멀어지는 공작의 온기를 놓치고 싶지 않아 두 팔을 뻗어 그의 목을 감았다.

가까이해서 다칠까 두렵고 멀어질까 가슴이 아픈 그대여.

이에 공작은 기꺼이 그녀에게 사로잡혀 주었다.

그녀의 팔이 그의 가슴과 어깨를 스치고, 뒷목으로 겹쳐졌고 눌리타스의 정수리가 그의 목 아래를 간질였다. 더한 욕심을 내는 것이 무의미할 만큼 완벽한 순간이었다.

"항복합니다. 공작부인."

그는 그들 사이의 긴장감을 누그러트리기 위해 가벼운 농담을 던져보았다. 눌리타스는 공작의 말에 살짝 미소를 지은 채 고개를 겨우 들었다.

루셔스도 거기에 맞춰 고개를 아래로 향했고, 두 사람의 코가 서로의 얼굴에 와 닿았다. 청량한 숨결에서 느껴지는 간절함이 그녀의 볼을 간질였다.

눌리타스는 아까 떠올린 걱정은 기우였음을 알 수 있었다. 공작님의 살갗과 숨결은 그자와는 전혀 다른 것이었다. 눈길 하나, 손길 하나마다 그녀를 귀하게 대해준다는 느낌으로 가득 차 있었다.

누가 먼저였을까.

서로를 보며 미소를 짓던 마른 두 입술이 어느새 마주 닿아 있었다. 그저 그 사소한 접촉으로도 두 사람의 가슴이 하나의 소리를 내며 마구 뛰기 시작하였다.

눌리타스는 눈을 떠야 할지, 감아야 할지 몰라 속눈썹을 떨며 무작정 공작에게 매달렸다. 눌리타스는 입술에 이리도 수많은 감각이 깃들어 있다는 것에 놀랐다.

숨이 막혀 왔지만, 지금 이 순간에서 벗어나는 것을 원치 않았다.

"그대, 숨을 쉬어."

루셔스가 잠시 입술을 떼며 창백해진 그녀에게 한마디를 건네었다. 눌리타스는 그와 떨어졌음에 서운한 감정을 느끼며 재빨리 입을 열어 크게 숨을 들이켰다.

살 것 같은 느낌에 처음과는 달리 서로의 타액으로 윤기가 나기 시작한 공작의 입술을 살짝 올려다보았다.

"……!"

그리고 마치 숲에서 불어오는 바람처럼 공작의 숨결이 그녀의 안에 들이닥쳤다.

그렇게 한참을 서로의 숨결을 나누다 눌리타스가 고개를 공작의 품으로 묻으며 숨을 몰아쉬었다. 서 있기도 버거워 다리가 휘청거리자 공작이 그녀의 허리를 단단히 붙들어주었다.

'이 손…….'

앞도 보이지 않는 컴컴한 바다를 떠돌던 낡아빠진 작은 배. 그런 배에 몸을 싣고 있던 그녀를 뭍으로 이끌어준 손. 지금 그 손이 눌리타스를 단단하게 지지해주고 있었다.

눌리타스는 애정하는 이와의 입맞춤이란 것이 얼마나 특별한 건지 깨달았다. 너른 세상에 오직 두 사람만이 존재하는 기분이지 않은가.

또한 같은 기억을 나눠 가지게 되리라. 설령 운이 다하여 그의 곁을 떠난다 하더라도 이것만은 누구도 그녀에게서 앗아가지 못하리라.

어머니를 제외한 누군가에게 이런 감정을 품게 되리라 생각이라도 해 보았겠는가. 너무나 귀하여 눈물이 날 정도로 벗어나고 싶지 않은 시간이었다.

두 사람은 호흡이 좀 편안해질 때까지 서로의 품에서 그렇게 한참을 머물렀다.

그리고 문제는 그다음이었다. 눌리타스는 흥분이 가라앉자 그의 품에서 언제 고개를 떼어야 할지를 고민하기 시작하였다.

'게다가 얼굴을 바로 볼 수 있을까?'

여인으로 삶을 살아본 것도 처음이요, 누군가를 마음에 담는 일도 낯설기만 한 그녀였다. 이런 다정한 입맞춤을 한 다음의 일에 대해서도 무지하였다.

'이런 줄 알았음 누구 소피아에게라도 좀 들어둘 것을.'

그래서 눌리타스는 계속 얼굴을 그에게 묻으며 어색한 침묵을 지키고 서 있었다.

루셔스는 눈을 감고 눌리타스의 어깨에 가벼이 머리를 기댄 채 행복한 미소를 짓고 있었다. 혼자만 앞서가는 것 같은 기분은 늘 불안감을 동반하였다. 그러나 이제는 그녀와 진심을 나눈 터라 어떤 근심도 그를 힘들게 할 수 없었다.

루셔스는 아직 그녀의 몸에서 떨어지고 싶지 않았다. 잠이 든 후가 아니라 이렇게 환한 낮에 눌리타스를 안고 있을 수 있다니 꿈보다 황홀한 현실 아니던가.

그러나 오래 꼭 안은 두 사람 몸에서 땀이 흐르기 시작하였고, 후끈거리는 열기에 헛기침을 하며 루셔스가 고개를 들었다.

'한 번 더 입을 맞추자 하면 싫어할까.'

눈을 아래로 내려 촉촉하게 젖은 눌리타스의 입술을 자꾸 훔쳐보게 되었다. 루셔스는 그녀로부터 미움을 받고 싶지 않은 동시에 새로이 들끓는 욕망에 갈등하는 중이었다.

그때 눌리타스가 약하게 그의 가슴을 밀어내어 두 사람은 겨우 떨어질 수 있었다.

눌리타스는 호흡이 잦아들다가 다시 뛰기 시작한 공작의 심장

소리에 무심코 그에게서 멀어졌고, 상처를 입은 듯한 공작의 눈을 보게 되었다.

"아……. 제가 너무 더워서."

그녀의 말에 무척 서운하다는 듯 무어라 말을 하려던 루셔스는 그의 이마에서 턱으로 굵은 땀방울이 뚝뚝 흐르는 것을 느꼈다. 이래서야 그녀의 말에 반박할 수도 없었다.

눌리타스는 루셔스의 팔에 묶인 손수건을 풀어 그의 이마를 가만히 훔쳐주었다. 루셔스는 그녀의 손이 스치는 자리를 음미하며 눈을 감았다.

"그대의 말이 맞아. 날씨가 무척이나 덥군."

루셔스는 언제 욕심을 부렸냐는 듯 빙긋 웃으며 눌리타스에게 다정한 눈빛을 보냈다.

앞으로 함께 할 수 있는 날들이 창창하였다. 루셔스는 얼른 보금자리로 돌아가서 아무도 방해할 수 없는 공간에서의 그들을 꿈꾸어보았다.

"어서 모르시아니 영지로 돌아갔으면 좋겠군."

눌리타스는 공작이 한쪽 눈을 찡긋거리며 이야기하는 것에 볼을 붉혔다.

사실 그녀는 그와 함께라면 장소는 중요하지 않았다.

혹시 자고 일어나면 모든 게 사라질까 두렵기도 하였다. 돼지우리에서 사내의 옷을 걸치고, 오물더미를 치우는 일은 얼마든 더 할 수 있지만, 눈앞의 이 사내가 물거품처럼 흩어지는 것은 감당할 수 없을 것이다.

루셔스가 공허해 보이는 눌리타스를 지켜보다 양손으로 그녀의 한 손을 살짝 어루만졌다.

"또 그 얼굴."

루셔스는 비가 내리기 전 하늘 같은 그녀의 검푸른 눈동자에 포근한 기운을 불어넣어 주고 싶었다.

"보르조이로부터 막 전갈이 왔는데, 그대의 어머니가 이제 식사를 조금 하신다고 하더군. 그래서 이동할 수 있을 정도의 기력을 회복한다면 우리 영지로 모셔오라 일러뒀소."

눌리타스는 그가 전해준 반가운 소식에 목이 메어 고맙다는 말조차 할 수 없었다.

얼마나 궁금했던 소식인가. 천막 바닥에서 바람 소리를 들으면서도, 너른 공터에서 길의 끝을 바라보면서도 언제나 어머니가 떠올랐다.

'어머니가 나아지시고 계신다니……'

눌리타스의 볼을 타고 눈물이 흘렀다.

"저런, 이 소식을 들으면 그대가 내게 웃어줄까 기대했는데."

루셔스가 손을 보듬다 눌리타스의 머리를 살짝 그에게 당겨 안았다. 그녀는 울음이 입 밖을 비집고 나오려는 것을 참으며 몸을 떨었다. 분에 넘치는 행복감에 공작의 가슴을 적시고야 말았다.

'이 배려 넘치는 마음에 보답하는 날이 오리라.'

그런 순간이 오면 눌리타스는 절대 망설이지 않겠다고 다짐하였다. 그것이 그녀의 전부를 버리게 되는 일일지라도.

히스 필드에 모인 이들이 모두가 기다려온 경기가 열리는 날이 밝았다. 이미 가득 들어찬 관중석이었건만, 서서라도 보려는 이들의 발길이 끊이지 않았다. 눌리타스는 세자르와 소피아를 대동하고 모르시아니가의 자리에 두 손을 모으고 앉았다.

'설령 패한다 한들 뭐가 문제겠어.'

시합의 결과보다는 지난번 잔인한 시합을 선보인 자와 맞붙는다는 것이 그녀를 두렵게 만들었다.

'이 시합만 끝내면 어머니를 뵈러 가는 거요.'

공작님은 진중한 얼굴로 그녀를 안심시켜 주었다. 눌리타스는 드레스 자락을 힘껏 움켜쥔 채 공작이 무탈하기만을 바랐다.

관중들은 시작 전부터 소리를 지르며 그 기대감을 드러내는 것을 망설이지 않았다. 낮부터 만취한 관중 하나는 모조리 다 죽여 버리라고 악을 써대고 있었다.

왕국의 최고 기사들인 모르시아니 공작과 슬리더린 백작과 눈이라도 한번 맞추어 보려고 기를 쓰는 여인들도 넘쳐났다. 심지어 공작의 등장에 중년의 여성이 기절을 하기도 해서 일대가 소란스러웠다.

그들은 기사들의 명예가 걸린 눈부신 시합을 기대하는 것이 아니라 피로 물든 격렬한 승부를 바라고 있었다. 노골적인 바람이 어린 붉은 눈들이 시합장에 나타난 기사들에게 집중되어 있었다.

백마에 올라탄 미카엘은 투구 틈 사이로 관중들을 바라보았다. 그들의 번들거리는 시선에 그의 몸이 마구 달아오르는 것 같았다. 오늘 그의 위대한 승리가 아주 오래도록 회자될 것을 예감하는 순간이었다.

오늘따라 갑옷도 그의 몸에 딱 맞는 듯 빛을 발하고 있었다. 날카롭게 벼른 창끝을 하늘 높이 쳐들자 관중들의 함성이 배는 더 높아졌다. 승리를 위한 그의 심장박동이 최고조에 달하는 것 같았다.

'이제 네놈의 그림자에서 벗어날 수 있을 테지.'

공작의 사지가 분해되어 바닥에 나뒹굴고, 히스 필드가 그 잘나빠진 모르시아니의 피로 물든다고 상상하자 그의 입매가 잔인하게 히죽 올라갔다.

그렇다면 공작가의 안주인도 너그러운 그가 취해줄 수밖에 없을지도 모른다. 그 당당한 계집이 그의 아래에 깔려 사나운 눈을 치켜뜨는 것도 나쁘지 않을 것 같았다.

'오늘이 바로 네 제삿날이구나.'

미카엘이 창을 고쳐 잡은 후 호흡을 고르며 시합의 시작을 알리는 깃발을 노려보았다.

관중들의 숨 막히는 열기나 미카엘의 승리에 대한 강한 열망과는 대조적으로 루셔스는 무척 차분하였다.

검은 말에 올라타 투구로 얼굴을 가린 루셔스의 눈은 오직 눌리타스에 향해 있었다.

'오직 그대의 명예를 위해.'

항상 그랬듯 그는 차분하게 시합장에 흐르는 바람을 가만히 맞고 서 있었다. 건너편에서 승리를 확신하는 미카엘의 모습을 물끄러미 바라보았다. 그자의 창끝에 스러진 어린 기사의 쓸쓸한 주검이 떠올랐다.

루셔스의 창을 든 손에 힘이 들어가기 시작하였다.

그리고 그런 기사들의 모습을 잠시 지켜보던 루드비히는 관심이 없다는 듯 시합장에서 다른 곳을 찾아 눈을 돌렸다.

누가 이기든 알 바가 아니지.

아닌가. 저 시건방진 미카엘이 이기는 게 유리한가.

하지만 루드비히는 그런 일이 일어나지 않으리라는 것을 이 시합장에서 가장 잘 알고 있는 사람 중 하나였다. 모든 것에 천부적인 재능을 지녀 자신을 이긴 유일한 자가 검은 말을 타고 있었다.

"쯧. 어찌하면 내 것으로 할 수 있을까."

대상이 생략된 간절한 욕망이 담긴 말을 중얼거렸다. 자수정처럼 빛을 내던 그의 눈동자가 가로로 길어지며 음험한 빛을 내었다.

가지지 못한 것이 없는 삶을 살아서인지 이런 감정 자체가 무료한 삶에 크나큰 활력이 되는 것 같았다.

마치 그가 살아 있는 것을 느끼게 해 주는 것처럼.

루드비히의 시선 끝에 자리한 그 고집스러운 여인이 두 손을 모으고 기도를 하는 듯 고개를 내렸다. 누구를 위한 기도이든 자신을 위한 것은 분명 아니었다.

그는 들고 있던 은잔을 집어 던졌다.

하지만 이리 성질만 내서 될 일이 아님을 잘 아는 그였다. 루드비히는 이내 곁에 있는 시종에게 은밀하게 명을 내리기 시작하였다.

왕국의 주인이 모르시아니 공작에게 내어줄 것은 검술 실력 하나 외엔 존재하지 않았다.

'나는 하늘의 뜻을 받은 이로, 이 땅에 깃든 생명들을 다스려야 하는 의무가 있는 자다.'

엉뚱한 곳으로 굴러 들어가 피운 싹은 뿌리째 도려내어 그가 원하는 곳에 새로이 심으면 되렸다.

루드비히가 그의 계획이 퍽 마음에 들어 아름다운 미소를 드리운 순간, 시합을 알리는 깃발이 히스 필드에 나부꼈다.

마구 소란스럽던 관중들은 깃발이 날리는 것을 확인하자, 숨소리조차 낮춰 왕국 최고의 기사들의 결전에 집중을 하였다.

곧 두 기사가 서로를 향해서 전력질주하기 시작하였다. 엄청난 속력으로 달리는 말들이 만들어내는 희뿌연 먼지로 일순간 아무것도 보이지 않았다.

시야가 가려진 채, 적막이 맴돌았다.

자욱한 흙먼지가 서서히 가라앉자 관중들은 바닥을 기고 있는 한 기사를 보게 되었고, 그게 누구인가를 확인하기 위해 눈을 크게 떠야 했다.

그리고…… 창을 쥔 모르시아니 공작이 흑마를 타고 우뚝 서 있었다.

사람들은 공작의 기술이 너무나 빨라 미카엘을 어떻게 쓰러뜨린 건지 제대로 보지도 못 하였다.

"……."

잠시 간의 정적이 흘렀다.

감히 소리를 내어 환호할 생각을 할 수 없을 만큼 모두가 공작에게 크게 감탄하였다.

"모르시아니 공작님이 이기셨다."

루셔스는 투구를 벗지도 않은 채 그저 조금 그곳에 머물렀다. 뻔한 승부였다. 미카엘은 이번에도 그의 눈을 노리는 것이 분명한 움직임을 보였다.

어떤 수를 쓸 건지 미리 보이는 미련한 자에게 질 리가 없지 않은가. 혹 몰랐다 해도 지금은 저런 애송이에게 그의 목줄을 내어줄 수 없었다.

내일이 기대되는 하루를 살고 있었으므로.

미카엘은 그가 졌다는 것도, 낙마를 해서 흙바닥에 앉은 것도 모두 인정할 수 없었다. 그의 공격 자세는 완벽했고, 불과 몇 분 전까지는 모든 것이 순조로웠다.

투구가 어딘가로 날아가버려 미카엘의 정수리에는 작은 천 조각이 우스꽝스럽게 매달려 있을 뿐이었다. 팔에 힘이 들어가지 않아 간신히 그것을 벗어내리자 그의 풍성한 금발이 시합장 바닥에서 흔들리기 시작하였다.

이보다 더 처참할 수는 없을 것이다.

미카엘은 마른 흙을 양손에 가득 움켜쥐고 고개를 들지 못하였다. 아마 모든 이들이 그를 비웃을 것이다.

그런 비참한 생각들에 입매가 흐트러지더니 침이 마구 흘렀다. 그의 눈이 어두운 광기로 물들더니, 사라지는 공작의 뒷모습을 보며 히죽 웃음을 지었다.

그러자 놀랍게도 관중들이 외치는 모르시아니 공작의 이름이 들리지도, 쏟아지는 장미꽃도 보이지 않았다.

오직 그에게 이런 수치를 안겨 준 공작의 무심한 검은 눈빛만이 눈앞에 어른거렸다.

"히스 필드에서 나는 지지 않는다."

미카엘은 멍한 눈으로 주문을 외우듯 중얼거리며 흙먼지에 덮이고 있었다.

모르시아니 공작이 천천히 말을 몰아 시상이 이루어지는 곳으로 향했다. 새로운 챔피언의 탄생을 알리는 북소리가 히스 필드에 크게 울렸다. 그는 말에서 가볍게 뛰어내린 후, 투구를 벗어들었다. 땀에 젖은 젊은 공작의 야성적인 매력이 드러나자 여인들의 새된 비명소리, 동경하는 사내들의 함성이 어우러져 시합장이 떠나갈 듯하였다.

시상식을 위한 붉은 카펫이 마른 흙 위에 깔렸고, 덩치가 좋은 사내들이 나무로 만들어진 단상을 날랐다. 곧이어 광대들이 우스꽝스러운 모습으로 등장하여 관중들의 이목을 끌었다.

왕의 대리인이 나타나 작은 소리로 무언가를 말하자, 옆에 있던 시종이 아주 기다란 것을 입에 대고 공포하였다.

"전하의 충실한 신하, 모르시아니 공작을 마상시합의 챔피언으로 인정하는 바이다."

이로써 모르시아니 공작이 공식적인 우승자가 되었고, 부상으로 황금으로 만들어진 깃털과 금화가 가득 든 상자를 받게 되었다. 루셔스는 무척 정중한 태도로 깃털 장식을 받아든 후 왕이 있는 높은 자리를 향해서 다시 한번 절을 올렸다.

공작의 승리를 축하하는 꽃들이 끊임없이 시합장 내부로 쏟아지고 있었다. 마치 비가 내리듯 꽃들이 내려앉아 누런 흙이 어느새 색색의 것으로 바뀌었다.

눌리타스는 뛰는 가슴을 겨우 움켜쥐고 그 꽃들이 흐트러지는 모습을 지켜보았다. 일순간 투구를 벗어든 공작의 모습에서 은발에 청안을 지닌 소년의 모습을 보기도 하였다.

공작의 승리로 어릴 때부터 가졌던 그녀의 소망이 이루어진 것 같았다. 눌리타스의 입가에는 잔잔한 미소가 번졌다.

"……!"

순간 황금 깃털을 손에 쥔 공작과 눈이 마주쳤다. 그 어느 때보다 더 많은 의미를 담은 듯한 공작의 검은 눈이 반짝이고 있었다.

'아…….'

순간 천둥번개와 같은 함성 소리도, 눌리타스와 공작 사이에 흩날리는 꽃잎도 모두 들리지도 보이지도 않았다. 이토록 너른 시합장에 오직 두 사람만이 머무는 것처럼, 두 사람은 강렬한 시선을 주고받았다.

시합장은 또 다른 열기로 가득 찼다.

"디아나 여신의 키스를!"

"챔피언의 키스를!"

마상시합의 챔피언은 신분 고하, 기혼 여부를 떠나 원하는 여인에게서 키스를 받을 수 있는 전통이 있었던 탓에 모두가 누가 승자의 선택을 받을지 관심이 집중되었다.

급하게 볼을 꼬집어 붉힌 뒤 환하게 웃는 여인, 드레스 밖으로 가슴을 심하게 노출시키는 여인, 세게 깨물어 붉은 입술로 만들어 공작의 환심을 끌려고 하는 여인들도 있었다.

하지만 루셔스는 처음부터 오직 한 사람을 제외하곤 그 누구도 볼 수 없었다. 그는 천천히 단상을 지나 관중들이 있는 곳까지 올라서서 그윽한 눈빛으로 손을 내밀었다.

그녀는 무엇에 홀린 듯 드레스 자락을 살포시 말아 쥐며 몸을 일으켰다. 그에게 향하는 계단으로 발을 내딛자 눌리타스의 베일이 아지랑이가 피어오르듯 너울졌다.

이제 남은 것은 서너 개의 계단.

눌리타스는 잠시 서서 그녀를 기다리는 공작이 천천히 무릎을 꿇는 것을 지켜보았다.

'그에게로 향하는 길.'

눌리타스는 꿈을 꾸는 것 같은 눈을 한 채로 조심스럽게 걸음을 옮겼다. 마침내 그녀가 공작이 있는 곳에 이르렀고, 두 사람의 시선은 하나로 얽혔다. 공작의 검은 눈동자 속 깊은 빛은 언젠가의 밤처럼 진실하였고, 어제 낮의 그처럼 다정하였다.

공작이 그녀의 손등을 살포시 끌더니 그의 입술을 대었다.

'그대를 사랑합니다.'

오직 그의 체온과 시선, 그리고 손끝으로 전달된 진심이 시합장을 가득 메웠다. 가슴이 따끔거리는 것 같더니 베일 아래 그녀의 청안에 물기가 어렸다.

'울지 말자.'

그렇게 마음을 다잡았지만, 눌리타스는 공작의 소매 끝에 삐져나온 손수건 한 자락을 보고 결국 한 줄기 눈물을 흘리고야 말았다.

게다가 공작의 투구에는 그녀가 선물했던 깃털이 꽃비를 맞으며 나부끼고 있었다.

공작가의 천막으로 돌아온 루셔스는 탈진할 것 같은 상태였다.

이곳에 온 것은 불과 며칠뿐이었지만, 몇 년을 머문 것 같은 기분이 드는 것은 왜일까. 갑옷을 벗고 가벼운 의복으로 갈아입자 그제야 편하게 숨을 쉴 수 있었다.

"그래도 그렇게 나쁘지만은 않았지."

왕 앞에서 광대마냥 창을 쥐고 시합장에 나서게 된 것은 두 번다시 할 짓이 못되었지만, 그의 부인을 떠올리자 묘하게 얼굴이 붉어졌다.

이번 마상시합이 아니었더라면 아마 그녀의 진심을 듣는 것은 한참 후의 일이었으리라.

"지금 내게는 그것보다 중요한 일이 없으니."

마른 수건으로 땀을 닦아내는 루셔스의 얼굴이 행복으로 뒤덮였다.

마상시합 후에 열리는 연회가 있는 것을 알았으나, 그는 절대 참석하지 않을 작정이었다. 그래서 세자르에게도 시합 후에 바로 모르시아니 영지로 떠날 준비를 마쳐 둘 것을 일러둔 터였다.

"더 이상 꼭두각시 노릇은 사양이야."

텅 빈 천막 안에서 낮은 목소리로 왕에게 홀로 인사를 고하고 있을 때였다.

"공작님을 뵙습니다."

"무슨 일이지."

왕의 시종이 천막 안으로 들어서더니 예를 갖추는 게 아닌가.

순간 루셔스는 그것이 무엇이든 좋은 일은 아니겠다 하는 예감이 강하게 들었다.

"왕께서 말씀을 전하셨습니다. '모르시아니 공작 내외분은 꼭 연회에 참석할 것, 나를 오래 기다리게 하지 말라.' 이상으로 마칩니다."

왕의 말을 전하자마자 시종은 공작의 분노를 피해 서둘러 천막을 나갔다.

남은 루셔스는 허탈한 표정으로 앞머리를 흩뜨렸다.

'이래서야 루드비히가 꼭 내 마음속을 들여다보는 것 같군.'

어릴 때부터 섬뜩한 구석이 있던 왕이긴 하였지만, 이번만큼 얄미운 적도 드물었다.

'좀 더 서둘렀어야 했나.'

루셔스는 갑옷을 입은 채 마차를 타고 떠나버렸더라면 어땠을까 하는 후회를 해 보았다. 하지만 시종이 건네는 말은 들은 이상, 어쩔 수 없었다.

그의 잘생긴 이마에 굵은 선이 가로 그려지고 있었다. 루드비히의 눈동자 안에 눌리타스의 모습이 비쳐지는 것이 싫었다. 양 주먹을 불끈 쥔 채 어쩔 수 없는 처지에 화가 나 혼자 열을 내고 있었다.

"공작님."

눌리타스가 가슴이 살짝 파인 장식이 없는 상앗빛 드레스를 입고 천막 안으로 들어섰다. 드레스의 허리와 치맛단에는 공작이 걸친 상의와 같은 푸른빛의 공단이 둘러져 있어, 함께한 두 사람의 모습이 무척 잘 어울렸다. 그리고 하나로 땋아 내린 은발 사이로 가늘고 긴 푸른 끈을 넣어 묘한 분위기를 자아내고 있었다. 특별히 값진 장신구도 보석도 하나 달지 않은 눌리타스의 모습은 빛으로 가득하였다.

무엇보다 달라진 것은 그녀의 얼굴에 드러나는 다양한 색의 표정들이리라.

하얀 얼굴에 볼을 살짝 붉힌 모습은 영락없이 사랑에 빠진 여인
그 자체였다.

분노를 터뜨리던 루셔스는 그녀가 곁에 다가오는 것만으로도
행복해져 덥석 눌리타스의 손을 맞잡았다. 그리고 이어 곤란한 얘
기를 전해야만 하였고, 그의 마음은 무척 불편하였다.

"아무래도 바로 출발하진 못할 것 같은데 괜찮겠소?"

루셔스는 이런 혼란스러운 곳을 떠나 집으로 향해서, 얼른 눌리
타스와 그녀의 어머니의 재회를 이루어주고 싶었다. 그리하여 그
녀의 얼굴에 미소를 피어오르게 할 수만 있다면 얼마나 좋을까.

눌리타스라고 사정이 다르지는 않았지만, 그저 말없이 미소를
지어 보였다.

"그럼요."

루셔스가 한 팔을 뻗어 눌리타스의 이마 옆을 천천히 쓰다듬었
다. 바로 가지 못해 화가 났지만, 또 그녀와 함께하니 언제 그랬냐
는 듯 웃음이 자꾸 비집고 나오는 것이었다.

"그대에게 부탁이 하나 있는데……."

"말씀하세요."

눌리타스는 그의 큰 손에 뺨을 살짝 대며 아주 짧은 둘만의 시
간을 만끽하였다.

그의 따스한 손은 그녀에게 겨울이 지나면 봄은 오고야 만다는 것을 일깨워 주었다.

"우리 둘만 있을 때는 나를 다르게 불러주면 어떨까."

눌리타스는 공작의 말에 흠칫 놀라 그의 손에서 얼굴을 떼었다. 공작님을 공작이 아니라 다른 호칭으로 부른다니.

"네?"

도무지 그가 무엇을 생각하고 있는지, 어떤 것을 원하는지 가늠이 되지 않아 당황스럽기만 하였다.

"나를 이름으로 불러주면 좋겠소."

그에게서 한 발 물러난 그녀를 여전히 그윽한 눈으로 바라보던 루셔스의 진심은 놀라움 그 자체였다. 눌리타스는 고개부터 내저었다.

홀로 마음속으로는 몇 번 되뇌어보던 그의 이름이지만, 공작의 앞에서 부를 수는 없다 여겼다.

그런 그녀를 바라보면서 루셔스는 머리를 흔들며 촉촉한 눈으로 입을 열었다.

"부탁인데……."

그의 검은 눈이 큰 개의 것처럼 물기를 머금은 채로 그녀를 빤히 응시하고 있었다. 눌리타스는 덩치에 비해서 엄청나게 귀여워진 공작의 모습을 당해낼 재간이 없었다.

입술을 몇 번 달싹거리면서 그의 이름을 불러보려 노력해보았다. 하지만 공기가 빠지는 소리 외에는 아무것도 나지 않았다. 눌리타스는 애가 타서 발을 구르며 다시 한번 목소리를 가다듬었다.

"루……."

"그것도 좋군."

차마 이름을 다 부르지도 못하고 앞글자만 겨우 말했을 뿐인데 공작의 얼굴이 무척이나 환해져 있었다.

당황한 눌리타스가 할 말을 잃고 멍하게 서 있자, 루셔스가 싱긋 웃어 보였다.

"우리의 처음이 생각나서 좋기도 하고 말이지."

눌리타스는 그를 지금과는 조금 다른 모습으로 로마그놀로에서 만났던 날을 기억해냈다.

그때 아마 일자리를 구하러 왔다고 했었지. 그리고 루라는 이름으로 자신을 소개한 사내는 곧 만나자는 엉뚱한 작별인사를 건넸었다.

몇 개월 전 첫 만남부터 히스 필드에 이르기까지의 시간들이 한꺼번에 스쳐 지나가는 것 같았다. 게다가 그 이름은 어린 시절 부모님이 불러주신 것이라는 말을 듣지 않았던가.

의미가 있는 이름을 그녀가 불러주었다는 것에 감격해서 기뻐 어쩔 줄 모르는 공작의 모습은 눌리타스를 감격에 젖게 했다. 그를 웃게만 할 수 있다면 이런 일은 얼마든지 할 준비가 되어 있었다.

"전하가 연회에 잠깐 들르라고 하셨다고 하는군."

눌리타스에게 다가가 다시 손을 잡은 루셔스가 아주 아쉬운 얼굴을 해 보았다.

눌리타스는 볼 때마다 이상한 소리를 하던 왕을 떠올리며 좋지 않은 기분을 느꼈지만, 내색하지 않으려 애를 썼다.

"그럼 가 보셔야죠."

"저기……."

"네?"

"한 번만 더 불러줄 수 있을까."

눌리타스는 이번에는 웃음을 참지 못하고 입가에 환한 미소를 드리웠다.

"루. 이제 갈까요?"

이름을 부른 사람도 불린 사람도 모두 귀밑까지 붉어져서 나란히 천막을 나섰다. 바람은 그들의 얼굴을 적당히 식혀주었다.

모르시아니 공작 부부의 뒤로 소피아와 세자르, 하인들이 따라 걷기 시작하였다. 만족감이 넘치는 소피아의 얼굴과는 대조적으로 세자르의 얼굴은 하얗게 질려 있었다.

공작님의 행복한 결혼을 바란 사람 중의 하나이자, 연극을 하는 것도 불사했던 그였다. 하지만 요즘 너무나 변해버린 공작의 모습이 그에게는 무척 낯설었다.

항상 이성적이며 단호했던 전장의 장수는 온데간데없고, 지금 공작은 모르시아니가의 오닉스를 닮은 것 같다는 생각까지 들어 손으로 입을 막았다.

'혹시 지금 생각을 누가 엿보기라도 한 것 아니겠지.'

지난번 긴 머리의 공작을 닮은 어린 소녀를 상상한 이래로 가장 끔찍한 일이 아닌가 싶었다.

"의원님, 감사합니다."

"제 소임을 다한 것뿐입니다. 식사 거르지 마시고, 잠깐씩 자주 산책하시는 것이 회복에 도움이 되실 겁니다."

눌리타스의 어머니, 레오니는 보르조이로부터 그녀가 내일 모르시아니 영지로 가게 된다고 전해 들었다.

그때부터였을까.

내내 생기 없던 그녀의 낯에 아주 조금 혈색이 돌아오는 것처럼 보였다. 처음에 피를 토하고 쓰러졌을 적만 해도 아이의 얼굴 한 번만 볼 수 있다면 죽어도 좋다고 생각했었다. 그러나 삶에 대한 미련이란 게 쉽게 놓이는 것이 아니더라.

의원이 두고 간 물약이 담긴 컵을 양손으로 들어 천천히 들이켰다. 쓴맛이 입안에 가득 맴돌아 인상이 절로 구겨졌다.

언제 죽어도 이상할 게 없었다. 의원도 상태가 나아진 것이지,

몸이 망가진 것을 고치긴 힘이 든다고 항상 조심하는 수밖에 없음을 당부하였다.

침대에서 일어서려다 무릎과 발목 관절이 시큰거리는 것을 느껴 도로 침대에 기대었다. 조금 더 걸을 수 있을 때, 그녀의 아이를 만나 조금 나은 모습을 보이고 싶었다.

일상에 치여 나란히 앉아 도란도란 얘기 한번 해본 일이 없었다. 그래, 만나서 환하게 피어나던 그 고운 얼굴을 한 번만 더 보는 거야.

아이의 청안을 떠올리자 언제 아팠냐는 듯 몸이 멀쩡해진 것 같았다. 어미를 닮지 않은 아이는 무척이나 귀티가 흘렀다. 그것이 레오니에게는 무척이나 자랑스럽기도 하였으나, 동시에 서글픈 생각을 불러일으켰다.

기분전환을 위해 슬쩍 내다본 창밖으로 시꺼먼 구름들이 번져 나가는 것이 보였다.

"비가 오려나."

흐린 하늘을 보자 자동으로 은발의 사내가 떠올라 몸이 으슬으슬 떨렸다. 그녀의 보잘것없는 인생을 송두리째 망가뜨린 자.

'아마 엄청나게 화가 나셨겠지.'

그러고도 남았을 것이다. 그래서 기력을 조금 회복한 이후로는 작은 바람에 흔들리는 창에도 겁을 먹었다. 꼭 백작이 기다란 칼을 휘두르며 그녀를 쫓아올 것만 같았다. 손에는 밧줄을 쥐고 나타나 그녀의 목에 감아 질질 끌고 갈지도 모른다 생각했다.

얼마 전 그녀를 돌보아주는 보르조이가 이제는 무사하다고 말을 해 준 이후로 걱정을 조금 덜긴 하였지만, 레오니의 평생에 드리운 로마그놀로 백작의 그림자가 그리 손쉽게 걷히지는 않았다.

'모두 나의 죄다.'

어쩔 수 없다 한들 백작의 힘에 굴복한 것도, 아픈 아이를 살리겠답시고 범의 아가리 안에 딸을 밀어 넣은 것도 전부 그녀였다. 어미인 자신이 조금만 더 나은 상황이었다면…….

항상 잘해주지 못했던 일들이 후회로 남아 레오니를 힘들게 하였다.

아이를 떠올렸다가 환해진 얼굴에 우중충한 검푸른 빛이 피어오르기 시작하였다. 레오니는 마른 손가락 마디를 주무르며 그저 다시 아이를 볼 때까지 조금만 더 버티자는 다짐을 되뇌고 있었다.

"모르시아니 공작 내외분이십니다."

서로 간의 대화로 시끌벅적 떠들던 귀족들은 천막 입구에 나타난 한 쌍에게 집중을 하였다. 실상 이런 공식적인 장소에서 모르시아니 공작 내외를 보는 게 처음인 귀족들이 대다수였다. 호기심 가득한 눈빛들이 그들을 좇기 시작하였다.

지금은 대부분이 믿지 않기 시작하였지만, 모르시아니 공작을 따라다니던 소문이 어디 보통 것이었나. 그런 그가 저리 선이 굵고 건장한 사내였다는 것은 다시 보아도 신기한 일이었다.

게다가 사교계에 처음 등장한 공작부인을 향한 관심도 엄청났다.

가느다란 은발, 차분해 보이는 푸른 눈, 가녀린 체구에 수수한 옷차림을 한 여인은 언뜻 보기에 특별한 점은 없어 보였다. 흔하지 않은 머리색을 둘러싼 의견도 꽤 분분하였으나, 그리 오래진 않았다.

그러나 여인들의 이런 의견과는 달리, 뭇 사내들이 눌리타스에게 관심을 보이는 듯하자, 몇몇은 고까운 눈매를 번득거렸다.

이 연회에 오기 위해 여인들은 분칠을 하여 피부를 창백하게 보이게 하고, 잘록한 허리를 위해 몇 끼를 걸렀는지 모른다. 머리를 부풀리기 위해서 새벽부터 일어나 달군 쇠를 머리에 대며 타들어가는 역한 냄새를 참아내기도 했다.

빈약한 가슴을 감추기 위하여 상반신의 모든 살을 끌어모아서 억지로 가슴골을 만들어냈다. 게다가 허리를 얼마나 끈으로 졸라맸는지 현기증으로 하늘이 노래지는 것 같았다.

'그런데 저 보잘것없어 보이는 공작부인을 쳐다본다는 거야?'

그 나이 또래의 활력이 엿보이길 하나, 지나치게 침착해 보이는 얼굴은 다소 칙칙한 느낌마저 주고 있지 않는가.

그러나 그녀들이 가지지 못한, 훤칠한 모르시아니 공작의 팔을 가만히 잡고 있는 은발의 여인은 왠지 평범해 보이지 않는 것도 같았다.

그래서 그 모습이 더욱이 못 견디게 분한 여인들이 자기네들끼리 속닥거리며 공작부인의 흠을 잡아내려 안달이었다.

천천히 연회장에 걸어 들어오는 공작 내외에게 경쾌한 목소리가 날아들었다.

"오, 모르시아니 공작. 승리를 축하하네."

은색으로 만들어진 가운에 검은 망사로 지어진 짧은 겉옷을 한쪽 어깨에 비스듬히 걸친 루드비히가 웃으면서 다가왔다. 그의 머리에는 마찬가지로 망사가 달린 작은 모자가 아슬아슬하게 올려져 있었다.

눌리타스는 다소 우스꽝스러운 왕의 복장에 터져 나오려는 웃음을 꾹 참으며 왕에게 절을 하였다. 언제 보아도 왕은 이상하고 또 이상한 사람이 분명하였다.

"공작부인은 오늘도 굉장히 아름답군."

왕의 목소리가 크지는 않았으나, 분명 주변에 있는 사람에게는 모두 들릴 만한 정도였다. 왕이 연회에서 누군가에게 칭찬을 하는 법이 없는 편이라, 사람들은 놀라운 마음에 침을 삼켰다. 더구나 그 대상이 이성이라는 것은 굉장한 일이었다.

왕이 저런 수수한 차림새를 한 여인을 선호하였나 하는 생각에 혼인 적령기의 여인들은 다음번에 참고하기 위해 모르시아니 공작부인을 골고루 훑기 시작하였다.

"감사합니다."

눌리타스는 만날 때마다 지나친 호감을 표시하는 왕 때문에 곤란했으나, 그러한 기색 없이 차분하게 인사를 했다.

"히스 필드에 디아나의 광영이 있길."

루드비히가 손에 든 잔을 높이 들며 외치자 귀족들 모두가 그 구호를 따라하며 잔에 든 술을 마셨다.

왕의 건배 제의가 끝이 나자 비로소 연회는 원래의 분위기를 찾는 것처럼 보였다. 그러나 눌리타스는 몸에 걸친 드레스 겉으로 날아드는 날카로운 적의들을 모두 읽을 수 있었다.

아주 오래 느껴온 친밀한 감각.

무심한 척 고개를 슬쩍 움직이자 그녀의 눈을 피해 다급하게 부채질을 하거나, 입을 가리며 어색하게 웃는 여인들의 모습을 볼 수 있었다. 또 다른 백작부인, 보바뤼 부인, 메이린, 아이올라렷다.

이런 적의는 그녀가 귀족이든 아니든 계속되는 것이었구나. 귀족의 신분으로 산다는 것이 무조건적인 행복을 의미함은 아니었다. 이 세상 어딜 가든 백작가에서 느꼈던 악의는 존재하였다.

'산다는 건 어쩜 누구에게나 힘이 든 거였어.'

루셔스가 그의 팔에 손을 건 눌리타스의 손등을 가볍게 토닥여 주었다. 꼭 그녀의 마음을 모두 알기라도 하는 것처럼, 외롭다고 쓸쓸하다고 느낄 때면 이리 그의 체온을 나눠주는 것이었다.

눌리타스가 고마운 마음에 그를 올려다보기 위해 고개를 좀 틀었을 때였다.

왕과 공작부부의 등 뒤로 봉두난발이 된 미카엘 슬리더린이 갑옷을 벗고 제대로 된 옷으로 갈아입지도 않은 채 서서 히죽대고 있었다.

핏발이 선 눈이 누군가를 노려보고 있었다. 그리고 비틀거리는 그의 손에 들린 것은 날카로운 금속의 무엇이었다.

눌리타스는 그의 팔을 풀어 무작정 그의 등 뒤를 막아섰다. 무슨 일이 일어날 것이라는 불길한 예감에 고민할 틈도 없이 몸이 먼저 움직였다.

바로 얼마 전 그녀의 맹세를 실천할 수 있는 날이 이리 빠르게 찾아올 줄은 몰랐다.

'이루 말할 수 없을 만큼 감사했습니다.'

순간 한겨울 창고 밑에 쪼르르 달린 고드름마냥 서늘한 것이 그녀의 등을 강하게 파고들었다. 다행인 것은 그런 통증을 느끼는 순간은 아주 짧았다는 것이다.

눈을 감는 순간 어머니의 마른 얼굴에 걸린 미소가 잠시 스쳤다.

또한 그의 이름을 많이 불러주지 못한 것에 대한 아쉬움이 눌리타스가 마지막으로 느낀 감정이었다.

'루……'

루셔스는 연회장에 모인 이들의 비명을 듣고서 무너지는 눌리타스의 몸을 급히 안아 들었다. 그녀가 입은 상앗빛 드레스가 아주 붉게 물들어가고 있었지만, 그는 손을 적시는 더운 피에도 현실감이 없는 눈을 하고 있었다.

루셔스는 다급한 목소리로 눌리타스를 깨워보려 애썼지만, 그녀의 숨은 서서히 스러졌다.

끔찍한 일을 벌인 미카엘은 그가 지금 어디에서 무엇을 하고 있는지에 대한 의식이 없었다. 시합에서 패배를 한 후 그의 천막으로 가서 갑옷을 갈기갈기 찢듯 벗어던지고 술병을 움켜쥐었던 것이 기억의 마지막 조각이었다.

"왕을 시해하려 한 자를 붙잡아라!"

루드비히의 분노에 찬 목소리에 병사들 네 명이 그의 주변을 에워쌌지만, 여전히 미카엘은 아무것도 모른다는 듯 혼잣말을 중얼거리는 채였다.

"히스 필드의 챔피언은 이 몸이다."

병사들이 그의 몸을 결박하는 순간에도 미카엘은 끊임없이 광기 어린 눈을 한 채 저 멀리 공작을 노려보고 있었다.

"명이 질기구나. 아직 살아 있다니!"

미카엘은 그의 승리를 앗아간 공작에 대한 원망으로 사고가 흐려져 무슨 일이 일어났는지에 대한 자각이 없었다.

이를테면, 그가 던진 비수가 공작이 아니라 은발 여인의 등에 꽂혔다는 것을.

미카엘은 끌려나가면서 괴성을 질러댔다. 그가 만들어내는 소음이 줄어들자 루드비히는 제대로 정신을 차리기 위해 손에 든 잔을 물리고, 굳은 몸을 돌렸다.

"그대 눈을 떠 봐. 제발."

천하의 명장이라 일컬어지는 루셔스 모르시아니가 지금 저런 목소리를 내고 있다는 것이 믿기지 않았다.

왜 저 고집스러운 여인은 눈을 감고 있는 거지.

루드비히의 눈이 축 늘어져버린 작은 몸에 닿았다. 드레스에 물든 피가 마치 처음 만난 공터에 핀 들풀들처럼 점점 번져갔다.

'어떻게 그런 일이 가능하지.'

누군가를 지키기 위해서 목숨을 내던진다는 것은 어린 시절 읽는 동화책 속에서나 존재하는 것이라 생각하였다. 하물며 사내의 곁에서 그저 장식의 역할을 할 뿐인 여인이 그런 일을 했다는 것을 쉽게 믿을 수 없었다.

연회에 공작부부를 불러 무슨 수를 써서든 푸른 눈을 한 여인을 취하겠노라 비열한 계획을 세워두었던 자신의 모습이 떠올라, 루드비히는 수치스러운 마음을 감출 수가 없었다.

의원이 급하게 달려와 환자의 상태를 보더니 아무것도 손을 쓰지 못한 채 황망한 얼굴만을 하고 있었다.

"하."

루드비히는 그가 간절하게 원했지만, 가지지 못했던 유일한 것이 바로 저 여인이 되었다는 것을 깨달았다. 그리고 말이 되지 않는 소망을 가슴에 담아보았다.

'내 것이 되지 않아도 좋으니, 제발 그 푸른 눈을 떠.'

울먹이는 루셔스의 목소리에 그의 가슴 한편이 쓰라린 것 같았다. 진심의 외침이 주는 생경한 감각에 루드비히는 잠시 아무것도 할 수 없었다.

"잠을 깨 봐. 그대."

루셔스는 눈물을 흘리며 그 여린 몸을 안고 있을 뿐이었다.

왜 지금 그녀의 얼굴이 임종 전의 어머니를 닮아 있는지 알 수 없었다. 또다시 가족을 잃고 싶지 않았다. 전장에서 쓰러진 아버님, 형님, 그리고 어머니가 차례로 떠올랐다.

"루셔스 모르시아니, 정신 차려!"

루셔스의 작아진 등 뒤로 왕의 성난 목소리가 울렸다.

루셔스의 눈이 빛을 잃어가자 루드비히가 더 큰 목소리로 화를 냈다. 그러나 루셔스는 여인의 차가운 몸을 안고서, 마지막 가는 길을 배웅해주는 것밖에 해줄 게 없었다.

그는 또다시 혼자가 된 것이다.

루셔스의 눈이 빛을 잃어가자 루드비히가 더 큰 목소리로 화를 내었다. 왜 이렇게 끔찍한 기분이 드는지 알 수 없었지만, 이대로 저 여인의 끝을 지켜볼 수만은 없었다.

"신관을 부르라."

왕의 말에, 술렁거리던 장내가 일순간 고요해졌다. 심각한 부상이나 중병에 걸려서 의술로 가망이 없는 경우 신성력을 이용하여 생에 기운을 불어넣을 수 있었다.

하지만 그러한 경지의 신성력을 지닌 이는 왕국에서 아주 극소수에 불과했으므로 그것은 오직 왕족에게만 쓰이게 되었다.

이것을 시도하는 자체가 특별한 일이기도 하였고, 모험이었다. 왕가의 피가 흐르지 않는 이에게 신성력은 전혀 무용할지도 몰랐다.

하지만 이미 숨이 거의 멎기 전인 여인에게는 더 잃을 것도 없지 않은가. 루드비히는 사랑하는 이를 잃은 사내의 몸을 등지고 천천히 걷기 시작하였다.

'이제 남은 것은 오로지 여인이 가진 생에 대한 의지의 문제일 터.'

사람들은 삶이 있으면 필연적으로 죽음이 있기 마련이며, 이 모든 것은 디아나 여신이 주관을 한다고 하였다. 빛나는 은빛 강을 건너면 그때부터는 더 이상 그 사람은 원래의 세계로 돌아갈 수 없다는 말들을 하곤 하였다.

'물소리?'

눌리타스는 한가롭게 호숫가에 띄운 배를 타고 천천히 하늘을 올려다보았다. 세상은 온통 고요하였다. 소란스럽게 울어대는 짐승도, 비명을 질러대는 여인들도, 탐욕에 절은 사내들의 시선도 찾을 수 없었다.

'이곳은 어딜까?'

너무나 평화로운 이곳에서는 그녀가 사생아로 태어났다는 것이 아무런 문제가 되지 않는 것처럼 보였다. 처음으로 완벽한 곳을 접한 그녀는 약간의 의아함이 담긴 눈으로 이곳저곳을 살폈다.

그때 눌리타스의 손에 무언가 말랑거리는 것이 닿았다. 옆을 보니 은발의 작은 아이가 그녀의 손을 만지작거리고 있었다.

'누구?'

처음 보는 아이의 등장에 당황한 것도 잠시, 머루처럼 새까만 눈빛이 너무나 익숙해서 눌리타스는 자연스레 그 손을 부드럽게 잡아주었다. 그렇게 아이와 함께 백조의 무리처럼 한가로이 호수의 표면을 가로지르고 있었다. 그러다 곧 아이와 눌리타스는 색색의 들꽃이 핀 대지에 앉아 바람을 맞고 있었다.

아이는 듣기 좋은 노래를 부르기 시작하였고, 눌리타스는 가사를 알지 못해 콧노래로 그 음률을 조용히 따라 해보았다. 그러다 아이가 슬며시 눌리타스의 몸에 기대어 왔다. 아직 어린 탓에 졸린 모양이었다. 작은 몸이 주는 온기에 눌리타스도 살짝 나른해지는 것 같았다. 바람이 한차례 불어오자, 나무들이 색을 탈바꿈했다. 은발의 아이는 제법 자라 지금의 눌리타스만큼 성장해 있었다. 그 모습이 마치 그녀를 비추어주는 거울과도 같아 꽤 기묘한 감각을 느꼈다.

그리고 흑요석처럼 검은 눈을 바라보노라니 잠잠하던 그녀의 심장이 조여드는 통증이 느껴졌다.

'슬프다.'

그런 감정을 느끼자 눌리타스는 그녀의 곁에 서 있던 아이가 흩어져가는 것을 보았고, 호수의 맑은 표면이 조금씩 시커멓게 변해 간다는 것을 깨달았다.

'아, 내가 잠시 그를 잊고 있었구나. 어떻게 그런…….'

눌리타스는 두 손으로 얼굴을 가리며 허리를 굽혀 눈물을 삼켰다.

구름 한 점 없던 하늘이 어둑해지더니 이내 사나운 바람 소리가 들렸고, 빗줄기가 쏟아지기 시작하였다.

신관이 눌리타스의 치료를 하는 동안 어느 누구도 그곳에 들어

갈 수 없었다. 그 앞을 초조한 낯을 한 두 사내만이 잠시도 가만있지 않고 어슬렁대고 있었다.

마치 함께 있으나 서로가 보이지라도 않는 듯 반대 방향으로 끊임없이 걸어갔다 다시 되돌아가는 것을 반복하였다.

루셔스는 이대로 눌리타스를 잃을 기로에서 이런 기회를 얻은 것에 남은 희망 전부를 걸었다. 하지만 입안이 바짝 마르고 있었다.

신성력이란 것이 왕가의 일족에게만 큰 효력을 보는 것으로 일반인들에게는 쓰인 전례가 없지 않은가. 게다가 차마 왕에게 털어놓을 수 없었다. 그녀가 백작가의 영애가 아닌 것을.

'무조건 괜찮을 것이다.'

그러나 루셔스는 눌리타스를 강하게 신뢰하고 있었다. 그녀가 보여준 강인함은 신분의 구분을 무색하게 할 만큼 빛나는 것이었다.

눌리타스를 만나기 전에는 자신이 외롭다는 것을 자각하지 못했다.

계절의 변화에도 여인들의 고운 자태에도 관심을 둘 수 없었다. 홀로 살아남은 것이 죄스러웠고, 부모님과 형제들의 몫을 대신하여 누리게 된 인생이라 여겼다.

그리 생각하자니 쉽게 웃을 수도 쉽게 울 수도 없었다. 그러나 눌리타스를 만나게 되어 꽃이 피고 지는 것을 알게 된 지금, 그는 또다시 홀로 남겨지고 싶지 않았다.

그녀와 손을 잡고 온화한 봄을 만끽하고 싶었다. 입김이 불어 나
오는 겨울에 서로의 체온을 나누며 눈 내리는 호수를 보는 것도
좋으리. 함께 비를 맞아 본 기억도, 말을 달린 시간도 벌써 희미해
지는 것 같아 덜컥 겁이 났다. 아직 그녀와 함께 해보고 싶은 것들
이 가득하였다. 혼자서는 하고 싶지 않았다. 아니 할 수 없었다.

그녀의 꺼져가는 생에 다시 불을 지필 수 있다면 루셔스 모르시
아니, 그는 스스로 모든 것을 내던질 준비가 되어 있었다. 그러다
웃음이 비집고 흘렀다.

'미련한 여인이다.'

칼이 날아들 것 같으면 그에게 언질을 해주거나 차라리 그 자리
에 가만있을 것이지. 어째서 그리 약한 몸으로 나를 감싼 것인가.

너무나 순식간의 일이었다.

전장에서 구르다시피 한 그조차도 미카엘의 광기를 미처 눈치
채지 못하였다. 그를 구하기 위해서 그녀의 목숨을 던진 것이다.

'기뻐해야 할까.'

루셔스는 울지도 웃지도 못하는 애매한 표정을 지으며, 입술을
마구 짓이겼다. 신관이 나와 그녀의 예후를 말해주기를 기다리는
시간이 너무나 고통스러웠다.

반면 같은 복도를 오가는 루드비히의 머릿속은 단출한 편이었
다. 이 모든 것이 디아나 여신의 뜻이라면, 왕을 만나게 되어 이런

기회를 잡은 것 모두가 여인의 복이리라.

다른 사내를 위해 생을 내던진 여인이었다. 순간 모든 흥미가 사그라지어야 마땅한 일이었다. 하지만 갖고 싶었던 욕망을 넘어선 무언가가 있었다. 그 여인에게 조금 더 가까이 다가서고 싶었다. 사내로서가 아니라도 좋으니 말이다.

'그러려면 우선 깨어나게 만들어야겠지.'

루드비히의 침착한 자수정의 눈이 하늘의 달을 말없이 응시하고 있었다.

'아까 비를 맞으며 호숫가를 거닐고 있었는데.'

그러나 지금은 불이 꺼진 방에 홀로 누워 있는 것처럼 아무것도 보이지 않았다.

'아. 내가 죽었지.'

루셔스님을 향해 날아드는 칼을 막아내려 그의 등을 끌어안았었다. 하지만 어디까지가 그녀의 기억인지, 꿈인지 구분이 쉬이 되지 않았다.

'공작님이 나를 부르는 것 같았어.'

하지만 확실한 것은 아니었다. 어떤 작은 아이를 만나기도 했었지만, 이름조차 묻지 못했음을 이제야 깨달았다.

'이곳은 또 어디일까.'

죽은 사람의 세계에 대해서는 어른들에게 이런저런 것을 듣기는 하였지만, 이리 암흑이란 것은 알지 못했었다. 움직일 수도, 볼 수도, 들을 수도 없는 곳인가.

이렇게 평생을 살아야 하는 것일까.

아니지 죽었으니, 시간의 개념은 무의미한 것일 테고, 사는 것도 맞지 않는 표현일지도 모른다. 잘못된 생각을 하고 있자니, 순간 등으로 보바뤼 부인의 매가 후려쳐지는 것 같았다.

'죽어서도 잔소린가. 마귀할멈.'

그래도 반쪽짜리치고 꽤나 잘 해내지 않았냐고 묻고 싶기도 하였다.

귀족 놀음 이후 늘 허기지고 피곤했던 그녀의 삶에 다양한 색들이 덧입혀졌다. 질 좋은 음식과 부드러운 소재의 의복, 그리고 좋은 사람들.

그녀에게 항상 성심성의껏 대해 준 소피아의 수줍은 미소가 떠올랐다. 조금 더 살뜰하게 챙겨주지 못했음에 아쉬운 기분이 들었다.

파리한 낯에 거칠하게 일어난 입술을 한 어머니의 모습이 떠올라 그녀의 입매가 흔들렸다. 항상 어머니가 그녀를 두고 떠나버릴까 걱정했는데, 이리 먼저 이곳에 오게 될 줄이야.

그녀는 비록 그것에 함께하지 못하지만, 어머니에게 남은 시간 조금이라도 호사를 누려보셨으면 하는 바람을 가져보았다. 곧 이곳에서 어머니를 만날 수 있으리라.

아무것도 볼 수도, 들을 수도 없었지만, 그리운 감정이란 것이 남아 있었다. 다정하게 그녀를 내려다보는 짙은 속눈썹, 웃음기를 머금은 목소리.

이미 식어버린 몸이건만 그가 처음으로 고백을 했던 날의 떨림이 눌리타스의 전신에 번져갔다.

죽는다는 것은 망각의 강을 건너는 거라고 듣지 않았나. 그리하여 그곳을 지난 망자는 두 번 다시 돌아갈 수 없다고 하였다.

백발이 성성하고 허리마저 구부정한 성에서 일하는 할머니가 해준 이야기들 중 하나였다.

사람이 태어나 별다른 죄를 짓지 않고 죽게 되면 살아생전 가졌던 모든 괴로운 일, 부정적인 감정들을 잊는다. 그리하여 평온한 다른 삶이 열리는 일이라 하였다.

'그것이 거짓이었던가. 아니면……'

눌리타스는 여전히 마음이 답답하고 눈가가 뜨끈해지는 것을 느낄 수 있었다. 죽었으되 죄가 커 편안하게 눈을 감지 못하는 건가.

그를 속였으며, 또 사생아 주제에 귀족의 흉내를 내었다.

하지만 그를 생각하는 마음만은 진심이었다.

제대로 모두 전하지 못한 남은 애정이 이제 무거운 짐이 되리라.

지울 수도 없는 기억들, 감정들을 모두 떠안고 이리 컴컴한 곳을 기약 없이 헤매리라.

그러다 절망감에 몸을 떨자 등에서 극심한 통증을 느꼈다.

'아프다고?'

감정을 느끼는 것이야 그렇다 치고 죽었는데도 육체의 고통까지 느낄 수 있는 건가.

'젠장!'

죽는 게 처음이라 뭐가 어떻게 되는 건지 전혀 알 길이 없지 않은가. 보이는 것도 없고, 마음은 이리 아린데 아프기까지 하단 말인가.

서러웠다.

무엇 때문에 그렇게 우는지 알 수 없을 만큼 마음이 괴로웠다. 사는 거나 죽는 거나 힘들기는 매한가지였나.

"이런 눈물이."

이런 산 것도 죽은 것도 아닌 삶을 타박하며 절망을 터뜨린 순간, 아주 그리운 목소리가 귓가에 들리기 시작하였다. 그러더니 온기 품은 손가락이 눌리타스의 볼에 닿아 눈물을 쓸어주는 것 같았다.

'죽어서 이런 꿈이 가능한 거구나.'

그렇다면 그녀는 이 꿈에서 영영 깨고 싶지 않다고 생각하였다.

'조금 더 울면 다시 공작의 낮은 목소리를 들을 수 있을까.'

그런 생각을 하는데 공작의 목소리가 또다시 들려오기에 눌리타스는 가만히 귀를 기울여보았다.

"그대가 눈을 뜬다면 얼마나 좋을까."

바로 곁에 앉기라도 한 것처럼 공작의 깊은 한숨이 그녀의 귓가에서 느껴지는 것 같았다.

"만약 그대가 눈을 뜨지 않는다면……."

다음 말은 너무 작아서 잘 들을 수는 없었다. 그러자 애절한 루셔스의 뒤로 퉁명스러운 목소리가 들렸다.

"아파 누운 사람에게 협박이라도 하는 건가? 부끄럽지도 않은가?"

분명 저 목소리는 그녀가 아는 것이었다. 하지만 왜 그녀의 꿈에 왕이 등장한 걸까. 눌리타스는 왕에게 좋은 기억을 가진 것이 없었다. 그래서 정신을 집중하여 그녀의 머릿속에서 왕을 지우려고 용을 써보았다.

"제 부인과 조용히 있고 싶습니다. 전하."

"아, 내 덕에 쓴 신성력이 아니었다면 과다출혈로 그대로 사지로 떠나보냈을 부인 말이지?"

눌리타스는 그녀의 노력에도 불구하고 여전히 빈정대는 왕의 목소리를 들을 수밖에 없었다.

"살아서도 죽어서도 그녀는 제 아내입니다."

"나는 그것을 부정한 적이 없네만."

눌리타스는 왜 저런 이야기가 이리도 생생하게 들리는지 의문이 들기 시작하였다. 일단 이 어둠을 벗어나야겠다고 생각을 하고 눈을 떠보려 안간힘을 썼다. 원래 어두운 곳인지 아니면 눈을 감고 있는지조차도 제대로 알지 못하지 않은가.

그저 눈을 뜨려 조금 힘을 썼을 뿐인데 아비오에게 짓밟혀 데굴데굴 굴렀던 때보다 더한 통증이 그녀를 덮쳤다.

"……?"

미약하나마 신음이 분명 그녀의 입술에서 흘러 그리고 귀를 타고 들어왔다. 그러자 모든 것이 너무나 혼란스러웠다.

'내가 죽은 게 아니라 혹 살아 있는 건가.'

하지만 분명 슬리더린이 던진 칼에 찔리던 그 순간을 똑똑히 기억하고 있었다. 몸에서 온기가 사라져가던 순간에 했던 생각들도 이렇게 생생하지 않은가.

분명 공작의 품에 안겨서 그렇게 아쉬움과 후련한 감정을 모두 품은 채 눈을 감았었다.

'가능할 리가 없잖아.'

그러다 아까 왕이 언급한 신성력이라는 말을 되뇌었다. 들어본 적도 없는 단어이긴 하지만, 왕의 말투에서 무언가 으스대는 느낌을 받았다.

두 손을 펼쳐서 뻗어 바닥에 이불을 꽉 움켜쥐며 몸에 힘을 모아 눈을 떠보려 노력했다. 무시무시한 고통이 그녀를 찾아들었지만,

이를 악물었다.

이대로 칠흑 같은 세계에서 잠이 들고 싶지 않았다. 몸에서 식은 땀이 흐르는 것을 느끼며 겨우 눈을 떠서 확인한 것은 온통 새하얀 천장이었다.

비도 바람도 들지 않는 안락한 번데기를 벗어난 나비는 처음 가져 본 날개에 시린 바람이 닿으면 두려운 감정을 느끼는가.

아니면 푸른 하늘을 비행하는 스스로를 꿈꾸며 힘을 내어보는가.

아직 축축해서 무겁기만 한 날개를 끌며 한 발을 내디뎌 보지만, 새로이 시작된 삶이란 것의 무게는 만만찮았다.

'아…….'

그의 본능이 속삭이고 있었다. 이대로 날개를 펴지 못한다면 이번 생은 여기에서 끝이라고.

나비는 사력을 다하여 또 한 걸음을 기다시피 앞으로 나아간다. 햇살에 그 보드레한 날개가 말라 서서히 펼쳐진다. 그러면 바람에 나부끼는 나뭇잎처럼 가벼이 떠올라 비로소 세상을 마주할 수 있게 된다.

"……!"

눌리타스는 아무래도 믿을 수 없어 눈꺼풀을 몇 번을 깜빡여 보았다. 통증이 다시금 밀려들었지만, 그것보다 지금 그녀의 의지대로 눈을 뜰 수 있다는 것이 더한 충격이었다.

입을 열어 곁에 있는 누군가에게 그녀가 깨어났음을 알리고 싶었으나, 목이 잠겨 아주 작은 신음만이 흐를 뿐이었다.

눌리타스의 곁에서 루셔스는 아주 오래도록 찾지 않은 신에게 기도를 하고 있었다.

어린 날, 혼자가 된 이후 어느 날부터 신을 믿지 않게 되었다. 신이 존재한다면 왜 죄 없는 아이가 부모를 잃어야 했으며, 왜 전쟁이 일어나 수많은 이들의 피를 흘리게 만드는지에 대한 의문이 끊이지 않았기 때문이다.

"오, 디아나 여신이시여!"

눌리타스가 흘리는 작은 소리에 루셔스는 벌떡 일어나 신께 감사하는 말을 외치며 재빨리 눌리타스의 얼굴을 들여다보았다. 눈을 영영 뜨지 못할까 너무나 불안하여 그녀가 쓰러진 이후로 손도 겨우 잡았던 그였다.

눌리타스는 그리운 목소리에 귀를 기울이며, 그의 얼굴을 찬찬히 살펴보려 애를 써보았다. 처음에는 흐릿했던 형태들이 점점 또렷하게 보이는 데 조금의 시간이 흘렀다.

그간 공작의 얼굴이 무척 수척해져 있었다. 면도도 제대로 되지 않은 시커멓고 움푹 팬 뺨, 고통이 오롯이 새겨진 두 눈.

눌리타스는 손이라도 뻗어 그의 얼굴을 쓸어주고 싶었지만, 몸에 전혀 힘이 들어가지 않아 답답한 기분을 느꼈다. 지금 할 수 있는 것은 그를 보는 게 다였다.

'하지만 이걸로 충분해.'

살아서 그를 다시 볼 수 있다는 것에 만족한 눌리타스는 전신으로 번지는 끔찍한 통증에도 행복했다.

루셔스는 무언가 하고 싶은 말이 있는 것으로 보이는 그녀를 향해 괜찮다는 눈빛을 보내주었다. 눌리타스의 호수의 표면처럼 매끄러운 눈동자 위로 그의 얼굴이 담뿍 떠 있는 것이 보였다. 그는 손으로 그녀의 손등을 아주 조심스레 쓸었다.

"그대는 그저 아무 걱정 말고 푹 쉬면 돼."

루셔스는 눌리타스를 안심시키고 돌아서며 참고 참았던 긴 숨을 뱉었다. 영락없이 잃는 줄만 알았기에 큰 기대를 하지 않고 있었다. 가망 없는 것들에 마음을 걸었다가 상처를 입은 일들이 여전히 그에게 마구 생채기를 내고 있지 않던가.

돌아가신 부모님은 살아 돌아오시지 못하였다. 함께 들판을 뛰어놀던 형님도, 그에게 따스한 품을 내어주던 이들은 모두 그의 곁을 떠나버렸다. 어린 마음에 하루만 지나면 돌아올지도 모른다고 생각하며 밤마다 기도를 올렸었다.

"……회복하는 데만 집중하면 돼. 응?"

루셔스는 감정을 추스르고 돌아서 다시 눌리타스의 볼을 부드럽게 쓰다듬어주었다. 아직 혈색이 돌아오지 않아 창백하기만 한 얼굴이었지만, 분명 피부 아래로 미약하나마 피가 흐르고 있다는 것을 느낄 수 있었다. 그 손놀림이 너무나 섬세해서 보는 이들로 하여금 눈물을 자아낼 정도였다.

"아주 가관이군."

두 사람의 애틋한 재회의 시간을 순식간에 깨부수는 목소리가 들려왔다. 눌리타스는 그 사람을 보기 위해 고개를 들어보려 했지만, 힘에 부쳤다.

루드비히는 신관이 눌리타스를 치료하고 회복을 하는 요 며칠 루셔스와 함께 그녀를 지키고 서 있었다. 루셔스가 아주 못마땅해하였지만, 이곳이 그의 영역이며 그의 도움을 받은 게 분명하여 평소처럼 강하게 나오지 못하였다.

'신성력이 통했구나. 다행이다.'

두 사람이 그의 앞에서 연출하는 다정하고 서로 간절한 모습은 눈에 거슬려서 참아 주기가 힘이 들었지만, 어쨌든 눌리타스가 눈을 떴다는 것에 기뻤다.

루드비히는 뒤돌아서서 아무도 모르게 눈웃음을 치며 그 방을 나섰다.

눌리타스가 다시 깊은 잠에 빠지길 수일이 흘렀다. 이번에는 다시 눈을 떠 보니 지난번보다 통증이 많이 줄어들었음을 알 수 있었다. 똑같은 천장을 보며 눈을 깜빡이자 바로 다정한 목소리가 그녀에게 닿았다.

"이곳은 왕궁이라오."

루셔스가 어디인지 궁금해하는 눈치인 눌리타스를 위해 설명을 하며 잔잔한 미소를 지었다.

다시 잠이 들어버린 그녀를 기다리던 그는 매 순간이 더없이 귀하다 여겼다. 그래서 그가 깨어 있는 동안에는 그녀에게 끊임없이 무언가를 이야기해 주었다.

어린 시절, 전장에서의 일들, 오닉스와의 추억들, 그리고 자신이 그녀를 얼마나 기다리고 있는지도.

그에 대해 조금 더 알려주고 싶었고, 얼마나 그녀를 사랑하는지 전하고자 하는 마음이 컸다.

눌리타스는 손을 뻗어 그에게 닿아 보려 했지만, 여의치가 않았다. 그러자 루셔스가 그녀의 손을 자신의 아래 포개면서 눈을 감았다.

'어디에 있든 이리 함께할 수 있다는 것이 얼마나 다행인가.'

루셔스는 그녀의 손가락 마디 하나하나를 쓰다듬으며 초췌해진 얼굴로 다시금 그녀의 손바닥에 그의 얼굴을 대었다. 눌리타스는 그의 거칠거칠한 수염이 주는 감각에 손바닥을 조금 움찔댔다.

'나를 내내 지켜주셨구나.'

이리저리 방황하던 과거의 날들은 어디론가 사라지고, 이렇게 소중한 사람과 함께 할 수 있다는 것에 코끝이 시큰거렸다.

"얼른 나아서 모르시아니가로 돌아갑시다. 그대의 어머니도 진작 와 계신다오."

그 말을 하면서 루셔스는 또다시 이마를 구겼다. 마음 같아서는 신성력 치료 후에 곧장 공작 영지로 이동하고 싶었으나, 왕 때문에 그러지 못했다.

'피를 그만큼 흘린 사람을 겨우 살려 놨더니, 성치도 않은 환자를 마차에 태우겠다고?'

물론 루드비히의 그 말은 충분히 일리가 있었다. 하지만 왕궁 근처에 있는 그의 저택으로 눌리타스를 데리고 가겠다는 것조차 왕은 허락해주지 않았다.

'들이부은 신성력을 다시 거둬들여도 되나?'

루드비히의 터무니없는 협박을 당해낼 도리가 없었다. 왕으로부터 크나큰 도움을 받은 것은 사실이었으며, 루셔스는 평생 동안 그 은혜를 갚을 작정이었다. 그리하여 당장 이곳을 떠나고 싶은 그의 욕심을 참아낸 것이다.

우선될 것은 눌리타스의 회복이었지, 루드비히와의 쓸데없는 감정 소모 같은 것을 할 때가 아니었다.

루셔스는 그의 손을 꼭 잡은 채로 다시 잠이 들어버린 사랑하는 여인의 얼굴을 그윽하게 바라보았다. 조금씩 불그스름한 혈색이 돌아오고 저 말간 얼굴에 그녀를 닮은 청아한 미소가 걸린다면 얼마나 좋을까.

잠시 그런 소박한 바람을 가져 보았다.

사고를 당한 지 여러 날이 흘렀고, 눌리타스는 몸이 개운해짐을 깨달았다.

'도대체 얼마나 시간이 지난 걸까.'

내내 누워만 지냈더니 시간의 흐름에 둔감해졌고, 오래도록 쓰지 않은 근육들이 비명을 지르는 듯하였다.

'이렇게 오래 누워 있기는 평생 처음이네.'

몸이 회복되자 곧장 방 안에서만 머무는 것에 갑갑함을 느끼기 시작하였다. 눈을 떠서 고개를 돌리자 늘 옆에서 그녀를 지켜주던 사람의 얼굴이 보이지 않았다.

"……?"

눌리타스는 공작의 얼굴이 많이 상했다는 것을 상기하고 지금 어디에서 쉬고 계시겠거니 하고 생각을 하였다. 그리고 그가 없는 지금이 몸을 일으킬 기회였다.

최근에 몸이 회복되는 것 같아 앉으려고만 하면 공작님이 마구 화를 내는 통에 얌전하게 누워 있을 수밖에 없었던 것이다. 다시 깨어난 이후 공작은 조금 변해 있었다.

그녀를 바라보는 눈길과 손길은 전보다 더욱 다정하였지만, 이상해 보이기도 하였다. 베개에서 고개를 돌리는 것도 거들어주겠다 나서고, 수프를 떠먹여 주는 일도 손수 하였다. 숨도 대신 쉬어 주겠다고 할 정도였다.

'아마 걱정이 되어서 그러신 거겠지만.'

새끼 고양이를 보듬는 어미 같은 모습과 공작은 너무 어울리지가 않잖은가. 그렇게 어깨도 넓고 잘생긴…….혼자서 그의 모습을 떠올리다 얼굴이 화끈거려서 주변을 다시 살펴보았다.

눌리타스는 두 손으로 이불을 밑으로 끌어내리고, 천천히 상체를 들어보았다. 등에서 느껴지는 통증은 거의 없었으나, 쓰지 않던 근육들이 작은 소음을 내고 있었다.

"제기랄."

진짜 귀족이 되어버렸나. 침대에서 일어나 앉는 것도 힘이 들다니. 너무 서글퍼서 눈물이 핑 도는 것 같았다.

"할 수 있어! 다른 사람은 몰라도 너는 할 수 있어!"

눌리타스는 스스로를 격려하면서 입술을 앙다물고, 두 손으로 침대를 짚으며 다리를 아래로 내리는 것까지 성공하였다. 그 짧은 사이에 땀이 나 이마를 한 번 훔쳐야 했다.

"제페토 씨가 봤으면 매질감인데."

뭘 했다고 이렇게 숨이 차는지 혀를 차며 그대로 발을 바닥에 내디뎠다. 침대에서 손을 떼며 몸을 세우자 하늘이 빙글빙글 돌기 시작하였다.

창가까지 가는 것이 목표였건만 눈앞이 컴컴해졌고, 다시 눕고 싶은 마음이 간절하였다.

'이대로 바닥으로 쓰러져서 어디라도 다치면 공작님이 화를 많이 내실 텐데.'

눌리타스는 다시 몸이 아픈 것도 걱정이었지만, 공작에게 또다시 근심을 안겨주는 것이 두려웠다.

새하얀 슈미즈를 입은 그녀의 몸이 비틀거리는 찰나, 누군가 잽싸게 눌리타스의 팔을 잡아 품으로 끌어당겼다.

'공작님이 아니야.'

품에서 느껴지는 진득한 낯선 향에 놀라 얼굴을 확인하자, 왕이 아주 활짝 웃고 있었다.

"우리 누이가 성격이 무척 급하구나."

"……?"

누이라는 단어에 갑자기 아비오가 떠오르며 몸이 굳어버리자, 루드비히는 어깨를 으쓱해 보였다.

"이런, 겁을 집어먹은 표정도 혼자 보긴 아까울 정도군."

루드비히는 뭐가 그리 즐거운지 천천히 그녀의 몸을 가뿐히 들어 침대에 눕히는 것을 주저하지 않았다.

"이불도 덮어야지. 상처가 나은 거지, 체력을 회복하는 데는 시간이 걸린다고."

누가 보면 진짜 눌리타스가 왕의 여동생이라도 되는 것처럼 이불을 끌어 올리는 손길이 매우 조심스러웠다.

"감사합니다. 전하."

눌리타스는 여전히 왕을 잘 알지 못하는 상태였지만, 도와준 것에 대한 인사는 잊지 않았다.

"아마 사흘 정도면 슬슬 움직일 수 있을 거야. 이 궁에서 가장 경치가 좋은 정원에 데려가 주겠다. 그리고 아주 오래 숙성된 치즈와 포도주도 맛보여 주지."

눌리타스는 침대에 누워 이불을 푹 덮어 코와 눈만 내어 두고 그의 말을 듣고 있었다. 루드비히는 혼자서 한참을 그녀에게 무엇을 보여주겠다는 이야기를 늘어놓고 있었다.

그러나 왜?

눌리타스는 무엇 때문에 저렇게 왕이 그녀에게 호감을 보이는지 도무지 알 수 없어 답답하였다. 그런 진귀한 것들을 왜 맛보여 준다는 건지. 함께 하자고 들뜬 목소리를 내는지 솔직히 살짝 무서웠다.

'아무래도 제정신은 아닌 것 같아.'

누가 들으면 불충하다 혼이 나겠지만, 그녀가 직접 겪어 본 왕은 무척이나 이상한 사람이었다. 별 대답 없이 눈만 끔뻑거리는 눌리타스를 흘끔 보던 왕이 또다시 활짝 웃었다.

"저런. 아직 경계를 하는 건가. 괜찮아. 다른 사내를 지킨답시고 목숨을 던지는 여인을 탐내는 취미는 없으니."

그러고 보면 이전과는 조금 다른 분위기를 풍기는 것도 같았다.

그래도 여전히 왕은 경계해야 할 대상 쪽에 가까웠다. 눌리타스가 여전히 수상한 눈빛을 거두지 않자, 루드비히는 순간 웃음기를 거두며 정색을 하였다.

"어디 전쟁이라도 벌인 다음에 용맹한 공작을 그곳으로 보내버릴까?"

그런 무시무시한 말을 아무렇지 않게 하는 모습에 눌리타스는 소름이 끼쳤다.

'전쟁을 일으킨다니.'

눌리타스는 그런 왕의 말에 크게 실망하여 고개를 숙였다.

성의 일꾼으로 살면서 하찮은 일만 도맡아 하였으나 전장이 나들이 삼아 가는 곳이 아니라는 것쯤은 알고 있었다. 왕국에 전쟁이 일어났을 때 로마그놀로 백작은 칭병을 핑계로 왕국의 군마와 병사가 될 장정을 몇 보내는 것으로 그의 의무를 대신하였다.

나이 든 하녀의 아들이, 두 아이를 거느린 아버지가 또 이름 모를 영지의 농부들이 눈물의 작별을 나눈 후 사지에서 돌아오지 못하였다.

백작이 태평한 얼굴로 여인들의 품에서 안락한 시간을 누리는 동안에 비천한 자들의 피가 전장에 스며 강으로 흘러 들어갔을 것이다.

왕의 은혜를 입고 이제 겨우 나아가는 주제에 이런 말을 해야 하나 망설이다, 통곡하던 이들의 얼굴을 떠올린 눌리타스는 형형한 눈빛을 한 채 입술을 떼었다.

"전쟁은 모두가 불행해지는 재앙입니다. 더구나 전하가 그리 쉽게 입에 올리실 말은 아닌 듯싶습니다."

루드비히는 전쟁 자체를 즐기는 편이 아니었다. 그저 그를 곱게 봐주지 않는 여인이 얄미워 부러 이야기를 지어내다 보니 그런 실언을 하게 되었을 뿐이었다.

이제껏 그 누구도 그의 이런 말에 아니라고 화를 내며 반박하는 이는 없었다. 루드비히는 침대에 누워 씩씩거리는 눌리타스를 신기하게 바라보았다.

"그대는 참으로 특별하구나."

분명 왕이 그녀의 말에 무척 화를 낼 줄 알았으나 뜻밖의 답을 하자 놀랐다. 이불을 살짝 내리며 왕의 표정을 살피는데, 왜 쓸쓸해 보이는지 모를 일이었다.

'왕은 왕국의 주인이 아니던가.'

눌리타스가 속으로 이런 생각을 하는데, 옆에서 조그만 소리로 웅얼거리는 목소리가 들렸다.

"누군들 전쟁이 좋다고 했나. 그냥 공작이 보기 싫어 치우고 싶다는 거였지."

청록색의 긴 머리가 풀이 죽어 착 달라붙어 힘을 잃은 듯 보였다. 눌리타스는 왕을 만난 이후 처음으로 아주 작은 호감을 느낄 수 있었다.

'주제넘긴 하지만 말이야. 어쩌면 왕도 나처럼 모르는 게 많을 뿐일까.'

물론 그녀는 돼지를 친다고 세상사를 제대로 배울 여력이 없었고, 왕은 귀하고 좋은 것들에 둘러싸여 바깥을 잘 몰랐던 것은 아닐까. 성격도 무척 이상해서 누군가를 제대로 사귈 수 있었을 것 같지도 않았다.

그렇게 생각을 달리하자 왕의 이상한 의복이나 알 수 없는 말들도 그리 거슬리지 않는 것 같았다.

"여하튼 전하, 그런 식의 대화는……."

"왕에게는 대화 대신 오직 냉철한 판단과 지시만이……."

루드비히는 하늘색 가운을 여미며 가슴을 당당하게 펼치며 큰소리를 내다 슬쩍 눌리타스의 눈치를 살폈다. 사실 그는 태어나 지금까지 대화다운 대화를 나눠 볼 기회를 가지지 못하였다.

사람과의 교류에 흥미를 느끼지 못하였고 더 많이 배우고 빠르게 익히는 데에 집중하였다. 그러다 보니 어느새 왕좌에 올랐고, 그 이후에는 그런 편한 이야기를 나누기에 더 어려운 상황이 되어 있었다.

"그렇다면 그대가 도와주면 좋겠구나."

"네?"

"대화를 해야 한다면서?"

"하지만 왜 제가?"

'아, 다 취소다. 역시 왕은 세상에서 가장 이상한 사람이 분명하였다.'

눌리타스는 말도 안 되는 대화를 주고받다가 다시 상처가 덧날 것 같은 끔찍한 기분에 이불을 눈까지 푹 덮어 썼다. 갑자기 잠이 들었다고 하고 못 들은 척을 하는 게 최선이리라.

루드비히는 눌리타스가 갑자기 작은 손으로 이불을 끌어 올리는 것을 흐뭇하게 지켜보면서 방을 둘러보았다.

신관이 치료를 끝낸 후 살짝 귀띔해준 이야기를 되새기며 홀로 이를 드러낼 정도로 환히 웃었다. 누이가 회복하는 데 도움이 된다면 아주 귀한 것이라 해도 그녀에게 아깝지 않으리.

"저런. 환자를 붙들고 너무 오래 머물렀군. 쉬도록 해."

루드비히는 곧 가운을 끌며 방을 나섰고, 눌리타스는 곧장 이불을 가슴 밑으로 내리며 참았던 숨을 몰아쉬며 문을 노려보았다.

'그러고 보니 인사를 아직 제대로 못 했구나.'

어찌 되었든 생명의 은인 아닌가.

눌리타스는 그 실수에 황망한 얼굴을 하다, 이게 다 왕이 이상해서 그렇다는 것으로 결론을 내며 베개에 다시 얼굴을 파묻었다.

눌리타스의 체력은 조금씩 나아지기 시작하였다. 처음에는 겨우 서는 데 지나지 않았지만, 얼마 지나지 않아 방 안을 걷는 것도 가능해졌다. 죽을 뻔했고 오랫동안 잠을 잤던 것이 믿기지 않을 만큼 모든 것이 순조로웠다.

이제 곧 마차를 타고 갈 정도로 회복을 할 것이다. 그러면 모르시아니 영지로 돌아가서 어머니를 뵐 수 있을 것이란 기대로 마음이 부풀어 올랐다.

'그런데 왜…….'

창가에 서서 궁의 잘 꾸며진 정원을 바라보다 알 수 없는 불안함을 느꼈다. 마치 그녀에게 주어진 평생의 운을 모두 끌어다 쓴 기분이랄까.

따져보면 비천하기 그지없는 일을 하던 그녀가 귀족의 행세를 하며 공작의 곁으로 오게 되어 일어난 일들 모두가 눌리타스에게는 행운이었다.

게다가 이번에는 다른 것도 아니고 생사가 달린 일이었다. 왕을 알지 못한 시절이었다면, 그가 그녀에게 호의를 베풀어주지 않았더라면 이렇게 다시 저 푸른 하늘을 볼 수도 없었을 게 분명했다.

그 덕분에 살아났지만, 또 그 일 때문에 무척 머리가 복잡해졌다.

"하……."

"마님, 산책을 하고 싶어서 그러시죠? 조금만 있으면 나가실 수 있을 거니 조금만 참으세요."

소피아가 뒤에 앉아서 침대보를 매만지며 다정하게 말을 건넸다.

눌리타스가 아무리 하지 말라고 말을 하여도 도무지 듣지 않았다.

"소피아, 내가 잔 자리 정도는 스스로 정리하게 해줘."

"네, 하지만 지금은 덜 나으셨잖아요. 저도 조금만 돕게 해주세요."

콧노래를 부르며 베개를 정돈하는 소피아를 못 말리겠다는 눈으로 바라보았다. 그녀가 다시 눈을 떴을 때 누구보다 기뻐했던 것이 바로 소피아였다.

이 낯선 곳에서 서로를 무척이나 의지하고 있었던 탓이리라.

눌리타스도 소피아에게 좀 더 잘해줄 기회를 가지게 된 것이 무척이나 다행이라 여겼다. 그리고 조금 더 얻어 낸 삶은 웬지 새로이 시작되는 기분이라 설레기도 하였다.

창을 닫고 오랜만에 거울 앞쪽으로 다가섰다. 살짝 긴장이 되는 것도 같았다. 제대로 가꾸지 못한지 여러 날이 흐르지 않았던가.

숨을 크게 들이쉬고 거울에 그녀의 전신을 비추어보았다.

"하."

다시 원래대로 돌아가 버린 것 같았다.

한참을 병석에 누워 지낸 탓에 살이 빠져 볼이 움푹 파여서 푸른 눈이 도드라졌고, 얼굴도 푸석푸석해 보이는 것 같았다. 눌리타스는 손을 뻗어 볼을 더듬어 보았다.

거울에는 우울한 낯을 한 머리가 긴 소년이 어울리지 않는 드레스를 걸친 것 같은 모습을 하고 있었다.

겉모습에 신경을 쓴 적은 단 한 번도 없었지만, 왜 지금은 이리도 실망스러운가. 이런 흉한 얼굴을 한 채로 내내 공작의 간호를 받았다고 생각하니 얼굴이 달아오르는 것 같았다.

손을 머리 위로 뻗어 긴 은발을 쓸어내려 보았다. 햇살을 받아 반짝이는 빛이 참으로 고왔다.

'이것만은 곱구나. 내게는 정말 어울리지 않을 만큼 말이야.'

원래의 머리색은 여전히 그녀에게 낯설었으며 거북스러웠다.

이 찬란한 색은 누군가를 연상케 하였고, 그럴 때마다 눌리타스의 기분은 역겨움에 사로잡혔다. 어머니를 고통스럽게 만든 인간의 피가 이 속에 흐르고 있었다.

눌리타스가 팔을 들어 가만히 들여다보았다.

'이 얼마나 우스운 일이야. 증오하는 자의 피를 가지고 살아야 한다니.'

꽤 오래 서 있던 탓에 살짝 어지러워 깊숙한 의자에 등을 대고 앉았다. 소피아가 재빨리 무릎에 걸칠 만한 것을 가져다주었고, 눌리타스는 눈을 감으며 머리를 등받이에 기대었다.

로마그놀로 백작이 얼마 전에 찾아왔었던 일이 떠올랐다. 어디서 소식을 듣고 온 건지 제대로 옷을 갖춰 입지도 않고서 궁에 나타났었다.

"세상에, 우리 아가, 괜찮은 거냐? 아비가 왔단다. 오. 세상에!"

침대에 누워서 약을 먹던 눌리타스는 요란법석을 떨며 등장한 백작의 모습에 인상을 썼다. 가까이에 온 백작에게선 전날 밤의 쾌락의 잔재가 남은 듯 역한 술 냄새가 풍겼다.

'어디서 아비니, 아가 같은 소리를 지껄이는 거냐.'

어머니가 옷도 제대로 입지 못한 채 송장처럼 굳어 쓰러져 있던 밤이 생각나자 이불 속 그녀의 주먹에 힘이 들어갔다. 저자의 입술을 후려쳐 두 번 다시 그녀를 부르지 못하도록 해 주리라.

진료가 끝나 의원이 방을 나서자 그곳에는 소피아, 눌리타스, 그리고 백작만이 남게 되었다. 그러자 곧 인자한 아비의 탈을 쓴 백작은 사라져버렸다.

"쓸데없는 짓을 했어."

백작은 짜증을 내며 눌리타스에게 힐난의 뜻을 전하였다. 공작에게 칼이 날아든 모처럼의 기회를 왜 망쳤냐며 그 자리에서 그 꼴사나운 공작이 죽기라도 했으면 좀 좋으냐며 아쉬운 빛을 드러냈다.

'왜 백작은 저리도 공작님을 증오하는 건가.'

눌리타스는 공작의 죽음을 입에 올리는 로마그놀로 백작을 보며 의문에 잠겼다. 인품으로 보나 실력으로 따져도 모르시아니 공작과 저자는 비교가 되지 않았다.

백작은 제 가족조차 건사하지 않고 밖으로만 떠도는 늙고 추한 짐승에 불과하였다. 남의 아픔이나 고통을 전혀 이해하지 못하고 순전히 자신의 쾌락만을 좇는 자.

눌리타스의 청안이 서늘해져 조소가 어렸다.

예전에는 백작에게 너무 화가 났었지만, 이제는 너무 하찮아서 환멸이 느껴질 정도였다. 저런 자를 주인으로 모시고 여름이고 겨울이고 몸이 부서져라 일을 했던 때를 떠올리자 눈물이 울컥 차오르는 것 같았다.

'왜 당신이 나의 아버지입니까.'

차라리 주인과 하인의 관계에 불과했더라면 얼마나 좋았을까.

끊임없이 괴언을 늘어놓으며 열을 올리는 백작을 보자 헛웃음이 비집고 나왔다. 그 모습을 보더니 로마그놀로 백작이 고래고래 소리를 지르기 시작하였다.

"등에 칼을 맞더니 아주 돌아 버린 게냐?"

그러다 갑자기 말을 낮추더니 눌리타스에게만 들리게 무언가를 소곤거렸다.

"잘 들어둬. 공작의 생사에 상관없이 빨리 그자의 아이를 가지거라."

눌리타스는 갑자기 백작이 언급한 아이라는 단어에 놀라 얼굴이 굳어버렸다. 그녀의 그런 얼굴을 살피더니 아주 한심하다는 표정을 지으며 백작이 말을 이었다.

공작이 죽어버리기라도 하면 그 배 속의 아이가 유복자가 되어 모르시아니 가문의 후계가 되며, 살아 있어도 그 잘나빠진 가문을 사생아의 피로 물들일 수 있으니 그보다 더 훌륭한 복수는 없다는 게 그의 설명이었다.

'어떻게 그런 생각을.'

공작의 아이라니.

저자는 아이를 무슨 무기를 다루듯 지칭하고 있었다. 악마가 세상에 존재한다면 아마 딱 저런 얼굴이 아닐까.

모르시아니 가문의 몰락을 꿈꾸는 로마그놀로 백작의 얼굴이 기쁨으로 물드는 것을 정면으로 보던 눌리타스는 팔에 소름이 돋는 것 같았다.

그리고 마지막 당부의 말은 정체를 들킬 것 같으면 자진하는 것을 망설이지 말라는 것이었다.

'네 어머니를 생각한다면 말이다.'

비열한 작자는 백작성에 머물지도 않는 어머니를 물고 늘어지며 협박을 해댔다. 당연한 이야기지만, 백작은 들어와서 나갈 때까지 그녀의 회복을 바라는 말은 건네지 않았다.

'그런 걸 바란 적도 없지만.'

의기양양한 백작이 그녀의 방을 나서자 눌리타스는 침대 위로 몸을 털썩 숙였다. 방금 먹었던 약이 역류를 하는 듯 울렁거렸고,

머리를 누가 망치로 두드리기라도 하는 듯 어지러웠다.

'누가 제발 이런 나를……'

등에 칼이 박히는 것보다 더 아픈 시간이었다. 그녀의 절반을 준 이는 여전히 눌리타스를 성에서 키우는 가축 이상으로 보고 있지 않았다. 언제든 버릴 수 있고, 꺼내 쓸 수 있는 도구.

그러나 백작성의 도구에 불과하던 그 아이는 이제는 없다고.

게다가 어머니도 이제 무사하시다.

"당신은 내 인생에서 아무것도 아니야."

허리를 펴면서 눌리타스는 그가 사라진 문을 노려보며 혼잣말을 하였다.

높은 곳에서 빛나리

"그대 또 일어나 있었던 게요?"

모르시아니 영지 일로 전갈을 받고 나갔던 루셔스가 의자에 앉은 눌리타스를 발견하고는 아주 큰일이 났다는 듯 소리를 높였다.

그의 등장은 백작을 떠올리다가 불쾌해진 감정을 일시에 날리기 충분하였다. 눌리타스는 침대로 가기 위해 허둥지둥 팔걸이에 힘을 주며 일어섰다.

"그렇게 급히 일어서면 몸에 또 무리가 있질 않소."

루셔스가 눌리타스에게 다가서더니 그녀의 몸이 마치 유리로 만들어진 공예품인 것처럼 조심스럽게 안아 들었다. 지켜보던 소피아의 얼굴이 시뻘게지는 것을 보며, 눌리타스는 그의 가슴을 살짝 밀었다. 루셔스가 눌리타스를 침대에 사뿐히 내려두자 소피아는 어느새 사라지고 없었다.

"공작님, 저 이제 다 나았어요. 그러니 부디……."

이제 거의 다 회복이 되었건만 공작은 여전히 그녀를 과보호하였다. 바람에 감기라도 들까, 피로하여 또 병이 날까 염려를 하는 것이었다.

그의 마음을 이해를 못 하는 바는 아니었고 눌리타스는 그의 이런 극진한 간호가 싫지 않았다. 하지만 계속 이러는 건 미안하고 또 민망하지 않은가.

그녀의 말이 끝나기도 전에 루셔스가 온몸을 부르르 떨었다. 눌리타스가 그의 얼굴을 확인하는 순간 짧은 신음을 뱉을 수밖에 없었다.

"그대는!"

붉게 충혈된 루셔스의 눈에 뜨거운 기운이 맺히더니, 애써 담담하게 이야기를 하려 애를 쓰는 기운이 역력하였다.

"예전부터 말이야. 그대는 정말."

루셔스는 처음 그녀를 알게 되어 홀로 마음을 주기 시작한 후, 늘 눌리타스의 뒷모습을 보는 것에 만족하여야 했다. 언젠가 같은 마음을 가질 수 있을까 하는 꿈만 꾸었다.

그러다 서로의 마음을 확인하게 되어 부푼 미래를 그리는 중에 그런 황망한 사고를 당하였던 것이다. 눌리타스가 깨어난 이후 그에 대해서는 한마디도 하지 않았던 그였다.

"그대가 나를 구해주고 만약 다시 눈을 뜨지 못했다면."

남겨진 나는 어떻게 살지 생각해 본 거냐는 뒷말은 차마 입에 담지도 못하였다. 일생을 헤매어 찾아낸 인연을 눈앞에서 잃는 기분이 어떤지 아느냐고 따져 묻고 싶었다.

"그래서 나는 그대가 나를 구해준 거에 대해서 고맙다고 이야기하지 않을 작정이오."

"공작님."

"그대는 무정한 사람이오."

눌리타스는 침대에 기대앉아, 사고 전에 그와 나누었던 대화를 떠올렸다.

'아……'

깊은 잠을 자는 동안에도 그가 원하는 그 이름 하나 실컷 불러주지 못했음에 아쉬워하지 않았던가.

"죄송해요. 제가 생각이 짧았어요. 루."

눌리타스가 침대에서 살포시 일어서며 루셔스의 부들부들 떨리는 주먹을 감싸 쥐었다. 눌리타스는 자신이 이토록 사랑받고 있다는 것이 새삼스러웠다.

아무것도 가진 게 없는, 부족한 자신에게 이토록 애정을 표현해주는 공작에게 무엇으로 답을 할 수 있을까.

"루. 저는 그 순간 다른 생각을 할 수가 없었어요. 그냥 당신이다치는 게 싫어서, 그래서……"

서로 한마디를 주고받던 이들의 눈가는 어느새 촉촉하게 젖어 들기 시작하였다.

루셔스는 그의 가슴에 겨우 이르는 작은 여인의 속삭임에 몸 둘 바를 몰랐다.

그런 마음으로 그의 등을 감쌌던가. 사랑하기에 목숨을 따져보지도 못했던가.

"하지만 그대, 나를 조금 덜 사랑해도 좋으니."

차라리 저 여인이 그를 미워하는 편이 나을지도 모른다. 죽는 줄 알고, 그대로 영원히 못 만나게 되는 줄 알고 얼마나 슬퍼했던가.

"나를 홀로 두지 마."

"아."

눌리타스는 그의 낮은 목소리에 공작의 허리를 안았다.

떠나는 사람만 두려운 게 아니었구나.

홀로 남게 될까 봐 떨고 있는 어린 소년의 그림자가 공작에게서 엿보였다.

그에게 그런 슬픔을 안기게 될 줄은 몰랐다.

"죄송해요. 정말 죄송해요."

눌리타스는 터져버린 눈물을 흩뜨리며 그의 가슴에 볼을 비볐다.

루셔스는 그의 마음을 너무 몰라주는 여인에게 서운한 마음이 들었다가, 갑자기 세상을 모두 얻은 듯한 충만함에 잠겼다. 어느새 손을 펴서 그녀의 등을 토닥이고 있었다.

눌리타스는 언젠가 들었던 여덟 살에 홀로 된 공작의 이야기를 되새겼다. 그때부터 가족이라고는 없었다고 했다.

그녀는 그런 여유도 없었거니와 어머니와 함께 생활했기에 쓸쓸하다는 감정을 느낄 겨를은 없었다.

"이토록 부족한 저라도 좋으시다면…… 제가 가족이 되어드릴 게요."

눈물로 범벅이 된 얼굴을 들어 눌리타스가 공작을 올려다보았다. 그의 다정한 마음, 깊이를 알 수 없는 눈, 낮은 목소리, 커다랗고 따스한 손에 반하였지만, 이건 그것과는 조금 다른 의미의 약속이었다.

어떤 일이 있더라도 그의 곁에서 힘이 되어 주리라.

루셔스는 그녀의 말에 굳은 얼굴을 천천히 풀며 입매에 호선을 그렸다.

"이미 동굴에서 그대를 가족이라 했거늘."

손가락 두어 개를 뻗어 눌리타스의 얼굴에 눈물을 닦아내었다. 웃게만 하고 싶은데 어찌 된 일인지 자꾸 이 여인을 울리는 것 같아 속이 상하였다.

그래도 어쩐지 루셔스는 자꾸만 웃음이 흘러나오는 것을 멈출 수 없었다.

그날 밤, 루드비히가 정식으로 모르시아니 공작부부를 저녁 만찬에 초대를 하였다.

눌리타스는 특별히 왕이 보내 준 자수정 빛이 감도는 벨벳 드레스를 입고, 목에는 새하얀 보석을 드리웠다. 눈부신 은발을 한데 틀어 올려, 새빨간 보석 핀으로 장식을 하자 병으로 창백해졌던 얼굴에 신비한 아름다움이 어른거렸다.

"내 눈이 정확하였군."

루드비히는 제일 중앙 자리에 앉아 손을 깍지를 낀 채 천천히 걸어 들어오는 눌리타스를 응시하고 있었다. 옆에서 루셔스가 새하얀 셔츠에 검은 바지, 어두운 빛이 감도는 짧은 망토를 살짝 걸친 채 인사를 하였지만, 보이되 보이지 않는 것처럼 굴었다.

"전하, 제가 경황이 없어 인사가 늦었습니다. 귀한 힘을 나눠주셔서 감사합니다."

눌리타스가 자리에 앉아 왕에게 인사를 하는 것을 잊지 않았다. 신성력이란 것에 대해 잘 알지는 못하였으나 그 덕분에 죽음의 문턱에서 돌아올 수 있었다.

"누이를 위해서라면."

"네?"

예법에 어긋난다는 것을 잘 알았지만, 눌리타스는 왕의 말에 대꾸를 하고 말았다. 그러자 루드비히가 붉은 딸기를 입으로 가져가며 별일 아니라는 듯 한쪽 눈을 찡긋거렸다.

지난번에는 그녀가 잘못 들었거니 생각하여 그냥 넘겨버린 터였다.

"보통 평민들은 이런 경우 공작을 매제라고 부른다고 하지?"

"당치도 않으십니다. 전하."

루셔스는 포크를 집어 던지다시피 한 후 왕 쪽으로 눈을 부릅떴다. 저 교활한 자 때문에 궁에 머무르는 내내 마음이 불편했다.

"공작이 아직 설명하지 않았나 보군."

루드비히는 루셔스의 시선을 가볍게 무시한 후 눌리타스에게 무척이나 다정한 목소리로 말을 이었다.

"그대의 몸에 불어넣은 신성력이란 건 말이지, 왕족이 아니면 쓸 수가 없다. 그대가 피를 너무 흘려서 의원이 와도 가망이 없어 보여 이 몸이 그대에게 그것을 허락했지."

"하지만 그것이 어떻게 가능한 거죠?"

혼란스러운 눈으로 눌리타스가 루셔스에게 반문했다. 루셔스는 낭패감 어린 표정으로 낮은 목소리로 그녀에게 입을 열었다.

"전하가 그대를 의남매로 칭하셔서 그대가 그 성스러운 치료를 받을 수 있었고 덕분에 살 수 있었지."

눌리타스는 그 말에 놀라움을 금할 수 없었다. 저 노출증 환자가 나와 남매라니…….

330

'그래서 자꾸 그녀를 누이라고 불렀던 건가.'

놀란 눈을 한 눌리타스를 향해서 루드비히가 포도주 잔을 들어 올렸다.

"그리고 내가 미카엘 슬리더린을 가두고 있다는 것을 얘기했 던가?"

눌리타스는 루드비히의 말에 금발의 사내를 기억해냈다. 그러 고 보면 사고 이후 그에 대해 생각을 하지 못하고 있었다. 분명 그 런 사고를 쳤으니 아무리 귀족일지라도 처벌을 면치 못할 것이다.

"왕이 있는 자리였다. 고로 왕을 시해하려 한 것과 같다. 합당한 벌을 주어야겠지. 그러니 아무런 걱정 말도록 해."

루드비히가 잔을 털어 향긋한 술을 음미하며 중얼거렸다. 그의 귀한 누이를 하마터면 잃을 뻔하지 않았던가.

그 대화를 끝으로 루셔스와 왕 사이에 말이 주로 오고 갔다. 두 사람의 기류가 그리 평온하지는 않았지만, 별다른 일은 없었다.

왕과의 사연을 듣게 되어 가슴이 잔뜩 무거워진 눌리타스는 누 워 있던 동안 왕국에 큰일이 생긴 것을 알게 되었다.

왕국에 수상한 병이 돌기 시작해서 급속도로 번지기 시작하였 던 것이다.

처음에는 좀 지독한 감기 정도로 취급을 받아 대수롭지 않게 여 겨졌다고 한다. 그러나 환자가 감당하지 못할 정도로 늘어났고,

상황이 매우 나빠지자 인식이 달라졌다.

일단 발병이 했다 하면 열에 둘, 셋이 죽어 나갔다. 고열로 헛소리를 마구 해대다 숨을 거둔 후 몸을 살펴보면 장미 문양의 발진이 남아 있기도 하였다.

이런 증상은 처음 보는 것이었기에 어떤 치료책도 준비되어 있지 않았고, 가난한 자들은 의원에게 환부를 한번 보이기도 힘이 들었다.

오염된 식수 때문인지 집마다 들끓는 쥐들 때문인지 원인을 찾을 수 없어 대비할 수 없었다. 혹여 가난한 자들이 저주를 받았다는 풍문이 떠돌기도 하였으나 그리 지지를 받지는 못하였다.

평민들의 집단 발병을 막기 위해 왕실에서는 임시 구호소를 몇 군데 차렸다. 일을 하지 못해 먹을 것을 구하지 못한 이들이 환자를 간호할 기운도 없이 속수무책으로 전염되는 것을 막기 위함이었다.

'저것들이 모두 죽고 나면 일은 누가 하나.'

그것이 귀족회의에서 나온 의견들이었다. 인명을 구하는 입장이라기보다는 소나 말처럼 부릴 수 있는 자들의 손실을 막아야만 한다는 이유에서였다.

임시 구호소에는 귀족 사내뿐 아니라 여인들도 일을 거들기로 하였다. 사내들이 구호소의 설치나 운영을 도맡고, 귀부인들은 그곳에 근무하는 의원들을 도와 병자의 가족을 돕는 일을 맡은 것이었다.

그리고 그런 이야기들을 듣고 있던 눌리타스는 가슴 속에 울컥거리는 감정을 느끼며 하나의 그림을 떠올려보았다.

발진이 얼굴을 뒤덮은 어린아이가 죽어가는 모습을 속수무책으로 지켜볼 수밖에 없는 부모의 구부정한 어깨.

순간 눌리타스는 온몸을 강타하는 깨우침에 눈을 크게 떴다.

'내가 그들을 도울 수 있다면.'

그녀의 눈이 푸르게 빛을 내기 시작하자 루셔스가 건너편에서 그것을 불안하게 보며 입을 열었다.

"물론 모르시아니가에서도 적극적으로 물품 지원을 하도록 하겠습니다."

그리 큰 사고를 겪고 이제 겨우 회복을 한 눌리타스와 함께 돌아갈 일만 남았다. 이제 어떤 일도 그들의 귀가를 막을 수는 없을 것이란 굳은 의지로 턱을 당겼다.

루셔스는 히스 필드에 오는 게 아니었다는 후회를 얼마나 했는지 모른다. 아니면 그녀라도 영지에서 편히 쉴 수 있게 할 것을 하는 생각도 해 보았다.

'절대 그대를 보내지 않아.'

"공작님, 저도 다른 귀부인들과 함께하겠습니다."

"그대, 무슨 소리요. 당신은 죽다 살아났다고!"

"하지만 이젠 괜찮은걸요. 영지에 들러서 짐을 꾸리고 합류할

게요."

굽히지 않겠다는 듯 단호한 어조의 눌리타스에게 화를 내기도 하고 어르고 달래기도 하는 루셔스의 대화를 지켜보던 루드비히가 입술을 비죽거렸다.

아마 신성력으로 치료를 받았으니 얼마간의 영향으로 질병을 걱정하지 않아도 좋을지도 모른다. 하지만 왠지 그 이야기를 그냥 알려주기는 얄밉다고 할까.

루드비히도 아직 푸른 눈 밑이 움푹 파인 눌리타스가 고생을 하는 것이 싫었다. 하지만 저리 의지를 불태우는 모습이 꽤 감동적이기도 하였다.

"모르시아니 가문과 아픈 이들을 위해 허락해 주세요."

그녀의 이 말에 식탁에 앉은 두 사내는 아무 말도 할 수 없었다. 눌리타스도 역병에 걸린 이들을 대한다는 게 두려웠다. 귀족 여인들의 틈바구니에서 무언가 한다는 것도 그녀에게는 하나의 도전이었다.

로마그놀로 백작과는 달리 진짜 명예를 위해.

그녀는 또 한 번 죽음 앞에서 떨지 않고 앞으로 나아가리라 다짐을 하였다.

왕과의 식사 후 루셔스는 눌리타스의 결심을 바꿔보려 무던히 애를 썼다. 그 역시 고통으로 신음하는 이들의 사연에 가슴이 아프지 않은 것은 아니었다.

이번 히스 필드에서 받은 상금 모두와 사비를 털어서 모르시아니 가문의 이름으로 환자와 가족들을 돕는 데 앞장설 계획이었다. 그러나 그마저도 때로는 무척이나 이기적일 수밖에 없다는 것을 이번 기회에 깨닫게 되었다.

"그대는 이제 겨우 나았다고."

눌리타스는 그의 진심 어린 음성을 듣고서 미안한 표정을 지을 뿐이었다.

지체 높은 가문의 여인들이 자발적으로 봉사를 위해 발을 벗고 나서는 일에 모르시아니 가문이 빠지는 일은 있어서는 안 된다고 생각했다.

게다가 가난해서 약도 제대로 쓰지 못하는 이들을 돕는 것이다. 약을 구하지 못하여, 매를 맞아 찢어진 상처에 들판에서 꺾은 풀을 짓이겨 바르는 게 어떤 것인지 잘 알았다.

하물며 발병하면 열에 셋이 죽는 지독한 전염병이라니, 그녀와 같은 처지의 이들이 할 수 있는 일이란 뻔했다. 그저 하늘을 보며 기도를 하는 것밖에 없을 것이다.

"그대의 어머니를 생각해 본 게요?"

루셔스는 눌리타스의 마음을 약하게 만들기 위해서 그답지 않은 방법까지 동원하였다. 어머니를 끔찍하게 아끼는 사람이니 이번에는 그의 말에 귀를 기울여 주겠거니 생각하였다.

"그건⋯⋯."

어머니를 떠올리자 눌리타스의 눈에 이내 습한 기운이 들어찼다. 하지만 고열에 사경을 헤매던 눌리타스를 살리고자 백작을 찾아갈 수밖에 없었던 그때의 심정을 어머니는 기억하고 계실 것이다.

"금방 돌아올게요."

눌리타스는 루셔스가 어떤 마음인지 충분히 잘 이해하였다. 그녀도 그저 한 개인으로 치자면 공작과 모르시아니로 돌아가서 그와 함께 말을 타며 즐거운 시간을 보내고 싶었다. 어머니에게도 제대로 된 것들을 안겨드리고 싶었다.

"저도 너무 혼란스러워요."

눌리타스가 의자에 앉은 공작의 뒤로 가서 살포시 그의 어깨 위로 양손을 올렸다. 그리고 몸을 살짝 구부리며 그의 귓가에 다시한번 속삭였다.

"반드시 무사히 돌아올게요."

루셔스는 어디서 많이 들어본 듯한 이야기를 속살거리는 여인을 미워할 수도, 그 마음을 돌릴 수도 없어 어쩔 줄 몰랐다. 이제 겨우 평화로운 시간이 오는가 했더니, 왜 그들의 앞에 장애물이 끝도 없이 펼쳐지는가.

두 손을 들어 얼굴을 비비며 한숨을 내쉬다 한 손을 뻗어 어깨에 놓인 눌리타스의 손을 꼭 잡았다.

"그대를 보낼 수 있을까."

손등을 조금 만지작대다 좋은 생각이 났다는 듯 루셔스가 일어서 눌리타스와 마주 보았다.

"내가 여장을 해서 그대의 호위를 서면 어떨까?"

눌리타스는 농담으로 듣기엔 그의 눈이 너무나 진지하여 당황스러웠다.

진심이실까.

하지만 여인의 드레스를 입은 공작의 모습을 상상해보자 웃음이 터져버렸다.

"저런. 농담이 아니었는데."

루셔스는 그녀가 진심을 몰라주는 것 같아 야속했지만, 귀한 미소 한 자락을 보아서 행복하였다.

"그대가 웃어주니 참 좋군."

루셔스는 그녀의 마음이 그렇다면, 응원을 해주리라고 다짐을 하였다. 머릿속으로 그녀를 호위할 이들의 수를 계산하는 것으로 눌리타스를 향한 애정을 표현하고자 하였다.

드디어 모르시아니 영지로 돌아가는 아침이 밝았다.

눌리타스는 남색 드레스를 갖춰 입고, 하얀 레이스가 달린 붉은 숄을 걸쳤다. 왕의 시종이 이르길 전하가 출발하기 전에 차를 한 잔 청한다고 전해 주었다.

루셔스는 오랜만에 돌아가는 준비를 마무리하기 위해 잠시 일을 보러 나갔고, 눌리타스는 소피아를 데리고 왕을 알현하기 위해 걸음을 서둘렀다.

아주 사소한 호감은 생겼다지만, 여전히 왕은 그녀에게 불편한 존재가 분명하였다.

"어서 오세요. 모르시아니 공작부인. 전하가 기다리고 계십니다."

시종이 안내해준 곳은 방이라고 하기는 좀 수상했다.

들어서는 순간 훈훈한 기운이 감돌더니 사방이 유리로 만들어져 번쩍거렸다.

"마님, 방 안에도 정원이 있네요."

눌리타스와 마찬가지로 소피아도 이런 풍경을 보는 것은 처음이라 입을 떡 벌린 채 두리번거리느라 정신이 없었다. 이름을 알 수 없는 꽃들이 계절을 잊은 채 탐스럽게 피어 있었다.

"신기한가?"

조금 가느다란 목소리가 멀지 않은 곳에서 울려 퍼졌다. 눌리타스는 왕이 굉장히 높은 나무 아래 의자에 앉아 그녀를 향해 손을 흔들고 있음을 보았다.

"소피아, 이곳에서 기다려."

"하지만 마님."

"괜찮을 거야."

눌리타스가 천천히 걸어서 의자에 앉으며 인사를 하였다. 하지만 왕을 보는 대신에 처음 보는 기묘한 나무에 시선이 머물러 있었다.

"이런 섭섭하군. 내가 나무보다도 못한 취급이라니."

전혀 섭섭한 것 같지는 않은 유쾌한 목소리가 루드비히의 입술을 타고 흘렀다.

"파사 제국에서 선물로 온 아지아르라고 하는 나무다."

왕이 손가락을 튕기자 어디에서 하녀 둘이 나타나 차를 준비해 주었다.

"들도록 하지. 이게 저 나무의 열매로 만든 차인데 귀한 거야."

눌리타스는 약간 머뭇거리다 왕이 먼저 마시는 것을 보다 찻잔을 들어 입으로 가져갔다. 약간 우윳빛이 감돌았고 별다른 향이 나지 않는 미지근한 차였다.

루드비히는 눌리타스가 그 차를 다 마시는 것을 흐뭇하게 지켜보고 있었다. 형제가 없이 자랐고, 부모님이 모두 돌아가셔 어디 하나 피붙이라고는 찾기가 어려웠는데, 어찌 되었거나 그의 여동생을 하나 찾은 것이 굉장한 일이라 여겨졌다.

그녀를 치료하였던 신관이 은밀하게 전해준 말이 떠올랐다.

'모르시아니 공작부인에게서 희미하나 왕가의 피가 흐르고 있

습니다.'

그래서 신성력 치료가 그렇게 효험이 있었던 것이다. 물론 이 사실을 아는 사람은 신관과 그 단둘뿐이었고, 누구에게도 알릴 생각이 없었다.

이미 눌리타스의 출신에 대한 모든 조사를 마친 후였다. 그녀에게 왕가의 피가 흐르는 것을 밝히려면 윗대 왕족 누군가의 허물을 들추는 일이 될 것이다.

게다가 최대 피해자가 바로 눈앞의 저 여인이 될 것이다.

'그럴 수야 없지.'

그래서였을까. 처음 만났을 때부터 눈길이 머무른 게.

갖고 싶은 욕망이 아니라 함께 하고 싶은 거였나. 분명 산 채로 몽땅 삼키고 싶은 기분을 느끼기도 하였는데, 이제는 저 차를 꿀꺽 마시는 모습이 아주 기특하기까지 하였다.

가지 말고 이곳에서 그와 같이 놀자고 떼를 써보고 싶었지만, 공작도 설득하지 못한 저 여인의 결심을 흔들진 못할 게 뻔했다.

그래서 그가 할 수 있는 배려를 하기로 하였다. 처음 해보는 것들이라 무척 어색하긴 하였지만 말이다. 아지아르 나무의 백년에 한 번 맺는 열매는 영험한 기운이 있다고 전해졌다.

눌리타스는 다 마신 잔을 내려두는데 왕의 입꼬리가 살짝 휘는 것을 보고 손등에 잔털이 삐죽 서는 것 같았다.

"영지에 다녀와, 다시 이곳으로 오겠군."

임시 구호소가 설치된 곳은 이곳 궁과는 거리가 멀긴 하였지만, 모르시아니 영지보다는 가까운 곳이었다.

"네."

"언제든 나의 부름에 응하라."

"그건."

"대화라는 것을 하려고 하는 거야."

"네."

루드비히는 보드라운 머리를 흔들며 새로 받은 잔을 든 손을 올렸다. 시간은 모든 것을 해결해줄 것이다. 왕국에 드리운 암울한 그림자도 곧 걷힐 것이다.

"디아나의 가호가 있기를."

왕국의 어두운 골목에서 온몸에 발진이 난 이들이 고열로 쓰러지며 신을 부르짖던 어느 날이었다.

루드비히는 왕과 의남매를 맺게 된 모르시아니 공작부인을 그냥 보낼 수 없다고 부득불 시중에서 구하기 힘든 옷감과 보석들, 명마를 준비해서 눌리타스에게 주려고 하였다.

하지만 이미 그것들 전부를 합친 것보다 귀한 목숨을 선물 받지 않았나. 눌리타스가 이미 평생을 갚아도 부족한 은혜를 입었다 말하며 거절의 뜻을 밝히자 그제야 왕이 물러섰다.

'평생이라 이 말이지. 음.'

왕이 분명 그녀의 말을 조금 다르게 받아들인 것 같았지만, 그것을 고쳐주기에는 시간이 너무 촉박하였다. 왕을 떼어내는 데 성공한 눌리타스가 루셔스와 급하게 마차에 올랐다.

"휴."

마차의 푹신한 등받이에 기댄 눌리타스와 루셔스의 입에서 동시에 한숨이 새어 나왔다. 바퀴가 굴러가자 이내 가느다란 빗줄기가 마차의 창을 두드리기 시작하였다.

'굉장히 먼 여정이었던 것 같아요.'

눌리타스는 빗물에 어른거리는 풍경을 보면서 혼자서 조용히 속삭였다. 얼마나 많은 일들이 있었던지 일일이 헤아리기도 힘이 들었다.

왕을 우연히 만나게 되었다. 사생아가 공작부인이 된 만큼이나 놀라운 이야기 아닌가. 어머니를 만나 그녀가 왕의 의남매가 되었다고 말씀을 드려도 믿지 못하실지도 모른다.

그리고 천막에서의 시간은…….

타들어 가는 장작 소리에 그녀의 곁을 감싸주던 그의 너른 품이 주던 안락함, 그리고 열정적인 그들의 시간이 문득 떠올랐다.

창밖을 보는 척하면서 얼른 두 손으로 뺨을 가렸다.

죽음의 문턱에서 살아 돌아와 이렇게 집으로 가는 길을 공작과 함께할 수 있다는 것에 마냥 들떠 속이 울렁거렸다.

"그대, 몸이 불편하지는 않아?"

루셔스가 마차가 덜컹거리자 염려스러운 눈을 하며 말을 걸었다. 눌리타스는 이제 아픈 곳도 없었고, 체력도 거의 회복한 상태였다. 하지만 그의 걱정은 별로 달라진 데가 없어 웃음을 자아냈다.

"정말 괜찮아요."

바라만 봐도 좋은 여인을 또다시 보낼 생각을 하니 잠깐 동안의 이별을 앞두고 루셔스의 기분은 가라앉는 것 같았다.

눌리타스는 그의 눈빛이 허해지는 것을 보고 얼른 화제를 전환했다.

"그 슬리더린 백작은 어떻게 되셨나요?"

그러자 순간 공작의 눈에서 뜨거운 불이 일더니 거친 목소리를 내었다.

"그자는 감옥에 있어."

아주 비열하기 짝이 없는 자가 아닌가. 정당하게 겨룬 시합에서 패배를 한 것을 인정하지 못하고 연회에서 단도를 날리다니. 그때 생각을 하면 몸에 흐르는 피가 싸늘하게 식어버리는 것 같았다.

마음 같아서는 당장에라도 그의 손으로 처벌을 하고 싶었다. 귀족이라는 이유로 사형에서도 자유로웠다.

평생 의견을 달리한 루드비히와 처음으로 같은 마음이었다.

'살아도 산 것 같지 않은 날을 만들어주지.'

루드비히가 저리 말했으니 미카엘의 처지가 좋지만은 않을 것이었다.

눌리타스는 단도를 날리기 전 미카엘의 붉은 눈을 떠올렸다.

그가 던진 날카로운 칼에 큰 부상을 입고 죽을 고비를 넘기긴 했지만, 눌리타스는 그자가 쉽게 이해되지 않았다.

'어째서 그런 미련한 선택을 하게 되었을까.'

그처럼 귀족의 아들로 태어나 온갖 부와 명예를 지닌 자가 한순간의 실수로 날개가 꺾인 게 아닌가.

눌리타스는 드레스 자락을 만지작거리면서 몰래 공작을 흘끗 보았다.

처음 혼인을 위하여 이곳을 찾았을 때는 어땠는가.

어머니를 백작성에 남겨두고 온몸에 힘을 잔뜩 준 채로 기절을 하듯 마차에 올랐었다. 아비오에게서 맞은 배의 통증을 삼켜가며 쓰러지지 않으려 그렇게 애를 썼더랬다.

순간 건너편 공작의 모습이 새삼스러웠다.

진짜 존재하는 사람일까. 혹 모든 것이 그녀만의 상상에 불과하고, 지금이 공작을 만나기 전의 상황이라면······.

눌리타스는 그 생각만으로도 가슴을 두 주먹으로 치고 싶을 만큼 답답해졌다. 하지만 어쩌면 그것이 서로에게 나을지도 모른다. 품어서는 안 되는 마음을 가지기 전이라면 이토록 애달플 이유가 없지 않은가.

눌리타스의 슬픈 생각 끝으로 공작의 나지막한 목소리가 그녀를 슬픈 상상에서 현실로 이끌어 내주었다.

"저기 성이 보이기 시작하는군."

눌리타스는 끝도 없이 떠오르는 생각을 추스르고 눈 끝자락에 맺힌 눈물을 얼른 훔쳤다. 마차는 비가 내려 젖어 든 땅을 헤치며 열심히 굴러 공작성으로 진입하고 있었다.

보슬비가 모르시아니 영지를 적시고 있었다.

레오니는 난롯가 바로 앞에 놓인 흔들의자에 몸을 기대어 타오르는 불길을 바라보았다.

"반가운 손님이 오시려나."

빗방울이 그녀에게 인사를 하듯 리듬감 있게 창을 두드리고 있었다. 혼잣말하다 한기가 들어 두 손을 난로 쪽으로 뻗어 보았다. 회복되어 공작가로 온 것도 여러 날이건만, 여전히 그녀의 아이는 소식이 없었다.

벌써 올 때가 지났지만, 일부러 보르조이나 다른 하녀들에게는 아무것도 묻지 않았다. 혹 알고 싶지 않은 일들을 들을까 겁이 나 물어볼 엄두가 나지 않았다.

"불이 참 붉어."

아직 누구에게도 알리지 않았지만, 언젠가부터 세상의 모든 것이 희미하게 보이기 시작하였다. 난롯가의 그 열기는 느껴지지만, 붉은 기운이 어렴풋이 보일 뿐이었다.

조금이라도 더 성할 때 딸아이를 만나야 할 텐데…….

"어머니."

레오니는 이제 눈 다음으로 청력이나 머리 쪽으로 문제가 생긴 게 틀림없다고 생각을 하였다. 모진 노동과 정신적 고통으로 어디 하나 성한 곳이 없었다. 그래도 혹시나 하여 소리가 들리는 쪽으로 고개를 돌려보았다.

눌리타스는 마차가 공작성 앞에 도착하자마자 어머니를 찾아 달렸다. 치맛자락 끝으로 차가운 빗물이 감겨왔지만, 아무런 상관이 없었다. 가느다란 비가 그녀의 얼굴에 와서 부서졌지만, 앞으로 나갈 수밖에 없었다. 누르고 눌러뒀던 어머니를 향한 그리움이 마구 비집고 나와 넘쳐흐르고 있었다.

하녀가 안내해 준 곳은 별채 2층 남쪽 방이었다. 눌리타스가 물기를 뚝뚝 흘리며 문을 열자 불 앞에 앉아 있는 어머니의 뒷모습이 보였다.

"어머니!"

하지만 어머니는 그녀 쪽을 바라보는 것 같더니 다시금 고개를 불로 향하였다. 기력을 회복했다는 어머니의 얼굴은 늙고 지친 기색이 역력했고 예전에는 보이지 않던 흰머리가 성성했다. 눌리타스는 망토를 벗어서 하녀에게 건네면서 또 한 걸음 다가서며 어머니를 불렀다. 여윈 얼굴이 그녀의 쪽으로 향하더니 갈라진 입술이 열렸다.

"너니?"

눌리타스는 일어서려다 주저앉는 어머니의 곁으로 얼른 달려갔다. 그리고 무너지듯 어머니의 무릎에 얼굴을 파묻었다. 아주 익숙한 향기가 눌리타스의 가슴을 채워왔다. 레오니는 떨리는 손으로 천천히 아이의 머리를 쓸어 주었다.

"또 비를 맞은 거야? 감기 걸려."

무한한 애정이 담긴 어머니의 목소리에 가슴이 울컥하더니 이미 젖은 얼굴에 또 다른 비가 내리기 시작하였다. 지금 어머니의 처지에 나를 걱정해 주는 게 가능하단 말인가.

"왜 우는 거야. 응?"

이전에는 깨닫지 못했던 어머니의 무심한 듯한 목소리가 눌리타스의 울음을 끊이지 않게 하였다. 눈물로 범벅이 된 얼굴을 들어 어머니를 올려다보았다. 움푹 팬 볼과 입가의 주름이 환하게 웃고 있었다.

"어머니?"

'무언가 이상하다.'

눌리타스는 순간 들이닥친 불안감에 소매 끝으로 눈물을 닦아 내고 다시 어머니의 눈을 보았다. 서로의 눈이 마주쳤는데, 어머니의 시선이 무척이나 공허해 보였다.

"어머니 눈이……."

그러자 눌리타스의 볼을 더듬더듬 찾아 내려온 레오니의 손이 남은 눈물을 닦아 주었다.

"괜찮아. 너를 이리 잘 볼 수 있어."

하지만 여전히 어머니의 눈은 그녀를 보지 못하였다.

"젠장! 눈이 왜 그런 거냐고요!"

눌리타스는 그녀와 시선을 맞추지 못하는 어머니의 낯선 눈을 보며 울며 소리를 내질렀다.

"괜찮아. 신께서 내 눈을 거두셨지만, 너를 다시 만나는 것을 허락해주지 않으셨니."

눌리타스는 죽을 고비를 겨우 넘긴 어머니가 시력마저 잃었음을 깨닫고 눈물이 터져 나올 것 같았다. 하지만 지금 그녀가 울음을 보인다면 어머니가 더 힘들 것 같아 속으로만 비명을 질러댈 뿐이었다.

'신이 있다고 믿었던 내가 어리석었나.'

눌리타스는 고개를 숙여 지금의 못난 얼굴을 감추려 하였다.

레오니는 허공을 휘젓던 손으로 눌리타스의 머리를 쓰다듬으며 다정하게 말을 이었다.

"울지 마라. 이 어미는 지금보다 더 행복했던 적이 없구나."

다시 만난 모녀는 한참 동안 말없이 그리 부둥켜안고 있었다.

그 밤 눌리타스는 어머니가 저녁 식사를 하고 눕는 것을 보고서야 침실로 돌아올 수 있었다. 소피아가 더운물을 준비해서 그녀의 목욕을 거들어 주었다. 이미 레오니의 소식을 들은 소피아는 아무것도 묻지 않으며 그저 마음으로 위로를 건네고 있었다.

"소피아. 다녀오느라 피곤했을 텐데 어서 가서 쉬도록 해. 나머지는 내가 할 테니."

"아닙니다. 마님. 이게 제 일인걸요."

"아니야, 내가 혼자 있고 싶어서 그래."

"네."

목욕을 마친 눌리타스가 홀로 몸의 물기를 닦아냈다.

무척이나 생각이 많아지는 밤이었다.

빗을 들어 계속해서 같은 부분의 머리를 매만지고 있다는 것조차 자각하지 못했다. 누군가의 손이 그녀로부터 빗을 받아 들어 머리를 천천히 빗겨주기 시작하였지만, 그조차도 깨닫지 못할 만큼 넋이 빠져 있었다.

"아, 소피아. 고마워."

눌리타스는 누군가 그녀의 머리를 손질해준다는 것을 뒤늦게 깨닫고 인사를 하였다.

"소피아가 아니라 미안하군."

굵고 그윽한 목소리에 눌리타스는 놀라 의자에서 벌떡 일어섰다. 그 바람에 빗이 바닥으로 툭하고 떨어지며 조용한 저녁 시간의 정적을 깨뜨렸다.

눌리타스는 거울에 비치는 루셔스의 얼굴을 들여다보며 당혹스러움을 감출 수 없었다.

"저런."

루셔스가 의자에 걸쳐진 가운을 들어 슈미즈만을 입고 있던 눌리타스의 어깨에 조용히 걸쳐주었다. 거울을 통해서 두 사람의 시선이 하나로 엉겼다. 눌리타스만큼 루셔스의 얼굴도 슬퍼 보였다. 그는 보로조이로부터 소식을 전해 듣고 이미 그 일에 대해서 알고 있었지만, 그녀에게 알릴 수 없었다.

의자를 사이에 두고 루셔스가 가만히 그녀의 어깨를 감싸 안았다.

그녀가 너무 많이 울지 않기를 바라며 그의 위로가 조금이라도 마음을 편안하게 해 주었으면 하였다.

"어머니의 일은 유감이오."

그의 다정한 말에 눌리타스는 아무것도 느낄 수 없는 것처럼 비어 있던 가슴에 다시 눈물이 차오르는 것 같았다.

아마 혼자였더라면, 지금 이 순간 혼자 몇 배는 더 절망했을 것이 분명하리라. 비가 내릴 때는 그녀에게 우산이 되어 주고, 이렇게 가슴이 무너져 내릴 때는 가만히 손을 내밀어 주는 그의 존재가 너무나 크게 다가왔다.

……그러다 거울을 보니 열린 가운 사이로 속살이 은은하게 비치는 게 아닌가.

'……'

이런 차림으로 그의 앞에 서 있었다는 게 부끄러워 얼른 가운 앞을 손으로 끌어 모아보았다.

그나저나 공작님이 왜 이곳에 계시는 거지?

그녀가 몸을 돌리며 조심스럽게 입을 열었다.

"그런데. 공작님 무슨 일로?"

그녀가 아플 때를 제외하고는 침실을 찾지 않던 그가 아니었던가.

루셔스는 촉촉하게 젖은 은발을 어루만지며, 새벽녘 공기를 닮은 푸른 눈에 어린 의문을 들여다보다, 천천히 등을 돌려버렸다. 그리고는 말도 없이 침대 쪽으로 걸어가더니 걸치고 있던 가운을 힘껏 벗어서 내려두는 것이었다.

'설마……'

아직 자신이 낫지 않았다 여겨서 간호를 하러 오신 걸까.

눌리타스는 루셔스가 하는 것을 멍하니 지켜보았다. 하지만 그녀의 예상과는 달리 그는 침대의 왼쪽에 큰 소리가 나게 털썩 눕는 것이었다.

'이 방에서 자고 가겠다는 건가.'

눌리타스는 마상시합장에서 그의 곁에 누워 잠을 제대로 이루지 못한 때를 떠올리며 고개를 저었다. 더구나 이곳은 천막과 달리 완벽하게 닫힌 공간이 아닌가.

어딘가 좀 더 은밀한 느낌이 들어…… 서늘하던 목덜미에 열이 이는 것 같았다. 보는 이도 없는데 주변을 살피다 의자를 짚고 입술을 깨물었다.

루셔스는 침대에 기대며 서운함을 속으로 드러냈다.

저이가 야속한 것은 진작 알았지만, 정말 너무 무심하지 않은가. 어찌 그더러 무엇을 하러 이 방에 왔냐고 물어볼 수 있나. 잠시라도 떨어져 있으면 보고 싶은 사람은 저뿐인가.

그는 더 이상 이 너른 공작가에서 그녀가 없는 텅 빈 방에서 잠들고 싶지 않았다.

하지만 오늘은 정말 그녀의 곁을 지켜주기 위해 온 것이었다. 먼 길을 돌아 겨우 집에 돌아온 날에 감당하기 힘든 일을 접한 그녀에게 힘이 되어주고 싶었다. 그러나 스스로를 너무 과대평가한 것일까.

그의 손에 부드럽게 감기는 그녀의 머릿결에 점점 동요하기 시작하더니, 청아한 눌리타스의 목소리에 취하는 것 같았다. 그러더니 그의 내부에서 거칠 것 없는 욕망이 솟아났다.

이제는 누구의 방해도 없는 완벽한 그들의 공간에 함께하고 있었다. 서로의 마음은 이미 확인하였고, 혼례를 올린 부부이므로 그의 욕망이 지극히 자연스럽다는 생각도 들었다.

눌리타스의 허리를 끌어당겨서 그의 품에 그녀를 안고 두 손으로 얼굴을 어루만지고, 서로를 담고 있는 그 눈을 들여다보길 원했다. 맞닿은 얼굴에 그녀의 숨결이 부서지는 것을 느끼며 그 뜨거운 입술을 다시금 탐하고자 하였다.

그리고 손가락으로 아까 보았던 얇은 슈미즈의 위로 비치는 어깨에 그의 입술을, 한 손으로는 그녀의 보드레한 은발을 헤집는 것이다.

차마 그다음은 머릿속으로 더 그려보았다가 심장이 감당하지 못할 것 같아 헛기침으로 마무리를 하였다.

루셔스는 이런 상상만으로 온몸이 더워져, 몸을 슬며시 그녀가 보이지 않는 쪽으로 돌렸다. 저리 슬픔에 잠겨 있는 여인을 보며 어찌 이런 욕망을 가지다니 짐승이 따로 없다면서 자책이 들기도 하였다.

'오늘 밤 이러다 큰일 나겠어.'

루셔스는 그럼에도 이 방에서 나갈 마음은 없었기에 슬며시 이불을 끌어서 덮고 자기 최면을 걸기 시작하였다.

'이 방에는 아무도 없다. 나는 자야 한다. 아무도 없다. 잠이 온다.'

열기가 가득 찬 몸에 이불까지 덮었더니 숨이 턱턱 막힐 것 같았지만, 애써 슬픈 기억을 떠올리면서까지 아래로 집중되는 감각들을 차단하는 데 최선을 다하여 보았다.

"……?"

의자에 앉아 하염없이 공작을 바라보았던 눌리타스는 침대에 누운 공작이 잠이 들었다는 것을 깨닫자 허탈한 기분까지 느꼈다. 천천히 침대로 다가가 가만히 앉아 그렇게 고요함을 만끽하였다.

천막에 비하면 두 사람 사이의 간격이 넓었지만, 그의 숨결이 바로 그녀의 귓가에 울리는 것 같았다.

그녀는 큰 창을 통해 은은히 비쳐드는 달빛이 그의 얼굴에 어리는 것을 한참을 지켜보았다.

언제 보아도 참으로 아름다운 분이다. 사내에게 이런 표현을 쓰는 것이 다소 어색하였지만, 말 그대로 그녀 쪽으로 누운 그의 얼굴은 참으로 고왔다. 검은 머리가 이마로 내려와서 흩뜨려져 있었다. 손을 뻗어 저 감은 눈을 쓸어보고 싶었다. 날카로운 콧날을 따라 내려온 시선이 그의 입술에 닿았다.

가슴이 두근거려서 슬그머니 그녀의 자리로 가서 기대앉아 눈을 감았다. 눈을 감자, 그의 큰 손이 그녀의 두 눈을 가려주던 호숫가의 밤이, 다리를 다쳐 쉬고 있던 동굴에 나타난 그의 든든한 어깨가 별빛처럼 스쳤다.

그리고 그녀의 숨을 모두 앗아갈 것 같았던 입맞춤이 자동으로 기억이 났다. 눌리타스는 손가락을 뻗어 그녀의 입술을 쓸어 보았다.

과거에 달고 살던 피딱지도 각질도 자취를 감추었지만, 그녀는 여전히 뜨거운 피가 흐르던 시절을 기억하고 있었다.

'그래서 나는 그곳으로 갈 수밖에 없어.'

고통으로 신음하는 이름 모를 이들의 아픔을 떠올리다 작은 한숨이 흘렀다. 얕게 내쉬는 호흡 소리와 미세하게 떨리는 공작의 얼굴 위로 손을 뻗으려다 다시 가슴으로 모았다.

상념의 끝자락에 창밖의 훤한 보름달을 올려다보았다. 달이 무척이나 아름다운 밤이었다.

바람에 천막이 펄럭대는 소리도 없고 불씨가 타닥거리지도 않았다. 완전한 적막이 가득한 침실에는 햇살이 길게 새어 들어와 아침이 왔음을 알려 주고 있었다.

"돌아왔구나."

간밤에 울다 잠이 들었나 보다 생각하며 눌리타스는 몸을 조금씩 움직이며 눈을 떴다. 오래 머물지 않은 공간이지만, 몹시도 그리운 향이 가득하였다.

"좋은 아침이오."

공작이 팔을 괴고 그녀를 바라보며 알 수 없는 표정을 짓고 있었다.

"푹 주무셨어요?"

이런 별다를 것이 없는 평범한 인사를 나누는 것이 왜 이리 좋은가.

눌리타스는 루셔스의 눈을 바로 보지 못한 채 그런 행복을 만끽해 보았다.

"고개 돌리지 마."

어느새 그녀의 바로 옆으로 다가와 긴 그림자를 드리우며 루셔스가 짙은 눈매를 하고 있었다. 거의 팔이 닿을 만큼 가까워진 것에 놀라 눌리타스가 시선을 그의 반대 방향으로 고정하였다.

누군가의 침이 꼴깍 넘어가는 소리가 들렸다.

"아직 다 낫지 않은 그대를 힘들게 하지는 않을 테니 나를 좀 봐."

그의 애원에 눌리타스는 천천히 얼굴을 그에게로 향하였고, 두 사람의 코가 거의 맞부딪혔다. 더운 김이 서로의 얼굴에 번졌고, 밤새 그리웠던 얼굴을 하나하나 되새겨보았다.

슈미즈의 어깨선 한쪽이 살짝 비뚤어져 눌리타스의 뽀얀 어깨가 아침 찬 공기에 떨고 있었다. 발그레한 두 볼에는 전에 없이 생기가 드리워져 있었고, 아무렇게나 구불거리는 은발이 하얀 침대보 위로 수를 놓듯 퍼져 있었다.

그리고 그녀의 푸른 눈으로 이르자 루셔스의 감탄사가 절로 흘러나왔다.

"그대의 눈에는 아침에도 별이 지지 않는군."

루셔스가 깊은 한숨을 쉬며 몸을 떼서 침대의 머리에 몸을 기대었다.

눌리타스는 옆에 두었던 가운으로 팔을 뻗어 얼른 몸가짐을 정돈하였다. 같은 방에서 이리 함께 아침을 맞는 기분이 무척이나 특별하였다.

"침대를 조만간 바꿔야지."

"네?"

혼잣말을 하던 루셔스의 말에 눌리타스가 무어라 대꾸를 하자 그는 아무런 말도 아니라며 빙긋이 웃을 뿐이었다.

비가 그친 정원은 물기를 머금은 채 푸름이 넘쳐흘렀다. 눌리타스는 어머니의 팔을 꼭 붙잡고 천천히 그곳을 거닐고 있었다.

걸음도 어디가 불편한 기색이 역력하였지만, 서로 아무런 말 없이 잡고 있는 손에 온기를 전달하였다.

레오니는 내리쬐는 햇볕이 무척 좋은지 자꾸 손을 내밀어 그것을 잡아 보려 했다.

"이런 날 말린 빨래에선 햇살 내음이 난단다."

이리 한가로운 여유를 즐겨본 적이 없는 레오니는 좋은 날씨를 빨래에 비유했다. 눌리타스도 고개를 끄덕이며 그렇다고 대답을 하였다.

"그렇죠. 이런 날 건초도 잘 마르죠."

두 사람이 함께하였던 과거의 시간 모두가 악몽은 아니었다. 그들에게도 아주 사소하게 좋았던 때가 있었다.

눌리타스는 입안이 써지는 것을 느끼며 어머니에게 그녀가 해야 할 일에 대해서 차분하게 설명했다.

"이제 돌아왔는데. 겨우 만났는데……."

레오니는 그녀에게 남은 날이 길지 않은 것 같은 불길함에 잡은 두 손을 놓고 싶지 않았다. 가뜩이나 크게 앓은 적도 있던 딸이 그런 무시무시한 병에 걸린 자들을 돕는다니 걱정을 하지 않을 수 없지 않은가.

"정말이지, 내키지 않는구나."

레오니는 잘 보이지 않는 눈으로 눌리타스를 바라보며 가지 말라며 손을 잡아보았다. 눌리타스도 이런 어머니의 모습을 보고 나니, 공작의 바람대로 재물만 보내면 어떨까 하는 고민을 해 보았다.

하지만 여러 번 얻은 새로운 삶을 이렇게 혼자만의 행복을 위해서 버릴 수 없다고 생각하였다.

'이제는 내가 미약한 힘이나마 그들의 방패가 되어 주리.'

그녀나 어머니가 누군가의 도움이 절실하였을 때, 마치 신이 응

답을 하듯 공작이 그들에게 동아줄을 내려주었다.

"금방 돌아올 거예요. 저를 지켜줄 분들도 계시고 절대 위험한 일은 하지 않을게요."

단호한 결정을 내렸건만, 눌리타스의 마음도 편치만은 않아 그 잡은 손을 보며 차오르는 감정을 추슬러야 하였다.

"제가 부인을 잘 모시겠습니다."

눌리타스와 어머니의 앞에 공작이 나타나 정중하게 인사를 하였다.

"인사가 늦었습니다. 대접이 소홀한 데는 없었는지 모르겠군요."

공작의 등장에 레오니는 눌리타스의 손을 놓고 그를 향해 활짝 웃어 보였다. 팔을 허우적거리며 공작에게 다가서 허리를 연신 숙였다.

"이런 쓸모없는 몸을 살려주시고 이리 귀한 대접을 해주셔서 감사합니다."

"제가 당연히 해야 할 일입니다."

루셔스는 계속 인사를 하는 레오니의 두 손을 잡아 일으켜 세웠다.

"이제 모두가 가족이니 이런 인사는 당치도 않습니다. 베일 부인."

루셔스가 서류상으로 레오니를 공작의 먼 친척으로, 홀로 된 자작 부인 정도로 꾸며두었다. 이제는 로마그놀로 백작은 온 세상을 들쑤시고 다닌다 하여도 자신의 하녀를 찾을 수 없을 것이다.

눌리타스는 어머니와 공작이 함께 서 있는 모습을 보니, 정원 한 가운데서 눈물이 비집고 나오려 하는 것 같았다.

"그대가 돌아올 때까지 내가 어머니를 잘 모실 테니, 부디 무사히 다녀오도록 해요."

루셔스는 여전히 눌리타스를 보내고 싶지 않은 마음이 한가득 하였으나 기꺼이 웃어 보였다.

'이것이 우리의 운명이라면.'

비가 갠 정원에 감도는 청량감이 사방에 퍼져 있었고, 깊은 그리움을 담은 두 젊은 남녀의 시선이 그곳에서 꽃을 피웠다. 푸르고 붉은 꽃들이 만개한 정원에서는 예전보다 더욱 진한 향내가 풍겼다.

"공작님. 감사해요."

눌리타스는 지금 느끼는 이 감정들을 무어라 표현해야 할지를 몰라 갑갑함을 느끼며 저 짧은 인사밖에 할 수 없었다.

"가족 사이에는 그런 인사가 필요 없는 거라오."

눌리타스는 그녀를 애정 어린 눈으로 지지해주는 공작을 보며 살짝 웃어 주었다. 루셔스는 그녀의 얼굴에 그려지는 작은 미소 한 조각에 또 가슴이 뭉클해지는 것이었다.

"호위로 기사 몇과 보르조이를 붙여 주겠소."

"보르조이 님요?"

어머니를 로마그놀로가에서 구해내어 치료를 받을 수 있도록 해준 사람이 바로 보르조이였다. 그는 치료를 받는 동안 어머니를 지켜주었으며 다시 이곳으로 모셔오는 데도 큰일을 하였다.

눌리타스는 그제야 경황이 없었다는 이유로 은인에게 인사를 하지 못 했음을 깨달았다.

"보르조이는 다재다능한 자라서 도움이 될 거요."

루셔스는 그가 가장 아끼는 수하를 내어줌으로 그녀를 지키는 것을 대신하기로 하였다.

"……"

고개를 끄덕이던 눌리타스가 어머니를 살피자 그녀는 눈을 감은 채 태양을 올려다보고 있었다. 그러다 찬찬히 흐뭇한 목소리로 입을 뗐다.

"비록 앞은 희미해졌지만, 오히려 이전에는 볼 수 없었던 것이 선명하게 보인답니다."

레오니는 두 눈으로 확인할 수는 없었지만, 공작과 그녀의 딸의 사이가 무척이나 깊어졌다는 것을 느낄 수 있었다. 메마른 삶에 고통받던 딸아이가 이리 행복하게 지내는 것을 보게 해준 모든 것들에 감사를 드렸다.

'그리고 부디 저들에게 빛나는 앞날을 점지해주소서.'

레오니는 정원에 핀 어느 꽃보다 아름다울 젊은 부부를 위해 감은 눈으로 간절한 소망을 빌어 보았다.

　재회의 시간은 너무나 짧았다.

　눌리타스는 의원을 따로 만나 어머니의 상태에 대한 자세한 설명을 들었다. 폐가 많이 망가져서 건강한 생활을 하는 것은 무리라는 것과 양쪽 시력이 모두 급속도로 떨어지고 있다는 것이었다.

　그럼에도 눌리타스는 어머니의 생이 얼마나 남았는지에 대한 희망의 끈을 놓지 않았다.

　"혹 베일 부인은 얼마나……."

　어머니임을 밝힐 수 없는 처지도 서글펐지만, 그다음 의원이 할 이야기에 벌써부터 겁이 나 손을 뻗어 가슴팍에 달린 레이스를 움켜잡았다.

　"그것은 신의 영역으로 확언을 드릴 수 없지만, 충분히 휴식을 취해주고 제가 처방해드리는 약물을 주기적으로 드시면 좋은 결과를 기대해봐도 좋을 겁니다."

　순간 다행이라는 생각에 그 자리에서 주저앉을 것 같았지만, 너무 기쁜 내색을 할 수도 없는 그녀였다. 눌리타스는 그러냐고 고개를 끄덕이고 인사를 건넨 후 천천히 돌아 나왔다.

　이로써 구호소를 향하는 그녀의 발걸음이 조금은 가벼워질 것이다. 다녀와서 혹 어머니가 안 계시면 어쩌나 하는 걱정을 했었다.

손가락으로 눈 끝에 맺힌 물기를 닦아내며 천천히 앞으로 나아갔다.

네 마리의 말이 모는 마차와 그녀를 호위할 기사들이 탄 말들이 모두 출발할 준비가 된 것처럼 보였다. 눌리타스는 소피아가 짐들을 하나하나 확인하는 것을 보며 입을 열었다.

"소피아, 보르조이 님을 봤니?"

출발 전에 제대로 인사를 하여야 한다는 생각에 이리저리 거닐며, 체구가 작은 사내를 찾아보았으나 어디에도 그런 사람은 없었다.

"마님, 그게……."

소피아가 마지막 짐 가방을 싣는 것을 보고 와 눌리타스의 옆에서 머뭇거리며 어딘가를 가리켰다. 하지만 그곳에는 기사나 하인은 없었고, 하녀가 하나 서 있었다.

혹여나 하는 생각에 그곳을 다가서자 단정한 차림의 체구가 작은 하녀가 고개를 숙이고 있었다. 눌리타스가 그 앞에 서자 천천히 고개를 든 하녀의 얼굴이 낯설지 않았다.

"……?"

"마님을 뵙습니다."

목소리까지는 위조하지는 못하였는지 낮은 음성이 흘러나왔다.

그리고 손가락을 입에 살짝 대며 여장에 대해서 알은체를 하지 말라는 신호를 주었다.

위험한 곳에 눌리타스를 보내야 하는 루셔스가 내놓은 방법이었다. 그가 가장 아끼는 이에게 여인을 옷을 입혀 밀착 경계를 서게 하는 것이었다.

눌리타스는 놀란 티를 내지 않으려 애쓰며 아주 작은 목소리로 속삭였다.

"진심으로 감사드립니다."

다음에 또 기회가 있겠거니 하며 그의 곁을 스쳐 마차 쪽으로 돌아왔다.

백만 번 머리를 조아려도 부족한 은혜를 어찌 갚을 것인가.

게다가 이번에는 그녀와 함께하기 위해 저런 곤란한 일을 감당해야 한다니 참으로 미안하고 또 고마운 사람이라 생각하였다.

소피아가 걸쳐주는 기다랗고 도톰한 망토를 걸치자 모든 준비가 끝이 난 것 같았다. 그녀의 앞에 서 있는 크고 웅장한 모르시아니 성이 처음과는 다른 느낌으로 다가왔다.

그때는 이곳에서 죽을지도 모른다고 생각했었다. 그래서 저리 높은 성벽 안에 영락없이 갇히겠거니 체념을 했었다. 하지만 이제 이 오래된 성이 주는 편안함에, 떠나기 아쉬운 기분까지 들었다.

'곧 돌아올 텐데 이런 생각은 너무하잖아.'

가볍게 미소를 짓다 북쪽으로 펼쳐진 울창한 숲을 향해 말을 달리던 것을 떠올렸다. 짧지 않은 시간, 벌써 이만큼의 추억이 이곳 어디를 가도 깃들어 있었다.

"그대 나를 생각한 건가."

혼자 슬며시 웃던 눌리타스가 고개를 들자 공작이 검은 바지에 하늘을 닮은 빛깔의 셔츠를 입은 자유로운 차림으로 나타났다.

루셔스는 눌리타스의 미소를 단 하나도 놓치고 싶지 않았다. 그가 없는 시간에 흘려버릴 저 귀한 것을 보자 괜히 떠나는 그녀에게 심통이 났다.

왜 하필 이때 그런 역병이 돈단 말인가.

얼마나 힘들게 찾은 평화던가.

분명 견딜 수 있을 거라 자신했지만, 이제 마차를 타고 그의 앞에서 잠시 떠날 눌리타스의 모습을 보자 다시 울컥거리는 감정을 느꼈다.

바람이 불어 드레스의 아랫자락이 하늘거리자 꼭 그녀가 날아가버릴 듯 걱정이 되었다.

'물가에 내어 둔 어린아이를 보는 심정이 이런 것인가.'

너무나 위태위태해서 저 소중한 이를 그의 머리에 이고, 가슴에 품어 다치지 않게 해주고 싶었다. 미련이 덕지덕지 묻은 눈으로 그녀에게 다가서는 그와 짧은 인사를 나눈 후 눌리타스는 마차에 올랐다.

'많이 보고 싶을 거예요.'

마지막 말은 차마 소리를 내어 그에게 전할 수 없었다.

마차를 타자 눌리타스는 루셔스가 준 목걸이의 로켓이 안쪽에서 흔들리는 것을 느끼며 눈을 감았다.

마차를 타기 전 마지막 대화가 그녀의 머릿속에서 떠올랐다.

"아무래도 그대를 보내는 게 내키지 않는군."

"하지만 저만 빠질 수는 없잖아요."

그의 얼굴은 수심으로 가득 차 있었다.

"공작님, 무사히 돌아올 테니, 너무 염려 마세요. 네?"

"루라고 불러 줘."

고작 이름을 하나 부르는 일이 왜 이리 늘 새롭게 느껴지고, 그녀를 설레게 하는가. 분명 이런 분이 아니었던 것 같은데, 애교를 부리는 공작은 이렇듯 낯선 얼굴을 하고 그녀를 매료시키고 있었다. 짧은 헤어짐이라도 아쉽지 않은 것은 아니었기에, 눌리타스는 얼굴을 붉히며 작별의 말을 건네려 하였다. 무어라 한마디를 더 나누게 되면 포대에서 밀이 새어 나오듯 눈물이 터질 것 같았다.

"곧 돌아올게요."

눌리타스는 급하게 등을 돌려 그와 함께 있는 공간을 벗어나려 하였다. 그러자 한발 빠르게 루셔스가 눌리타스의 팔을 잡아 그의 곁에 잡아 두었다.

"그대를 쫓는 건 아주 자신이 있어."

장난기가 어린 건지, 진심이 과열된 건지 알 수 없는 빛을 띤 검은 눈동자가 그녀를 정면으로 응시하더니, 눌리타스의 은발을 한 줌 쥐었다. 그리고 아주 천천히 그녀의 머릿결에 입을 맞추는 것이었다.

　백 마디 말이 필요 없는 그의 뜨거운 마음이 절절히 느껴지는 것 같아 눌리타스는 그를 지켜볼 수밖에 없었다.

　잠시 후 고개를 든 루셔스가 품에서 고이 간직한 무엇을 꺼내어 손에 들었다.

　"……?"

　루셔스는 아주 천천히 물건을 싼 천을 벗겨내어 눌리타스에게 보여 주었다. 그것은 기다란 금줄이 달린 목걸이로, 중간에 사진을 보관할 수 있는 작은 로켓이 달랑거리고 있었다.

　"돌아가신 어머니가 내게 남기신 것이라오."

　루셔스가 아주 정교하게 세공된 로켓의 중앙에 위치한 장치를 누르자, 그것이 열리며 한쪽에 검은 머리를 한 아이의 초상화가, 다른 쪽에는 검은 머리 타래가 들어 있는 것이 보였다.

　"이걸 그대가 지녀 준다면 기쁠 것 같소."

　눌리타스는 벼락에라도 맞은 이처럼 놀란 눈으로 목걸이와 공작을 번갈아 보기만 하였다.

　"그렇게 귀한 것을."

　선대 공작부인이 병환으로 돌아가시며 홀로 남게 되는 아들에게 준 귀물이다. 그런 것을 이런 목에 걸 수는 없는 것이다.

"내게 그대보다 소중한 것은 없소."

루셔스는 그렇게 말하며 그녀의 뒤로 와서 목걸이를 조심스레 채워주었다.

"이것을 지니고 다니면서 나를 떠올려 주는 거요."

루셔스의 바람이 눌리타스의 귓가를 간질였다.

"나를 너무 오래 혼자 두지 않기를……."

눌리타스는 드레스 위로 드리워진 무게감이 느껴지는 로켓을 내려다보며 수만 가지의 감정을 느끼는 중이었다.

사람의 애정이란 이토록 무거운 것이었구나.

그것의 서늘한 감촉을 손으로 만지며 공작을 향하여 몸을 돌렸다. 그리고 그의 검은 눈을 올려다보며 입을 열었다.

"약속할게요."

좀 더 멋스러운 표현들이 존재할 테지만, 왜 모두 이리 쑥스럽기만 한가. 눌리타스는 절대 그를 잊을 수가 없다고, 벌써부터 보고 싶은 기분이라는 것을 저 말에 담아보았다.

마주 본 공작은 그때부터 몇 분간 그녀가 해서는 안 될 일들에 대해서 늘어놓았다.

절대로 위험한 일을 해서는 안 되며. 다쳐서도 안 되고. 그를 제외한 다른 사내들은 쳐다보지도 말 것.

이렇게 열을 내며 말을 하던 루셔스는 갑자기 허탈한 기분이 들었다. 그는 다른 사내가 그녀를 바라보기만 해도 질투심이 불타오르는 것 같아 견딜 수가 없는데, 그의 여인은 너무나 무심하니 과연 그러할지?

하지만 장난삼아라도 그가 다른 여인에게 관심을 보일지도 모른다는 여지를 남기고 싶지 않았다.

마음이란 것이 잔에 담겨 보이는 것도 아니요. 그 비교를 해서 무엇하겠는가는 말이지만, 그가 더 많이 사랑한다 한들 전혀 아깝지 않았다.

결국은 하고 싶던 말들은 속에 감춘 채 눌리타스에게 다시 당부의 말을 하였다.

"보르조이와 항상 동행하시오."

"네."

혹 그럴 일은 없겠으나, 지난번 사건과 비슷한 상황도 염두에 두어야 할 것이다.

"그리고 식사도 잘 챙겨야 하고."

눌리타스는 꼭 병아리를 챙기는 어미 닭 같은 공작의 모습에, 이러다 오늘 내로 출발할 수 있을지 걱정이 되었다.

"이제 가 봐야 할 것 같아요."

그가 지금 한 모든 말들은 실은 눌리타스가 하고 싶은 말이기도 하였다. 그녀가 없는 동안 어머니와 공작님이 무탈하시길 내내 빌고 있었다.

'보고 싶을 거라고 말씀드릴 것을…….'

두고 온 이들을 향한 진한 그리움을 눈에 가득 담은 눌리타스를 태운 마차는 천천히 목적지에 다가가고 있었다.

잠시 눈을 붙이고 있던 눌리타스가 창을 가린 커튼을 살짝 열어 바깥을 살폈다. 겉보기에는 평온하기 그지없었다. 인적이 드문 거리에는 삐쩍 마른 개가 몇 마리 돌아다니고 있었다.

마차는 상점이 즐비한 거리를 벗어나 하얀 외벽의 위생국에 들어섰다. 건물의 꼭대기에는 디아나 여신을 상징하는 순백의 깃발이 펄럭이고 있었다.

마차가 완전히 멈추기 전 눌리타스는 혼자서 생각을 정리해 보았다. 이것은 완전히 새로운 도전이며 그녀에게 주어진 사명이기도 하였다.

'다시 쓰는 내 삶은 좀 더 값지게 쓰고 싶어.'

공작을 만나 알게 된 소중한 감정들, 그에게서 받은 분에 넘치는 애정을 그녀 혼자만 간직한다는 것은 너무나 이기적이라 여겨졌다. 그래서야 자기만 아는 그 돼지 같은 인간들과 무엇이 다르겠는가.

하지만 역시 낯선 귀족들 사이에 홀로 설 생각을 하니 다리가 살짝 떨리기 시작하였다.

게다가 각오를 하고 왔다지만, 그녀가 무엇을 할 수 있을지도 모르는 형편이었다.

"자! 이제 가 볼까?"

눌리타스가 마치 스스로에게 다짐을 하듯 소피아를 보며 기합을 넣었다.

소피아와 하녀로 분한 보르조이를 대동하고 마차에서 내리자 하인이 나와 그녀를 안내해 주었다. 함께 의견을 나누고 힘을 나눌 귀부인들이 모여 있는 곳으로 향하는 길이었다.

두 손에 땀이 절로 나고, 입안이 바짝 마르는 것 같았지만, 그 순간에도 허리를 세우는 것을 잊지 않았다.

"모르시아니 공작부인이십니다."

눌리타스 앞에서 평범한 나무문이 열리면서 다른 세상이 펼쳐졌다.

긴장을 했던 것이 무색할 정도로 허탈한 기분이 찾아들었다. 많은 귀족들이 병으로 신음하는 것을 돕기 위해 모였다 들었는데, 이곳에는 온통 화려한 차림의 여인들뿐이었다.

'이곳이 연회가 벌어지는 무도회장이었던가?'

지나치게 부푼 드레스를 입고서는 이 방을 나서는 것도 어려워 보였고, 머리부터 목, 팔목, 손가락에 주렁주렁 달린 보석들이 그들의 재력을 과시하고 있었다.

반면에 지금 귀부인들 앞에 선 눌리타스의 복장은 수도자의 것에 버금갈 만큼 수수하기 그지없었다. 회색의 단순한 드레스에는 레이스도 주름도 없었다. 목에는 목걸이의 끈이 살짝 보였고, 허리에 가벼운 소재의 리본을 하나 두르는 데 그쳤다.

여기저기 향수병을 들이부었는지 너무 역한 냄새에 살짝 구역질이 나려고 하는 찰나 눌리타스의 앞으로 전혀 반갑지 않은 얼굴이 나타났다.

"아가, 잘 왔구나."

붉은 머리를 한껏 부풀린 로마그놀로 백작부인은 다른 여인들의 눈치를 보며 어색한 인사를 나눴다. 목소리는 밝았으나 눌리타스의 차림새나 얼굴을 훑는 눈매가 아주 사나웠다.

"어머니."

고저가 없는 목소리로 백작부인을 부른 후 정중하게 예를 갖추었다. 이렇게 마주하는 자체가 서로에게 못 할 짓이었다.

로마그놀로 백작부인은 마지막으로 보았을 때보다 십수 년은 더 나이가 든 얼굴을 두꺼운 화장으로 교묘하게 가리고 있었다. 역병으로 가난한 것들이 죽어 나가도 이곳에 오고 싶은 마음은 조금도 없었다.

하지만 귀족의 체면이란, 때로는 그 어떤 것들보다 우위에 서기도 한다. 억지로 참석한 이곳에서 소중한 진짜 딸을 고생길로 내몬 천한 계집이 지금 그녀를 어머니라 부르고 있었다.

"메이린 얼굴이 많이 상했구나."

그 말을 하고 눌리타스와 백작부인은 어색하게 한 자리에 서 있게 되었다. 백작부인의 작고 윤기 나는 손은 짙은 장미향을 풍기며 부채를 살짝 흔들었다.

'어머니의 밝은 세상을 앗아간 손.'

눌리타스가 아픈 이들을 도우러 이곳에 섰다는 것을 스스로 환기하지 않았더라면 그런 감정을 내비치는 실수를 할 뻔하였다.

모르시아니 공작부인의 등장 이후 잠시 중단되었던 대화들이 재개되었는데, 이상한 것은 어느 누구도 눌리타스의 근처에 다가오지 않는다는 것이었다.

'안 오는 게 고맙긴 한데.'

옆자리에 선 백작부인의 증오심을 온몸으로 느끼는 데 이어 주변에서 알 수 없는 적개심들이 느껴지는 게 아닌가.

익숙하다 생각하였지만, 어쩐지 영문을 알 수 없다 싶어 주위를 둘러보자 분명 그녀에 대한 이야기를 하는 게 분명한 눈치들이었다.

'······왜?'

그리고 눌리타스는 곧 이유를 찾을 수 있었다. 귀부인들의 한 무리 중간에 아주 익숙한 여인이 서서 그녀를 노려보고 있었던 것이다.

'아이올라 칼릭스.'

공작님을 남색자로 몰고서 사라졌던 금발의 아름다운 아이올라가 눌리타스를 무슨 역겨운 것을 본 것처럼 인상을 쓰고 있었다.

'어이가 없네.'

눌리타스는 철없는 귀족 아가씨의 장난질에 아주 지쳤다. 저번에도 별의별 짓을 다 했어도 결국 그냥 보내주지 않았던가.

'이번에는 또 어떤 이야기로 사람들을 현혹시켰을지.'

눈부신 금발에 우윳빛 피부를 지닌 아이올라는 잘 모르는 이들이 보기에는 순수한 미녀로 보일 것이고, 하는 말도 꽤 그럴듯해서 다들 믿을지도 모른다.

'저번의 나처럼 말이지.'

모르는 척 눈을 내리깔고 의자에 등을 기대자 서서히 이야기들이 눌리타스의 귀에 들어오기 시작하였다.

"세상에 아무리 그래도 너무 문란하군요."

"그런데 그분들이 저런 수수한 차림에 다들 넘어갔답니까?"

"그 헌헌장부 공작님을 두고 전하와 미카엘 님까지 모두 기만한 거죠."

"어떤 의미로는 정말 대단하네요."

누구를 지칭하는지 대상이 없는 이야기들을 수군덕댔지만, 눌리타스는 대번에 알 수 있었고, 조소가 흘렀다.

'아, 이번에는 공작님이 아니라 나를 창부로 만들었네.'

아이올라의 입술을 통해서 전해 들은 말들로 인해 전혀 모르는 이들이 저리 입을 모아 그녀를 물어뜯고 있었다.

순간 눌리타스는 그런 차가운 시선들에 오싹해지는 기분을 느꼈다. 자신은 신분이 천할 때나, 지금처럼 이리 공작부인의 자리에 있을 때나 저들에게는 비슷한 대접을 받는 존재일 수밖에 없는가.

'모두에게 인정을 받는 기대 따위는 해본 적도 없단 말이다.'

세상을 모르고 날뛰는 아이올라가 마음대로 지껄이도록 내버려 두자 싶었다. 어차피 막을 수도 없는 노릇이었다. 지금은 눌리타스가 어머니와 공작을 두고 이곳에 와야만 했던 그 이유에 전념을 다 해야 할 때였다.

그나저나 부채를 떨어뜨려도 제대로 허리를 구부려 줍지도 못할 여인들로 가득했는데, 무슨 수로 봉사를 하겠다는 건지 깊은 의심이 들기 시작하였다.

'이곳에 모인 이유가 무어란 말인가?'

붉게 칠한 입술들이 불평을 늘어놓기 시작하였다.

원래대로면 누군가의 무도회를 열 차례였다고 했고, 그것이 무산됨을 아쉬워하는 목소리가 컸다. 그리고 누군가 병의 퍼지는 속도가 빠르고 정말 많은 이들이 죽었다고 이야기를 하자 혀를 차는 소리가 들렸다.

"그나저나 그것들이 모두 병으로 죽어버리면 우리의 마차는 누가 끌죠?"

"우리의 성은 누가 쓸고 닦나요?"

"나의 아름다운 정원은 누가 관리하죠?"

눌리타스는 저런 이야기를 아무렇지도 내뱉는 이들을 서늘한 눈으로 바라보았다. 이들에게는 죽어가는 자들이 사람으로 여겨지지 않는 모양이었다.

'아, 이곳은 또 다른 암흑이구나.'

눌리타스가 심한 혼란을 느끼고 있을 때, 주렁주렁한 장식이 달린 옷을 입은 하인이 들어서 큰 소리로 외쳤다.

"화공이 들었습니다."

갑자기 대화를 나누던 여인들이 하녀를 다급하게 부르는 손짓들을 하였다. 각각의 하녀들이 손거울을 들고서 그들의 주인 곁에서 머리를 매만지고, 얼굴의 화장을 손보아 주었다. 눌리타스는 이게 무슨 일인가 싶어서 어리둥절할 뿐이었다.

그때 옆에서 가시 돋친 목소리가 들려왔다.

"너 따위가 감히 메이린의 이름으로."

붉은 머리 위에 진주로 꾸민 장식을 드리운 로마그놀로 백작부인은 추운 곳에서 고생 중일 금쪽같은 아들 아비오의 창백한 얼굴과 낯선 타국에서 눈물짓고 있을 메이린을 떠올리며 이를 악물었다.

"세상에 망조가 들어도 단단히 들었어."

역병이 도는 것도 사생아가 귀족 행세를 하는 것도 모두 거슬려서 견딜 수 없었다. 강한 진통제로 억누르고 있던 신경증이 다시 도지는 것 같아 인상을 썼다.

아무도 들리지 않게 쌀쌀한 말을 내뱉더니 로마그놀로 백작부인은 부채를 흔들며 다른 귀부인들의 무리가 있는 곳으로 사라졌다.

눌리타스는 백작부인의 그런 말에는 전혀 상처를 받지 않았다. 그저 석회가루를 날리며 얼굴에 분칠을 하던 이들이 그림을 그리기 위해서 오늘 모였다는 것에 신경이 날카로워졌다.

'그림을 그리고 나서 무언가 하려는 건가.'

눌리타스는 천천히 홀로 서 있던 한 귀부인에게 다가서서 말을 건네 보았다. 누군가에게 물어보지 않고는 궁금해서 견딜 수가 없었다.

"실례하겠습니다. 제가 오늘 막 당도하여…… 그림을 그리고 나서 일정이 어떻게 되는지요?"

그러자 갈색 머리에 풍성한 청록색 드레스를 입은 영애가 주위를 슥 둘러보더니 난처한 낯을 하였다.

모르시아니 공작부인이 혼인 전 사교계에 잘 나타나지 않아 진짜 모르나 싶기도 했지만, 아까 들은 난잡한 소문 때문에 말을 섞었다가 괜히 같은 취급을 당할까 걱정이 되었다.

그 영애가 아주 낮은 목소리로 속삭였다.

"그림을 그리고 나면 모두 전염병이 번지지 않는 먼 시골로 떠나죠. 부인도 그럴 생각으로 오시지 않았나요?"

"……."

눌리타스는 그제야 그녀가 얼마나 순진했는지 깨달았다.

공작님이 가도 도울 수 없다는 말을 흘렸지만, 그때는 그것이 무슨 의미인지 제대로 알지 못하였다.

이들은 봉사를 하려고 모인 것이 아니었다. 그저 이런 비극의 시대에 가난한 자들을 위해 애를 쓴 척을 하고 싶었던 것이다.

아주 오랜 세월이 흘러 이 자리에 모인 이들이 그려진 멋들어진 단체 초상 그림 앞에서 사람들은 귀족들의 숭고한 정신에 대해 이야기할지도 모른다.

'고귀하신 분들이 하는 일이란…….'

그에 맞춰서 붉은 모자를 쓴 화공이 등장했고, 귀부인들이 저마다 돋보이는 자리를 차지하려고 부산스럽게 움직였다.

한 발 물러서 그 모습을 지켜보노라니 색색의 드레스 자락들이 가식적인 괴물처럼 느껴졌다.

'더 이상 이곳에 있을 필요가 없어.'

눌리타스는 이곳에 어떤 마음을 가지고 왔는지를 되새기며 천천히 그들 무리에서 등을 돌렸다. 지금 한가하게 그림이나 그리려고, 아픈 어머니를 두고 이제야 돌아간 모르시아니가를 떠났던 것이 아니었다.

"모르시아니 공작부인, 이쪽으로 서시죠."

하인이 중앙에 자리를 마련하면서 공작부인을 불렀다.

그 소리에 자신들의 옷맵시만 살피던 여인들이 모두 눌리타스에게 집중을 하였다. 자기들만 아는 여인들을 향해 무어라 쏘아 붙이고 싶었으나 눌리타스는 가벼운 목례만 남긴 후 문을 향하였다.

'가짜는 이만 퇴장합니다.'

기품 있는 분들이 도저히 할 수 없는 일이라면 그건 아마 그녀의 몫이 되리라. 결심으로 가득 찬 무거운 걸음이 내는 소리가 여인들의 적막함 속에서 크게 울렸다.

그리고 그 모습에 가장 놀란 것은 로마그놀로 백작부인이었다.

'감히 사생아 따위가.'

눌리타스는 아무런 말이 없이 사라졌으나, 분명 눈빛에 서린 것은 조롱이었다.

'감히 누가 누굴 얕잡아보는 거야!'

게다가 온몸 가득 한참 때의 백작님이 지니셨던 위엄이 흘러넘치는 것 같았다. 그녀의 배로 낳은 아이들 누구도 닮지 못한 백작의 모습이 사생아에게서 보인다는 것에 기가 막혔다. 게다가 그 몸에 서린 절반의 피가 누구의 것인지 떠오르자 분노로 손끝이 부들부들 떨리기 시작하였다.

그리고 다른 눈 하나가 눌리타스의 사라지는 뒷모습을 노려보고 있었다. 완숙한 여성미를 내뿜고 있는 아이올라는 아직 모르시아니 공작에 대한 미련을 떨치지 못한 상태였다.

처음에 모르시아니 공작에게서 거절을 당하고 떠나게 되었을 때만 해도 어머니의 품에서 실컷 울고 그렇게 그를 잊을 수 있을 줄 알았었다.

하지만 새로이 소개받는 수많은 귀족 사내들은 공작의 발 끝에도 미치지 못하였고, 결국 아이올라는 그녀를 이렇게 만든 눌리타스를 저주하기 시작하였다.

"가만두지 않을 거야."

그녀의 것이 되었을 게 분명한 자리를 가져간 은발 머리 계집을 용서할 수 없었다.

그리하여 남의 말을 하기 좋아하는 이들과 어울려 모르시아니 공작부인에 대한 은밀한 소문을 내기 시작하였다.

모르시아니가에서 잠시 머무를 때 공작부인이 온갖 사내와 눈이 맞아서 가문의 명예를 떨어뜨리고 있는 것을 보았다는 얘기를 시작으로, 눈에 색기가 흐른다는 둥 온갖 없는 말들을 갖다 붙였다.

때마침 마상시합장에서 일어난 사고와 어우러져 거짓 소문들이 마치 진실인 것처럼 번져나가기 시작하였다.

눌리타스를 본 적도 없는 이들이 그녀를 희대의 요녀로 일컬었고, 아이올라는 그런 추문이 퍼지는 데 기꺼이 동조를 하였다. 그리하여 저 뻣뻣하게 고개를 쳐들고 나간 은발 계집을 끌어내리고 말 것이라 저주를 퍼부었다.

찰스 페린은 위생국에서 근무하는 말단 관리였다. 그는 남작가의 셋째 아들로 태어나 올해 스물세 살이 되었다.

어려서부터 책을 보는 것을 즐겼고 이성에게 딱히 관심도 없어 혼인은 자의 반, 타의 반으로 포기 상태였다.

역병이 번지는 속도가 너무 빨라 환자가 넘치고 있었다. 원인을 조사하러 나간 이들이 소리소문없이 고향으로 내려가 버리는 바람에 일의 진척이 더뎠다.

"큰일이군."

그는 서류 더미에 코를 파묻고 있다, 깊은 한숨을 내쉬었다. 왕국의 관리란 자들이 모두 내빼버려 빈자리가 수두룩하여 일손이 부족하였다.

인간의 목숨은 하나뿐인지라 그들의 결정이 영 이해되지 않는 것은 아니었다. 하지만 이 문제에 왕국의 존폐가 달려 있었다.

'이 땅에 살아 숨 쉬는 생명이 모두 사라진다면.'

백성이 없는 곳에 왕국이라고 존재할 수가 있을까. 찰스는 빨리 원인을 찾아 문제 해결에 적극적으로 나서야 한다고 믿었다. 왕가에서는 필요한 것이 있으면 무엇이든 보내겠다는 말뿐이었고, 귀족들도 마찬가지로 물품 지원에 그쳤다.

"누군가의 손이 필요하다고."

찰스는 마지막으로 보고받은 지역 환자의 수와 지금 상황을 대략 계산해서 필요한 것들을 따져보고 있었다.

그렇게 찰스가 머리를 쥐어뜯고 있는데, 누군가 문을 두드렸다. 그리고 뜻밖의 방문객의 모습을 확인한 순간 그의 손이 조용히 책상 위로 모아졌다.

"실례합니다. 다른 분들의 방은 비어 있어서요, 혹 도움을 청할 수 있을까요?"

위생국 내에서 귀부인을 보기는 무척 드문 일이었다. 찰스는 당황한 나머지 의자를 세게 밀어 넘어뜨렸고, 안절부절못한 상태로 걸어 들어오는 귀부인을 바라볼 뿐이었다.

체구는 작았고, 수수한 차림을 하였으나 그 분위기가 남달랐다.

"저는 모르시아니 공작부인입니다."

여인이 소개를 하자, 찰스가 책상 옆으로 나와서 꾸벅 인사를 하였다.

"위생국 관리인 찰스 페린이라고 합니다."

그는 말단 관리를 찾아온 귀부인을 보면서, 순간 무슨 잘못을 했었나하고 이리저리 머리를 굴려보았다.

"그런데 무슨 일로 이곳을 찾으셨는지 여쭈어봐도 될까요?"

"역병으로 고생하는 이들을 직접 돕고 싶습니다."

"……네?"

찰스는 바로 몇 걸음 앞에서 부인이 하는 말을 듣고도 큰 소리로 되물어야 했다. 그도 위생국의 일을 보고는 있지만, 환자를 직접 대하는 이들은 평민 출신의 조사관이나 의원뿐이었다.

찰스는 과중한 업무를 한 탓에 잘못 들었나 싶어서 눈을 크게 떴다.

"도와주실 수 있나요? 저는 이런 일은 잘 알지 못해서요."

눈앞의 은발을 한 귀부인의 눈은 더없이 진지하였다.

저런 눈을 본 것이 언제던가.

찰스는 일순간 머리가 아찔해지는 것 같은 착각을 느꼈다. 그래서 그는 그녀에게 머리를 세차게 끄덕거리는 불경을 저지르고 있다는 것조차 알지 못했다.

갑자기 등장한 이로 인해, 위생국에 처음 왔을 때 가졌던 모든 인류를 구원하겠다는 거창한 꿈이 활활 타오르는 것 같았다. 이렇게 책상에 앉아 불평만을 늘어놓고 있을 때가 아니었다.

"잠시만 기다려 주시겠습니까?"

찰스는 허둥거리며 서류를 뒤져 최근에 발병한 환자가 있다고 보고된 집의 주소를 메모했다. 그리고 깨끗한 천과 열을 내리게 하는 약품을 챙겨서 나타났다.

그러다 그를 물끄러미 바라보고 있는 귀부인에게 다시금 의사를 물었다.

"진짜 괜찮으시겠습니까?"

눌리타스는 우연찮게 만나게 된 위생국 관리가 퍽 성실한 자 같아 보여 신뢰 가득한 눈을 하며 고개를 끄덕하는 것으로 의사를 전달하였다.

그리고 붉은 문양이 있는 위생국의 마차에 찰스 페린과 여장을 한 보르조이, 눌리타스 그리고 소피아가 나란히 올랐다. 그 뒤로 공작가에서 온 기사들이 호위를 섰다.

위생국의 마차는 그녀가 이제껏 탔던 것들보다는 좀 더 덜컹거렸다. 눌리타스는 머리 위에 달린 가죽 손잡이를 쥐며 흔들리는 몸을 고정하려 애썼다.

잘 정돈된 구역을 벗어나자 올망졸망 붙은 작은 집들이 나타나기 시작하였다. 낡고 허름한 건물들은 마치 빈 집인 것처럼 황량한 기분을 주고 있었다.

"아."

그녀가 예전에 머물던 곳보다 못한 환경에서 살고 있는 사람들이 있을 거라고 생각해 보지 못했다.

'저렇게 곧 무너져도 이상할 게 없는 집에서 사람이 산다니.'

이제 마차는 얼마 전까지 마을 광장이었을 것이라 추정되는 너른 곳을 지나치고 있었다. 더 이상 물이 흐르지 않는 분수대 근처에는 사람들이 탑을 쌓듯 놓여 있었다.

"죽은 이들입니다."

창밖의 풍경을 유심히 보는 눌리타스에게 찰스가 얼른 설명을 해 주었다.

"아니 왜."

눌리타스는 죽어서 저렇게 자루처럼 쌓인 이들을 보며 경악으로 얼굴이 물들었다.

"처음에는 묻어 주기도 했는데, 이제 죽은 이들이 늘어나서 감당하기가 어려워졌습니다. 그들을 챙겨 줄 가족도 남아 있지 않고, 산 사람들이 이곳을 떠나기 시작했거든요."

이제 이곳에는 죽은 자들을 위해 울어 주는 사람이 없었다.

눌리타스는 찰스의 설명을 들으면서 말을 잃었다.

그녀가 생각했던 것보다 상황은 더욱 심각하였다. 지금 이 순간도 화려한 드레스를 입고 화가 앞에서 가식적인 미소를 드리우고 있을 여인들의 모습이 저 분수대에 죽은 자들의 한 무리와 겹쳐졌다.

눌리타스는 속이 울렁거리는 기분에 손으로 얼른 입을 틀어막았다.

'세상은 얼마나 고통으로 넘쳐나는가.'

그녀의 온몸에서 긴장과 슬픔이 흐르기 시작하였고, 옆에 앉은 소피아가 눈을 제대로 뜨지도 못한 채 훌쩍댔다. 마차는 목적지에 도착을 하였고, 그들 모두 아무런 말 없이 비장한 표정으로 마차에서 내렸다.

　찰스가 손에 하얀 장갑을 끼고 입에 천을 두르더니 그 스산한
집의 대문을 두드렸다.

　아비오 로마그놀로는 침대에 옹송그리며 가느다란 손가락으로
붉은 머리카락을 비비 꼬고 있었다.

　"하……."

　북방으로 온 후로 거의 잠을 이루지 못하는 그였다.

　이곳은 해가 떠도 어두운 나머지 낮과 밤의 경계가 불분명하였
다. 춥기도 했고, 지리에 어두운 아비오가 마땅히 갈 만한 곳도 없
었다.

　스피노네 후작은 첫인상처럼 무척이나 기이한 자였다. 하루 종
일 모습을 보기도 힘이 들었고, 밤이 되어서야 볼 수 있을까 하
였다.

　후작은 누군가의 시중을 받지도 않았고, 언제나 늘 모호한 표정
을 짓고 있었다. 또 이곳에는 귀족이 거의 머물지 않아서, 후작마
저 볼 수 없는 날이면 아비오는 온종일 입을 열 일이 없었다. 그래
서 아비오는 생에 처음으로 적적하다는 감정을 느끼기도 하였다.

　"아직 가지 않았던가."

그날 스피노네 후작이 식사 자리에 나타나 대뜸 한다는 말이 저런 것이었다. 아비오는 자존심이 상한 것을 감추고 후작 덕분에 잘지낸다는 마음에도 없는 대답을 하여야 했다.

'도대체 이런 것을 어떻게 먹지.'

이곳의 고기는 질겼고 누린내가 심하게 났다. 비위가 약한 아비오는 1주일 넘게 고기 접시는 물리고, 딱딱한 빵과 내용물을 알 수없는 죽으로 배를 채웠다.

하지만 이곳의 추위는 점점 그를 지치게 하였고, 아비오는 결국오늘 식사로 나온 온통 기름투성이의 그것을 집어 들었다.

"돼지비계를 숙성시킨 거야. 풍미가 좋아."

아비오는 후작의 설명을 듣자 다시 포크를 내려둘 수밖에 없었다. 온통 기름인 그것을 숙성시켰다는 이야기를 듣자마자 또 속이울렁거렸다. 백작가의 저녁마다 차려지던 갖가지 요리들과 비교하자니 이것들이 쓰레기처럼 느껴졌다.

후작은 마치 아비오가 보란 듯 맨손으로 그 비계덩이를 입으로가져갔고, 입 주변이 이내 기름으로 번들거렸다.

한숨이 절로 나는 날들이었다.

'이렇게 내 귀한 시간을 썩히는구나.'

후작의 성은 말만 그렇지, 그저 돌무더기에 불과하였다. 아래층넓은 바닥에는 늘 염소와 개, 돼지들이 짚더미 위에서 한가롭게 지냈고, 그 탓에 성에는 늘 설명하기도 힘든 고약한 악취가 흘렀다.

변방의 성으로 오게 된 지도 어느덧 보름. 이 썰렁한 곳에 어느 정도 적응이라도 한 건지, 어느 날 밤에 아비오는 방을 나섰다. 이곳의 밤은 너무나 일찍 찾아왔고 잠도 오지 않았기 때문이었다.

'어디 하녀라도 하나 보이면 방으로 데려가야지.'

그가 백작가에서 늘 하던 대로 이 긴 밤을 즐길 수 있을 것이라 생각하였다. 그리하여 평소 잘 다니지 않는 시간에 성을 기웃대고 있었다. 그러나 이곳은 어떻게 된 게 사내들만 수두룩했고, 하녀들의 수는 터무니없이 적었다. 처음에는 젊은 여인을 노렸으나, 이쯤 되자 나이는 상관없다는 생각까지 하였다.

"도대체 어딜 가야 되는 거야."

계단을 내려가자 후작의 병사들로 추정되는 이들이 핏발을 세우며 술잔을 든 채로 아비오를 흘끗 보는 게 아닌가.

'건방진 것들.'

백작가의 후계자가 보이면 응당 이마를 바닥에 닿을 정도로 인사를 해야 하는 것이 맞거늘. 그러나 아비오는 무기도 없는 혈혈단신이었다. 그를 지켜줄 하인도 부모도 이곳에는 없었다. 그는 기사들의 시선을 전혀 보지 못했다는 듯 고개를 치켜들며 다시 층계의 난간을 잡았다.

손에 무언가 끈적거리는 것이 잡혀서 역겨운 기분이 들었지만, 계속 위로 올라갔다. 그냥 방으로 돌아가 잠이나 청해야 하나, 하는 생각이 들었을 때, 이 층 복도의 가장 끝 후작의 방에서 붉은빛이 새어 나오는 것이 보였다.

혹 그는 찾지 못한 계집이라도 후작이 하나 품고 있는 게 아닌가 싶어 그 불빛에 이끌려 복도 끝으로 다가서고 있었다. 후작의 방 앞에 거의 이르렀을 때, 복도의 창을 통해 빛이 스며들어와 아비오의 붉은 머리를 더욱 환하게 밝혀주었다.

"아서라."

쓸데없는 호기심을 부리기에는 상대가 만만찮았다. 후작의 쇳소리 짙은 목소리, 그를 꿰뚫듯 응시하곤 하는 금안을 떠올리자 기분이 꺼림칙하였다.

발길을 돌려 그의 방 침대에 몸을 던졌다. 정말이지 추운 곳이었다. 난로의 불은 활활 타오르고 있지만, 입술이 파래질 정도로 아비오는 떨고 있었다.

"으, 정말 짐승들이나 살기 딱 좋은 곳이야."

가운도 벗지 못한 채 이불을 끌어서 목까지 덮어보았다. 입김이 내뿜어지자 그 흩어지는 모양이 꼭 그 애가 흘리던 눈물 같아 보였다.

잊었다 싶으면 그 아이의 뽀얀 목덜미로 흐르던 땀이 떠올랐다.

일이 이렇게 될 줄 알았더라면, 진즉 자신의 마음을 알아차렸더라면.

"하."

누구에게도 그 아이를 주지 않을 수도 있었는데, 억울해서 견딜 수 없었다. 그러다 아버지의 엄한 표정의 얼굴이 입김을 타고 그려졌다.

"아버지. 저를 이리 보내고 강녕하신지요."

사실 백작이 그를 변방에 던져두고 신경을 쓸 리가 없다는 것을 잘 알고 있었다. 삼 년만 버티면 그때는 아버지도 그를 조금은 인정해줄 수밖에 없을 것이다.

"어차피 작위는 내 것이나 마찬가지니까."

딸밖에 없는 가문에 유일한 아들이 그 아니던가.

매서운 바람이 몰아치자 부실한 창이 덜컹거리며 스산한 분위기를 만들어냈다. 벽지에 핀 곰팡이가 무슨 꽃무늬처럼 점점이 번져 있는 것이 눈에 띄었다.

그 오래되고 습한 냄새가 아비오의 섬세한 감각을 건드렸다. 백작가의 고용인들조차 덮지 않을 뻣뻣한 이불, 등이 배기는 딱딱한 침대.

어느 것 하나 마음에 드는 것이 없었다.

"미개하도다. 미개해."

변방지역을 떠도는 수많은 흉문들이 그저 빈말은 아닌 게 틀림없다는 생각이 들었다.

아비오는 추위에 몸을 떨다 어느새 잠이 들었다.

꿈속에서는 짧은 머리를 한 마른 소년이 수레를 끌고 있었고, 그는 말을 타고 그 비천한 것의 하는 양을 만족스럽게 지켜보고 있었다.

가느다란 손가락이 이마에 흐르는 땀을 닦아내면 그가 말에서 내려 그 소년의 배를 마구 걷어찼다.

소년은 곧 바닥을 구르기 시작하였고, 눈물도 신음성도 내지 않는 그 아이 뒤로 피가 젖어 든다.

꿈이라도 좋은 추억을 그리며 단꿈에 젖어 있는 그때, 누군가 아비오의 곁으로 다가섰다.

"추운가."

몸집이 큰 사내는 곧장 침대에 올라, 새우등을 하고 잠을 청하고 있는 아비오의 뒤로 가 누웠다. 가느다란 붉은 선이 비치는 금안이 달빛을 받아, 투명한 아비오의 목덜미를 더듬기 시작하였다. 이내 사내의 목구멍에서 거친 한숨이 내뿜어졌다.

진짜 변방의 밤이 시작되려 하고 있었다.

위생국 관리인 찰스가 문을 여러 차례 두드려도 안쪽에서는 답이 없었다. 그리고 다시 한번 문을 두드리며 조금 큰 소리로 낼 때였다.

"계십니까?"

문이 열리면서 피로감이 역력한 표정의 여인이 앞치마를 두른 채 등장하였다. 집을 버리고 떠나는 이들이 부지기수인 동네에 저렇게 근사한 마차를 타고 온 사내가 의심스러운 듯 보였다.

그 눈빛을 살피던 찰스가 얼른 모자를 벗어서 입을 열었다.

"저는 위생국에서 나온 찰스 페린이라고 합니다. 부인의 가정에 도움을 드리고자 오게 되었습니다."

찰스의 말을 들은 여인의 눈에 살짝 이슬이 맺혔다. 두 손을 모아 이마를 가져다 대면서도 격해진 감정을 추스르지 못했다.

"세상에 감사합니다. 병으로 애들 아버지가 죽고 아이들도 아파 꼼짝없이 이곳이 우리의 무덤이 될 거라 생각했습죠."

부인이 문을 활짝 열면서 찰스에게 들 것을 권하자, 그 뒤를 따라 눌리타스와 소피아, 보르조이가 입을 가린 채 들어섰다. 복도는 성인이 지나가면 어깨가 닿을 정도로 좁고 어두웠다.

여인이 들어간 방에는 대여섯 살 남짓 된 남매가 한 침대에 나란히 누워서 잠을 청하고 있었다. 하지만 거친 호흡 소리가 그저 단잠을 자는 것은 아니라는 것을 알 수 있게 해주었다.

찰스는 아이들의 상태가 초기 증상과 일치한다는 생각을 하였다.

"부인, 아이들의 병이 위중하지는 않은 것으로 보입니다. 가져 온 깨끗한 물과 약을 드릴 테니 부디 좋은 소식을 빌어봅시다."

아이들의 어머니는 앞치마 자락을 잡고 부들부들 떨면서 눈물을 흘리기 시작하였다. 여인은 남편이 갑자기 죽은 후 아이들까지 아프기 시작한 터라 삶에 대한 희망을 모두 잃은 상태였다.

눌리타스는 그 모습에 소피아가 말릴 새도 없이 그 부인의 곁으로 다가서 어깨를 토닥여주었다.

"감사합니다. 여러분은 하늘에서 보내주신 귀한 분들입니다."

더는 말을 잇지 못하고 여인은 내내 울었다. 눌리타스는 그대로 아이들의 침상 근처에 가서 무릎을 꿇었다. 열이 나서 달아 오른 뺨과 붉은 입술이 오물거리는 것이 무척이나 고통스러워 보였다.

"이겨내야 한단다."

눌리타스는 아이들에게 속삭이며 뜨거운 이마를 쓸어보았다. 작은 아이는 언젠가의 그녀처럼 생사를 헤매고 있었다.

"기운을 내렴. 세상에는 너를 기다리는 좋은 것들이 많아."

눌리타스는 가슴이 뜨거워지는 것을 느꼈다.

과거에도 지금도 이렇게 수많은 이들이 병중에 약 한번 써보지 못하고 세상에서 잊혔으리라. 그녀의 미약한 힘으로 세상을 바꿀 수는 없을 것이다. 그러나 그중 하나라도 그녀의 손으로 구해낼 수 있다면.

그것은 의미가 있는 일이 될 것이다.

'디아나 여신이 나를 다시 살게 해준 이유.'

그렇게 눌리타스가 아픈 아이들을 보며 결심을 다잡는 동안 병에 걸린 아이에게 손을 내미는 공작부인의 뒷모습에서 다들 형용

할 수 없는 빛의 줄기를 느끼고 있었다.

눌리타스는 일어나서 이제 겨우 울음을 그친 부인의 손을 잡으며 말하였다.

"가져온 음식으로 식사하세요. 아이들이 깨어났을 때 어머니가 아프면 되겠어요?"

고개를 끄덕이는 부인에게 아이들은 꼭 나을 거라는 말도 덧붙여주었다.

지금 이들에게 필요한 것은 희망이라는 작은 빛이리라. 눌리타스는 기꺼이 그들에게 미약하지만 꺼지지 않는 등불이 되어 주겠다고 다짐하였다.

"감사합니다. 감사합니다."

칙칙한 낯빛의 여인은 무릎을 꿇더니 눌리타스의 드레스 자락에 입을 맞추었다.

"귀한 분께 디아나 여신의 축복을."

눌리타스는 몸을 숙여 그 여인의 양손을 잡아 일으켰다. 돼지를 치던 사생아에게 귀한 분이라 칭해주는 이 여인을 어쩌면 좋을까. 칭찬과 인정을 받으려 시작한 일은 아니었지만, 새삼 뿌듯한 기분에 휩싸였다.

"우리 모두 힘을 내요."

명망 높은 가문의 귀부인이 돕겠다고 했을 때 반신반의했었다. 찰스 페린은 모르시아니 공작부인이 보여주는 진실된 눈빛과 다정한 손에서 눈을 뗄 수가 없었다.

우선 가져온 약과 음식들을 여인에게 전달한 후, 그 집을 나왔다. 죽음의 그림자가 드리운 곳에서 벗어나자 바깥의 공기는 너무 맑고 달았다. 눌리타스는 마스크를 벗으며 심호흡을 하며 물었다.

"이런 집이 얼마나 있는 거죠?"

"그게 사실 제대로 파악이 안 되고 있습니다."

찰스는 조사를 해야 하는 이들이 모두 달아나버렸다는 이야기는 차마 부끄러워 입이 떨어지지 않았다.

"죽은 이들은 저대로 두어서는 안 될 것 같아요. 그들의 넋을 위해서라도, 혹은 산 자들의 건강을 위해서라도."

눌리타스가 아까 분수대 근처에 쌓인 시체의 탑을 떠올리며 입을 열자, 찰스는 감탄을 하였다. 사실 병의 원인 파악이나 환자의 수에 집중을 하다 보니 죽은 자들까지 신경을 쓰지 못하였던 것이다.

그가 아는 여인들은 대부분 겉치장을 하는 것이나 달콤한 간식에만 관심이 있었다.

"정말 좋은 의견이십니다. 공작부인."

"아니에요. 가능하다면 다른 집도 가보고 싶군요."

그녀의 삶이 이렇듯 따스한 온기를 얻은 것만큼 다른 이들의 손을 잡아 줄 때라고 생각했다.

'지금도 아파서 생을 등지는 이들의 울음소리가 들리는 것

같아.'

눌리타스가 힘찬 걸음으로 마차에 오르자 그 모습을 숭배하듯 바라보는 찰스가 그 뒤를 따랐다.

찰스 페린과 머리를 맞대고 눌리타스는 본격적으로 환자들 돕기에 나서기 시작하였다.

전염병이 더 번지는 것을 막는 것이 우선인 것 같았다. 그리고 하루라도 빨리 그 병의 원인도 알아내야 할 것이다. 그러나 의욕만 앞설 뿐 어디서부터 시작을 해야 할지 알지 못하였다. 그런 때에 귀인이 그녀 앞에 나타나 주었다.

"처음 뵙겠습니다. 파스텔 카버입니다."

그는 위생국 관리인 찰스의 지인이었다.

의원으로 아픈 이들을 돕고자 하는 사명감을 가지고 의료 행위를 하는 몇 안 되는 이였다. 그는 홀로 역병을 앓고 있는 이들을 도와주다 찰스의 전갈을 받고 위생국에 합류를 하게 되었다.

눌리타스는 그에게 궁금했던 것을 물어 나가는 것으로 이 병에 대한 지식을 쌓아나갔다.

"아주 간단하게 예방을 할 수 있는 방법이 있나요?"

"손을 깨끗하게 씻는 것도 예방과 전염병 확산을 막는 데 도움이 됩니다."

그의 말에 눌리타스는 지난번 보았던 시체가 쌓인 분수대를 떠올렸다. 오염되지 않은 물이 나오는 분수대나 우물이 필요하였다. 아마도 위생국에서 처리할 일은 아닌 것 같은데 어디다 문의를 해 보아야 할지 혼자 고민해 보았다.

"혹시 병자와 접촉하면 무조건 전염이 되는 걸까요?"

"연구 결과, 다양한 요인이 결합해야만 전염병이 성립하는 것 같습니다."

"그렇군요."

눌리타스가 모르시아니 영지를 떠나 위생국에 온 지 일주일이 다 되어 갔다. 위생국 건물은 눌리타스가 처음 도착했을 때보다 더 한산해졌다. 건물 창고에는 이곳저곳에서 보내는 물품들이 산처럼 쌓여갔지만, 그것을 모두 나눠줄 인력이 충분하지 못하였다.

"우리들만으로 무엇을 할 수 있을지."

필요한 식수와 해열, 진통작용을 하는 약제들의 수를 계산해보던 찰스가 한숨과 함께 속내를 드러내었다. 너무나 많은 관리가 이 문제에서 등을 돌렸고, 귀족들은 언제나처럼 자기들 목숨 부지에 급급하고 있었다.

"그렇다고 우리마저 포기해버리면 그들에게는 아무도 없어요."

난롯가에 앉아서 가만히 있던 눌리타스가 말문을 열었다.

"모두를 구할 수 없을지는 모르죠. 하지만 우리가 구해낼 수 있는 단 하나의 목숨이 있다면, 무척이나 값진 거죠."

"아……."

찰스와 파스텔은 동시에 공작부인의 말에 찬사를 금할 수 없었다. 귀족의 정점인 공작가의 귀부인의 입에서 저런 말이 나올 수 있단 말인가.

찰스에게는 잠시라도 약한 생각을 했던 것이 몹시 부끄러운 순간이었다.

눌리타스는 그들과 헤어진 후 위생국 이 층에 위치한 초라한 손님용 방에 들었다. 그녀는 내일 해가 뜨면 만나게 될 이들을 위해 기도를 올리는 중이었다.

처음에는 막연하기만 하였던 것들이 차차 형체를 가지기 시작하였다. 세상은 참으로 넓었고, 홀로 불행하다 여긴 지난 세월이 무색할 만큼 도움을 필요로 하는 이들이 넘쳐났다.

눌리타스가 의자에서 몸을 일으키자 소피아가 얼른 숄을 어깨에 올려 주었다. 고맙다는 눈인사를 건네고 그녀는 창가에 다가서서 하늘을 올려다보았다. 온통 새까만 하늘에는 눈이 쏟아질 듯 별들이 박혀있었다.

'고통으로 가득 찬 세상이기에 하늘의 별빛이 이리도 눈이 부신 건가.'

눌리타스가 지금 힘을 낼 수 있는 것은 상처투성이였던 그녀에게 공작이 넉넉한 품을 내어 주었기 때문일지도 모른다. 그를 알기 전에는 그녀에게 삶이란 가시밭길이거나 불구덩이에 불과하여 이곳이나 저곳의 차이가 없었다.

'공작님을 만나게 된 것은 비루했던 내 삶에 단 하나의 축복.'

혼인을 한 이후 이렇게 멀리 떨어져 있는 것은 처음이었다. 거짓으로 시작된 그들이었지만, 지금은 이리도 그를 그리워하고 있었다. 저 까만 하늘만 보면 그의 다정한 눈빛이 떠올랐고, 낮은 음성이 가슴에 울리는 것 같았다.

순간 눌리타스의 심장에 무거운 추가 달린 듯 아래로 아래로 침잠하는 기분이 들었다. 자꾸만 쳐지는 기분을 만회하고자 그가 준 목걸이를 꺼내어 손으로 가만히 만져보았다.

그녀의 체온으로 제법 따스해진 로켓이 위로라도 하는 듯 묵직하게 손바닥을 채웠다.

그러나 그것으로 인해 공작을 향한 그리움이 더욱 깊어졌고, 눌리타스의 가슴을 사정없이 헤집어 놓는 것 같았다.

'루셔스 님.'

그의 이름을 한 번 불러 보았다.

다음으로 그가 있을 방향을 향해 아득한 시선을 던졌다.

부평초처럼 떠돌던 과거는 끝을 맺었고, 이제 그녀에게는 돌아갈 곳이 있었다. 그곳에는 그녀를 기다리는 공작이 있었다.

그것이 지금 낯선 곳에서 버틸 수 있게 해 주는 힘이 되어주고 있었다.

그렇게 그들이 밤낮없이 환자를 도운 지 여드레가 넘어가자, 이제 위생국의 마차가 역병이 돌고 있는 골목에 나타나면 여기저기 사람들이 나와 반겨주기 시작하였다.

처음에 질병이 번져나가는 것에 속수무책으로 당할 수밖에 없던 이들은 세상에서 버림받았다 여겼다. 그들은 누구에게도 도움을 청할 수도 없었고, 사랑하는 이들이 죽어가는 것을 지켜볼 수밖에 없었다.

하지만 언젠가부터 위생국 마차가 그들을 찾으면서부터 희망을 품게 되었다. 의약품과 식료품을 지원받기 시작하여 초기 증상을 보이는 이들의 완치율이 굉장히 높아졌다.

누구도 찾지 않았던 죽음의 동네에 도움의 손길이 내려앉은 것이다. 그들 중 누군가는 은발의 성녀님이 신의 가호를 받아 축복을 내리고 있다는 말을 하곤 하였다.

"마님, 감사합니다."

오전부터 여러 집을 다니느라 지친 눌리타스가 마차에서 내리자 한 여인이 다가섰다. 어린아이를 안고, 한 아이의 손을 꼭 잡은 낯익은 얼굴에 눈물이 그렁하였다.

"아이들이 어제 드디어 일어나서 앉았답니다. 발진도 조금씩 사라지고 있어요. 이게 꿈은 아니겠죠."

남매의 어머니가 울면서 감사 인사를 하자 주변에서 보던 이들도 눈시울을 붉혔다. 옴짝달싹할 수 없을 것 같았던 불행의 어두운 그림자에 한 줄기 빛이 내려 그것들을 조금씩 몰아내고 있었다.

"아. 정말 다행입니다. 정말입니다."

눌리타스는 마치 그녀의 일처럼 기뻐했다. 처음 방문했던 집에서 보았던 병으로 신음하던 어린아이들이 이제 새로운 삶을 꿈꿀 수 있게 되었다.

그것이 약이나 다른 무엇 덕분이었는지 따지는 것은 무의미하였다.

남은 삶이 근사하지만은 않을지라도 살아남는 것은 무엇보다도 중요하였다.

'아이들에게는 무한한 가능성이 있어.'

세상은 눈에 보이지는 않으나 조금씩 바뀌고 있으니 그들이 성장하였을 때는 지금보다는 살기 좋은 곳이 되어 있을지도 모른다고 기대해 보았다.

아이들의 얼굴에는 여전히 창백한 기운이 남아 있었으나, 실낱같은 붉은 기가 도는 것이 그렇게 어여쁠 수 없었다. 눌리타스가 손을 뻗어 아이들의 작은 손을 쓰다듬어 주는데, 눈물이 살포시 맺혔다.

"앞으론 건강하게 자라렴."

하지만 눌리타스는 가장이 없는 이 집은 이제 무슨 수로 살길을 마련하나 하는 걱정이 들었다. 이 문제도 돌아가서 상의를 해봐야 할 것이다. 어린아이를 두고 일을 하는 데에는 지장이 많을 게 아닌가.

눌리타스가 그 여인을 토닥이며 작별인사를 하는데, 누군가 길가에 핀 데이지 꽃을 그녀의 발치에 던졌다. 누군가는 클로버를 한 움큼 뽑아 던졌다.

눌리타스는 혼자만 한 일도 아닌데 이런 대접을 받는 것이 민망하여 고개를 숙였다. 이런 환대를 받을 사람은 모두가 아니던가. 그러나 그들에겐 그렇지 않았다.

공작부인은 모두가 외면한 동네에 오셨고, 그 귀한 손으로 아픈 자들의 고통을 어루만져주시고, 함께 아파해 주셨다. 그들은 그 덕에 따스한 기운을 느낄 수 있었다.

'그것이 기적이 아니라면 무엇일까.'

"공작부인에게 디아나 여신의 축복을!"

"감사합니다."

눌리타스는 가슴이 터져나갈 것 같았지만, 그들이 주는 좋은 말들에 미소로 화답하며 앞으로 나아갔다. 저렇게 기운을 주는 모습들에도 마음이 너무 들뜨지 않게 다잡으려 했다.

어느새 오늘 방문하기로 되어 있는 집 앞에 발길이 닿았다. 낡은 문이 삐걱거리며 제 구실을 못하며 심하게 요동치고 있었다. 의원인 파스텔이 먼저 와서 병자를 진찰 중이었다.

"좀 어떤가요?"

"너무 어려서 좀 힘들 수도 있겠습니다."

이 작고 허름한 집에는 이제 갓 백일이 지난 아기가 역병에 걸려 있었다.

눌리타스는 파스텔에게서 그 아기를 넘겨받아 살포시 안아보았다.

아기는 너무나 가벼워서 무게감을 거의 느낄 수 없었다. 뽀얀 얼굴은 장미 문양의 발진으로 온통 뒤덮여 있었고 온몸이 끓는 듯 뜨거웠다. 아기에게선 부드러운 분 냄새가 났다.

눌리타스는 이 아기를 꼭 살리고 싶다는 생각에 사로잡혔다.

"혹 그 신의 눈물이라는 것이 있으면 아기가 나을까요?"

"그럴지도 모르지요."

파스텔은 안경을 쓸어 올리며 눌리타스를 응시했다. 찰스의 소개로 공작부인을 보았을 때가 떠올랐다. 처음에는 철없는 귀부인의 한때 놀음에 이용당하는 것이 아닌가, 하고 기껍지 않은 기분이 들었다. 하지만 짧은 기간이지만 그가 본 공작부인은 다른 귀족들과는 달랐다.

파스텔 카버는 유서 깊은 백작가의 사생아로 태어났다.

가문에서 부인이 아들을 낳지 못하자 운 좋게 그는 백작에게 아들로 인정을 받게 되었다. 그래서 대부분의 사생아와 다르게 쓰레기 취급만은 면했다고 할 수 있다.

하지만 그것은 어디까지나 그의 가문 안에서 한정되는 문제였다.

귀족 사회에선 그를 귀족으로 인정해주지 않았다. 파스텔은 백작을 따라나선 사교계 모임에서 사람들이 그를 두고 수군덕거린 다는 것을 열네 살쯤 깨닫게 되었다. 그 이후로 그는 귀족들이 즐 겨한다는 모든 것을 뒤로하고 의학 쪽으로 눈을 돌리게 되었다.

'귀족 따위 개나 줘 버려.'

보통 귀족이 의원이 되는 경우는 드물었다. 찢긴 상처나 피를 보 는 일이 허다한 의사가 하는 일이 고상하다 여겨지지 않았기 때문 이었다.

귀족이되 그들에게 속하지 못한 파스텔은 소외된 이들을 위한 의료 봉사를 하며 살아가고 있었다. 그러다 이번 끔찍한 역병에 이 곳에 와서 힘을 보태게 된 것이다.

'신의 눈물이라, 역시 귀족들의 사고란.'

파스텔은 코웃음을 한 번 치다, 공작부인의 진실된 눈을 들여다 보고서 천천히 설명을 해주었다.

"공작부인의 심정은 이해하지만, 그 신의 눈물이 소 한 마리 값 과 맞먹는다는 것을 아십니까? 이 역병에 걸린 이들을 모두 구하 려면 왕국 내의 모든 값진 것을 팔아도 구할 수 없을 겁니다. 그리 고 이 아기에게만 그것을 쓴다는 것은 형평성의 원칙에 어긋나요. 모두의 생명은 똑같이 존엄한 것이니까요."

눌리타스는 차오르던 눈물을 참고 그의 말을 경청했다. 그녀의 생각이 짧았다는 것을 인정하였다. 그녀가 모두에게 그 귀한 것을 나눠줄 수는 없는 노릇이 아닌가.

그녀는 그 아기를 한 번 더 안고는 조심스레 침대에 눕혔다.

"꼭 낫기를 디아나 여신에게 기도하겠습니다."

지금 눌리타스 그녀가 할 수 있는 일은 그것뿐이었다.

그제야 파스텔이 고개를 끄덕이며 찰스에게 해열제와 필요한 것들을 부모에게 주기를 요청했다.

눌리타스는 오늘의 마지막 일정인 이 집에서 좀처럼 발길이 떨어지지 않았다. 돕겠다고 나섰지만, 과연 그녀가 저들에게 무엇을 해줄 수 있을까. 심한 자책감이 몰려들어서 어깨가 자꾸 움츠러들었다. 저 모든 것이 아이의 운명이라면 이 얼마나 가혹한가. 아이에게서 맡은 살내가 다시 한번 눌리타스의 가슴을 채웠다.

그렇게 일과를 마무리하고 두 대의 마차에 차례로 올라탔다. 아까 낮에만 해도 모두의 얼굴에 피어 있던 웃음이 사라진 상태였다.

위생국으로 돌아가는 마차에 오른 눌리타스는 오만 가지의 고민에 잠겼다. 그녀의 힘으로 할 수 있는 부분, 그리고 하고 싶은 것들.

그녀를 기다리는 사람들의 얼굴이 차례로 머리를 스쳐 지나갔다.

들불처럼 번지던 역병이 다행히 그 속도를 늦추고 있었다.

덜거덕거리는 마차 안에서 허리를 세운 눌리타스는 그래도 이만하길 다행이라는 생각을 해 보았다. 사소했다 하더라도, 제 역할을 해낸 것 같아 가슴이 벅차올랐다. 쓸모없는 사생아 따위가 누군가에게 희망을 전해준 것이다.

손을 가만히 펼쳐보자 아까 아기를 안았던 감각이 남아 있는 듯하였다.

'정말 작았어.'

아기를 안아 보는 것은 처음이었다. 그것은 갓 태어난 새끼돼지와는 조금 다른 느낌이었다. 잘못하면 부서져 버리지는 않을까 걱정이 될 만큼 연약했다.

그러다 지난번 꿈에서 만난 은발에 검은 눈을 한 소녀가 떠올랐다. 그녀가 지니고 있는 로켓 목걸이 속에 있는 사람을 닮은 어린 소년이 있다면…… 어떨까.

끝도 없이 푸르게 펼쳐진 들판을 달리는 소년의 웃음소리가 마차 안에서도 들리는 듯했다. 그리고 동시에 누군가의 큰 웃음소리가 그녀의 귓전을 때리는 것이었다.

'드디어 그 잘난 공작 가문에 더러운 사생아의 피를 섞었구나. 사생아 주제에 퍽이나 잘해냈구나.'

망할 로마그놀로 백작의 목소리.

눌리타스는 인상을 쓰며 한 손으로 이마를 짚었다. 그러자 그 모습을 본 소피아가 걱정스럽다는 듯 조용히 말을 건네었다.

"마님 요즘 무리하신 것 같은데, 영지에 한 번 다녀오시는 게 어떨까요?"

소피아는 공작부인이 몸도 돌보지 않고 병자들을 돌보는 것이 너무 걱정되었다. 게다가 전염병이란 게 그들에게 오지 말란 법도 없지 않은가.

누군가의 사소한 관심이 절박한 자들에게 그들이 얼마나 도움이 되는지도 잘 알고 있었고, 이제까지는 한 번도 해보지 못한 선행은 무척 보람이 있었다.

'하지만 마님, 저는 살고 싶습니다. 그래서 아직 백작가에서 기다리는 가족들과 웃으며 재회하고 싶습니다.'

소피아는 앞치마를 쥐어뜯으며 진짜 하고 싶은 말을 감추었다. 공작부인도 공작님과 병든 어머니를 두고 이곳에 계시기는 마찬가지가 아닌가. 눌리타스가 쉽게 답을 하지 못한 채 깊은 생각에 잠겨 있는데, 마차의 창으로 새까만 몸의 작은 새 한 마리가 모습을 드러냈다.

"웬 새죠?"

새는 곧장 보르조이의 손을 찾아가서 얌전히 내려앉았다. 그 광경이 너무나 신기하여서 눌리타스가 뚫어지게 보고 있었다. 그러고 보면 아직 보르조이에 대해서 아는 것이 별로 없었다. 그는 늘 기척을 내지 않았고, 과묵한 그림자 같은 존재였다.

"보르조이의 새인 거예요?"

보르조이는 고개를 끄덕이며 새의 발목에 달린 얇은 종이를 풀어서 확인한 후 다시 날려주었다. 창밖으로 자유롭게 날아오르는 새를 바라보다 소피아가 주변을 살피더니 의아한 목소리를 냈다.

"여기에 왜 서는 거죠?"

위생국으로 가는 길도 아니었고, 주위에 건물이 별로 없는 황량한 곳이었다. 소피아가 떨리는 손으로 눌리타스의 치마를 끌어 쥐며 두려움을 나타내었다.

그리고 뒤이어 마부의 단말마의 비명소리가 들렸다. 보르조이가 보닛을 풀어헤치고, 치마 단을 뜯어내더니 숨겨두었던 칼을 꺼내 쥐었다.

"칼······."

소피아가 예리한 칼날이 검집에서 나오는 것을 본 후 소리를 지르려 하자 눌리타스가 얼른 그녀의 입을 틀어막았다.

무언가 일이 잘못된 것이 틀림없었다. 보르조이는 마차의 하나뿐인 문에 기대어 온 감각을 집중하고 있었다. 눌리타스는 그의 긴장하는 모습을 보면서 두근대는 심장을 진정시키려 애를 썼다.

삶이란 끊임없이 산을 넘는 것과 닮았다는 이야기가 문뜩 떠올랐다.

이제 겨우 만났다면서 자신을 반기시던 어머니 손의 감촉, 그리고 잘 보이지 않는 어머니의 눈이 떠올라, 눌리타스는 가슴이 무너질 것 같았다. 여장을 하겠노라던 공작의 음성이 생생하게 들렸다.

'그 말을 들을 것을 그랬나. 한 번쯤은 나도 욕심을 부려볼 것을 그랬나.'

눌리타스는 지금 그녀를 둘러싼 공기의 흐름이 무척이나 둔탁하다는 것을 느꼈다. 이것은 아비오에게서 얻어터질 때, 그리고 미카엘의 단도에 맞을 때와 비슷한 흐름이었다.

'이번에도 끌어 쓸 운이 남아 있던가.'

날이 선 감각들이 그녀의 피부를 베일 듯 조용히 휘감자 눌리타스는 아예 눈을 감아버렸다.

"마차에서 나오지 마십시오."

보르조이가 차분하게 말을 남기고 마차의 문을 열고 나갔다. 그가 나가자 눈을 뜨고 마차의 창밖을 내다보니 얼굴까지 모두 가린 무장한 사내가 도합 다섯이었다.

체구가 작은 보르조이가 길지도 않은 칼을 들고 방어 태세를 하자 그들이 도끼와 기다란 칼을 들고 마구 덤벼들었다. 일대일로는 보르조이가 민첩하고 좀 더 기술적으로 우위에 설지는 모르나 지금으로선 역부족이었다.

저들은 이 마차에 탄 사람들을 살려 보내줄 것 같지 않았다.

'도대체 이럴 때는 어떻게 해야 하지.'

마차 안에 머무른다고 무사할 수 없다는 것은 뻔한 일이었다.

'내 인생도 참……'

눌리타스는 목이 잠기는 것을 이겨내며, 겁에 질려 사색이 되어버린 소피아에게 말을 건넸다.

"소피아, 지금 앉아 있는 의자를 열면 빈 공간이 있어. 들어가서 누가 구하러 올 때까지 아무 소리도 내지 말고 있어."

그러자 소피아가 금세 표정을 바꾸더니 팔을 마구 흔들었다. 주인을 모시는 입장에서 말도 안 되는 이야기였다.

"마님, 무슨 말씀이십니까? 어서 그 옷을 벗어 저를 주세요. 제가 마님을 지켜야죠. 당치도 않습니다."

눌리타스는 벌써 눈물로 엉망이 된 소피아의 뺨을 부드럽게 어루만져주었다.

"귀족도 아닌 내게 소피아는 분에 넘치게 잘해주었어. 그것을 항상 고맙게 생각해. 나를 믿지? 그냥 쉽게 죽지는 않을 거야."

눌리타스는 소피아에게 눈을 한 번 찡긋대며 손가락으로 조용할 것을 이르며 마차의 문을 벌컥 열고 뛰어나갔다. 어차피 저들이 노리는 것이 소피아는 아닐 것이다. 그녀만 곁에 없다면 소피아는 살릴 수 있을 것이다.

"어이, 모두 멈춰!"

그들이 찾던 대상이 제 발로 나타나자 사내들이 휘파람을 불며 소리를 질렀다. 눌리타스는 떨리는 손으로 마차 주변에서 이미 숨을 거둔 사내의 검을 주워들었다. 긴장으로 축축해진 손아귀 사이에서 검이 미끄러져 나갈 것 같아서 드레스 소매를 끌어 검의 손잡이를 감쌌다. 공작님에게 휘두르는 것을 배우긴 했으되 실제 쓸 일이 있을 줄은 몰랐다.

보르조이가 지친 기색이 역력한 얼굴로 볼을 타고 흐르는 피를 손등으로 대충 훔쳤다. 눌리타스가 마차를 등지고 사내 넷과 대치를 하듯 서서 하늘을 올려다보았다.

'그렇게 돌고 돌아서 다시 이 자리구나.'

등에 맞은 상처가 아문 것이 얼마 전의 일이 아니던가. 어린 시절부터 검을 든 기사를 꿈꾸었던 것은 알고 보면 칼에 맞아 죽을 팔자를 뜻하는 거였나.

너무 막막한 상황에 부딪히자 현실감이 사라지는 기분이었다. 칼을 들고 당장에라도 그녀의 몸을 갈기갈기 찢어버릴 것 같은 자들 앞에서 이토록 무력감을 느끼다니.

그녀의 서늘한 청안에 조소가 어렸다.

'살아남을 수 있을까?'

생은 언제나 그녀에게 답을 알 수 없는 질문만을 던져 줄 뿐이었다.

사내들은 체구가 작은 공작부인이 칼을 주워들더니 홀로 웃는 것을 보고 순간 당황하였다. 하지만 그 사나운 자들은 바로 그녀에게 달려들기를 주저하지 않았다.

그러자 보르조이가 달려와 그 칼들을 모두 막아 냈다. 눌리타스는 귓가를 울리는 금속들이 부딪히는 소리에 정신을 잃지 않으려 노력하며 공작이 가르쳐 준 것들 중 가장 기본을 떠올렸다.

자세를 낮추고 칼을 일직선으로 뻗었다.

그녀가 천부적인 재능을 가진 것은 아니었지만, 약해 보이기만

하는 귀부인이 느닷없이 휘두른 칼에 한 사내가 팔에 큰 부상을 입었다.

"으악."

잠시 상대방의 대열이 흐트러진 틈을 타 보르조이가 갑자기 눌리타스의 손을 잡아끌었다.

"……?"

두 사람은 그 자리를 피해 마구 달리기 시작하였다. 그 걸음이 어찌나 빠른지 체구가 큰 사내들은 쫓기가 벅차 보였다.

그곳을 벗어나자 다행히 미로 같은 골목이 등장하였고, 작은 빈 집들이 빼곡하게 붙어 있었다. 보르조이가 앞장을 서서 어떤 집으로 숨어들었고, 눌리타스도 곧 그 뒤를 따랐다.

보르조이가 문 옆에 주저앉으며 칼을 세워 그의 몸을 지탱하며 숨을 몰아쉬기 시작하였다. 칼을 쥔 그의 손등 위로는 붉은 피가 길게 흐르고 있었다.

눌리타스도 이렇게 빠르게 오래 달려본 일은 처음인지라 몇 분은 아무런 말을 할 수도 없었다. 그녀는 작은 항아리에 고인 빗물을 손으로 떠서 마시며 날뛰는 심장을 겨우 진정시켰다.

"보르조이, 다친 곳은 괜찮아요?"

"마님은 괜찮으십니까?"

보르조이는 공작부인의 무사한 모습을 보자 맥이 풀리는 것 같았다. 혼자 힘으로 지키는 것이 힘들겠다는 판단에서 이리 달아나

긴 했지만, 이것도 임시방편일 것이다.

'제발, 시간을 조금만 더 벌 수 있다면.'

아까 그자들이 휘두른 칼에는 망설임이 없었다. 방해되는 모든 것들에 베어버리겠다는 의지가 확고하였다. 보르조이는 피가 흐르는 것을 무감하게 바라보고 있었다.

"이거 좀 마셔요."

눌리타스가 방금 마신 물을 나뭇잎에 좀 떠서 보르조이에게 내밀었다. 보르조이는 흐려지던 정신을 차리고 그것을 받아들며 고개를 꾸벅하였다.

어쩌면 공작부인과는 무척이나 깊은 인연을 가진 그였다. 공작을 위해서 로마그놀로가로 잠입하여 정보를 가져온 것도 그였고, 어머니를 구해서 지킨 것도 바로 보르조이였다.

"일단 지혈부터 해야겠어요."

분명 처음 닥친 일들이라 무서울 만도 한데, 공작부인은 그녀의 두려움을 드러내기보다는 보르조이를 먼저 살펴주었다.

보르조이는 그 모습에서 주인의 익숙한 그림자를 보는 것 같았다.

보르조이는 부모도 없이 떠돌던 용병 무리의 일원이었다. 잡일을 주로 담당하던 그는 전멸한 무리에서 운이 좋게 홀로 살아남았다. 입안에 모래가 들어가고 있던 죽음의 문턱에서 그의 손을 잡아준 것이 모르시아니 공작님이셨다.

공작은 단 한 순간도 그를 동정하지 않았고, 딱히 호감을 표하지도 않았다. 어린 보르조이는 그를 졸졸 따라다니며 이것저것 배우게 되었다.

전장에서의 주인의 모습은 마치 거대한 산과도 같았다. 밀려드는 적들이 그라는 벽에 부딪혀 바스러지는 모습은 경외 그 자체였다.

"보르조이, 공작부인을 부탁한다. 너라면 믿을 수 있을 것 같다."

그 말은 그가 주인에게 처음으로 인정을 받은 순간이었다. 동시에 공작의 지극한 연심을 알 수도 있는 대목이었다. 그리하여 보르조이는 칼에 살이 베이는 한이 있어도 마님을 지키고자 최선을 다하였다.

보르조이가 과거의 주인과의 시간 속에서 헤매며 몽롱한 눈을 하고 있을 때 눌리타스는 드레스의 속치마를 찢었다.

"보르조이, 잠들면 안 돼요. 윗옷을 벗어 봐요."

그 말에 보르조이가 정신을 차리며 고개를 저었다. 감히 공작부인 앞에서 맨살을 보일 수는 없었다.

"주시면 제가 하겠습니다."

"팔에 부상을 입어서 힘들 겁니다. 어서 벗어요."

눌리타스는 단호한 눈빛으로 보르조이에게 명을 내렸다. 그래도 보르조이가 꿈쩍도 하지 않아 그녀가 직접 손을 뻗어 옷 위로 천을 둘렀다. 자꾸만 보르조이에게 신세를 지는 것 같아 미안한 마음이 앞섰다. 고맙다고 제대로 이야기하기도 전에 고생만 시키고 있지 않은가.

혼자서 여럿을 상대하느라 그의 몸 여기저기 자상이 생겨났고, 피가 흘렀다. 그래도 쓰러지지 않으려고 칼에 몸을 의지하면서 눈을 뜨려고 애쓰는 모습이 안쓰러웠고 고마웠다.

골목 안쪽으로 발소리가 들리자 보르조이는 곧장 경계태세를 갖추려 하였으나, 몸이 말을 듣지 않았다. 눌리타스는 우선 손에 묻은 피를 드레스 단에 닦으며 생각을 정리해보았다.

'누가 이곳에 우리를 구하러 올 것인가.'

'무슨 수로 이 위기를 모면할 수 있을까.'

언제는 안 그랬냐만 이 순간도 막막하기 그지없었다.

"보르조이, 그 칼을 내게 주세요."

눌리타스의 차분한 말이 보르조이의 감긴 눈을 번쩍 뜨이게 만들었다.

〈3권에서 계속〉

국립중앙도서관 출판시도서목록(CIP)

눌리타스 : 절반의 백작 영애 : Jezz 장편소설. 2 /
지은이: Jezz. — 고양 : 위즈덤하우스미디어그룹,
2018
p. ; cm

ISBN 979-11-6220-712-3 04810 : ₩13000
ISBN 979-11-6220-710-9 (세트) 04810

한국 현대 소설[韓國現代小說]

813.7-KDC6
895.735-DDC23   CIP2018025072

눌리타스 2

초판 1쇄 인쇄 2018년 9월 3일 **초판 1쇄 발행** 2018년 9월 10일

지은이 Jezz
펴낸이 연준혁

멀티콘텐츠사업본부 이사 정은선
책임편집 오가진 **디자인** 윤정아

펴낸곳 (주)위즈덤하우스미디어그룹 **출판등록** 2000년 5월 23일 제13-1071호
주소 경기도 고양시 일산동구 정발산로 43-20 센트럴프라자 6층
전화 031-936-4000 **팩스** 031)903-3893
홈페이지 www.wisdomhouse.co.kr

값 13,000원
ISBN 979-11-6220-712-3 04810
      979-11-6220-710-9 세트